灰瞳

赵骏 著

重庆出版集团 重庆出版社

图书在版编目（CIP）数据

灰瞳 / 赵骏著 . —重庆：重庆出版社，2022.3
ISBN 978-7-229-16072-2

Ⅰ . ①灰… Ⅱ . ①赵… Ⅲ . ①侦探小说 – 中国 – 当代 Ⅳ . ①I247.5

中国版本图书馆 CIP 数据核字（2021）第 196107 号

灰瞳
HUI TONG
赵骏 著

责任编辑：钟丽娟
责任校对：杨　婧
装帧设计：江心语

重庆出版集团
重庆出版社 出版

重庆市南岸区南滨路 162 号 1 幢　邮政编码：400061　http://www.cqph.com
上海牧神文化传媒有限公司制版
上海盛通时代印刷有限公司印刷
重庆出版集团图书发行有限公司发行
E-MAIL:fxchu@cqph.com　邮购电话：023-61520646
全国新华书店经销

开本：890mm×1240mm 1/32 印张：10.875 字数：355 千
2022 年 3 月第 1 版　2022 年 3 月第 1 次印刷
ISBN 978-7-229-16072-2
定价：52.00 元

如有印装质量问题，请向本集团图书发行有限公司调换：023-61520678

版权所有　侵权必究

第一章

傍晚六点，老高在"狗街"支起了馄饨摊。

肉糜烹煮的浓香弥漫了整条街道，掩盖了葱花切碎后的清芬。老高捧着茶杯坐在长条凳上，看着从摊子前面经过的食客。他们有的是为"华庭居"的秘制狗肉火锅而来，有的是为"满香楼"的鹿茸狗鞭酒而来。老高有自知之明，知道此刻他们的眼里容不下清汤寡水的荠菜小馄饨，因此静守一隅，不事喧哗。

但是十点之后，这种冷清会有所改观。总有人会在暴食之余想要解渴刷油，陆续走进他的红房子。直到半夜，整条大街都空了，他才会断了等候最后一个客人的念想，推车离开。

狼藉污秽的"狗街"，颇有些像传说中的"鬼市"。吃了太多的狗肉，喝了太多的酒，那些"老饕"都变得有些不太正常，眼中泛着血丝，唇边挂着白沫，当街撒尿呕吐。

老高越来越不喜欢"狗街"，他只希望攒够了钱，给儿子在芝县县城买一套房子，立刻退休养老。

晚上八点，正是酒酣耳热的时候，街上的人不算太多。大锅里的水冒着白汽，包好的馄饨分成小份摆放在四四方方的白瓷盆里，一切都准备就绪。老高想不出来还有什么可做的，戴上老花眼镜，再度看起那本沾满油渍的《故事会》，没看两行字，就等到了第一位客人。

客人早来晚来都很正常，但他没想到今天的第一位客人竟然是"酒神"鲍一丁。

"狗街"上有很多酒量大的食客，但他们都被当成"酒疯子"，只有鲍一丁担得起"酒神"的美誉。他不太爱说话，从不酒后失态，也不借酒装疯，就算是喝多了呕吐也都是安安静静的。两个礼拜之前，老高还看到他在对面的电线杆子下抠喉咙，缩着脖子，极为难受的样子，但是吐得死去活来后还用盆接水冲洗干净，走回饭店的时候腰板还是直的。

"来碗馄饨。"鲍一丁把包放在桌子上。他的情绪不太好，声音有些颓丧。

馄饨在沸水中翻腾，老高认真观察火候。馄饨漂浮起来时当立刻捞出，再延后口感就会发黏，肉也就不够滑嫩。在这个过程中，他略微抬了抬眼，看到马路对面的一个流浪汉。

他的眼角突然就跳了跳。

这个流浪汉头发板结肮脏，脸上污秽黧黑，衣服破烂不堪，跟游荡在"狗街"上的其他流浪汉并无两样，但是他的姿势很别扭，坐在臭水沟旁边的消防栓上，上半身绷直，胳膊撑着膝盖，那种紧张的姿态，就像一只绷紧了身体随时要扑咬过来的疯狗。

老高不敢继续看他，盛好馄饨，端给坐在长条凳上的鲍一丁。鲍一丁说了声"谢谢"，就低头吃起来。

"味道怎么样？"老高略显忐忑。

"好吃。"

"真的好吃？"

"真的好吃。"鲍一丁抬起头来，"真的。"

老高听出这句言简意赅的评价不是敷衍，心满意足地笑起来，用围裙搓着手说："您抬举，您抬举。今晚怎么没去喝酒？"

鲍一丁愣了一下，抬起头打量着他："你认识我？"

"这条街上谁不认识你？论喝酒，您是这个。"老高竖起了大拇指。

鲍一丁脸上的笑意像水汽一般蒸发，刻意回避什么似的低下头去喝碗里的清汤。老高有些尴尬，咳嗽了一声去给炭炉换块蜂窝煤。臭水沟旁的流浪汉又凭空消失，仿佛不曾出现过。

"老板，再来一碗。"鲍一丁喊他。

"好嘞。"老高掀开案上白净的棉纱布，摘了一份馄饨丢进锅里，和着汤水捞出后滴几滴麻油，撒一把葱花："来喽。"

鲍一丁却没有显示出想吃第二碗的食欲，却多了想说点什么的兴致。他轻轻吹着汤水，问老高："我以前喝酒是不是出了很多丑？"

"没有，你很好。"老高缩了缩下巴，"酒是粮食精，越喝越年轻。"

"年轻？我都四十五了。"

"那是得稍微注意点。"老高顺着他说。这种闲来无事的聊天本来没什么原则可言，无非就是打发时间，"我以前也爱喝酒，现在改喝茶了。茶是树中魂，越品越精神。"

"再也不喝了。"鲍一丁小声说。

"也不至于，少喝点无妨。"

"刚刚拿到的医院检查报告，肝癌晚期。"

老高一时没反应过来："你这是说谁呢？"

"当然是我自己。"

"怎么可能？"老高的眉头很夸张地拧在一起，以示惊讶。但这个结果对他这样年逾花甲的过来人来说，并不能算意外。就算是头牛，整天泡在酒坛子里，早晚也得出事，但是大多数人只有等到无可挽回时才会后悔。现在说这些也没什么意义。

鲍一丁看出了他的窘迫，反过来安慰他："反正都这样了，也没什么。"

"再查查,好好查查,去大医院,就咱们县那破医院能查出什么来……"

"我也是这么想的。"鲍一丁神色黯然，"所以我今天去了趟省城，今天上午拿到的结果，跟县医院说的一样，肝癌，晚期，没治了。"

"再查查……"

"不查了，就这样吧。"鲍一丁摇摇头说，"我这种人，就算再活一百年，也不过是多喝一百年的酒。死了也就死了，只是委屈了我老婆孩子。我对不起他们，伤了他们的心……"

"还有机会，还有机会。"

"如果真的还有机会，我一定会好好对他们……"鲍一丁用餐巾纸擦掉嘴角的汤汁，又在眼角抹了抹。

"你先坐一会儿，我给你加两个茶叶蛋。"老高站起身来去揭另一锅锅盖。里面的茶叶蛋都是他自己家散养的母鸡生的，也是他自己亲手煮制的，加了丹参和红花，虽不是什么值钱的东西，但颗颗都包含了他的心血。

"不要钱。"老高很慷慨地说。

风大了，吹得红房子的篷布猎猎有声，棚中央悬吊的白炽灯摇晃起来，接触不良地闪烁两下，总算又保持了明亮。鲍一丁出了棚，把一侧被风吹斜的棚架扶正，把脖子上棉大衣的口子紧了紧，对从东面过来的三个女人说："吃馄饨吗？"

三个女人没有搭理他，朝前走了几步，却又在棚口处停了下来，像是故意要借灯火照出婀娜身段。她们穿着肉色紧身裤，像荷塘里的莲藕成了精，敞开的羽绒服领口下线条饱满，闪烁着比白炽灯更加辉煌的光芒。

　　"吃馄饨吗？好吃不贵。"老高又燃起了希望。

　　女人们脸上的艳丽和傲慢，像墙上的贴纸被风撕扯，有动感地扭曲起来。最先反应过来的是左边那个丰满女子，以惊人的肺活量，发出尖厉高亢的尖叫。另两个女子也随即不遑多让地发出惨叫。三道频率不同的声浪，撕裂了整条街道。

　　老高意识到，一定是棚子里发生了什么。他僵硬着脖子往前探去，正好与鲍一丁四目相对。鲍一丁喉结蠕动，一只胳膊伸向前，另一只手捂着自己的脖子。鲜血溢出了指缝，染红了他的前襟。

　　棚子里多了一个人，就站在他的身后，正在用刀捅他的背。

　　老高赫然发现，这正是不久前蹲在街道对面的流浪汉。

　　他想逃，两条腿却失去了知觉，半身不遂地瘫在地上，两只手也绵软无力，无法带动他累赘的身体。流浪汉放开了鲍一丁，任他从油腻的四方桌上滑在地上，提溜着刀，目光转移到了老高身上。老高看着桌子底下不断抽搐的鲍一丁，忽然感觉到下半身因失控而热潮喷涌。

　　"狗街"得了肠梗阻。受到惊吓的路人撞翻了老高的大锅和炭炉，却不顾烫伤而抱头逃窜，或往东，或往西。他们势均力敌，相互掣肘，撞击出此起彼伏的惨叫。

　　"警察来啦。"有人在远处喊。

　　流浪汉掀起红房子篷布后面的一角，猫着腰钻了出去。

/第二章/

　　梁中行在菜市场买了一些羊肉和大白菜，打算晚上烩给老婆吃。

　　白天下了一场冬雨，菜市场地面湿泞堪比沼泽。梁中行的劳保皮鞋半截淹在泥浆里，裤管上也沾了成百上千个泥点子，贴着里面的毛线裤，一直湿到腿弯处。他有些后悔，早晨上班时，应该穿他小舅子从矿上给他带来的那双胶鞋。穿上那双鞋倒是不惧坑洼泥淖，就是看上去像个矿工。去年升了芝县刑警大队副队长，他就多多少少在意起形象来。

从菜市场大门出来，他发现自己的二八大杠自行车不知道被哪个冒失鬼撞倒了，整个横在一个臭水氹里。有人把它当成垫脚石，直接踩过去，链条都给踩掉了。他只好把装着羊肉和大白菜的塑料袋搁在旁边的货架上，弯着腰去扶车。天一冷，他的腰就有点不自在，像是长在别人身上。只有这样大幅度地弯曲时，才会有一些切实的酸痛感。扶起自行车来的时候，胳膊肘又把大白菜碰到了地上，浸在污水里。

他不得不扶着腰，去捡大白菜。

这个时候，怀里的手机响了。

梁中行的脾气，是接听那个电话之后上来的。值班干警宋简说，前天晚上在青阳街发生的那起命案有线索了，福渡镇派出所朱福民所长刚刚打电话过来，说根据技术科提供的肖像图，他们发现辖区内的胡村有个村民很像持刀杀人的凶手。

"狗屁……就那么个破图，就能看出来像不像？"梁中行险些破口大骂。那幅图他看过，由于目击证人高文祥老眼昏花，技术科根据他口供进行的画像主要以写意为主，根本无法呈现出明确的生理特征。

"我也是这么想的，可是那边说那个嫌疑人目前还在村里，并没有外逃的迹象。"

梁中行明白他的意思。这件事虽然并不靠谱，但总算是目前掌握到的唯一线索，应当抓紧时间调查，就算证明是假的，也算是排除了一个嫌疑。只是胡村深入山洼，路况极差，这一趟来回最少要耗到下半夜，保不齐回家后迎接他的就是白良菊明晃晃的菜刀。白良菊正闹更年期，舞刀弄枪是常态。

"把车开到西门菜市场来接我。"梁中行说，又让宋简联系几个队里没结婚的小青年，带上警棍和一把枪。自行车一时半会儿是修不好了，只能找个相对干爽点的角落靠着。他在煎饼摊上买了块葱油饼，就着一杯豆浆糊弄完了晚饭。

一辆警车开过来，副驾驶座专门留给了他。开车的是宋简，后排挤了三个粗壮敦实的年轻人，穿着厚厚的警服棉袄，像硬被塞进鸡笼的三只狗熊。他们脸上残留的古怪笑意暗示了刚才的话题。他们一定是在讨论他怕老婆的事。

"梁头,买了羊肉啊?"宋简闻到羊膻味,学警犬嗅着鼻子,"要不咱回来后去你家涮个火锅。"

"涮什么火锅,我花的钱,凭什么便宜你们这帮兔崽子?"

"这不是一片好心想护送您回家吗?嫂子看到我们这么多人,也不好意思发飙了。"

"滚。"梁中行骂道。

车子在笑声中掉了个头,喷出一道黑烟,朝城外奔去。宋简汇报他刚刚了解到的情况,气氛也随之凝重起来。

前晚发生的那一场凶杀案,事发突然,场面极其混乱。多人目睹了现场,有效的线索却少之又少。青阳街又名"狗街",周边地形复杂,以山林为主。凶手从红棚后的小巷遁逃,迅速进入山中,行踪难以判断,更重要的是他蓬头垢面,本来面目难以辨认,不排除有伪装的可能。眼下唯一的线索就只有技术科画出的那张似是而非的素描人像。各个乡镇派出所都收到了一份,并且按照县局要求召集了各乡村负责人,要求现场确认。

这些情况,梁中行已经知晓。案发后第二天他就带着宋简去了被害人鲍一丁的单位和家,找他的同事和家属了解情况。

鲍一丁,芝县林业局森林防火办公室科员,性格忠厚,与人无争,事业上毫无进取之心,不存在跟谁有利益上的纠纷。喜欢喝酒,不抽烟,不好色,没有人知道谁跟他会有这种"白刀子进,红刀子出"的深仇大恨。

据证人高文祥说,鲍一丁在交谈时说过自己罹患晚期肝癌。这一点,就连他的妻子童桐也是在看到他被害后的遗物时才得知。

这件案子虽然是在众目睽睽下发生的,但是惊慌失措的证人太多,众说纷纭导致真伪难辨,有用的线索太少。现在这条线索是福渡镇胡村村长许武松提供的,他在看过凶手全身肖像之后,立刻告诉当地派出所所长朱福民,这个人很像他们村的一个村民。

"胡村那地方我知道,就在狐婆岭的半山腰里,鸟不拉屎,关键是在县城南面,狗街在县城北面,如果那个人真是凶手,那他横跨南北将近一百公里的路程实施犯罪,还能全身而退,只能证明他蓄谋已久,如果不牌刚刚初中毕业,因为父母早就音讯全无,他也只能独自靠务农和拾荒生活。村委会还给他申请了低保。这事儿说起来还挺麻烦,当时村领导干部还分成两派……

"说重点。"梁中行问他,"这个胡牌有什么问题?"

许武松又说,这个胡牌木讷得很,从不与人打交道,别人也都怕他,总是离他远远的,但不是因为他话少,是因为他喜欢养牲口,养牲口当然也是为了吃,但是宰杀的过程比较残忍。不管是鸡是猪,总是弄得满地是血,这里一块,那里一块,场面极其血腥。有的时候,还把野猫野狗的尸首丢在公共垃圾桶里,吓得村里上学的孩子绕道而行。村委会已经开过会,打算近期就联系精神病院,把他强行收治。

"你怎么能断定他就是画上的那个人?"梁中行继续问。

许武松被问住了,嗫嚅着回答:"我也没说肯定就是他啊。我只是说像。"

"哪里像?"

"我也说不清楚,反正就是那股邪劲。那个蹲在那里的姿势,怎么看怎么不对,就跟随时都准备蹦起来咬人一样,简直一模一样。"老许干咳了两声。

"你是说,感觉像?"梁中行瞪着眼睛。

站在一边的朱福民拍拍他的背:"既然来了,就去看看也无妨。"

"嗯。"梁中行又问许武松,"他现在人在哪儿?"

"在家。"许武松叮嘱道,"你们要逮他的话,千万要把他家后门给截住,他家后面就是山,他没事儿就喜欢上山捣鼓,也不知道搞什么。"

"我们不是要逮他,我们只是去摸摸情况。"梁中行解释。他推断这个胡牌可能有精神问题,尤其是暴力倾向明显,受到刺激后会产生什么样的应激反应,没有人知道。就算是现场收押,也应该有精神病院派专职医生配合。倘若贸然接近,很有可能取证不成,反而场面难以收拾。

众人在许武松的引领下,绕过村庄外围,朝村尾走去。

"就在那里。"许武松站在隆起的土坡上,指着低处的一星灯光说。

梁中行和朱福民停了下来,后面的人也停了下来,一行人无声无息地看着灯光,像是唯恐它被风吹灭。有灯光,就证明有人,有人,这一趟就算没白来。问题是,那灯光所在的屋舍外有一圈围墙,大门紧闭,看样子是从里面给销上了门闩。

是直接喊门，还是暗中侦查？所有人都看着梁中行。

梁中行低声叫道："小宋。"

宋简心领神会，钻出人群。

"把家伙带上。"梁中行从腰间解下那把64式手枪，"务必小心，万不得已才能用。"

宋简点点头，却没接枪，而是脱下了棉大衣，退到身后晒谷用的水泥场基上，悄无声息地打了一套拳，又做了几十个俯卧撑。众人知道他是在热身，个个噤声屏息，耐心等他回来。

约莫一根烟的工夫，他额头上冒着热气，把枪稳稳别在腰间，又把鞋带紧了紧，说道："我去了。"

"只是侦查，没问题的话就先退出来，有问题也不许擅自行动，大伙儿商量了再做决定。"

"知道。"宋简后退几步，短程助跑后，右脚在墙上轻轻一点，整个人就跃上墙头，落地时没发出一点声音，整个过程一气呵成，惹得墙外的人暗自叫好。

朱福民凑到梁中行耳边说："你这个手下，很能干啊。听口音不像芝县人。"

"嗯，北京人。"

"北京？那怎么跑到咱们这个山洼洼里的小县城来了？"

"你问我，我问谁？"

梁中行没回答他，是因为他真的不知道，他也想不通一个长在大城市的著名公安大学毕业生怎么会就看中了芝县。他也问过宋简，却被一笔带过搪塞过去。看得出来，这小子并不想谈论自己的过去。

越往后，山间刺骨的寒风就变得越难挨。十几个警察都挤在了一起，等着宋简从墙上跳出来，只有梁中行，依靠一种职业本能，死死盯着两页闭合的木门。

那门果然以一种几乎无法捕捉的速度缓缓开启了一条缝隙。

宋简的脑袋先伸了出来，对着众人轻轻"嘘"了一声，整个身体极其缓慢地往外移动，不敢发出一点声响。大家立刻紧张起来，寒毛倒竖。

梁中行示意所有人后退,退到足够远,才问宋简:"什么情况?"

"犯人在磨刀。"宋简双眉扭结。

"狗街"杀人案的凶器就是刀,那把刀先是割断了被害人的气管,然后自肩胛骨下方插入,正中心脏,刀刀致命。梁中行却知道,能让宋简如此紧张的,绝不仅仅是"磨刀"这么简单的事。

"还有呢?"

"我给你学一学他磨刀的样子。"宋简以手拟刀,弯腰做磨刀状,牙缝里挤出来单调而乖戾的字眼,"杀,杀,杀……"天地间立刻充满了杀气。

"屋子里还有别人吗?"

"没有,至少我没看到,应该是自言自语。我感觉他情绪很不稳定。"

"环境都摸清楚了没?"

"基本上摸清楚了。"宋简说院子里的房屋分成三间,中间是堂屋,前后各有一扇门,堂屋中有张长方桌,上面铺着台布,桌子旁有两条长凳,另外两间屋是黑的,没有声响。

梁中行和朱福民商量了一下,制订出行动计划:兵分两路,他和宋简等四名刑警从正门冲击,另外几名民警携带警棍从后门截断,务必用最快的速度进入室内,决不能给对方以喘息的时间,要火速解除嫌疑人的武力威胁;如果他有反抗举动,可以当即采取武力制服,不到万不得已时不能开枪,即使开枪,也当以限制对方活动能力为要务。

"胖子,考验你的时候到了。"梁中行安排郭金宝去踹门,"你知道该怎么踹吗?"

"当然是拿脚踹了。"郭金宝说。

"傻!一定要在门锁那里发力,你直接去踹门板,说不定整条腿都会被卡住,到时候给对方当成人质,咱们还得去救你。"

郭金宝嘿嘿笑起来:"那咱就空手套白狼,把他手反扭了来见你。"

"好样的。"梁中行在他屁股上狠狠扇了一巴掌,闷声道,"行动。"

众人猫腰鱼贯潜入院中,分两路接近前后门。死寂的山中夜色里,磨刀霍霍声中夹杂着杀伐之声,显得格外刺耳而可怖。

梁中行拔出手枪,弓腰蹲在门前,盯着手腕上的荧光表,细数着秒针的移动。他和朱福民约定的时间点十分紧迫。

"上。"

蓄势待发的郭金宝抬起脚，脚跟正中门锁，干净利落地将门踹开。对面那扇后门也应声而开，前后贯通，穿堂风立刻就吹着尖厉的呼哨鼓荡起来。梁中行对着四方桌后那个面目不清的人喊道："把刀放下，举起手来。"

那人的腰还是弯着的，握着刀的胳膊垂落，目光像钝刀一般在两边警察脸上锉了一圈，似乎还没明白过来。就在转瞬之间，他的脸色变了，两只手举起来，像是在投降。

"把刀放下。"梁中行的声音中充满了震慑力。

屋子里的气氛有些不对，桌子那一侧的民警脸色变得很难看，不仅没有趁势上前，反而在顿挫中后退半步。

被围困的嫌疑人举起的两只手在空中合拢，飞快向下斩落。

"有人质。"梁中行听到朱福民喊。

一声枪响，将嫌疑人牢牢钉死在冰冷的空气中，喉结蠕动，脸上的狠劲仍在，血却已经从额头渗了出来。那不是最主要的出血点。开枪的梁中行知道，那个人的后脑勺一定已经被子弹击穿震碎，形成不规则的窟窿。

不管怎样，这一枪都是必须要开的，而且一定要致命——嫌疑人离桌子底下的人质实在太近。

四方桌子被抬开，原本只露出脑袋的人质就躺在那里。他之所以不起眼，是因为台布遮住了他整个身体，只露出头颅，从朱福民那个角度看，只能看到半张脸，如果在窗外窥探，基本上处在盲区内，难怪宋简之前并没有发现。

七八条绳索把人质从头到脚地死死绑在长凳上，两只手反缚在凳面下。他已经昏迷，脸色发灰，呼吸微弱。从面相上判断，最多只有十五六岁。在被解除捆绑的过程中，他对周围的一切毫无反应。

"去卫生所喊医生过来。"梁中行安排朱福民之后，又立刻打了县里的急救电话。人质被搬进了里屋的床上，嘴里灌了些热水下去，并没有苏醒的迹象。嫌疑犯的尸体仍然倒在地上，鲜血很快就干了，变成紫黑色。刀仍在他手中，没有人去碰，指纹的采集在缺乏专业设备的条件下无法进行，现场也不允许被破坏。

梁中行在门外抽烟，一根接一根。他已经很久没开过枪了，上一次开枪,还是三十年前在云南边防当兵的时候,击毙了一个越境的缅甸毒贩。退伍后到地方上当警察,在一个几乎与世隔绝的小城里,过了这么久相对安宁的日子。他已经无法判断这一枪是对还是错。但是隐隐预感到,这一枪击中的不仅仅是一个犯罪嫌疑人,也是某种正在逝去的往日生活。

"梁队。"宋简的声音传过来。

宋简站在院子里,指尖很小心地夹着一张卡片,脸上有和这张轻薄的卡片不匹配的凝重。

那是一张身份证,照片上的人很年轻,跟躺在屋里正在输液仍在昏迷的人质一样年轻,但明显不是同一个人,姓名叫"马健"。

一股寒气从大地的深处渗透出来,像带刺的藤蔓攫住了梁中行的脚,沿着他的血脉一直往上,勒得他喘不过气来。他记得这个名字,那是半年之前,第一起报案失踪至今未归的高二学生。

"在哪儿发现的?"

"后面的杂物间。"

/第四章/

除夕夜,宋简在梁中行家吃了顿年夜饭,就回局里值班。

那顿年夜饭是为了相聚,也是为了道别。

梁中行被撤免了芝县刑警大队副队长职务,年后将赴某看守所任副所长。他妻子白良菊唉声叹气,抱怨丈夫新单位离家太远,以前在县城上班就回家日少,以后来回更为不便,夜不归宿岂不是有更多借口?

宋简只好不断安慰她,公安局离家近,但是事情多,看守所离家远,但是事情少,两相权衡,其实梁队在家的时间是增多的。这样一说,他自己的郁闷也纾解了不少。

他知道梁中行是不甘心的,猎狗永远都是猎狗,就算是老了,也是只老猎狗,就算被豺狼虎豹给咬死,也绝不屑于看家护院。

腊月里在狐婆岭上的胡村开的那一枪,击毙了一个变态杀人犯,也干掉了这只老猎狗所剩无几的前程。在胡牌家后院墙角的披厦,警察发现了大量和失踪学生有关的物件，包括衣服、书包和证件。正在省里汇报工作的大队长邱长林接到电话，迅速将此事汇报给上级部门，市里头派出了专案组来到胡村，经过现场二次勘查，找到一把粘有干土的铁锹，通过对锹口泥土的分析，发现其中有血液的成分。随着搜索范围的扩大，警察在胡牌家院子后面的一棵树下挖出了七具尸骸。

经过鉴证比对，七死一生，和报警失踪的少年人数完全匹配。

市精神病院专家医生的鉴定结果是：凶手胡牌主观而固执，敏感而报复心强，对周围的人缺乏基本信赖，意志过于坚定，心胸狭隘，有强烈的暴力倾向，属于典型的偏执型人格障碍。所以这是由精神病患者实施的连环杀人案。

但是没有任何证据证明胡牌和"狗街"上的凶杀案有关，死者鲍一丁和胡牌之前没有任何交集，胡牌的刀上也并没有死者的血迹。目击证人高文祥在见到胡牌尸体后，也难以确定他就是在他馄饨摊上杀人的凶手。

"狗街"凶杀案，竟然走进了死胡同。

被害学生的亲人都难以接受骨肉分离之痛，激愤难平，迫切要求一个说法。在这种情况下，刑警大队自然成为首当其冲的问责对象。

队长邱长林和副队长梁中行都被调离岗位，新队长和副大队长在节后会走马上任。

宋简常常想，如果那天晚上他在侦查时再细心一些，对屋子里的环境观察再全面一些，也许就能发现那个被塞进桌底的人质，梁中行可能就会把重点放在解救人质上，从而制订出更为合理的计划，而不至于在被动的情况下开那一枪。如果那个凶手不死，他的两个队长也许就不会成为泄愤的对象。他知道，两个队长唯一的心愿就是继续干刑警。

正月初七下午，宋简没有值班任务，打算出去走一走。

他想去找那个死里逃生的少年谈一谈。

那名被救下来的学生名叫庄生，住院治疗两个礼拜后于春节之前出院返家。由于市局的介入，宋简在他被解救后的第二天就没再见过他，但因为调查结果对内公开，也知道了在他身上发生的事情。据说庄生是在游戏室被嫌疑人骗走并实施了囚虐，整个过程并没有第三者介入，也就是说，没有共犯。

他骑着摩托车，来到了位于县城北门的老冷冻厂宿舍。

庄生的母亲开了门，迎着光眯着眼睛困惑地看了宋简好一会儿，随即露出生涩的笑容："你好，宋警官。"

"郭阿姨，您好。没想到您还记得我。"宋简确实有些意外。事实上他们只见过一面，在她儿子被解救下来后送去县医院时，当时他穿着警服，现在穿着便衣。市局专案组下来调查后，他就没再见过她。他只知道她叫郭素月，是老集体企业冷冻厂的会计。

"你们救了我儿子，我怎么会忘记救命恩人？只可惜连累了你们队长。"郭素月请他进屋，又低声请求他，如果庄生不是很愿意说话，还请不要见怪，这孩子本来脾气就犟，现在更怪僻了。

"要有一个过程，渐渐就会好起来的。"宋简安慰她，接过她端过来的热茶，快速巡视了一下屋内的环境。这个家被归置得极为整洁干净，只是略显阴冷了一些。案几上的青釉色观音瓷塑被擦拭得一尘不染，一根檀香燃出的青烟徐徐上升，在天花板衍散开去，空气里的味道闻起来很舒服。

"我听人说，檀香有镇静作用，可以缓解失眠。"郭素月续上一支香，双手合十拜了三拜，"庄生能够活下来，一定是菩萨在保佑他，只是可怜了那些逃不掉的孩子，希望他们能够往生净土。"

"庄生人呢？"

"在房里看书。"

郭素月推开一扇房门走进去，在书桌前坐着的少年肩膀上轻轻摇了摇。庄生醒觉过来，目光越过母亲的肩膀涣散地落在宋简的脸上，颇费了一些工夫才凝聚起来，露出惊惶的神色。

"这是宋警官，就是他救了你。"郭素月说。

"叫我宋大哥吧。"宋简想缓解庄生的紧张，笑着说，"我也才大学毕业刚满一年，比你大不了多少。"

郭素月离开了房间，宋简端详起了墙上的日本卡通画："你也喜欢看《北斗神拳》吗？我上大学的时候最喜欢健次郎了。真想和他一样，消灭这个世界上所有的坏人。"他故作轻松地比画了两下，目光继续在房间里寻索，想要找出可以引入话题的突破口，桌子上的一张合影引起了他的注意，照片上的郭素月旁边站着一个胖胖的男生，和坐在桌前的这个庄生判若两人。

一个人会经受怎样的折磨,才能在短短一个多月的时间消瘦成这样?

"庄生,我是警察,我的任务就是保护和你一样善良的人。"宋简省掉一切试探,坐在书桌旁的床上,从侧面看向他,"把那天发生的事,再跟我说一遍。"

其实在市局调查的卷宗里,已经详细记录了那天所发生的事。所有的口供都来自于庄生母亲的转述,庄生当时还在住院,身心条件无法支持在警察面前做完整而清晰的口述。

"其实那天……"庄生沉默了好一会儿,抬起了头,却欲言又止。

"没关系,勇敢一点。"宋简鼓励他。

"那天,他叫我到他家的时候,我没答应。"庄生终于进入了正常的叙述中,滞涩卡顿,终究还是持续下去。

那天实在是一个巧合,他说。刚刚结束的一场模拟考试,他考了全年级第二,但是被第一名超过了十几分。这让他有些沮丧。他去游戏室只是为了发泄一下,哪晓得发挥失常,打了好几局也没闯关成功。一个在他身后观看的陌生人教了他几招,他居然立刻扭转败局,大获全胜。

花光了身上的钱,他准备回家。那个陌生人赶上了他,说自己家里有更好玩的游戏机,问他想不想玩。

那天晚上,郭素月正好要值晚班,给他吃晚饭的零用钱全部花在游戏上了。他很饿,肚子咕咕叫。那人说他养了很多鸡鸭,可以做一顿丰盛的晚饭来招待他。郭素月大概晚上十一点下班,他只要在此之前赶回家就行。所以,他犹豫了一番,就上了陌生人的小三轮车。

"是那辆安装了电动马达的小三轮车吗?"宋简问。

庄生点点头。

宋简在凶手的院子里见到过那辆三轮车,本是纯人力制动,组装了36V350-500W低速电机和其他配套设备后,变成了马力颇为强劲的电动车。这不是一般人能够做到的,最起码需要一定的机械物理知识和动手能力。

庄生继续说,他没想到那人的家有那么远,竟然在山洼洼里面。一路上他要求了很多次下车,可那个人实在是很热情,说打完游戏吃过饭就送他回家。他就没能坚持到底。

在胡牌家里，庄生看到了所谓的"游戏机"——一个固定在墙上的黑箱子，下面有个洞口，可以容纳脑袋进入。胡牌给箱子插上了电，洞口就透出来五颜六色的光。胡牌让他把头伸进洞口，他没有答应，陌生人没有勉强，去了后面的小厨房，说要给他做饭吃。

在等待的过程中，因为无聊，他把头伸进了那个黑箱子的洞口，除了一大堆彩色灯泡，他什么也没看见。他想把头缩回来的时候，脖颈那里被机关完全卡死，整个脑袋都被嵌在了箱子里，箱子固定在墙上，牢固程度超过了他的想象。

有一双手绕过了他的胸前，用绳子将他和身后某个坚硬的长形物体绑在一起，他的脖子被拉得很疼，疼到快要被扯断的时候，他被放了出来，但是他已经失去了活动能力。

接下来，他度过了他人生中最恐怖最绝望的一段时间。那个陌生人说，他已经杀了七个人，七个学生，而庄生会是第八个。

听到这里，宋简问："腊月初二那一晚，也就是你被他绑架的第三天，他在不在家？"

庄生回答："不知道。"

在生与死都无法界定时，白昼和黑夜的计算就更加不可能。他不知道什么第三天第二天，如果有人告诉他他被关了一年，他也不会觉得奇怪。

"他有没有跟你提过一个叫鲍一丁的人？"宋简又问。

庄生摇摇头。

"那他有没有说过什么特别的话？"

"特别的话？"庄生的眼中升起一团灰雾，"嗯，他说过。他说这个世界之所以令人厌恶，是因为有一些讨厌的人，只有把那些讨厌的人去掉，世界才会重新变得美好。"

"还有呢？"宋简对这个回答并不算惊讶。以上的这些言论，都在市局卷宗的口供记录里。可是出于警察的本能，他总觉得有些内容是被转述人屏蔽掉了。现在看来，郭素月在转述庄生的话时，并没有保留。

庄生似乎还在咀嚼着那句话，没有听见宋简的问题，在宋简再次追问之后，才回过神来："没有了。"

"你再想想。"

他的目光自下而上，到达天花板，双手捂住前额："我只记得他磨刀，不停地磨刀……我很怕，怕得要命……"

门上响了两声，郭素月推门进来："宋警官，茶喝干了吧，我给你续点。"

"不用了。"宋简明白她的意思，站起来对庄生最后说，"一切都已经结束，没有人能伤害到你了，振作起来。"

出了庄生的房间，郭素月站在客厅里邀请宋简留下来吃晚饭，宋简自然谢绝了她的好意，对他来说，当务之急是再去遇害者鲍一丁的家中，找他的妻子长谈一次。

鲍一丁生前的家在北圃山庄，那是芝县最老的商品房小区。他的妻子名叫童桐，是改嫁过来的年轻寡妇，带着年幼的遗腹子，虽然没有正式工作，陪嫁过来的物品也不算太多，但她嫁给了鲍一丁，仍然被外界评价为鲍一丁的福报。

宋简见到童桐之后，才觉得这个评价不算太过分。

门开后露出的半张脸确实很美艳，五官的精致足以让人忽略略显暗沉的肤色。这种肤色很大程度缘于她的冷漠，仿佛在生活的打击下，不想再去迎合一切嘴脸，包括同情怜悯。她面无表情地看着宋简做完自我介绍，说自己该说的早就已经说了，不会再说第二遍。

"我只有几个问题。"宋简对着那半张脸说。

"你是不是想问，他在外面有没有情人？"

这确实是他准备的问题之一。在没有利益纠缠和私人恩怨的情况下，"情杀"是一个不得不考虑的方向。

"这个问题你们问过很多遍了，我什么也不知道。"女人拒绝中有点乞求的意味，乞求他离开，不要再去撕裂她的生活和尊严，"我儿子还在发烧，我得去照顾他。"

她身后的房间里传来了小孩的咳嗽声。阴暗的堂屋里，那房间门缝中透出的灯光像一根落在地上的又细又长的针。

面对一个目光中充满绝望的女人，宋简立刻就气馁了，他竖起了大衣的领子，在瑟瑟的寒风中，转身离开。

/ 第五章 /

20世纪末的这一天，北方科技学院的最高建筑是十二层的逸夫楼。

张鹏无疑是这个学校站得最高的那个人。

在张鹏的见识中，这实在算不上一栋高楼，六年前他第一次"下板"的那栋楼就有十五层，那年他刚满十八，把绳索系在楼顶的塑料水管上就下了板，现在想来只能用一句话总结：无知者无畏。

"蜘蛛人"这一行就是这么奇怪，经验越丰富，就越害怕——怕绳子断，怕座板断，怕风怕雨，什么都怕。不像一开始，就怕丢脸。

现在他已经不怕丢脸了，可是顺着绳子往下降的时候，逸夫楼的教室里正在上课，教室里的学生都好奇地扭头看窗子外面的他，他还是忍不住红了脸。无论他站得有多高，也只能像只蚂蚁在大楼的外面活动，他和这些学生之间隔着薄薄的透明玻璃，是一辈子都无法逾越的障碍。

别人有未来，他大概也有，只不过渺茫了些。他的未来全维系在一根绳子上，这条绳子把他整个人和楼顶上连接在一起，断了的话，他就没命了，未来就更无从说起。

他一层一层地落下去，到达地面，就意味着这一天的工作结束。脚踩大地的感觉踏实而幸福，回过头再去看矗立的高楼，他就会有种劫后余生的喜悦。

他没想过，十二层的楼也会让自己身子发软。

这是好事，一些老师傅说，这种感觉意味着成熟。

"头儿，今晚去哪儿快活？"跟在他后面落地的马三缺问。马三缺是他的工友，姓马，当然不叫三缺。这个沉重的行当需要有轻松的人际关系做调剂，所以他给每个工友都起了个外号。

时间过得真快，又到了周六，虽然周末跟休息无关，但一个平稳度过的礼拜还是值得庆祝。张鹏不假思索地回答："老地方。"

简单清洗后，他们背着工具包，乘坐地铁和公交回到东四环外的黄骆庄。黄骆庄是外来务工人员的聚居地，算得上一个"城中城"，各种娱乐场所应有尽有，也不乏一些上档次的饭馆，但张鹏和工友去得最多的还是"辣将军"。这是一家自助火锅城，一个人二十块钱就能吃到撑，酒水免费畅饮。尽管去年发生过食物中毒事件，毕竟没闹出人命，何况还停业整顿了两个多月，他们也没放在心上。

张鹏来自于北方金河，靠近俄罗斯的苦寒之地，尤喜吃辣。鸳鸯锅底里的特辣红汤旁人不敢染指，唯独他一片羊肉就一杯啤酒，涮得滋溜顺滑。红汤表面的浮沫，滤掉了一层还有一层，就像张鹏的好胃口，永远都没有餍足的时候。

羊肉、黄喉和牛百叶堆满了桌子，很快就一扫而空，桌子底下的啤酒瓶也数不清了。马三缺兴奋起来，问张鹏："头儿，今晚你女朋友会给你打电话吗？"

"废话，当然要打了。"

所有人兴奋起来："你俩隔这么远，怎么亲热？""有一招叫精神恋爱，你们有没有试过？""那多没劲，要不咱们今天晚上去'小东门'逛逛，又花不了多少钱。"

"滚蛋。要去你们去，别给老子惹一身病回来，一针把你一年的辛苦钱都给整没了，到时候别找我借钱。"

"男人不流氓，发育不正常。"

"老子宁愿打飞机。"张鹏拍桌子说，"我过年回家就结婚，把我女朋友接过来，不能被你们这帮孙子弄得晚节不保。"

"拉倒吧，年年都这样说。"众人嘲笑他，"你一天到晚把你女朋友吹得跟朵花儿似的，到底有没有你说的那么漂亮？"

"老子有照片，哪天让你们开开眼，什么叫真正的美女。"

酒越喝越多，话越说越放肆，好在馆子里全是光着膀子的民工，所有的话题都不在禁忌之内，啤酒瓶子倾倒碎裂的声音和划拳劝酒的喝骂制造出沸反盈天的狂乱气氛。

张鹏的目光落在一个少年身上。这少年穿着不合体的白色大褂，拎着巨大的黄铜汤壶，负责给各桌的锅底加汤，在此起彼伏的呼喊声中穿梭于每张桌子中间，丝毫休息不得。张鹏自然而然地想起自己刚来这座城市的情形。那时候他连个工作都找不到，在天桥底下睡了两晚，靠着酒馆里一对拉弦的夫妻施舍，才能保证每天有一顿饱饭吃。后来他把第一个月的工资全给了那对夫妻。

现在这个少年，比他那时还要赢弱。

忙中出乱，少年撞到了一个人，汤水在惯性作用下从壶里倾泼出来，浇在那人白色衬衫的胸襟上。白衬衫湿津津地贴着他的胸，露出贫瘠的肋骨轮廓。即使是这样，他在犯了错的少年面前还是强壮的："怎么搞的，眼睛瞎了啊？"

少年低着脑袋不说话。

"白衬衫"一把封住了他的领子："妈的！不说话就行了？你赔老子的报喜鸟。"

一个穿着工作服的胖女人挤开人群，脸色很难看地走过来，先是斥责少年："你怎么这么不小心？"又弯腰向"白衬衫"赔礼，"对不起，你看这样行不行，这一餐我们给您免单。"

"我吃你一顿火锅花多少钱？我这件报喜鸟多少钱？"

"那您说怎么办。"

"赔。八百块钱，除去折旧费，最少七百。"

"七百太多了。"女人朝柜台后的饭店老板看过去，但是老板缩着脑袋视若无睹，一副与己无关的姿态，她只好赔着笑说："三百吧，下次来我们再给你打折。"

"四百，一分钱也不能少。"

"好。"女领班用衣摆擦拭着手汗，瞪了一眼旁边低头不语的少年，"祸是你闯出来的，钱从你这两个月的工资里扣。"

"这破衬衫当抹布都嫌不吸水，居然要四百块钱？"围观人群中响起一个声音。

所有脑袋同时向一个方向转，目光聚集在张鹏脸上。

"跟你有什么关系？"白衬衫骂道，"谁裤裆拉链没拉好把你给露出来了。"

张鹏咧嘴笑着："我就不信了，一个人能穿八百块钱的衬衫会跑到这儿来吃二十块钱的火锅。"他脱掉了短袖衬衫，露出了龙蟠虬结的上半身，大踏步走上前去，揪住那人的衣领，翻开他脖子后面的商标看了一眼说道，

"你这鸟长得挺奇怪啊。"

白衬衫脖子被扣子勒住,喘不过气来,两条腿使劲扑腾:"我去……你放手。"

"你这个鸟没长好,少了一点。"张鹏故意慢腾腾地分辨着商标上的字,看完后放了手,"这衣服在地摊上最多卖三十块钱,都旧成这样,十块钱都了不得了,你要四百块,你怎么不去抢?"

那人把衣服下摆塞回到裤子里,挡住露出来的肚脐眼说:"你混哪里的?"

"别问,干就完了。只是别砸了人家店里东西,坏了兄弟姐妹们的雅兴。咱们现在就到门口解决。群殴还是单挑,随你便。"

"白衬衫"朝另一张桌子看过去,大概是求助于自己的同伴,却发现他们目光躲闪,并没有同仇敌忾的意思,便向门口走去,边走边回头对张鹏喊:"我去喊人,有种你别走。"

这一场争端总算收了场。女领班张罗其他事去了,闯了祸的小服务生也扭头就走,仿佛这件事跟他毫无关系。张鹏被独自晾着,显得多余而无趣,只好笑着摇摇头回去喝啤酒。

终于喝不动也吃不动,一行人结了账往外走。张鹏看到小服务生正被老板训斥。原先在柜台后面一声不吭的老板现在吐沫横飞,用手指头戳着少年的额头骂道:"给你吃,给你住,一点都不给老子省心,你要是干不了就趁早滚。"

等到店老板教训完了,少年蹲在厨房门口的货架后面,张鹏佯装去洗手间,有意经过他身边,问他:"挨骂了吧?"

少年抬头看了他一眼,没做任何回应就又低下头去,与其说是木讷,倒不如说是冷漠,这种冷漠主要来自于他的灰色瞳孔。眼中像是弥漫着一场冷雾,草木灰般蓬松干枯的头发,白得不正常的脸和嘴唇,让人很容易得出"营养不良"的结论。

"端茶送水的事虽然简单,但也容易受气,你想不想换个工作?"

"干什么?"男孩问。

张鹏告诉他"青鸟"建筑清洁有限公司正好缺人。工作有一定风险,但不会挨骂,而且工资不菲,一天能有五十块钱,结算及时,从不拖欠。

前提是身体健康，不恐高，还有年龄要满十八岁。

"年龄差点没关系。"张鹏说。俗话说行有行规，但"蜘蛛人"这一行规矩都还没正式成形，都有讨价还价的余地，只有一件事最重要，那就是要强壮，强壮，再强壮。只有强壮，才能维持长时间的高空作业。他当上蜘蛛人那一年也才十六岁，全凭一腔孤勇和惊人的饭量。这个少年无疑是太瘦弱了些，但假以时日，也应该可以和他一样强壮起来。

张鹏把自己手机号码报了一遍，让他考虑好就联系他。"我还是把号码记下来给你吧，免得你忘掉。"说完后他要去找柜台借纸笔。

"不用，我记下来了。"少年说道。

张鹏觉得少年在敷衍他，有些失望地离开了火锅城。

没有想到的是，这是他和他的工友们在"辣将军"吃的最后一顿饭。

/第六章/

几天后，"辣将军"就被查封了。据说有顾客在锅底里捞出了老鼠幼崽尸体，卫生局查处了火锅城的后厨和储物间，发现卫生条件比第一次查处时有所改善，但依然有很多地方没有达到要求。

火锅店的倒闭，意味着那个少年失业，不知道他会以何为生。张鹏知道异乡谋生的艰苦，不禁为他担心，又替他遗憾，假如当时他认真地留下张鹏的电话号码，想必现在就能多条后路可守，不至于露宿街头吧。

正想着，手机响起来，一个年轻的声音问他："你们那里还缺人吗？"

他一下子就听出来，是那个少年。

"人倒是不缺，但是你可以过来。"

"有地方住吗？"

"有的，不过非常简陋。"

张鹏的表述并不算准确，因为简陋包含了简单的意思，他的房间却塞满了各种物件变得拥挤不堪，十六平米的面积兼具了卧室厨房和盥洗室的功能，人只能活在夹缝里。好在张鹏的床是上下铺，把上铺堆放的杂物塞进床底，再挪些到院子里，就应该能够住得下两个人。如果少年对居住条件不满意，只能说明他不适合出来闯荡。

少年却说："挺好的，比我原来住的仓库好多了。"

少年背着个书包，穿了一件宽大的T恤，胸前印着卡通图片，完全不像是能吃得苦的样子，倒像是受了委屈离家出走的学生。张鹏考虑到他力气较小，搬不动全部的行李，提出可以陪他回去搭把手，他却说他所有的东西都在他的书包里。

看着他青涩的样子，张鹏忽然觉得自己当初的做法有欠考虑："我们这一行爬上爬下有生命危险，你不怕吗？"

"我不怕死。"

"干时间长了，就会怕了。"张鹏对这个答案丝毫不感到奇怪，因为自己以前也是这样回答的。他必须要提醒他，高空作业，害不害怕并不重要，关键是一定要做好保护措施，绝对不能疏忽大意。

"如果我摔死了，会不会有钱赔？"少年问。

果然还是小孩子心性，说话没轻没重。张鹏安慰："哪有那么容易死，这份工作看着危险，但是只要防护到位，就不会有任何问题。我干了六年，一次安全事故也没出过。"

"我是说，假如万一。"少年依旧不依不饶地追问。

"有，但是不会太多，保险公司不为我们投保。"张鹏开诚布公地说道。这个话题，迟早要拿到桌面上谈的，既然他自己先提了出来，那么说清楚也好，"最好的保险在于自己，但万一真的出了事，公司多少会拿出一些抚恤金，委托方也会承担一些补偿，无非是花钱消灾。"

"大概会有多少？"

"几万块钱总是有的。"张鹏不愿意把这个话题展开讨论，笑着说，"我希望我们永远都用不上这笔钱。"

"我就是问问。" 少年也露出两排洁白的牙齿，浅笑中有一些天真的意味，"为什么你要劝我到这里来？"

"也许是我想多个人替我分担房租吧。"张鹏说。这当然是句玩笑话。他只不过是因为自己的经历而发自本能地想要帮助在这城市中摸爬滚打的异乡人，既然天涯沦落，那就只好抱团取暖。他已经招募了好几个"蜘蛛人"了，大家有钱一起赚，不分彼此。有困难一起扛，才能在陌生的都市中生存下去。

可是他还是替这个男孩惋惜,"你怎么不上学?"

"上不下去,老做噩梦,注意力没法集中。"少年直言不讳地说。

"怎么搞的?"张鹏给他倒了杯凉白开。

"我以前被一个疯子绑架过,在我之前,有七个学生都被他杀死了。"少年面目平静,声音却沙哑起来。

"啊?"张鹏悚然失色,不知是该替他难过,还是为他庆幸。这种经历,只有在一些小说和影视剧中才听说过,对于现实中活生生的例子,他完全无法感同身受。

"慢慢来,一切都会好起来的。"他拍了拍少年的肩膀转移话题,"身份证拿出来做个登记。"

身份证的登记是例行公事,在他们这种带有"游击队"性质的非正规施工单位,更多强调一种仪式感,跟古代斩鸡头喝鸡血差不多。当然,确定新聘工人身份,排除逃犯嫌疑也很有必要。对于这个少年来说,身份证的登记只是走个过场。张鹏相信他不可能有犯罪前科。

少年递过来的身份证照片上是个小胖子,和他现在的形象大相径庭。但任何人经历过那种恐怖的事情,大概都做不到心宽体胖。张鹏对这种巨大的落差保持了默认,以免再度提及让少年不安的往事。

"庄生这个名字,还挺好的。"他没话找话。

"庄生就是庄子,庄生晓梦迷蝴蝶嘛。"少年的嘴角有一丝笑意。

张鹏高中没读完就出来打工,一说到诗词这些东西就头疼。他介绍完自己,就帮助少年把床铺收拾干净,领着他出门熟悉环境,顺带添置了一些新的物品,例如蚊帐。在这个房间里不挂蚊帐睡觉是难以想象的,到了夜晚,蚊子的轰鸣能让人怀疑人生。

第二天,少年显示出一种罕见的天赋,他把屋子里的器具各归其类,各置其位。堆满杂物的犄角旮旯被收拾干净,房间自然也就变得宽敞而清爽。令张鹏惊讶的是,他花了不到一个小时就做完了这一切。对空间的利用,对时间的安排,最后都以惊人的效率体现出来。

他的天赋并不仅限于此。在张鹏的安排下,他先从一些辅助工作做起,比如检查安全流程,在楼下划出警戒区,整理缠在一起的绳索。简单而琐碎的活计，他很快就掌握得分毫不差，又能有条不紊地快速完成。其精细程度，并不逊色于任何一位有着好几年工作经验的老师傅。

张鹏终于相信，人跟人之间是有差距的。庄生只听了一次他的电话号码就能毫无谬误地记住，现在想来也并不奇怪。正因为如此，庄生辍学这件事，也让他深感遗憾。

这大概也是没办法的事，因为庄生确实经常做噩梦。张鹏多次被他的梦话惊醒，感觉到他是在求饶，又像是在发怒。在他初来乍到的那几天，他说的梦话比他白天说的话都要多。他和别人之间的交流很少，别人让他做的事情，他总是听，从来不发问，为了省掉和别人不必要的交谈，他总是听得很仔细，做得也无可指摘，让指导他的人想叮嘱什么也无从说起。

有时候和工友在工作上有相左的意见，他也从不争论，总是自行其是。但结果往往证明他的办法比别人更好。为此张鹏给他取了个外号，叫"龙虾酱"，意思是他又聋又瞎又犟。

有了自己的专属绰号，就意味着他正式成为他们的一员。张鹏也跟他们暗示过，这小孩成长轨迹跟大多数人不一样，能包涵则包涵，所以大家都觉得这个人冷僻乖戾不好相处，但都把他当成孩子，不会睚眦计较，顶多骂一句"这小屁孩……"

"辣将军"倒了，但周边不缺便宜的饭馆。在一个周末，庄生在张鹏的强烈要求下才跟着去了一家土菜馆，既不说话，也不喝酒，连菜也吃得很少，让左右都觉得硌硬。

张鹏一直都在努力拉近和庄生之间的关系，这一晚他喝了两杯二锅头，手搭在庄生的肩膀上说："龙虾酱，今天你要是不喝点酒，就等于没把我们当兄弟。"说罢端起杯子，往庄生的嘴边送，"今天你喝也得喝，不喝也得喝。"

"你醉了。"庄生的嘴躲着酒杯，肩膀挣脱了他的胳膊。

"醉了好，一醉解千愁。"张鹏指着他的脸，脸却对着别人，"这小屁孩啥都好，就是弦绷得太紧，今天我要给他松一松。"

"我不喝。"庄生站起来要走，却被张鹏牢牢按住。"你这家伙，怎么一点都拿不出手，喝一点会死啊？来，给个面子。"

庄生脸色煞白，紧闭嘴唇。无处可躲时，他的手由下往上打中了张鹏手里的酒杯，杯中的酒泼在他和张鹏的脸上。

周围的鼓噪瞬间冷却，大家都疑心张鹏要发火。不料张鹏抹了一把脸，舌头在嘴边舔了一圈，嘻嘻一笑："这样也算，这不就等于我俩同喝了一杯酒嘛。"

"龙虾酱，过分了啊。"马三缺站起来说道。

庄生站起来，拔腿就跑，把一桌子人都晾在身后。

"这个小王八蛋。"马三缺骂了一句，看到张鹏神情沮丧，立刻转怒为笑道，"走了更好，省得扫兴，来来来，大伙儿喝酒。"

张鹏把杯中的残酒倒进喉咙中，喉结一动，就一仰而尽。

/ 第七章 /

张鹏回去的时候，上铺亮着灯。蓝色的床帘将上铺严丝合缝地团团围住，书页翻动的声音传出来，像蚕蛹一般自成一统。张鹏无声地叹了一口气，简单洗漱一番就上了床。今天庄生确实伤了他的心，让他心灰意冷。他是真心诚意地希望庄生能够高兴一些，开朗一些。可是庄生一点都没有感受到他的好意。庄生大概觉得有块私密的不受侵犯的领地，比抱团取暖的群居生活更加重要吧。

有些人可能注定无法成为朋友，这也是没法强求的事。

张鹏沮丧地躺在床上，用被子将自己从头盖到尾。他的女朋友会在十点半打来电话。十月末，这边尚未供暖，但故乡金河市风波镇三张村应该已经进入冬季，甚至可能已经下雪。他仿佛看见，一个女孩站在寒风凛冽的街头，把 IC 卡插进公共电话卡槽，用冰冷的指尖拨打了他的号码。仿佛是有心灵感应一般，他的手机也随即响起来。

他趴在了床上，用被子把上半身盖住，只露出一条缝隙便于呼吸。

"你到底在干什么？为什么不让我去看你？"电话里的声音问。

张鹏没法回答，只能说自己在做保洁，可是保洁需要那么神秘吗？他不想让她来，是不想让她害怕，只要她看到了他工作的状态，回去就一定会活在恐惧之中。然后……还有然后吗？

每个礼拜的节奏总是周而复始,一开始还算和风细雨,到后来就会情绪激动起来。今天没有争吵,是因为他保证正月前一定回家,商定好来年的打算,如果她真的执意要跟来,他不会反对,两个人在大城市打拼也挺好的,只要她能受得了这份苦。可是住在哪里?要不要怀孕,生了孩子以后上学怎么办?这些现实的问题,光凭美好的想象无法解决。

挂了电话,他把脑袋伸出了被子,像鱼浮出水面大口喘气。

"张鹏。"庄生的声音很突兀地传过来,虽然无比生硬,却算是他第一次主动跟他说话。

张鹏说:"怎么了?"

"你在打电话给你女朋友吗?"

"是啊,是不是吵到你了?"

"没有,我本来就睡不着,我在听你们说话。"

张鹏被他的不谙世故打败,哭笑不得地问:"你想听到什么?"

"我想听听你们到底怎么谈恋爱。"

"听出啥结果出来了吗?"

"你被子盖得那么紧,我哪儿听得清楚?"庄生带着一点责备的口气又问,"你女朋友长得漂亮吗?"

"怎样才算是漂亮呢?"

"我也不知道,最起码,得跟山口百惠一样吧。"

"你知道山口百惠?"

"我妈妈很喜欢她。"庄生说道,"可是我妈妈长得比山口百惠漂亮,她就是不爱打扮而已。"

这小子的口气还挺大,连山口百惠的美貌也只是勉强过关。张鹏虽然对女朋友的长相颇有信心,但如果要拿她和这位日本大明星进行比较,他还真的没什么把握。

"你有你女朋友的照片吗?"庄生哪壶不开提哪壶,张鹏担心什么他就问什么。

张鹏当然不能说没有,他掀开床头被子里角,翻出压在枕头下面的记账本。这账本记录着打工六年中每一天的收支账目,让他对自己的财富一目了然。照片就夹在记账本里,算是他最私密的财富之一。

递给庄生的时候，他还特地嘱咐了一声，别弄皱了。

那是一张彩色照片，背景是某个俄罗斯风格的正在下雪的广场，华灯初上，广场上的灯和冰雕发出璀璨的光芒，女孩穿着橘黄色的羽绒服，朝镜头做出挥手的姿势，笑容天真无邪。张鹏说，这是她十六岁的时候，正是最好的年华。

"怎么样？"他等了一会儿才问。

看了很久的庄生没做评价，在长久的凝视之后只是"嗯"了一声，把照片还给了他。

张鹏也没有说话，把照片郑重夹回到记账本子里，放回到床头，又听到上方传来一句："应该有很多男人追求她吧？就像珀涅罗珀一样。"

"什么……萝卜？"

"珀涅罗珀，就是奥德修斯的妻子。"

"不懂。"张鹏说。

庄生告诉他，这是《荷马史诗》里的故事。特洛伊战争结束后，奥德修斯在大海上漂流了十年，在他的家乡伊塔克，很多纨绔子弟以为他死掉了，都试图勾引他的妻子，并且霸占了他的王宫，寻欢作乐。

这个故事让张鹏心情败落到了极点，他不禁问了句："后来呢？"

"后来，奥德修斯当然把他们都杀了。"

"那这也未免有点夸张。"

"夸张？如果你的女朋友被人欺负了，难道你不想把欺负她的人杀掉？"

"这种情况是不可能发生的，故事是故事，现实是现实。"

"可如果故事变成了现实呢？"庄生的脑袋从上铺探下来，就像一只吊在树上的猴子，"你会不会杀了他？"

"当然会。"张鹏想快速结束这个令他心烦意乱的话题，随口答道。

"我也是。"庄生颠倒的脸上露出很罕见的笑容，"你以后结婚，能不能邀请我去？我想去看看你的新娘子。"

"当然会邀请你，就像你结婚也会邀请我一样。"

"我不会邀请你的。"庄生回答得轻松而果决，仿佛这是天经地义的答案。

张鹏目瞪口呆："你这个没良心的，就不能照顾一下别人的感受吗？"

"我不会结婚的，我结不了。"

"怎么会结不了？"张鹏吃惊地问。

"我是说……谁会看上我？"

"当然有人。"张鹏很笃定地安慰他，"你长得又不丑，还这么聪明，唯一的缺点就是太瘦了，你得多吃点。"

庄生再度沉默，仿佛说着说着，就到了自己圈定起来的禁区，只好折返回去，绕回到原来的话题上："你女朋友叫什么名字？"

张鹏回答："安晴。安静的安，晴天的晴。"

"安静的晴天，这名字好。我就喜欢安静的晴天，什么也不想，什么也不做。"他的声音减弱，"有人告诉我，这个世界本来很安静，就是有些人很吵，把他们去掉，世界就会重新安静下来。"

"龙虾酱，我觉得你应该回去上学。"张鹏没听清他喃喃自语的后半句，直接陈述自己考虑已久的意见。

"我觉得我现在这样挺好。"庄生回答。

"有什么好？"张鹏有点急，咄咄反问道。

庄生似乎被他问住，答不上来，嗫嚅着说："我说过，我不适合上学。"随即又把身子缩回到蓝色的帷帐后面。

"那都是借口。"张鹏很坚决地说，"人不能永远像蜗牛一样躲在壳里面。"

"我不会回去的。"庄生给了他一个没有商量余地的回答，按灭了床头灯。

张鹏无奈地躺下，听到外面响起了"沙沙"的雨声。相较于庄生的顽固，雨天更让他心情矛盾，因为下雨意味着停工，就算没有风的干扰，长时间在无处可躲的雨水中浸泡也很容易感冒发烧。可是停工的日子没有收入，只有消耗，这也令人焦虑。张鹏很希望多带点钱回去，他现在最大的乐趣就是看到记账本上的数字逐日递增。

唯一的安慰是自从这一次不算太和谐的聊天开始，他和庄生的关系融洽了许多。庄生的话照例不多，但不再排斥跟其他人相处。下雨天工友们只能在房间里打牌和下象棋，他会在一旁观战，有时候还会应个急顶两把。他说他本来不会下象棋，完全就是凭借在一旁观看看出了门道，打牌也是。

几乎所有人都认为他在吹牛,又把他当成了孩子,都不置可否不予争辩,只有张鹏相信他的话。

那几天张鹏教了庄生很多外墙清洗的技巧。他找到一栋六层居民楼,模拟现场,传授如何下板。下板是外墙清洗最重要也是最难的程序,对初学者的勇气和心智都是极大的挑战。概括起来,就是在摩天大楼顶层边沿,将两头拴系着绳索的木板放下去,人背转身后正对墙体,臀部坐上木板的过程。下板的困难并不在于复杂烦琐的步骤,完全取决于施工环境,尤其是那些高耸入云的摩天大厦。双脚离开楼体踏入虚空那一瞬间,会有灵魂出窍的感觉。

相比之下,下板后的正式清洗工作反倒没太多技术含量,有手有脚就能做。

庄生用纤细而富有韧性的复合纤维安全绳捆住了自己的腰,在绳索搭角搭檐的地方,用橡胶垫底,以防摩擦,坐上木板,缓缓下落。接下来的工作是他用动作在想象的环境中模拟完成的——他左手用吸盘固定住玻璃,右手喷清洁剂,再用毛刷将布满泡沫和陈年污迹的玻璃刷干净。

"张鹏,我哪一天可以正式下板?"他抬头问站在平台边缘的张鹏。

张鹏内心五味杂陈。想当年这套流程他用了两天才算正式掌握,可是庄生只用了一个小时不到,就能够毫无疏漏地完成。令人惊讶的倒不是他的面无惧色,而是他的有条不紊和干练利落,可媲美经验丰富的熟练工。

当然,这只是演习,跟真正的操作不可同日而语。庄生显然是把这件工作简单化了,在这座望不到边际的城市里,刮过无数座摩天大楼顶层的风绝不会像现在这样温情脉脉。他很担心庄生那瘦弱的小身板会被吹跑。

"快了。"他说。他希望庄生犯一些小纰漏,这样就会保持一种警惕的心态,不犯错误的人一旦犯错就是大错,连修正的机会都没有。

他看着庄生顺着墙壁落到地面,忽然更加明确地意识到这样的工作对庄生根本就是一种消耗。他看错了他,他本来以为他只是一个无家可归需要帮助的可怜孩子,但是现在看来,外墙清洗这种事做得再好也是暴殄天物,庄生不可以被绳索木板和那些擦不完的玻璃禁锢住,他应该飞往真正的高处。

这件事,需要找机会和庄生好好谈一谈。

/ 第八章 /

那个星期因为下雨,他们额外多聚了一次餐。庄生已经不排斥这样的场面,只要他们不劝他喝酒,他就能够坐到散场,甚至自得其乐地看着他们划拳耍疯。饭局进行到了晚上十点。结束后一行人往外走去,张鹏故意放缓脚步,落到了队伍的后头。

庄生看到张鹏落了单,停下脚步等他:"快点走。"

"龙虾酱,你有没有去过网吧?"

"去过。"庄生很坦率。

"那你对电脑感兴趣吗?"

"嗯。"

"很好。"张鹏兴奋起来,"我送你去学电脑。"

庄生愕然问道:"为什么要学电脑?"

"21世纪是电脑的世纪,电脑会越来越普及的,你学会了电脑,就等于在未来的竞争中掌握了先机。"张鹏事先做了功课,将在杂志上看到的这番话背得滚瓜烂熟,"我们所处的时代是信息的时代,以后的人们不会电脑就是新时代的文盲,它是高科技的产物……"

"你怎么不自己学?"

"我哪学得会。离开学校太久,那点知识全忘光了,看到书就头疼。你不同,你喜欢看书。你不用担心费用的问题,我给你报名,学费算我的。"张鹏的酒气上涌,打了一个酒嗝。

庄生捂住了鼻子,往前走去:"你喝醉了。"

张鹏用长满老茧的手将脸摩擦到生疼,喘着粗气骂道:"妈的这个劣质酒,喝了头疼……龙虾酱,你给老子站住。"

庄生停下来看他。

张鹏下盘不稳,歪歪倒倒地说:"我也曾经牛逼过,我初中学习成绩在学校里名列前茅,后来考进金河市一中,那是金河最好的学校,不过我没有珍惜,高二下学期就辍学离开了。我女朋友是金河一中校花,是老子打架抢过来的。她对老子死心塌地，可那又怎样？我现在不照样得心惊肉跳，生怕她被别人给抢走了。我以前以为只要够拼，够努力，就一定能混到出人头地，可是现在我才知道，没知识，没文凭，别人骂你你都听不出来。"

"正因为这样，你才更应该自己去学。"庄生看着他。

"我都二十五了。"张鹏指着自己的脸，"我现在很后悔，我醒悟得太迟。可是你不迟，你才十八岁。"

"我学了，对你有什么好处？"

"就算是投资吧。"张鹏神情黯然，"我那点钱，结婚买房子都不行，送你去读个夜校总归是可以的。你也可以这样理解，我就是希望你有一天能够飞黄腾达，带着我吃香喝辣。"

"如果你投资投错了怎么办？我还不起。"

"那就当是赌钱赌输了，我只能自认倒霉。"

"你一定会失望的。"庄生低下头不去看他。

"你不能这样想。"张鹏的指甲嵌入到了庄生的肩胛骨里，像是要把他的斗志给激发出来，"你要对自己有信心。"

"如果我还是不愿意呢？"

"你这家伙，和颜悦色地跟你谈，你总是不知好歹，难道非要我跟你发火吗？"张鹏对他的倔脾气早有预料，使出准备好的第二招杀手锏，"你要是想继续干下去，就必须听我的，这件事没有商量的余地。"

"那你得尽快安排我下板。"庄生的口气明显松动了些。

"没问题。"

雨不知不觉又大了，两个人跑到街边一家便利店的雨篷下躲雨。雨水敲打着雨篷、屋檐，黄色梧桐叶受不了雨水的重量，笔直地坠落下来，不多时就铺满了一层。这是一波冷空气的前哨，天气预报说，等到西伯利亚的冷空气正式入侵，天空就会放晴。

"我老家已经下雪了。"张鹏说。

这样看来，雨在路灯下纷扬洒落的姿势跟雪还真有些像。庄生伸手去接雨水，幽幽说道："不知道还能不能看到今年的雪。"

"以后有机会我带你去我老家看看，全天下的雪加起来，都不及我家乡的雪美,那个雪都是大朵大朵飘下来的,像柳絮一样,很快就能铺得厚厚一层,一朵都不会浪费。雪地里还有野鸡野兔子,洗干净了在火上烤一烤,撒点盐粒就能吃。"

"真想去看看啊。"庄生的眼中充满了向往。

"只要你有本事,想去哪儿都行。"张鹏说道。

庄生从冥想中出来,回到一个现实而突兀的问题上:"以前听你说假如有人摔死了,会有钱赔,可是人都死了,那笔钱会怎么落实?"

"你真是杞人忧天。"张鹏说道,"好好的,干吗要说这个?"

"我就是想知道。"

"我们有个账本,用来记录每个工友的情况,工友在正式下板前会把自己亲人所在地址和联系电话写清楚,以便第一时间联系。"张鹏怕他不明白,拿自己举例,"假如我出事了,我的工友就会把这笔钱交给我妈。"

"那我也写上吧,我出了事,你们就联系我妈。"

张鹏告诉他,这种事不要拿到台面上讨论,大家心知肚明就行,尤其是在人多的场合。就算是登记在册,也不能郑重其事,留下地址跟电话号码就好了,没必要强调太多,搞得跟托付后事一样。毕竟这只是个防备,最好永远都不要提起。

"与其考虑这种不着边际的事,倒不如好好想一想报名学电脑。"张鹏笑着提醒他,"说好的事情,可不能反悔。"

"只要我活着,答应你的事我就一定会做。可是你答应的事情也要说到做到,天晴后你就带我下板。"

张鹏点点头说:"别着急,慢慢来。"

雨小了,两个人踩着水花,往宿舍跑去。

张鹏接到了陈璋的电话,让他去办公室一趟。

所谓办公室,其实就是东四环上临街的一间地下室,有半扇窗户露在路面上,窗户旁边用纸板写着"小卖铺"三个字。陈璋就是这家小卖铺的老板,另一个身份是"青鸟"外墙清洗公司总经理,一面卖着汽水和香烟,一面联系着各种外墙清理的生意。

为了节约成本,所有工作一般都是在电话里布置完成,陈璋会用一分钟时间交代清楚施工时间、地点、工作内容和期限。但到了岁末，而且下了雨，很多公司都要把关系企业形象的楼房外墙清洗一下，来迎接即将到来的新年。因此这段时间会非常忙碌。陈璋无非是想动员他们加把劲，抓好安全生产。这些说辞，其实都是每年年底都要重复一次的老生常谈。

这一趟可跑可不跑，如果在电话里婉拒，陈璋也不会生气，他这个人整天笑呵呵的，只要不是什么原则问题，一切都好商量。而张鹏跟着他干了五年多，也无非是因为他能在纯粹的雇佣关系之余发展出一些人情味。但是他还是跑了一趟，因为他也正好有些事要和陈璋商量。

这件事是关于庄生的。庄生迫切地想要正式"下板"，进行无差别工作。张鹏则希望能缓一缓，他认为庄生目前的状态不适合当一名"蜘蛛人"，他太瘦了，瘦得令人担心，而且他最近的精神状态也出了问题，老是出神，心事重重的样子。麻烦的是张鹏之前已经答应了他，出尔反尔显然不合适。于是他想曲线救国，让陈璋以行政命令的方式延缓庄生下板的进程。

陈璋替他开了门，两排焦黄牙齿咧出一个熏人的笑容："兄弟，你可来了。"

"陈总，您得少抽点烟。"张鹏眼睛刺痛，扇着鼻子说道。

"什么狗屁陈总，寒碜我不是？"陈璋拿一张报纸把烟往门外赶，"就喊老陈。"

年底果然生意兴旺，陈璋一下子交代了两项任务，一项是希尔顿酒店二十三层的主体楼，另一项是一栋十二层的写字楼，都要赶在圣诞节之前完成。希尔顿当然是重中之重，是陈璋托了拐弯抹角的关系才搞到手的大活儿。只要顺利干完这一票，树立起口碑，公司转眼就能正式挂牌，到时候，大家都是股东，都是老板。

张鹏例行公事地堆出一脸假笑，并没有掩饰自己对这份言论的不屑，事实上他已经记不得这是陈璋第几次说类似的豪言壮语了。

陈璋知道他的意思，把他按在椅子上说："兄弟，要沉得住气，罗马不是一天建成的，我保证，但凡我有一碗饭，兄弟们就绝不会喝稀粥。你回去跟他们说，我出头那天，绝不会亏待任何一个兄弟。"

"前提是你得活到那一天，老陈，陈总，少抽点烟。"

"听兄弟的。"陈璋把嘴里的烟头吐在地上，狠狠踩了两脚。"三年，"

他伸出三根手指头,"给我三年,我保证带着兄弟们闯出来。"

张鹏还是感动了。陈璋的乐观总是能感染到他,让他对未来生出一些信心。三年后,说不定真的会好起来。他决定过年回去跟女朋友再商量一下,让她再多等三年。

"但前提是,"陈璋的慷慨陈词到了尾声,他盯着张鹏的眼睛,要把那些话烙印到他的脑子里,"前提是,千万不能出事。"

不能出事,是他们这帮在城市楼房表面讨生活的"游击队员"根本的生存之道。

交代了任务,陈璋邀请张鹏去下馆子,张鹏自然不答应,他说他要回去烧饭给庄生吃,既然提到了庄生,他趁机说道:"老陈,你能不能……"

陈璋打断了他:"我正好有事儿跟你说,庄生昨天来找过我。"

张鹏的嘴惊讶得合不拢,愣了一会儿问:"他来找你干什么?"

"他跟我说,他要参加接下来的外墙清洗任务,我答应了他。"

"可是我今天来就是想跟你说的。他现在还不适合下板。"张鹏的脸色铁青,不是生陈璋的气,而是对庄生绕过他来找陈璋感到极其不满。

"兄弟,我知道你讲义气,可是你对这个庄生,是不是有些反应过度?凡事都有第一遭,你总不能等到他停止发育才用他吧,咱们这个行当没那么多讲究。"

"那能不能等到希尔顿这个活儿之后再安排他上,那个楼太高了。"

"他已经十八岁,成年了不是?反正我是答应他了,想上就上嘛,我也没啥拒绝他的理由。何况年底任务重,工期紧,正是缺人的时候。"说到这里,陈璋觉察出了奇怪,"你们是怎么搞的?他特意跑来要求下板,你又特意要求不能让他下板。你俩没啥问题吧?无论怎样都不能影响内部团结。"

"不会的。"张鹏让他放心,自己又不死心,"你不觉得这个二十多层的希尔顿对一个新手来说太艰巨了一些吗?他毕竟才十八岁。"

"你第一次下板是什么时候?那楼有多少层?"

张鹏就不说话了,他记得他十八岁下板的金茂大厦有三十多层。

/ 第九章 /

回到黄骆庄,张鹏把所有工人都喊到他的房间里开会,布置工作。

"希尔顿国际大酒店,这家国际企业的影响力不用我多说了。这大概是这几年来咱们唯一一次能和它亲密接触的机会,所以好好干,不是为了趴在窗户上看,是为了将来能到里面的房间住上一夜,而且还是总统套房。"

一番话,说得众人哄笑起来,只有蹲在角落里的庄生面无表情。

"天冷风大,尤其是在高处,不比咱们干过的那些个小楼层。这个任务很艰巨,很困难。所有人都不能掉以轻心,不要为了赶工期而糊任务,要把工作做好,最重要的是,一定要保证安全。就要过年了,绝不能出任何差错,家里人都还在等着你回家团聚呢。大家好好干,带着钱回家过年,该孝敬老娘的孝敬老娘,该生娃的生娃。"

张鹏一向都不会过分渲染任务的困难,因为不想刻意营造紧张心理,但是这一次他说了许多,惹得工友面面相觑。希尔顿酒店声名远播,可就工作难度上说,还远远不如他们以前接受过的许多项目。

他们不知道,这番话,是特意说给庄生听的,希望他有自知之明,做到知难而退。

安排好了任务,他说:"好,散会。"

大伙儿都准备离开张鹏的房间,庄生从角落里站起来,盯着他问:"我呢?"

张鹏在心里叹了一声,知道自己打错了如意算盘,硬着头皮装傻:"你?跟以前一样啊。"

"不对,说好了的,雨停了就让我下板。"

"等希尔顿的任务结束了,后面那栋十二层的写字楼铁定让你上。"

"凭什么让我等,说好了的事情为什么要反悔?"

"计划赶不上变化。"

"陈经理都答应的事情,你凭什么反对?"

庄生的咄咄逼人,令张鹏退无可退。他本来不想责备庄生绕过他去找陈璋申请工作，可既然庄生自己都言明了，他就必须要表明态度："他答不答应我不管，人员配置的事我说了算。陈经理答应你，是为了工期，我不答应你，是为了你的安全。"

"我的安全不用你操心，你是我什么人？"庄生绷紧了腰背，眉头缠出一个悲愤的结。

张鹏强压怒火，才没拍碎桌子："我说不行就是不行。"

还没走出门的工友都不明白这把火是怎么烧起来的，个个莫名其妙，又不能不回过头来劝架。他们把张鹏往外拽，叫他换个地方冷静一下。张鹏的手掌火辣辣地疼，意识到自己的态度解决不了问题，半推半就地往外走。一行人走进了院子，身后传来"哐当"一声脆响，原来是洗脸盆砸在地上的声音。

"这小屁孩，脾气真臭。怕是在家宠惯了，没吃过亏吧。"大家都对这动静颇为不满。

唯独张鹏一声不吭。他想，也许自己确实有些过分。将心比心，换成他被人出尔反尔地欺骗，恐怕比庄生好不了多少。现在必须要有个人服软，这个人只能是他张鹏。

他说："好了好了，大伙儿各自回去，我出去办点事儿。"

他去了北四环上的生翰五金专营店，精心选购了一整套价值不菲的高空作业设备，包括四层杨木座板、高强度涤纶作业绳、自锁器和卸扣以及可能用得上的细碎零件。价格超出了标准，报销不了的，他打算自己掏钱。相比之下，他和工友们使用的工具确实陈旧了些，可能会引起工友们的抱怨。但他已经想好说辞。就当做是一次对新产品的尝试吧，看看顺不顺手，假如庄生用得好，他就跟陈璋申请年后全面升级装备。

扛在肩膀上的整套装备被小心翼翼地放在了房间的角落里，他搓了搓手，拍了拍庄生的床沿："龙虾酱，看看我给你带回了什么。"

帘幕紧紧地合拢，没有人应答。张鹏又在床上捶了两拳，庄生才把脑袋探出来，朝地上看了一眼，说了声："我看到了。"

"这是你的专属装备，以后，你就要用它来飞檐走壁了。"

"我知道了。"庄生如风过耳，面无表情地把头缩了回去。

热脸贴了冷屁股，让张鹏有些丧气，他说："我答应了你，就一定会让你下板,只不过希尔顿这个活儿确实很重要,你又从来没有正式干过,陈总又再三强调安全第一。我考虑再三,还是让你从后面那栋写字楼干起,这对你相对轻松一点,也是对整个公司负责嘛。"

庄生的床像砌上厚厚的砖墙,一点声息和光线都透不出来。张鹏毫无办法,只好出去找隔壁工友打牌。

打完牌回到房间,喊庄生起来吃晚饭。庄生的声音从床上瓮瓮地传出来:"我不吃了。"拒人于千里之外的腔调,让张鹏很是憋闷。他想起第一次在火锅店里见到庄生的情景,那时他端着个茶壶,累得够呛,被人欺负,被人训斥,完全就是一副无所谓的态度,仿佛根本就没有什么值得他计较,可是现在,不过是延缓几天下板,就跟受了莫大委屈一样而落落寡欢。这种喜怒无常,究竟是怎么回事?

张鹏吃了晚饭就上了床,已经松弛了将近一个礼拜,明天要重新开工,必须要保证体力充沛,绷紧脑子里的弦。

第二天清早,张鹏醒过来,简单洗漱了一下,就在院子中间吹响了集结号。

这一天的工作不算太顺利。定好的工期是五天,但是按照第一天的工作效率,可能得延后一到两天才能完工。大厦顶部的温度最起码比地面低5℃,让从小在北方长大的张鹏也忍不住哆嗦,风力并不强劲,但持续不断地吹在人身上,避无可避,水滴石穿地往挡风工作服里钻。不到半个小时,张鹏就通体冰冷,等到正式刷起玻璃墙才算缓过劲来。他看到别的工人也有些勉强,就越发觉得没有让庄生来是对的。

干完了一天的活儿,所有人都很累,花两块钱在黄骆庄的大澡堂子里泡了个澡,就回自己的屋去睡觉。

庄生正在煮面条,让进门的张鹏过来吃,脸色有些阴郁,但好像已经没那么狂躁了。张鹏的嗓子有点疼,在抽屉里翻出两片感冒药吞下去,就上床盖上了被子。迷迷糊糊中听到庄生叫他,似乎想跟他说点什么,他太困了,嗯嗯了两声就打起了呼噜。

这一觉鼾声如雷,醒来时天已大亮。张鹏昨晚的感冒症状都消失了,他备感庆幸。他想喊庄生一起去外面的早点摊上吃油条豆浆,才发现庄生已经不在屋内,他床铺的蓝色帷幕已经拉开,被褥叠得整整齐齐,床头摆放着几本书,和之前并无异样。只是桌子上压了张字条,留着清秀的笔迹:"希尔顿的活儿我帮不上忙,正好趁机回家看看我妈,过几天就回来。到时候再不让我下板,我跟你恩断义绝。"

张鹏笑着骂道:"这个小王八蛋。"

后面几天相对容易了很多,大概是重新适应了工作节奏,张鹏和工友们加快了进度,延长了工作时间,刮净了一面墙来到地面,会重新攀至顶层再重新下板,就为了多清洗几扇外墙玻璃,把第一天的损失弥补过来。他们常常干到太阳从城市的上空完全消失不见,在璀璨灯火的海洋中抱怨,为什么冬天的白昼会如此之短?

正因为辛苦,最后一天才会那样轻松,何况那是周六,会有一场热闹的会餐在寒冷的夜晚等待着他们。张鹏早就想好,晚上去新开的"满香堂"大快朵颐,昨天建筑工地上那批人去了,说那里的红烧肉很实在;庄生下午可能就会回来,他昨天在电话里说,给大伙儿带了一整只家乡特产卤水鹅。

多年的经验,让张鹏明白越是接近尾声越不能掉以轻心的道理。这几天上板下板的频率多于以往,对器材的损耗也必定加重。昨天收拾工具时他就发现吊绳有些地方发毛,主要是和挂点接口不远的地方,部分外表纤维断裂,那是绳索在顶楼平台边缘长时间摩擦导致的结果。

这一条工作绳其实离报废还有一段距离,绝不至于今天就会发生断裂,但置身于接近百米的高空,知道维系安全的那条绳索有那么一些瑕疵,终究是令人不安。

好在前几天给庄生买来的那套新设备就在那里,有些部件跟他现在使用的不太一样,但那条用来维系座板和挂点的吊绳是崭新的,柔韧而富有弹性,比他们现在用的绳索好上太多。

换上了新的绳索,他安了心,背着工具包,和工友们精神抖擞地出了门。

爬上希尔顿顶楼,风小了很多,最后需要清理的这几排玻璃墙看起来平整光滑完全没有难度,下午十有八九会提前收工。

阳光径直洒在深蓝色的玻璃上,他们仿佛置身于垂直的海平面。海平面以下的世界和他只有一墙之隔,但这面墙将他和自由穿梭游弋于其中的族群壁垒森严地隔绝开来。

而在他的身后，是一座每天都在发生变化的城市。无数高楼像笋尖一般钻破了坚硬的混凝土地面，又像他孩提时玩的积木，越来越高。

这座城市的繁华，和我有关；我已经来了，怎么可以轻易离开？

无风的半空，煦暖的晨光，让他的心激荡起来。

"头儿，你在想什么呢？"马三缺在三米之外喊他。

"我在想，哪一天咱们把这栋楼给包下来，包一个月，天天晚上换房间住。"他喊着回答。

两侧都响起了笑声。

笑声传来又吹远，跟着鸽哨消失在远方。这种彼此传染的快乐营造出一种难以名状的成就感，让他们纷纷暂停手中的活儿，遥望那座城市，在这种神奇的视角下，一切奇迹似乎迟早都会发生。

张鹏的身子忽然下降了几公分。

这几公分和几十米的高地落差相比可以忽略不计，却使张鹏瞬间寒毛倒竖。

他抬头看去，发现绳索在顶端的接口处有一些异样，那是一种令他头皮发麻的变化，在巨大的拉力牵引下，那个地方似乎正在慢慢变细。

所有人都不知道发生了什么，只看到他在使劲地拍打面前的那扇玻璃窗，他想进去，哪怕只占据一个落脚点。只是玻璃墙太光滑了，玻璃和玻璃之间有着无懈可击的完美衔接，根本无法提供一条缝隙。他的手掌在刚刚清洗干净的玻璃上留下慌乱的掌印指纹。有人以为他在开玩笑，合拢了手掌朝他喊："头儿，你现在就想进去睡觉啊……"

话还没说完，张鹏就落了下去。

他的身体像子弹击穿了酒店大厅的绿色遮阳板，发出轰然巨响。

/第十章/

金河市卧牛县郊外有座山叫寒山，寒山上有座寺庙，就叫寒山寺。

卧牛县的寒山寺和姑苏城外寒山寺颇有渊源，据说是当年姑苏城外寒山寺中一位游方僧人流落至此修建而成。那是一位真正的苦行僧，圆寂前告诫弟子，本寺只可修缮，不能扩建，但求瓦檐陋墙，不求高宇广厦，香火不灭足矣，不求鼎盛。

庙中住持秉持祖训，于荒山黑水中勉强支撑，代代如是。由于地处荒僻，规模简陋，竟然躲过历代浩劫，默默蛰伏千年之久。这一天下了一场大雪，寺中僧人听到庙宇中柱传来隐隐的断裂声，便将佛经典籍装箱搬出，借宿在离寺庙最近的半山腰那户民宅中。

僧人道，那台柱裂时，声如高僧圆寂前的梵音祷祝，有大音希声的境界，世俗中人难以察觉。山下村民都说和尚反应过度，神经过敏，因为那寺院在山脚下看去依然庄重肃穆，和往日殊无区别。但是第二天醒来，竟发现庙宇果然塌了一半。

三天后雪停了，僧人到山下村落来求告，说寺院重修在即，有些事要请村民帮忙，工钱按日结算，县宗教局已经同意他们的请求，天晴后即可动工。村民个个都笑僧人虚伪，平日里连电灯都舍不得开，原来这么有钱。僧人合掌解释，全靠山腰上的甘居士捐赠善款。

山腰上的宅邸是两年前建成的，但里面住了人也是这半年的事，直到现在，山下乡民才知道住在里面的人姓甘。

人力财力到位，庙宇重修进展得很顺利，不出个把月，便初具规模。四周用毛竹搭好的骨架上，建筑工人给外墙刷漆，干完一天的活儿，山下的孩子就会偷偷溜上来，爬上爬下练轻功，这一来，就出了事。

有个小孩从毛竹架上摔下来，头先落地，休克了过去。他的家人拽着和尚的僧袍要他赔命，和尚说送医院，只是缺少交通工具，寺里面买面食菜蔬用的三轮车速度太慢。情急之下，一个和尚忽然说道："不如去找甘居士想想办法。"

一干村民终于名正言顺地进了山腰的宅邸，把甘居士的院落挤得水泄不通，大多数人在见到甘居士真人后都感到不可思议，因为他们发现自己其实早就见到过他。天还不算太冷的时候，他经常在离山下村庄不远的水库边钓鱼，戴一顶起了毛圈的草帽，挑竹篾编成的鱼篓子，穿灯芯绒面的布鞋。更让人惊喜的是他还有间车库，里面停了辆车。

有车就好办了。

但是甘居士挥了挥手说："不能开车，开车太慢。"

他叫大伙儿不要慌，然后打了个电话。出事孩子的母亲以为他敷衍了事，坐在院子地上边哭边骂，擤着鼻涕，扬言要上山顶拆庙灭佛，此番大逆不道的言论甫出，天空中便如同神祇降临般传来轰鸣。

那是一架螺旋式民用小型直升机，就那么越过山头，轻巧地落在了院子外面的空地上。医生和护士下来用担架抬走了孩子。

那个孩子得救了，所有的费用都是甘居士负担的，他说的话也有道理，寺庙是他出资筹建，如果他享受了荣誉，那也要承担引发的不良后果。被救孩子的母亲送去了两筐土鸡蛋，回到山脚下对邻居说，甘居士收下了鸡蛋，但按照市场价格给了钱，看得出来他不差钱。

这个消息完全勾不起人们的兴趣，他们需要更深一层的，也就是说大伙儿都不知道的。被救孩子的母亲说，她故意把鸡蛋送进门，看到桌子上有抄了一半的楷体《心经》，最后的行书落款写着"弟子甘明水敬书"。

甘居士原来名叫甘明水。

还有，传言是真的，甘明水应该是个鳏夫，客厅墙壁上挂着一张遗像，应该是他的先室。

甘明水五十岁不到，精力充沛却吃斋念佛，这件事成了寒山脚下最时兴的谈资。村民离开寒山去往卧牛县城，或者去往更远的金河市，就会带回关于甘明水的消息。诚如大家猜测，甘明水的确是一个成功人士，曾经掌管了全省最大的煤矿开采公司，公司现在的总经理是他的小舅子。他到寒山隐居，原因就是他大半年前妻子过世，悲痛之余，又被嫉恨他的同行竞争对手设计陷害，这才心灰意冷，离群索居。

近水楼台的村民们去做甘明水的思想工作，趁年轻再找一个吧。村子里虽然没有般配的对象，但各家各户都有在大城市中开枝散叶的年轻姑娘，保证家世清白守身如玉。甘明水统一拒绝，从不厚此薄彼，他说自己太老了，怕委屈了那些女孩。

哪有男人不喜欢年轻女孩的道理？于是继续打听。又有消息灵通人士回来说，甘明水在年轻女孩身上吃过亏，所以才会如此谨慎。有个贱人敲诈不成，反告他强奸。警察后来查明此事纯属子虚乌有，但于他名声有亏，他架不住各方压力，只好辞掉董事长的职务。

甘明水又出了一笔钱，给山下村庄升级取暖设备，并且山下村中无论是谁遇到经济上周转不开的难题,他总会解囊相助。村民受了恩惠,心中都惴惴不安,不知道该如何回报。忽然有一天,先前被救孩子的母亲去了金河市一次,回来后炫耀说自己给甘明水报了仇。原来她打听到了敲诈甘明水的那个女孩是谁,特意去寻她,使出平生所掌握的最难听的污言秽语将她劈头盖脸骂了一顿。

这种报恩办法简单粗暴且形式新颖,便有人效仿。若是有人去市里,无论公事私事,都要忙里偷闲地在那女人家门前大骂一通。如此一来,大家心理上渐渐平衡,也就不觉得亏欠太多。

但他们无论如何也想不出来,甘明水居然会不告而别。

据寒山寺住持说,事情发生的头一天,甘明水上山找他喝了顿酒。事实上那段日子他天天上山找和尚说话,和尚给他做斋饭,每日都要单独备下薄酒荤菜,供他晚上享用。甘明水总是喝到微醺才下山,夜晚山中漆黑道路崎岖,他却一点不怕,来去自如。

这一晚,他对住持说他遇到一件烦心事,他一手创立起来的公司,前段时间遇到了安全事故,他小舅子处理不当,很可能会有牢狱之灾。那小子根本就是个不成器的纨绔子弟,成天就知道泡在女人堆里,抓了也就抓了,但更严重的是企业也面临着损失,董事会强烈建议他回去主持大局。

"什么主持大局,就是收拾残局。"他说。

"别人的残局,跟你何干?你要把《心经》多抄上几遍。"住持劝他,"般若波罗蜜多,是大神咒,是大明咒,是无上咒,是无等等咒,能除一切苦,真实不虚。"

"说放就放,谈何容易。"甘明水苦笑,说到那家煤矿公司是他亲手打下来的江山,好不容易上市时,手旁的诺基亚响起来。

他只"喂"了一声,就没再说话,挂掉电话后,继续喝酒,但是酒兴衰减,那壶桂花酒只喝了半盏,不及他平素所喝的四分之一。住持邀他明日继续来喝,他说明日说不准来不来,但后天一定会来,然后就往山下走去。

后来的事,住持就不知道了。

/ 第十一章 /

甘明水的耳膜上还留着电话里的声音，就像一只蚊子不时萦绕过来。从口音上判断，这是个南方人，普通话很生硬，平翘舌和鼻边音都分不清楚；声音还有些稚嫩，口吻就像是孩子在做恶作剧。

"明天晚上，十一点，到'奥斯曼'酒吧来找一个拿着红玫瑰的女人，你应该还记得那个地方吧。不来的话，会有很严重的事情发生哦。"

他回到半山腰的房子，摊开宣纸，抄起《心经》，羊毫毛笔吸了一大块墨汁落在宣纸上，变成一块无法抹掉的污渍。他忽然就生起气来，把纸捏成一团，砸到墙上。

到底是谁，会这么无聊？

该死的奥斯曼酒吧！一想到那里的灯光和音响，甘明水就忍不住头疼。

他现在有两种选择，一种是置之不理，权当没有接到这通电话，因为很有可能打电话的人根本就是虚张声势，纯粹就是为了恶心他一下；另一种是去奥斯曼酒吧看一看。

看看又能怎样呢？他想。

他的那辆小海马有两个月没开过，好在汽油还可以撑到最近的一个加油站，防冻液也可以保证引擎在晚上正常发动。车寒碜了些，跟他以前的7系宝马自然无法同日而语，但平日里去附近的集镇上买点油盐酱醋绰绰有余了。其优点也就在于此，没有人会想到车里坐的人是他。

第二天晚上九点，他开着车下了山。天已经全黑了，寒冷的夜色完全遮盖了他的车辙和行踪。

来到卧牛县去往金河市的省道加油站，他给车加满了油，给保温杯续满热水，将暖气开到最大，直奔目的地。

奥斯曼酒吧在金叶大厦的二楼，开业不到两年，甘明水仅仅去过一次，那一次开的是宝马，车尚未停稳就有门童抢着来开门，这一次却风光不再，灰头土脸的海马停下来好一会儿，才有个年轻门童跑过来招呼。

"先生，我帮您停车。"门童的口鼻被厚厚的围巾蒙住，但是话语间的殷勤还是滚热的。

"不用了，我自己找地方停吧。"

"不行啊先生，公司要求我们服务到位，要不然会扣钱的。"年轻人跺着脚，揉搓着自己的脸，拿到钥匙之后又说，"外边冷，您先进去，等下我会进去把钥匙还给您，放心好了。"

甘明水把帽檐往下压了压，低头走向灯火辉煌的旋转门。钻石般耀眼的瓷砖铺陈在通道的四壁，将他引入了一个光怪陆离的天地，酒吧里主打俄罗斯原装进口的伏特加和朗姆酒，以及从阿穆尔河渡过来赚人民币的金发美女，她们正在旋转舞台上跳钢管舞，四周围满了叫嚣的男人。

地板在震耳欲聋的音乐里轰鸣，甘明水目光所及，全是拥挤扭曲的人影，远离舞池的阴暗角落中有些暧昧的眼睛呼应着他的探寻，但都被他一一过滤掉。他的目光最终落在吧台上的一个啤酒瓶上，那个啤酒瓶中插着一朵红色玫瑰，成为一个信号，让他注意到了那个旁边无人陪伴的背影。

他缓缓走过去，坐到女人旁边的高脚椅上，朝她看了看，点了点头。

女人也对他轻轻一笑，笑容里有些心照不宣的意味。她的妆容浓艳而精致，被不断变换的灯光照出各种色彩，有些像川剧里的变脸。

"我们认识吗？"甘明水试探着问。

"为什么一定要认识，难道你到这里来是为了叙旧？"女人话中带刺，像是在讽刺他的磨叽。出于一种聊胜于无的心态，她终究还是回了一句，"请我喝杯酒，不就认识了吗？"

甘明水对服务生说来两杯啤酒，这很显然不太符合女人的期望。女人撇了撇嘴，心不在焉地看向了别的方向。

"我敬你。"甘明水耐着性子端起了酒杯，只是还没等到那女人转过头来，他的手机就嗡嗡呜叫起来。

"去卫生间。"电话里的声音毫无感情地命令他。

他无法当着女人的面发作，只好放下酒杯说了句"对不起，请稍等"，挤开人群走向卫生间的途中，他问："你到底是谁？"

"在第二个抽水马桶的蓄水池里，有能证明你罪行的东西。"听筒中有很嘈杂的声音，像酒吧中喧嚣的回响。很明显，打电话的人也在酒吧里。

"我有什么罪行，请你说清楚。"他环顾四周，寻找着暗中窥伺的人。

手机里传来了忙音。

他进了卫生间，耐着性子等到第二个隔间中方便的人提着裤子出来，进去后立刻掀开储水箱的盖子，却什么也没有找到。

甘明水点了根烟，蹲在了马桶上，逼迫自己冷静下来思考这整件事的来龙去脉。最大的可能，是有人对他即将回到公司重新掌权感到不满，又无力挽回败局，只好以这种下作的方式泄愤。如果真是这样，外面那个女人又充当了什么角色？

他在盥洗池旁洗了一把脸，擦干后走回吧台。那女人还在原处，右手托着腮帮子，幽怨地说："你到哪里去了，怎么才来？"

他刚想说话，身后有个声音喊他："先生，你的钥匙。"

原来是门口帮人停车的门童。他接过钥匙放进兜里，问那个女人："你有没有什么想对我说的？"

"你敬我的酒还没喝，喝了我再告诉你。"女人狡黠地回答。

他本来想拒绝，因为尿酸过高，他已经很久没有喝过啤酒，可看到那女人眼中的挑衅，他还是很干脆地一饮而尽。冰冷的啤酒顺着他的咽喉浇进了他的胃里，带来一股奇异的炽热。麦芽的甜松弛了他的神经，使得他忽然间又有了一点冒险的欲望。

他立刻晃了晃脑袋，把这种危险的想法甩出去："好了，现在可以说了吗？"

"呵呵，害人之心不可有哦。"女人像是知道了什么似的笑着，立刻就惹恼了甘明水，"你到底想要怎样？"

"什么想要怎样？"女人没料到他会忽然翻脸，笑得有些勉强，"你喝多了吧？"

他立刻就抓住了她的手腕："别跟我耍花样。"

"放开我。"女人使劲挣扎，"再不放我就喊保安了。"

"好吧，我们大可以冷静一些。"甘明水放开了手，"到底是谁叫你来的，为什么不能堂堂正正地坐下来谈一谈，这种偷偷摸摸毫无技术含量的恶作剧到底有什么意思？"

"我不知道你在说什么。"女人扭动着被他捏红的手腕，想要离开，又被他一把抓住。她转头就把吧台上的另一杯啤酒泼到他脸上，"神经病啊，滚!"

很多道目光被吸引过来,他只好放手,任她从攒动的人群中挤出去。酒保带着似笑非笑的表情给他送过来餐巾纸,叫他擦掉脸上的酒水。他说了声"谢谢",接过来略作处理,就狼狈地离开了酒吧。

走出了酒吧的旋转门,冷风扑面而来,他顿时豁然开朗。不得不承认,那个躲在暗处偷笑的人确实得逞了,但也只能这样而已,费这么大力气,不过是让他跑了个冤枉路,小虾米怎么会掀起大风浪?但这件事也从另一方面给他提了个醒,就算是躲在与世隔绝的寒山寺下,也难免受到这些宵小之辈的骚扰,那就更不用说重新做回公司董事长,他得做好迎接惊涛骇浪的心理准备。

"先生,我给您去取车吧。"站在门外瑟瑟发抖的门童又走了过来。

"不必了,你告诉我停在哪里就可以了。"有惊无险之余,他的心情舒畅,拍了拍那少年的肩膀,"这么年轻就出来,一定很辛苦吧?"

"那也是没办法,生活所迫。"门童低着头。

甘明水从皮包里抽出两百块小费塞进他的口袋:"你很不错,有没有兴趣换个工作?"

"什么工作?"门童抬起头了头。

"至少不需要让你在这么冷的晚上站在外面。而且我保证,你的工资最少是你现在的两倍。"

"那太好了。"门童的喜悦随着白雾从围巾中喷发出来,"可是为什么……"

"不要问那么多为什么,这是你应得的。"甘明水给了他一张名片,要门童明天打电话给他,"最好迟一点,因为我明天上午可能会睡个懒觉。"

这种感觉很爽,片刻之间就改变了一个人的命运,如果他高兴,他会把这个门童拔擢到一个很高的地位。

"甘先生,您喝了酒,最好不要开车。我听说今晚交警在查车,主要是高速路段和省道。"

"知道了。"他笑着说。

交警查车其实不算什么大不了的问题,那杯啤酒只能算得上漱漱口,不过如果让人知道他在夜晚回到了金河,解释起来会很麻烦,更不用说他还去了奥斯曼。

他进了车，旋开保温杯的盖子喝了一大口热水，思忖了一会儿，决定选择另一条回卧牛县的路。

平安道是修建在松花江支流上的一条河堤，主要承担泄洪防涝的作用，曾经是卧牛县来往金河的必经之路，但自从市县之间造了一条省道，堤坝的交通功能就渐渐退化了。

甘明水的车很快驶离了市区，二十分钟就上了平安堤。他的左边是大片防风林，右边就是金河，金河市以此河立名，可见河之大。猎猎朔风自河面席卷而来，将河水冻得硬如砧铁。黑云低垂的天幕下，两道车灯刺穿浓稠的夜色，往远方奔去。

大概是暖气充足的关系，甘明水逐渐有些燥热，燥热中又有一些晕眩。他把风口调向，收效甚微，摇下车窗，又立刻被寒风刺得面目生疼，只好留下一条缝隙，让空气保持流动。但汹涌的晕眩感并没有被冷风吹散，反倒一浪高过一浪，像鬣狗争先恐后来撕咬他的意识。甘明水的车速极慢，不停地扇自己的脸。他知道一定是哪里出了问题，但以现在的状态，他很难做出清醒而准确的判断。

他把车停下，把车窗开得更大一些，灌了一口寒风，立刻想到，应该是那杯酒的问题，一杯啤酒不至于把他喝成这样，可如果那杯酒被人动了手脚呢？

是那个女人，一定是。有个电话把他骗去了卫生间，那个女人趁机在酒中下药。她和暗中的操纵者想让他出丑，想他在奥斯曼出丑，就算他能全身而退，省道上的交警也会拦住昏昏欲睡的他，到时候照样以此做文章，让他再度回到隐居之前的舆论风暴中——他又去奥斯曼了，这一回看他怎么解释——董事会里有人不想让他回去，所以想出这种下三烂的办法。一定是这样。

多亏他选择了平安道，没有人知道他选择了这条路，他现在可以睡一觉，等药效过去再重新出发。

他把车停在路边，没有熄火，摇低座椅椅背，将车窗摇下一拳头的宽度，以免发动机怠速造成一氧化碳中毒，打开双闪警示灯后，把副驾驶座上的羽绒大衣盖在身上后，立刻放弃抵抗，头一歪就昏睡过去。

双闪灯有规律地跳动，像是地球在苍茫宇宙中发出的求救信号。那种闪烁的频率，很快就得到了另一束光芒的回应。

一辆摩托缓缓地停在了甘明水的车后。

"喂，你还好吗？"

甘明水能够听到有人在喊他，努力睁眼，看到一张离自己不到二十公分的人脸。这个人将自己裹得极为严实，帽子和围巾下只露出了一双眼睛。应该是路过的人吧，甘明水的脑袋昏昏沉沉，意识还是不够清楚，呼吸绵软，手足乏力，缓缓嘘气说道："还好。"

"你这样很危险，天这么冷。"那人将他的身体扶正，旋开他身边的保温杯盖子，"喝点热水暖暖身子。"

甘明水干冷的脸在热水的滋润下恢复了一些知觉，渐渐回想起发生了什么，不由得感到万分庆幸。他感觉明显好多了，再过一会儿，应该就能重掌归途的方向盘了。那些想要害他的人，终究还是竹篮打水一场空，而他在恢复元气之后，一定会将背后的始作俑者挖出来。

"我扶你出来。"那个人又说。

出来呼吸下新鲜空气，活动一下筋骨也好。他配合着那人的搀扶下了车，站到地面上，脚下有些发软，只好勉力维持住平衡。脚下的陡坡向两侧无限延伸，陡坡下就是冰封的河水。天太冷，风在身后的防风林中发出野兽般的怒吼，他被风吹得东倒西歪，没过一会儿就难以忍受，想要回到车上去。

身子还没转过来，他的背上传来一股力量，脚被绊住，整个人瞬间栽倒在地，顺着陡坡朝下滚去。凸起的石块瓦砾、刀锋一般的玻璃碎片，割破了他的衣服和裸露的脸，但是寒冷和恐惧竟然让他感觉不到一丝疼痛。

他终于停止了滚动，脸重重地弹了几下，耳边传来冰层下潺潺的水声，这才发现自己滚到了河面上。幸好不是夏天，否则他早就被湍急的河水给冲走，也许天亮之后人们就会在下游的河边找到他的尸体。可这是怎么回事？怎么会忽然摔倒的？他趴在那里，浑身动弹不得，而且，那种天旋地转的感觉再度袭来，似乎比第一次更加凶猛。

那个人也沿着陡坡爬了下来，蹲在他身边："怎么搞的？怎么忽然就摔下来了？"

"扶……扶我上去。"甘明水用了很大力,才从喉咙中挤出这句话。

"好。"那个人的胳膊伸过来,垫在他的脖子下,让他躺正,另一只手却停在他领口的位置,"刺啦"一下,拉开了他羽绒袄上的拉链。

"你……你要干什么?"甘明水里面只穿了件衬衫,打了个寒战。

"我觉得你有点热,想要帮你降降温。"

"这么冷的天,我怎么会热?"

"现在不热,可是等一会儿你就会感到很热了。"

甘明水的羽绒服已经完全敞开,可是那人还是不满意,将它完全脱了下来:"别着急,痛苦很快就会过去。"随即又去解他衬衫上的纽扣。

"为……为什么?"甘明水的牙齿上下磕碰,说不出完整的话。黑色的天空变成了深渊,他感觉到自己正在坠落。

"这个问题你要问问你自己。"那人解开了脸上的围巾,从上而下俯瞰着他。

甘明水努力睁大眼睛,想要看清那张脸,可是他的视线越来越模糊,"不管是谁让你来的,他给你多少钱,我都出双倍。"

"又来这一套,无不无聊?"那人嗤笑道,"我要走了,就不说再见啦。"

甘明水伸手抓住他的脚踝,哀求道:"救救我,我不想死。"

那人很轻易地挣脱了他的手,蹲下来看着他:"那天晚上,你做那件事情之前,有没有问过她想不想?"

甘明水忽然明白了什么:"她?哪个她?"

"别装傻了。"那人冷笑,"我知道你做了什么。"

"我什么也没做,她说谎,她诬陷我。"

"假如你真的没做,今晚就会继续待在庙里做你的居士,继续问心无愧地做你的善人。"那人盯着他的眼睛继续说道,"奥德修斯死掉了,可是他还有朋友。"

"我不认识什么奥德修斯,你认错人了。"在将近零下三十度的低温中,甘明水像中了毒咒一般开始流汗,他开始犯困,眼皮比夜色更沉。他知道自己一旦闭眼,就再也不会醒过来,乞求道,"我可以弥补,多少钱都可以弥补,求求你,饶了我。"

"腿长在你自己身上,你可以自己走,我又没有绑住你。"那人笑着,就像一个狠心的小孩,面对着一只被他拔掉翅膀的苍蝇。

"你到底是谁?为什么要这样做?"甘明水的目光中透出怨毒。

那人蹲下来看他:"不要问那么多为什么,这是你应得的。"

这句话仿佛在哪里听到过,甘明水忽然想起来,在离开奥斯曼之前,他对那个门童说过类似的话:"是……是你?"

"是我。"那人拽了拽他的胳膊说,"我不会杀你,我给你机会,你要是有本事就自己爬到车子里去。"

月亮在黑色云层中有过一次短暂的露面,寒光打在那个沿着陡坡攀爬的背影上,又很快被黑暗吞噬。甘明水已经感觉不到自己身体的存在,他嘴里呼出最后一缕幽魂般的白汽,呼吸越来越急促,身体开始急遽颤抖,然后在某一个瞬间,呼吸和颤抖同时戛然而止。

站在堤坝上的黑影目睹了这一切,开着摩托车驶向低垂夜幕下泛起微光的金河市。

/ 第十二章 /

早晨八点半,金河水泥厂的烟囱开始冒烟。白烟和灰云衔接在一起,远远看过去,整片天空都像是从烟囱里吐出来的一样。

蔡青铜把警车停在路旁,带着助手赵瑞往水泥厂大门对面的那一排平房走去。烟灰不断落下来,落在他们俩的帽檐上,他们不得不脱下帽子掸了掸,然后再去敲门。

那扇门是其他几扇门的两倍大小,明显是后来扩改而成,上面安装了卷闸门帘,里面还有两扇合拢在一起的木门,木门上半截镶嵌了长条玻璃,门把手上挂着"暂停营业"的招牌。门里面很暗,长条玻璃像镜子一样倒映出两个警察的上半身。赵瑞拍了拍肩膀上的灰,抱怨道:"这鬼地方,怎么能住人?"

"少废话。"蔡青铜说着,又敲了敲门。

"现在不卖东西。"一个女人的声音透出来,显得绵软而阴郁。

"对不起,打扰了。"蔡青铜口吻凝重而严肃,"我们是警察。"

过了一会儿，那个声音才又回答："门没锁。"

两个人从明亮的户外推门进入到阴暗的屋内，眼睛适应过来后才看到柜台后面的女人。那女子也像森林中受了伤的精魅，脸上满是被阳光照亮的慌乱。暖气不算太足，她穿了很多，把自己包裹得很严实。

"你还记得我吗？"蔡青铜摘下了帽子，以便让她看清楚他的脸。

女子表情恍惚，没有任何反应。

"一年前，你来报案，是我接待的你。"蔡青铜只好给她一点提示。

"哦，"女子轻轻点头道，"是的，你姓蔡。"

蔡青铜点点头，坐到墙边的一条长凳子上，隔着玻璃柜台问她："你父母呢？"

"他们去进货了，刚走不久，你们现在去追还能赶得上。"

"我们是来找你的。不过你别紧张，我们就是来了解点情况。"

"我什么都不知道。"

"不会耽误你太多的时间。"蔡青铜极力安抚着她，"我们只问一个问题，如果你能回答上来，我们马上就走。"

女子犹疑地点点头。

蔡青铜碰了碰赵瑞的胳膊，赵瑞的目光一直系在女子身上，这时如梦方醒，从随身携带的包中掏出口供记录簿，飞速记下蔡青铜的问题："三天前也就是上周五的晚上十二点左右，你在哪里？"

"我在家。"女子不假思索地回答，"就在这里。"

"为什么会这么肯定？"

"我每天晚上都在家里。"

"没有例外？"

"没有例外。"

蔡青铜"嗯"了一声，继续问道："有谁可以证明吗？"

"我爸妈，他们在看电视，就在这里。"

"还有别人吗？"蔡青铜轻轻咳嗽了一下，似乎也知道这个问题有些强人所难。

不料女子回答得很干脆："有。"她说水泥厂这几天晚上都在加班，有很多下夜班的工人到她家里来买香烟和泡面。他们都可以证明那时她在家，就在这里。

"可是那么晚了，你不是应该待在自己的房间里吗？"赵瑞在一旁插嘴问道。

"那是我母亲的要求，她让我一定要在这里坐到关门。"

"为什么？"

"大概是因为我坐在这里，生意可能会好一点。"女孩嘴角有淡淡的嘲讽，"你们如果不放心，可以去水泥厂问问。"

"好的，谢谢你的配合。"蔡青铜站起来，示意赵瑞盘问结束，现在可以离开。他的手刚碰到门，就听到女子说道："请问——"

两人回转过身来，等着她把话说完。

"到底发生了什么？"

蔡青铜的脸不自觉地松弛下来，露出祥和的表情。一个人无论遭受了什么样的打击，也不可能失掉全部的好奇心，这是正常的人性。蔡青铜就是在等她问这个问题，否则他几乎要断定这个女孩跟他调查的事件有关了。

"甘明水死了。"说出这个答案的时候，他认真地观察着她。

女子静默了一会儿，缓缓地说了一句："哦，是这样。"她缓缓地坐下去，脸藏到了柜台的后面。

"安晴小姐，请不要误会，我们不是怀疑你，只是来排除一些可能性，这是例行公事。"

"你们怀疑我，也不奇怪。"女孩的鼻腔里有些浑浊的共鸣，"是上礼拜五晚上的事吗？"

"是的，午夜，就在平安堤下面的冰面上，直接的死因是体温过低，通俗地说，就是被冻死的。"

蔡青铜简要叙述了一下甘明水尸体被发现时的情况，一辆从卧牛县运送大白菜到金河市的农贸车，在凌晨四点多钟经过平安堤时，看到路边停着一辆打着双闪灯且开着车门的轿车，却发现车里并没有人，随即发现结冰的河面上半裸的尸体，立刻报警。法医判断，死亡时间应该是上半夜十一点至一点之间。

"这么说，他的确是被人杀死的。"

"只能说有这个可能，我们正在查。"

"不是说……半裸吗？"

"是的，但这跟谋杀并没有必然联系。"蔡青铜想从科学的角度把这个问题解释清楚，却有点力不从心。

赵瑞轻咳道："衣服有可能是甘明水自己脱掉的。"

安晴睁大了眼睛："会吗？"

"那天晚上最低气温是零下二十八度，如果想要杀掉甘明水，以他当时的状态，将他放在河面上已经绰绰有余，何必多此一举脱掉他的衣服？"

安晴的睫毛上闪烁着潮湿的光泽："总不会是他自己脱掉的吧。"

"当一个人体温过低的时候，确实有可能自己脱掉衣服。美国有部电影叫《绝命海拔》，其中有个人困在极度寒冷的高山上，脱掉了他自己的外套，这就叫'悖论脱衣症'。之所以会发生这种事，目前医学上能给出很多解释，最合理的一种，是在寒冷环境中，人体血管为实现供血而收缩，但如果寒冷超出人体承受能力，控制血管的肌肉就会麻痹，从而使血管扩张，这时人体的部分暖血就会流遍皮肤血管，人就会感觉很热，所以就会主动脱衣服。"

"太深奥了，我不懂。"安晴摇摇头说。

赵瑞听出了她的讥讽，脸红了。蔡青铜咳嗽了一声，瞪了他一眼。赵瑞说得没有错，但为了卖弄学识而抓住某个片段孤立叙述，没有联系全局，就会像现在这样，给人以滑稽而无聊的感觉。

"这只是一种可能，并不代表事实一定如此。也许凶手也正是利用这种愚蠢而片面的思维，故意脱掉了他的衣服，不仅能加速他的死亡，还能混淆视听。"蔡青铜说完这番话，继续向安晴介绍案情，法医在死者胃部发现了啤酒和茶水的残液，并从中提取出一种名叫三唑仑的成分。三唑仑是一种用于制造精神类药物的物质，具有催眠、镇静、抗焦虑的作用，其安眠镇静效果比普通安眠药强三十到五十倍，能在短时间内令人快速安眠，因此也被一些不良商人用来制造迷药秘密销售。因此，有人利用其特点实施抢劫、强奸等犯罪活动。

"死者应该是在服用了迷药之后失去了意识，失去自我保护的能力，才会冻死在河面上。"蔡青铜踱了两步说，"安小姐，一年前你到我们局来报案，当时因为证据不足，我们并没有帮到你，希望你能原谅。"

"为什么现在提起这些？"安晴把头偏过去，显示出排斥的态度。

"我们在甘明水的车上，发现了性侵的工具。而且根据对当晚他行踪的调查，可以断定他胃里的三唑仑，本来是想下到另一个单身女性的啤酒中去的。"

安晴把头转过来对着他："你是说他想给别的女人下药，结果下给了自己？"

"听起来很荒谬，但事实大概就是这样。"

调查结果显示，甘明水当晚去了奥斯曼酒吧，并且刻意隐瞒了自己的行踪，他经过了乔装打扮，开的车也跟原来的不一样，这说明他的目的有些不可告人。

"安晴小姐，你大概还记得那个地方吧？"蔡青铜问。

安晴没有回答，等着他继续说下去。

"吧台上的酒保证明，甘明水当时的确正在接触一个女人，要请她喝酒，中途接了个电话离开。那女人怀疑他对酒动了手脚，于是调换了酒杯。"

"怀疑？她看见了？"安晴问道。

"是酒吧给人泊车的招待提醒他的，当时他帮甘明水停好了车，进到酒吧里来还钥匙，找到他的时候，好像看到他往酒里面倒了些什么。甘明水喝下了那杯调换过的酒，可能是感到了不适，所以立刻离开，他没有选择省道，却绕到交通条件比较恶劣的平安堤上。就在那里，他掉下了堤坝，滚到了冰封的河面上。"

"他为什么要下车？在车子里不是更安全吗？"

"夜间气温过低，空调持续工作，发动机处在怠速运转的状态下，车子里的一氧化碳越来越多，引起不适，可能他想下车呼吸一下新鲜空气，但由于药劲尚未过去，他没法支撑，才滚下斜坡……"

"哦……是这样。"

"我们在死者的手上发现了一枚戒指，这枚戒指是空心的，下面有个小孔，里面还有一些迷药的粉末，设计相当精巧。我猜，当初他应该就是用这种方式把迷药倒进你的杯子的。安晴女士，你在一年前的那个晚上，有没有见到他的手指上套着这样一枚戒指？"

赵瑞立刻将包里的证物照片拿出来，安晴端详了很久，摇摇头。

"是没有看过，还是没印象？"

"没印象，我一点都不记得了。"安晴摸了摸额头，"事实上那个人长什么样子，我都已经忘记了。"

"没必要记住的事情，确实应该忘掉。"蔡青铜拽了拽警服的下摆，"这样的话，我们就告辞了。"

"谢谢你们。"安晴站了起来。

蔡青铜颔首致意，朝门外走去。

"等等。"安晴又说，"有件事我还是不明白。"

"什么？"

"那个人为什么要走平安道，他不就住在市里面吗？"

"有件事忘了说。"蔡青铜微笑道，"当初你对他的指控因为证据不足而撤销，但也并非没有造成一点影响。无论如何，他在他妻子重病期间去奥斯曼那种地方本身就不合适，而且，当时他确实请你喝了酒，并且开车送你去了酒店。舆论当时对他很不利。所以，他在他妻子去世之后就把公司交给了他的小舅子，自己跑到卧牛县的一座山上隐居去了。"

安晴点点头："我明白了，再见。"

水泥厂的烟囱浓烟滚滚，呛得赵瑞捂住口鼻不停抱怨："这家人也真奇怪，干吗非要搬到这里来住？"

给发动机预热的当口，蔡青铜回答道："他们也是没办法。"

他们之前去了安晴一家原来的住所，发现已是人去楼空，据左邻右舍说，前段时间经常有不明身份的人站在她家对面骂街，街上最凶悍的泼妇听了也会面红耳赤，再加上熟悉的环境中本来就容易飞短流长，他们才搬到了这么偏僻的地方。

"所以，安晴跟这起案件没关系喽？"赵瑞问道。

"我没发现她有什么异样，而且我们之前的调查也证明了她缺少犯罪能力，她深居简出，缺少社交，连个男朋友也没有，也就是说，即使她有犯罪意愿，也会因为缺少犯罪能力和帮手而无法实施。今天这一面之后，她的嫌疑基本上可以完全排除。"

"那这起案子，到底还要查什么？所有人都有不在场的证据，也没有任何证据能证明这是谋杀。证据链和当事人的证词都能完美衔接，证明这就是一次意外事故。"

"就是因为太完美了，所以才令人心神不宁啊。"蔡青铜摇了摇头，踩下了油门，车往前开去。

他们的身后，水泥厂持续发出巨大的噪声。

第十三章

下午三点，下了公交车，没走多远，那种感觉又来了。

安晴朝后看去，并没有发现什么。排列着俄式建筑的广场上，寥寥的行人戴着帽子，围着围巾，全都走得小心翼翼。所有人都急于奔赴有暖气的地方，无暇看她。

可安晴偏偏有种被人窥伺的感觉，就像有人在跟她捉迷藏一样。

调整好心态，她走进了广场东边的"古雅"餐厅。咖啡的香气浓郁，绸缎般柔软的灯光在各色琉璃器皿上浮动摇曳，烘托出暧昧而浪漫的气氛。围着白围巾的男士在灯下挥手，正是她昨天在相片上看到的那张脸。那张脸很白净，眉毛细长，下巴很尖，除了有几分阴郁，其他都还不错。

"你好，王先生。"她说。

"请坐，安小姐。"他的手笔直地杵在两人中间，像是不完成见面的礼仪就绝不罢休。安晴虽然非常排斥身体上的接触，但还是伸手碰了碰他的指尖。他的手竟然比她的还冷。

"这个天，太冷了。"王先生在她杯子里倒满刚刚煮沸的红茶，红茶里泡了藏红花和桂圆，适合女人和像他这样体寒的男人。说起这些的时候，他拘谨的程度也刚刚好，并不显得做作和忸怩。

安晴的话照例很少，因为实在没什么可说的。王先生很好地控制了话题，没让她为没话找话而烦神。他说他在市中心有一套九十平米的三居室，父母都很健康，他有两个姐姐，都很有出息，一个在国外，一个自己开公司。他自己呢，其实也没有太大的野心，只想找一个合适的人，与世无争地过一生。

"以后冬天你要是觉得冷，我们可以去南方。"他说。

"我其实并不喜欢跑来跑去。"安晴回答。

"嗯，听你的。"

还剩一半的茶皿在酒精炉上温着，茶香和咖啡的馥郁交织在一起，有些困人。该跟他说一说自己的想法了，安晴斟酌了好久不知道如何起头，只好说："要不要再添些水？"

"不需要了，等一下我们去看电影。"王先生看了看手表，"票我已经买好了。"

"王先生，"安晴低垂着睫毛说，"你人很好，可是对不起，我实在是不想浪费你的时间。"

"怎么了？"王先生很平静，微笑着自我检讨，"是我哪里做得不够好，惹你生气了？"

"是我自己的问题。我没打算结婚，至少现在还没有。"

王先生没再说话，在安晴又说了一遍对不起，并且跟他道别之后，才站起来挽留她："不看电影也没关系的，先不要走，再坐坐吧。"

安晴又坐了回去，这是她第一次被挽留时答应下来，这意味着，她对王先生是有好感的，跟之前见面的那些男人都不一样，但仅限于此。北方的夜晚来得总是很早，落地玻璃窗外的天色已经灰暗。她在王先生的沉默中佯装看表："啊，我有事要先走，不好意思。"

"我知道你为什么拒绝我，"王先生嘴角挂着生冷的笑，"你知道我是做什么的，对不对？"

"我知道，你在民政局上班。"

"不要自欺欺人了。"王先生冷笑，"两个小时之前，我还在给一个九十多岁的老头化妆，他的牙齿都掉光了，整张脸都瘪了下去，但是他的子女希望他看起来精神一些，所以我给他嘴里塞了些填充物。就像这样——"他把一块小蛋糕整个塞进了嘴里，使得整个脸都扭曲成了一种很怪异的形状。

他又说："你能不能想象把手塞进死人嘴里，在他干燥的牙龈上刮来刮去的感觉？"

整个餐厅变成了一个熔炉，灼热的空气令她窒息。安晴端起了茶杯，想滋润一下干涩的咽喉，可想起这桌子上每一个物件都被这男人的手碰过，动作就变得无比滞涩。

王先生察觉到了她的小心，说道："你嫌弃我。"

"我没有。"

"我有没有嫌弃过你？"王先生莫名悲愤地问，"安小姐，我听说你被人下药后折腾了两个多小时？"

她猛地站起来，拿起沙发上的包就往外跑。王先生抓住了她的包带，脸上的肌肉扭曲出诡异的纹理："你凭什么嫌弃我？"

包带缠绕在王先生的手上，她只能丢卒保车，落荒而逃。门外骤冷的空气让她想起来，帽子、围巾和口罩都丢在了里面。

雪花不成规模地打着前哨，半空中飞舞的姿势诚然很美，落在地上的却无法捍卫清白，在脚掌的践踏下零落成泥。安晴逃向了广场旁边的公交站台，等着开往水泥厂方向的10路车驶过来。下班的高峰期，车厢里黑压压的人头使她望而却步，后面的人又挡住了退路，她身不由己地上了车，在人缝中勉强抓住了扶手。

车厢里的拥挤和封闭，很像一年前的那个晚上，在大脑缺氧的眩晕中，她的身体像被千军万马碾过而千疮百孔。

她记起那个深夜，睁开眼之后，发现自己躺在陌生的酒店床上。

极度的慌乱和恶心，让她立刻洗掉了身上所有肮脏的痕迹。当意识到有些东西无法洗净，她选择了报警。

酒店的服务生说，那位被指控的先生确实是把她送进了房间，可是不到两分钟的时间就出来了。这两分钟的时间，可能脱衣服都不够。

她不能提供任何证明，于是成了一个笑柄，所有人都得出相同的结论，她是敲诈不成才报的警，其目的也不过是私了。没有人相信她，就连父母对她那种感觉都持保守态度，他们总是怪她过于草率，自作主张去报警，如果事先跟他们商量，也不至于落到一无所获的境地。

现在那个男人死了，死在了冰封的河面上，这个世界变好了吗？安晴看着车窗外昏沉的街道，不知该逃往何处。

经过了三四站路，车上的人才稀疏了些。一个人从前往后准备下车时，一个趔趄压在她身上，手顺势伸进了她羽绒大衣的口袋。安晴感觉到了，却没有做声，因为她实在没有什么可被偷的。那只手在她空荡荡的口袋中停了不到半秒，果然抽离而去。

安晴摸了摸口袋，发现多了样东西。

那是一张纸条，上面写着："河海公园的滑冰场，有你想要知道的死亡真相。"

/ 第十四章 /

河海公园滑冰场因为经营不善，早已倒闭，河海公园因为水泥厂的关系，也已人迹罕至，形同废墟。偌大的空地，是猫的乐园。

安晴的羽绒服上有帽子，但那帽子太大，需要用手摁住才不至于被风掀开，她的脸已经冻僵了，手也失去了知觉。这个时候回家也许才是明智的选择。

但她偏偏还是来了。

废弃的滑冰场有半个球场那么大，一眼即穿。场中央的那个人似乎怕自己不够醒目，像根旗杆一般朝她挥手，那姿势颇像是个认识好多年的朋友。他的脚下有好几只猫，怀里还有一只。

即使他裹得很严实，面目都被厚厚的围巾遮挡住，站在场地边缘观察的安晴也确定自己以前并没有见过他。

他的口袋里还有个收音机，新闻播报的声音夹杂着电磁杂音泄露出来，让滑冰场显得更加空旷荒凉。为了获得好一点的收听效果，他不断地转动身体，顺带踢开那些为了抢食而缠斗在一起的野猫。

"我就知道你会来。"这个神秘的陌生人边转着圈边对她说。等到安晴走到离他十米远停下来，他放下怀里的猫。

"我们认识吗？"安晴问。

"我认识你，你不认识我。"他说道。

"你怎么认识我？"

"这是我的秘密。"他的声音有恶作剧一般的孩子气。

"这张纸条是你写的？"安晴没心情跟他纠缠不清，掏出那张纸条问他，"你到底想干什么？"

"别说话。"神秘人转动的身体忽然停住,像是听到了什么,他的手伸进了口袋,掏出收音机,小心翼翼地放在地上,"这个角度最好,你听。"

收音机的声音果然清楚了很多,一个庄重严肃的女声正在播报新闻。安晴尚未明白过来他的用意,看到他向自己走近,本能地后退道:"你别过来。"

"我不会害你。"神秘人边走边解开脖子上环绕的灰色围巾,挂在了她的脖子上,双手摊开说,"你看,我没骗你吧。"

那张脸的年轻超出了安晴的意料,但更令她惊讶的是一些迥于常人的奇怪特征。他的头发灰白而蓬乱,像是霜降后的芦苇,瞳孔呈现出异样的灰色,眼中像是弥漫着无边无际的夜雾,脸色的苍白仿佛是寒冷使然,也像是本来如此。

"我保证,我是站在你这边的。"他说。

她无意关注他的立场,拿着纸条再度问道:"这句话到底是什么意思?"

"你觉得呢?"神秘人还是一副神秘兮兮的样子。

"你走吧,不要再开这种无聊的玩笑,让警察知道了,你会惹上麻烦的。"安晴打起退堂鼓。

"你害怕?"

"不害怕,只是……太迟了,我必须要在八点半之前到家。"她看了看手腕上的电子表,"还有二十分钟。"

"你随时可以走啊。"那人笑着说,"我不会强迫你做什么的,一切都是你自己的选择。"

"再见。"安晴立刻转身,同时为自己的好奇心感到后悔。

"那个人叫甘明水是吧?"神秘人的声音从身后传过来,"警察是不是说他是冻死在平安堤旁的金河上的?"

"难道不是?"安晴又不由自主地停下来看他。

"警察说是,那当然是了。"神秘人微笑着说,"警察有没有说他怎么冻死在那里的?"

"他误食了一种迷药,路过平安堤的时候下了车,从堤上摔了下去。"

"我猜警察一定还说那个迷药是他下给奥斯曼酒吧里的一个女人的对不对?因为那个女人发现了他的诡计,所以把两杯酒给调了个包。"

"你怎么会知道？"安晴警觉起来，随即又想到警察的调查结果多半已经公布，所以这些也算不上是秘密，而且，没准这个人自己就是警察，故作神秘只是来探探她的口风。她把搭在胸前的围巾绕到后面，挡住了脸。

"我要是说，啤酒里根本就没有迷药，你信不信？"神秘人又问。

"怎么可能？"她脱口而出，"警察明明说法医解剖后在他的胃里面发现了迷药成分。"

"他确实服了迷药，但迷药一定要下在啤酒里吗？"神秘人开始走动起来，像是在观察四周有没有人，"也许那杯啤酒只是为他服用迷药提供一个理由，或者说，提供一个情境，一个背景，目的只是让别人相信那药是他自己下的。"

安晴糊涂了："你的意思是说，奥斯曼酒吧里的那个女人撒了谎？她是凶手？"

"那倒也不是，她的存在只是为了向警察提供证词而已，再加上后来的一点操作，就可以让警察相信甘明水去奥斯曼的目的就是用迷药迷倒她。"

"那……那到底是怎么一回事？"安晴的困惑使她连提问都变得有些艰难，"我是说，他是怎么……"

"是怎么服用了迷药对不对？"神秘人目光向四周环绕了一圈。这个动作令安晴醒悟到这个地点的深意，因为一览无遗，自然就不会"隔墙有耳"，收音机的声音也能起到干扰的作用。

"既然不是下在啤酒里，那自然是下在了别的地方。"他平静地说道，又提示她，"我可以告诉你，他是在喝掉啤酒之后才服下的迷药。"

"你是说，他是上了车才……"安晴的眼睛为之一亮，"是他的杯子吗？"

神秘人点点头："这么冷的天，像他那个年纪的人，多多少少会注重养生，一个保温杯是必不可少的，从那种乌烟瘴气的地方出来，自然会口干舌燥，难免会多喝几口。"

"可是谁能往他杯子里下药？"安晴难以置信地睁着眼睛。

"有人帮他停车，自然就能找到机会。"

"所以，是那个帮他停车的……服务生？"说到这里，安晴立刻想起那天警察说到的一个细节，正是酒吧里的一个服务生告诉那个女人说看到甘明水好像偷偷往杯子里倒了什么东西，那女人才调换了酒杯，这一幕似乎佐证了她的猜测。

"你很聪明。"神秘人说。

"可是警察不会怀疑那个门童吗？"

神秘人似乎在答非所问："为了这个时刻，我已经干了三个多月，而且和那个人素不相识，毫无纠葛。只要能把那个人杯子里的水倒掉，那就毫无证据，警察又有什么理由怀疑我？"

"你就是那个门童？"安晴的嗓子干涩，"那个人死的时候……你在场？"

"这还用问？"神秘人颇为得意地反问，"如果我不在场，那枚戒指又是怎么套到他手指上的？为了打造那个奇怪的东西，我可是费了不少功夫。"

安晴身上起了一层鸡皮疙瘩，不单单是因为冷，也因为一种难以名状的兴奋。她像一尾死水中游弋的鱼，这个陌生人所说的一切就像面包屑洒在了水里，无论是不是诱饵，这种变化也足以使水面荡漾出令人心悸的涟漪，就算风会冻结整个湖面，她也要把鱼唇伸出水面呼吸一口别样的空气。

"你是怎么做的？"她轻轻地问，目光迷离。

"很简单。我把他从车子里扶出来，把他推到了河上，然后脱掉了他的衣服。"他的目光中浮动着湖水一般的笑意，"警察是不是还提到了什么'悖论脱衣症'？"

安晴点点头，又往后退了退："这和杀人有什么区别？"

"你有没有听说过蚁狮这种虫子？蚁狮的幼虫很小时就离开了母亲，独自生活，生活在干燥的地表下，在沙质土壤中制造漏斗状的陷阱，从来不主动猎捕食物，是那些笨蚂蚁自己掉进去的，它们总是自作聪明，使劲往洞口爬，然而这只会惊动埋在沙里的猎手，加速死亡。"陌生人噘起薄薄的嘴唇，使得他在冷酷之余又有一种天真的意味，"我给了他选择的机会，只要他不去奥斯曼，就一点事都没有。"

对于这种解释，安晴无法做出评价。

"你不希望他死？"那人盯着她的眼睛，似乎要在恐惧中发掘出额外的价值,"如果你有机会,难道你会放过他?"

"我……我不知道。"

"可是我知道。"那人很笃定地说,"我去过你家,水泥厂下夜班,我冒充工人到你家买香烟,你就坐在柜台后面,一声不吭地睁着眼睛,直勾勾地看着我,那时候,我就知道你想杀人,不是杀那个人,就是杀掉你自己。"

安晴对此毫无印象,但她承认他是对的。她时时刻刻有一种嗜血的冲动,必须要调用所有的理智,才能把同归于尽的心思抑制和隐藏起来。她终于明白为什么经常能感觉到有一双眼睛在暗处窥探着自己,这应该算是一种感应吗?她看着那张乖谬而任性的脸,无端生出一种亲切感。他也许心如蛇蝎,也许不择手段,可在这个世界上,还有谁比他更懂她呢?

"如果那个人还活着,你大概永远都抬不起头来吧。"他抬头仰面看着天,伸出手露出孩子一般的笑容,"啊!下雪了。"

大朵大朵的雪花,轻盈而义无反顾地纷纷洒落,乱吻着安晴的脸。她在纷乱的白色之中看到这个男人鼓着腮帮子朝一朵鹅毛般大小的雪花吹气,像是要把它吹回到天空中去。可是那朵雪花绕开他的脸,落进了他的脖子里面。他缩起脖子叫了起来:"好冷好冷。"

"你到底是谁?你为什么要这样做?"安晴的困惑似雪无边无际。

那个人看着她,往后退了几步,两只手的拇指和食指形成直角拼成一个假想中的照相机,"咔嚓"一声:"就是这样,就是这样,一点没变。"

"你见过我?"

"当然见过。"那人像是猜透了她的心,"不要再想了,再想也是白费脑子。"

"我的记性没那么差,"安晴不服气地说,"你什么时候见过我?"

"我会在我三十岁生日的那一天告诉你,不过,未必有那一天。"那人继续去捉雪花,逃开她质疑的目光,"你看,雪越来越大了。"

"为什么未必有那一天?你到底是什么意思?"

他停止了追逐,略有些气喘地说,"我有先天性心脏病,医生说我活不到三十岁。是不是很像韩剧里的桥段?没错,这么矫情的事情就是发生在我身上,出生的时候就中了大奖。不过,正因为这样,我才没什么害怕的，有些人，想见就见，有些人，想抹掉就抹掉。这个世界之所以讨厌，就是因为有一些讨厌的人，把讨厌的人彻底抹掉，世界就会恢复宁静。你看，现在这个世界多美好。"

"你叫什么名字？"安晴威胁道，"如果你不告诉我，我立刻就走。"

那人嘴里哼着不成调的歌，弯腰下去又抱起凑过来的那只猫，像是没听到她的提问，抑或是拿不准该怎么回答。收音机里的时事节目已经播报到尾声，新闻女主播正在盘点本年度具有国际影响的新闻大事记，在空旷而呼吼的风雪中，声音甜美柔和却没有感情地流动着："今年下半年8月24日，第26届国际天文联合会通过决议，由天文学家以正式投票冥王星划为矮行星，由此，冥王星正式从太阳系九大行星中除名。"

"你叫什么名字？"安晴抬高了声音再次问道。

"就叫我星吧。"那人忽然说道。

"星……"安晴觉得这个随口胡诌的名字有些可笑，"黑猩猩的猩吗？"

"不，是冥王星的星。"

星的脸上挂着凄凉的笑，伸手拂去了她头发上的雪，呵着白色的雾气说，"今天夜里我就要离开这座城市，我的车会在凌晨三点在你家门口停留十分钟。"

安晴不懂："为什么？"

"我想活下去，我想和你一起去看看这个世界。"

老安总有一种预感，觉得自己的女儿不会安分太久。

这半年里，女儿之所以不再像以前那样吵着要出去，无非是因为受到了惊吓。他从来没有见过哪只猫受到惊吓会永远躲在家里面，它们的秉性就是冒险。安晴就是一只猫，她有着令人捉摸不透的心思。

在女儿的沉默与异乎寻常的合作中，他总是能嗅到一股风暴的味道，这味道令他不安，却无计可施，女儿的叛逆变得无迹可寻，她的顺从仿佛是在为一场风暴蓄势。

一年前那场事故给老安带来极大的麻烦，恶劣的影响至今还在延续。

她在家太无聊，奥斯曼酒吧开业的第一天，她非要去看热闹。

那种地方，会有什么好事发生？

女儿遇到事情从来不跟他们商量，她毫无征兆地跑去公安局报案，举报的还是一个声名显赫的人，这让他在得知消息的第一秒就陷入绝望。安晴太缺少社会经验了，只凭一腔孤勇能干什么呢？

这件事让他很窝火，他所有的想法都必须保留，说出来一方面于事无补，另一方面也会刺激到情绪极度不稳定的女儿。女儿并没有歇斯底里地大吵大闹，她终日冷若冰霜，目光中寒气森森，使得家庭内外都置于凛冬。

更可怕的是，一些人躲在背后飞短流长还嫌不过瘾，竟然跑到他家门前破口大骂，那时候他的烟酒批发商店就开在市区一个位置很好的地段，无理取闹的人就站在马路对面骂得天昏地暗，惹了一条街的人都来看热闹。他没有办法，只好躲到了郊区的水泥厂里。

水泥厂有几百个工人，倒也不愁客源。但是他们看安晴的目光又让老安极度恼火，他妻子看得比他豁达，他们想看就看，倒能增添点生意。他妻子迫切地想要把女儿嫁出去，她认为女人一旦结了婚就等于重新投了一次胎，前世所有的罪孽都可以洗净。

问题就在这儿，安晴从来都不认为自己有什么罪孽，她觉得自己并没有错。

唯一值得安慰的是，安晴并没有拒绝相亲，大概是自己也知道今非昔比，她再也不说"如果不能因为相爱而结婚，宁愿孤独终老"这样不知天高地厚的话。老安却也不希望随随便便就把她嫁出去，他希望未来女婿是个财务良好、五官端正的公务员，最起码要有一技之长和固定收入。

他看不惯妻子的急功近利，觉得那是"病急乱投医"的短视之举。他动用了一切社会关系，遴选出一些不显山露水但是很有潜力的未婚男人，比如说民政局的那位入殓师。

他觉得这个年轻人除了职业有些硌硬，其余一切都好，不过还不算最好。假如安晴拒绝，他也不觉得怎样遗憾，因为后面这个更好。

女儿是晚上八点多钟回来的。老安问："怎么样？"

安晴微微摇摇头。

"也好。"老安省略一切废话步入正题，"明天下午，有位城郊中学的校长想跟你见个面，还没到四十岁，可以把你搞到他们学校去当实验器材保管员。"

根据以往的经验,女儿不说话,就代表她已经答应了。她坐在柜台后面的取暖器旁边烘烤着手和脚,等到最后一拨水泥厂的年轻工人上门之后,她就回了自己的房间。

一切都跟以前没任何区别。

那晚老安睡得很沉,但是下半夜他似乎听到门枢扭动的吱呀声,也像是隔壁废弃的屋子里老鼠在叫。他看了看床头的闹钟,觉得自己在做梦。

早晨六点半,大地上果然已是雪白一片,老安扛着铁锹去铲门外的雪,看到两行快要被雪淹没但仍然能够看出浅浅凹痕的脚印。他想到了什么,往安晴的房间跑去。

安晴的信笺就铺在桌子上,只有八个字。

"我去远方,不要找我。"

/第十五章/

下午两点半,倪晟下了从阿姆斯特丹转回仙踪市的飞机,拿到托运的行李箱,进了卫生间。躲在一扇门后,他迅速脱下西装,换上了棒球帽棒球衫,戴上一副巨大的雷鬼墨镜,粘上两撇八字胡须,整个人堪称面目全非,叫人无法想到他是从德国参加国际顶级医学交流会议回来的心脏病学专家。

伪装完毕,他才拖着行李箱离开机场。机场出口站着很多人,捧着相机和鲜花,高举写着"欢迎倪晟载誉归来"字样的牌子,正在翘首等待。电视台的摄像机也都架好,女主持人不停看表,也不停补妆。

倪晟压低了帽檐,侧着身子经过摄像机的镜头,没有引起一点怀疑。直到上了一辆出租车,他才摘下墨镜,看看手表,离四点半还有一个多小时,应该还来得及。

"去复兴路。"他说。

意料不到的情况还是发生了。并非是黄金周,甚至也不是节假日,飞机场通往城区的高架桥上就已经拥堵得水泄不通。出租车卡在一个不前不后的位置,像塞住食道的一块鱼骨。

倪晟的目光盯着灰白色天空，想象自己坐着扫帚掠过楼群，以魔法师的形象出现在小枝面前，给她一个大大的惊喜，将礼物堆在她旁边。在德国，每当看到一个新奇玩意儿，他总会想，小枝看到会有多么喜欢。

他的计划本来是这样的，先把小枝从幼儿园里接出来，再带她去好好吃一顿，然后再带她去游乐园看烟花，十点钟再把她送回卢笙那里，至于卢笙会怎样发疯，他能想象到，却已不在乎。

时间一秒一秒过去，车纹丝不动。他用一种近乎乞求的口气，询问司机能不能想点办法，例如见缝插针地掉个头，逆行出去另找一条道路，所有违章罚款扣分都由他来解决。

"开玩笑。"司机冷冰冰地丢来一句。但好在，前面有一些松动的迹象。

半小时后，路面终于畅通，车流像水幕一般向前倾泻。

时间浪费太多，车开得再快，也无法完成接下来的计划了，但是倪晟并未打算改变行程，他退而求其次地想，倘若能见到小枝一眼，今天也算是有所收获。他希望上天不要对他太残忍，最好卢笙打麻将忘记了接小枝放学。

还是慧玲好，慧玲从不打麻将，也不对小孩乱吼乱叫，她那么善良而温柔，堪称贤妻良母的典范。倪晟的人生目标变得极为具体，就是和慧玲一起，带着小枝去德国。

车驶过闹市区，终于抵达逼仄狭窄的复兴路，停满临时车位的轿车占据了一半的街道。出租车司机以"难以掉头"为由拒绝驶入，倪晟只好下车，拖着行李箱步行，他走在马路牙子上，几乎是贴着墙前进，却仍然难免撞到别人。他愤然，每个月给卢笙那么多钱，足够让小枝上最好的私立幼儿园，她竟然还是把她送到这样一个环境堪忧的地方来上学。

他的心情跌入谷底，可是，上天还是给了他一份礼物。

他看见了小枝。

幼儿园半个小时之前就该放学了，小枝头发乱糟糟的，抱着一个和她头发一样乱糟糟的洋娃娃，站在虚掩的铁门前面，背对着教学楼，孤零零地看着街道。离她不远的地方，是不修边幅的卢笙正在跟老师说话。她穿着阔大的家居服，头发油腻随意披散。老师面色不悦，摆摆手让她带着小枝回家。她竟然还能觍着脸解释迟到的原因，明明是在棋牌室打麻将忘记了时间。

法院已经把小枝判给卢笙,这就是结论。半年前倪晟带着婚内出轨的污迹,败出这场千疮百孔的婚姻。现在,作为一种惩罚,他只能看着小枝被卢笙拽出了幼儿园,往街道另一个方向走。小枝被拖出门时朝他这边瞧了一眼,看到了他,却没认出来。

倪晟他目送自己的女儿远去,却只能空攥拳头,躲在墨镜后面流泪。他唯一能做的,就是拖着一箱子买给小枝的礼物,独自回家。

从严格意义上来说,那套月租一千五的小套房不能称为家,只能算暂时栖身的巢穴,只有慧玲来看他时,才会有一些家的温暖。

洗了个澡,吃了碗泡面,又看了会书。他必须要保持平静,才能有足够的精力去面对明天。明天将会空前忙碌,电视台那帮人在机场错过了他,明天必定会到医院来做采访,他必须人模狗样精神奕奕,还有那么多病人,那么多手术——可是他自己的事,要怎样解决?

众所不知的是,他已经通过中国人在德国行医必须参加的Kenntnisprufung口试,而且和海德堡大学综合医院达成口头协议,只要手续齐备,那边随时都可以接收他过去工作。

也许可以和慧玲先在德国定居下来,等稳定了再回来接小枝?

他的目光停在书上,却丝毫没察觉到纸页在张力下在自行翻动。失神间,手机的响声将他拉回现实。

"倪医生,还记得我吗?"

倪晟眼中浮起一个瘦瘦长长的身影,之所以记得很清楚,是因为这个病人有一头蓬乱干枯灰白夹杂的乱发和灰色的瞳孔,这叫"异瞳症",是一种概率极低却无伤大雅的基因突变现象。这位在他出国前来咨询的病人,左心室发育不良,属于无法用纠治手术根治的复杂先天性心脏病,除了心脏移植,其他一切治疗手段的效果都极其有限,无非就是将他的死亡推迟一到两年。

大概一个月之前,也就是出国参会的前一天,倪晟拿着检查报告对这位病人说,现在的心脏移植技术越来越完善,成功率很高,病人术后存活的时间也越来越长。不过作为一名负责任的医师,他还是将存在的风险和盘托出:心脏移植有7%的死亡率,即便是手术成功,病人依然会面临着感染、败血症、供心衰竭、出血、冠状动脉粥样硬化、慢性肾衰竭、免疫排斥反应的风险。

那个病人自始至终都保持微笑。"我不怕死,但是我想活。"他说。

最大的问题不是死亡风险,而是供体,目前有一名脑癌晚期患者已经签订了器官捐赠协议,应该撑不了太久。关键是,他们医院还有一个等待手术的病人,身患无法用换瓣手术治疗的终末期多瓣膜病,而且和这位自愿捐献器官的病人血型同样匹配成功。他的病情更严重,等待时间也更久。

医生的能力是有限的。器官移植牵涉到巨大的伦理难题,让绝大多数人宁愿炼骨成灰也不愿捐献出器官。打个不太恰当的比方,"巧妇难为无米之炊"。

倪晟只差说出"无能为力",他能看得出对方是个聪明人,能听懂他的意思。没想到在他刚刚回国的这个晚上,这位病人的电话不早不晚地打过来,像是算准了日期一般。

"倪医生,我们能不能见面谈一谈?"

倪晟不愿意做无意义的事,也不想给那个年轻人以不必要的希望:"该谈的我们都谈了。供体不解决,我什么也做不了的。你应该赶紧去其他医院看看,毕竟全国能做心脏移植手术的并不只有我们一家。"

"可是有你这样水准的不多。"那个人停顿了一下,又说,"也许只有你一个。"

倪晟没说话,他并不反对这种说法。

那边忽然又换了个话题:"倪医生,你怎么不问问我是怎么知道你是今天回来的?"

"应该是去医院问我同事的吧。"倪晟首先想到那些热衷于传播小道消息的女护士,她们总是口无遮拦。"我还有事,就到这里吧。你转院的话,打个电话给我,我看看那边有没有认识的人,打声招呼总是可以的。"他又说道。

"倪医生,你这样帮我,我倒不知道该怎么回报你了。"

"我并没有帮到什么忙。"倪晟有点烦了,"再见"两个字刚到嘴边,就听到手机里传来一句:"我听说,你有个女儿?"

他愣住,一时吃不透这个问题的用意:"你问这个干什么?"

"放心，我才不会用你女儿来要挟你给我做手术。"那人不紧不慢地说，"我今天下午在幼儿园门口刚好遇见你了，看着你牵肠挂肚的样子，我也很难过。"

"你跟踪我？"倪晟惊道。他以为下午的伪装瞒过了所有人，原来早就被人尽收眼底。这种被窥探的感觉令他极其愤怒。

"我是来帮你的。"那个人继续说，"我就在你楼下，你可以把头伸出来。看到马路对面那家'老地方'餐厅吗？我就在这里吃晚饭。假如你有兴趣，可以过来聊一聊。前提是真的希望把你女儿从你前妻那里要回来。"

一股寒意从倪晟脚下生起，他顿时明白，这个人是有备而来。如果没有做很多周密的调查，就不可能知道他的软肋所在。

他决定置若罔闻，就当没有接过这通电话。

"可怜的小女孩，跟着她母亲实在是受罪。"那个人又说了一句。

黄昏时女儿被卢笙拽出幼儿园的可怜模样立刻浮现出来，令倪晟忍无可忍。他披上外衣冲了出去。"该死的，我倒要看看你搞什么花样。"他想。

对面那些腌臜不堪的小苍蝇馆子，倪晟从来都没有光顾过，而现在，他像阵风不假思索地钻了进去。饭店里唯一的顾客正在抬头看挂在墙顶上的电视机，余光瞥到他进来，侧身朝他挥挥手。

倪晟坐在病人对面的塑料椅子上，离桌子和病人都保持着适合的距离，桌上有层厚厚的黑色膏状物，遮盖了桌面的本色，令他备感恶心。那人拿着一张沾满油渍的塑封菜单，问他要吃点什么。

"我吃过了。"倪晟拒绝后直奔主题，"你到底什么意思？"

病人用遥控器调大电视音量，直截了当地说："我有办法让你夺回你女儿。"

"犯法的事我坚决不做。"

"你不需要做什么，一切都由我来做。我会给你争取一次机会，一次诉诸法律的机会，我保证你在得到这个机会之后，能在法庭上占尽一切优势，到时候你只要聘请一位好律师就行了。"

"你有什么办法？"倪晟冷冷问道。

病人苍白的脸上抹着一层淡淡的笑容："在你出国的这段日子里，我研究过你的前妻，她除了打麻将，几乎没有别的活动。"

"这件事，你根本无须调查，直接来问我就行了。"倪晟不屑地冷笑，"我总不能因为她喜欢打麻将就去告她。"

"她打麻将的时候，女儿就在麻将馆里玩耍，没有人管。"

"这我也知道。"倪晟鼻子发酸，一时语塞。谁都说小枝聪明伶俐，只要有合适的条件，一定会很有出息，但如果继续待在卢笙身边，毁掉的不仅仅是她的童年，还会有她的青春乃至未来。

"你女儿在麻将馆附近玩耍，很容易出事，假如她忽然失踪，是不是就意味着你前妻没有尽到抚养的责任？"病人说道，"你不必装作不懂我的意思。"

倪晟看了看四周，压低声音："我不会做这种蠢事，世界上没有不透风的墙，一旦真相败露，我就会名誉扫地，什么也没有了。"

病人紧紧盯着他："倪医生，做任何事情，回报和风险都是成正比的。我不会勉强你，选择权在你自己手上。但是——"病人拉长了声音，"我提醒你，你女儿很快就会长大，再过几年，她把你忘得一干二净，就算你前妻放手，她大概也不愿意跟你在一起了。"

"你想要什么？"倪晟眼睛微红，瞪着他说，"你别想要挟我。"

"我说过，我想要活下去。"

"这件事没那么简单。你知道心脏移植手术的费用有多少？手术就算成功，你也得终生吃药，没有上百万，你根本活不起。"

"钱的事情，我会解决。"

"你怎么解决？"倪晟怒不可遏，他怎么会和这个人浪费时间？搞得心浮气躁，却又于事无补。无论如何，眼前的这个人都不像是能承担得起手术费用的样子。

"总是有办法的。"病人皱了皱眉。他用一次性的塑料杯喝了口热水，艰难地将最后一口米饭吞咽下去。

城市新闻已经播到尾声，最后一则新闻是一则讣告，在哀婉而沉痛的哀乐声中，出现了本市很多政要官员和商界名流的身影，他们都是来参加一位著名收藏家的遗体告别仪式。新闻主持字正腔圆地介绍说，仙踪大学著名历史学教授宋之河将生前藏品全都捐献给了省博物馆。画面接着转向博物馆内某间展厅，正门上的电子屏打着一行字："德诚文化暨宋之河古董藏品展"。展厅里陈列了若干古玩字画和玉石器皿,有不少市民正在观赏。

病人用桌上的卷纸擦了擦嘴,起身说道:"我会再联系你。"头也不回地走出门去。

倪晟望着他在灯火阑珊中的背影,不知该如何是好。

/第十六章/

六月的风从海上吹过来。

宋长乐穿着超大码的白色老头衫和超大码的迷彩沙滩裤,脚踩四十五码塑料凉鞋,在人民广场来回晃悠。

今天的工作是替佳泰养生馆散发两百张宣传单,薪酬是五十块钱。

关于把广告单发给路人而不引起反感这件事,宋长乐有十年以上的经验。人傻没关系,关键是要嘴甜。无论是年龄大还是年龄小的,男的喊阿哥,女的喊阿姐,准没错。

就算是小学生来占他便宜:"来,喊阿哥。"他也会咧着嘴流着口水情真意切地喊一声"阿哥",然后跟着那帮小屁孩一起笑。

他大手大脚,白白胖胖,松松垮垮,肩膀很窄,眼睛很小,一副傻相,却不讨人厌,因为他很干净,衣服合适得体,从来都不会露出肚脐眼,头发也总是齐整的板寸。何况他还很勤劳,懂得自食其力,每天都要沿着人民广场周围的商铺挨家揽活儿。哪家有打折活动,他总是第一个知道,不遗余力地宣传出去。

今天他遇到了一些困难。大概是天气闷热的缘故,广场上的人很少,跑了大半天,两百张广告单还剩一半。天有不测风云,那些优雅披拂的棕榈树忽然像得了指令一般使劲舞动,海的上空,乌云席卷而来。

空气里有腥气,像铁锈,又像血。长乐想起了去年那场大雨,他本来认得路,却被瓢泼雨水淋得睁不开眼睛,成了一只丢失了触角的蚂蚁,在街头迷失了方向。他摔倒磕破了额头,鲜血流进了嘴里。他觉得他要死了。那种恐惧现在还是如此清晰。

海边的雨就是这样，电闪雷鸣，六亲不认，即使他是如此喜欢这座海滨城市，它也不会对他稍微温柔一些。在这个时候，傻子也知道回家最明智。然而欲速则不达，他口齿不清地向几个路人递广告单，全部遭到无视。

全世界都在等着看他笑话。

一个背着包的年轻人从广场正面走过来，步履匆匆，经过宋长乐身边时，抓住了他的胳膊："这附近有宾馆吗？"

宋长乐不好说有，也不好说没有，为了一个负责任的回答，他站在越来越迅猛的疾风里冥思苦想，一直想到等着回答的年轻人失去了耐心："到底知不知道？"

"不知道。"宋长乐终于确定。

"不知道你还想了这么久。"

"你是问我有没有，我当然得好好想一想，万一想出来了呢。"

对方很无语，将走未走之际，劝他说："都快下大雨了，你还发什么小广告，赶紧找个地方躲躲。"

"可是我的工作还没干完……"宋长乐用一种期许的目光看着他，像是等着他来指点迷津。

"来，给我。"对方伸出了手，见他茫然，又提高了音量，"把你那手里的广告单给我。"

宋长乐不知道他要干吗，但还是递给了他。他随手往旁边一棵樟树下熊猫外形的垃圾桶里一塞，整摞广告单就被那张大嘴囫囵吞掉。

"现在干完了。"年轻人拍了拍巴掌说。

"怎么……怎么可以这样……"宋长乐张着嘴吞吞吐吐。

"怎么不可以这样？反正那些接到广告单的人，不还是扔到垃圾桶去。"

宋长乐明白道理不是这么论的，却又无力表达。他把胳膊伸进垃圾桶的洞口，掏出散开的广告单，单子沾了污水，有股很恶心的腥馊臭味。他知道散不出去，这才死了心。死了心就简单多了，他赶紧往家逃去。

"你真没礼貌。"年轻人对他说，"我帮了你，你也不帮帮我。"

"我不知道这附近有没有宾馆。"他回身想了想，有些勉强地说，"谢谢你。"

"没旅馆的话，那哪里能租到比较便宜的房子啊？"

"清水町啊。"宋长乐脱口而出。清水町是他居住的那条老街，居民大多是本地的老人，住不了自己用几十年搭盖扩建的房屋，就想把多余的楼层或房间租出去。清水町的墙上全是租赁房屋的启事。

第一声雷已经在海上隆隆响起，隔着老远都能感觉到千军万马涌过来的杀伐之气。

宋长乐往清水町溃逃。一颗雨水砸在他的脑门上，像小时候其他小朋友用弹弓击中他的玻璃弹珠，硬疼硬疼的；一切灯光、建筑都像油彩一样漫漶在水幕里，他的眼睛本来就不好，现在就更不好了。幸运的是人民广场和清水町只隔了两个路口，看到巷口，他就不怕了。

他吹了声口哨，声音被哗哗雨声淹没，巷子深处却神奇地传来几声犬吠，响亮急促，像是对他的一种应答。

"阿欢。"宋长乐喊道，抹了一把脸。顺着犬吠，在两排紧闭的门扉中找到了属于自己的那一扇。他的钥匙永远绑在他的皮带上，不用解下来就可以把门打开。一只黄狗朝他扑过来，前脚搭在他蹲下后的肩膀上，用舌头使劲地舔他的脸。

他和阿欢玩耍了一会儿，不一会儿就累得气喘吁吁，满怀歉意地将它放在地上说："实在是太不好意思了，让你等了这么久，你知道我上班的时候不能带着你的。"

他去卫生间洗澡，将脏衣服丢在盆里。屋子里打扫得很整洁干净，每件物品都在它该在的地方，阿欢真是越来越乖了。他洗过澡又坐在沙发上看了会儿动画片，然后在雷声中抱着阿欢睡了一会儿。

台风有惊无险地过境，雨下了整整一夜。

翌日云销雨霁，天空重现深邃如海的蓝。宋长乐跟着阳光一起醒来，带着阿欢在二楼平台上练功。所谓练功，就是飞速甩动胳膊，甩得越快越好，直到不能再快。宋长乐每天早上都要练半个小时的功，就像一架人形风车。

清水町的居民起得都早，或买菜，或上班。他们经过宋长乐的楼下，对他在平台上的奇怪动作见怪不怪。自从宋长乐父亲去世，他每天清晨都会这样。

练完了功，宋长乐就给阿欢的脖子上套上链绳，牵着它去巷口买早餐。一块鸡蛋灌饼，他吃三分之二，阿欢吃三分之一，里面的火腿肠和培根各取一半。

往回走的时候，宋长乐看到昨天在人民广场遇见的那个年轻人。

他果然来租房子了，此刻他打听的那一家和宋长乐的家离得不远，这点距离足够宋长乐快速回家关门而不被发觉。说不出来的原因，他不太喜欢这个人，不想跟他说话。

可是不愿意的事情到底还是发生了，他家门口并没有像其他人家那样挂上"有房出租"的牌子，却还是被咚咚敲响。他的心也加速跳动，大气不敢出。年轻人的声音传进来："你好，有人在家吗？"

狗汪汪叫了几下，一下子打乱了他的阵脚。他只好去开门。

"啊，是你。"年轻人一脸的欣喜，"还认识我吗？"

宋长乐点点头。

"你知道我来干吗的，对不对？"那人的目光向里面试探，"你家不错啊。"

"没有的，我家不租房子的，外面好多租房子的，你去他们家看看吧。"宋长乐慌乱地摆手道。

"可是他们的房子都太差了，不像你家这么干净。"年轻人笑着说，"你能不能让我进去坐一坐，我好累，有没有水？你看，我昨天帮了你一个忙不是？你还记得吧？你放心，我不是骗子……"

"我没说你是骗子……"宋长乐挪开身子，让那人进来后，去开冰箱门，拿了一瓶矿泉水出来，却遭到了对方的嘲讽。"你看你，多小气，我看到饮料了。"年轻人笑嘻嘻地说。

"那个……那个不能给你喝的。"宋长乐说话越发不连贯，但还要解释，"那个是我一个月的定量，我只能喝那么多，给你喝，我就没有了。"

"想喝就喝，为什么要规定喝多少？"

"我有糖尿病，不能每天喝饮料，一个月只能喝那么一点点。"说完他咽了口口水，拼命忍住对饮料的渴望。

年轻人做出恍然大悟的表情，长长"哦"了一声，又问："你是一个人住吗？"

"还有阿欢。"宋长乐摸摸凑上来的狗脑袋，以示不孤单。

　　"你是说这条狗？"年轻人又问，"你家里人呢？"

　　宋长乐神色为难地道歉："对不起啊，我不能跟你说太多我家里的事。"

　　"为什么？"年轻人问道，"难道你家里藏着什么宝贝？"

　　"我爸爸说的，他要我好好地守着这栋房子，不许任何人搬进来，也不要跟别人多说话，我今天让你进来，已经让他很不高兴了。"宋长乐说完这一连串的话，发现自己无意中又说了许多家里的事，讨厌起了自己的愚蠢，又讨厌被人看见自己的愚蠢，顾不上礼貌不礼貌，他下了逐客令，"你走吧。"

　　那个人把包挂在肩膀上，做出要走的架势，嘴上却问道："你爸爸人呢？"

　　宋长乐的眼睛一红："他不在了。"

　　"是死了吗？"

　　宋长乐没想到他会问得这么突兀，立刻大声否决："没有，他是到天上去了。"

　　"死了就是死了，哪有什么上不上天的？"年轻人讥笑道，"可能你爸爸是为你好，希望你不被人骗，可是他不允许你跟人打交道，难道要你孤零零一辈子？你有这么大一个房子，干吗不娶个老婆？"

　　"我不需要老婆。"宋长乐捏着拳头，"你走你走。"

　　阿欢也竖起了耳朵，对着年轻人狂吠。

　　"我是为你好啊，既然你不领情，那算了。"年轻人走出门外，对着他挥挥手，虽然是在道别，但是脸上的轻蔑却是肉眼可见的。

　　宋长乐蹲下身子，把阿欢搂在怀里，在他干燥的毛发上蹭掉了眼泪。每次流泪的时候，他都会想起爸爸离开那一天。医院里有很多人，全是他不认识的。他们抬走了爸爸，然后把一个四四方方的盒子交给了他，跟他说，他爸爸就在里面。

　　"爸爸那么大，怎么会在那个盒子里面？"宋长乐想不通。当别人把那个盒子埋进土里的时候，他一声都没哭，而是看着布满天空的云朵。他知道，爸爸就在一片云朵后面偷偷看他。这是只有他们两个人才知道的秘密。

"只要我听他的话，就总有一天能见到他。"宋长乐摸了摸阿欢的脖子说，"你也要听我的话，不要乱跑。"

阿欢很听话，安静地目送他出门。

/ 第十七章 /

夕阳染红了屋脊上的天边。

宋长乐超额完成了任务，上午送完一家家具店的活动宣传单，下午送完一家健身房的打折广告。赚了一百块钱，他去宠物商店买点狗粮，屁颠屁颠地往家跑。

阿欢是一只血统纯正的柴犬，今年三岁，是爸爸送给他的生日礼物。爸爸躺在床上对他说："长乐啊，从此以后你要和阿欢相依为命，不过有一天爸爸想念阿欢的时候，就会叫他来陪我，就像我想念你的时候，也会让你来陪我，到时候，我们三个，又可以团聚了。"

阿欢被爸爸抱回家的时候，还是个毛茸茸的狗崽子，谁知道现在居然长这么大了。关于它离开这件事，宋长乐并没有多想过，因为阿欢还很健壮，一点都不像要离开的样子。离开是有预兆的，就像爸爸一样，会一天天衰弱下去，没精神，身上插满管子，等到管子都拔掉，就是真的离开了。

海风悠悠地吹，墙檐上的野草闲闲地摇，离阿欢离开的日子好像还远得很。宋长乐趿着凉拖，又在巷口的旧书摊上拎回了一捆《七龙珠》，然后像平常一样，吹了声口哨。

但是他没有听到阿欢一贯的回应。今天，清水町安静得有点过分。

他的脚步颠簸蹒跚起来，拖鞋跟不上脚，被甩飞了好几次。他光着一只脚飞快地开了锁，推开了门。

阿欢还在，只是有点不对劲，它用前爪刨着坚硬的墙脚，脑袋使劲往里挤，似乎想钻进一条并不存在的缝隙里。屡屡受挫而跌倒，又屡屡站起来重新钻探，姿势僵硬而怪异。

"阿欢，你怎么了？"

阿欢听到了主人的声音，扭转了脑袋，想向他扑过来，没走两步，脑袋不由自主地偏向一边，重重摔倒在地。

宋长乐吓傻了，上前抱住它，却止不住它身体的痉挛。他好像感觉到有种恶毒的力量在阿欢体内奔突，要将它整个占为己有，带进深不可测的深渊里去。他用尽全身的力气也约束不住那股力量，只好让它从怀抱里溜走。阿欢朝门奔过去，冲进了门外的阳光，却没有跑远，而是钻进了巷子里的下水沟。

下水沟的入口还算大，里面铺的排水管极为窄小，阿欢肥墩墩的身子奋力往里头挤，卡在了里面。

宋长乐放声大哭。他蹲在下水道的洞口，把胳膊伸进里面，想把阿欢拽住来，可是阿欢陷得很深，进退两难。

清水町的几扇门开了，探出几个白发苍苍的脑袋。

"阿哥阿姐，阿欢在里面，救救它吧。"

可是一只狗的哀嚎已经不太容易勾起那些老人见惯生死后的悲悯，他们把头缩了回去，缩回了自己的洞穴。只有宋长乐一个人，跪在越来越昏沉的暮色中悲泣。

阿欢在洞里面奋力挣扎，凄苦地叫着。

天完全黑下来的时候，宋长乐蒙住耳朵，冲回屋子里，冲到楼上，冲进了他的"熊屋"。

宋长乐有一间熊屋，里面堆满了各种各样的玩具熊，那是从他小时候起每年生日父亲送给他的礼物，最大的一只和他一样高，一样胖，是一只黑白相间的熊猫，目光炯炯，简直和真的一样。父亲说熊猫是国宝，每一只熊猫都有个名字，这只熊猫叫米福。在阿欢到他家之前，米福是他最好的朋友。宋长乐一直都喜欢搂着米福睡觉，后来长大了，长成了一个胖子，两个胖子挤不下一张床，他只好抱着那些小熊睡。

父亲后来专门清理出一间小屋，专门放他的熊。他说："长乐啊，如果有什么不开心的事，就到这间熊屋里来，和你的熊宝贝们说吧，它们会转告给我的。"

宋长乐在阳光下永远都是高高兴兴的，沮丧或者悲伤的时候才把自己关在熊屋里，跟每一只熊说话。

但这一次他什么也没说，只是把门死死关上，在绝对的黑暗中缩成了一只犰狳，但没有坚硬的壳，不能隔绝声响，阿欢的悲鸣依然顺着门缝渗透进来，隔不到几秒钟就要狠狠地敲打他一次。

恍恍惚惚中，阿欢的叫声微弱了下去，他什么也听不见了。时间在这里仿佛停滞了一般，他想推开门出去看看，可是不知道门外是黑夜还是白天。

终于，墙壁和玩具熊的表面长出一层淡淡的光，像是某种讯号，昭示着一天的到来。他战战兢兢地出了门，看到阳光挥洒进来，像是什么都没有发生过。他揉了揉眼睛左右端详，狠狠掐了掐自己的胳膊，告诉自己这一切不过是个梦，阿欢此刻一定正在楼下睡觉，或者在玩他买的毛绒小狗玩具。啊，这只懒狗。

他吹了声口哨，可是没有动静。

忽然想起来，杂物间里有一把爸爸当年用过的铁锹。

他扛着铁锹出了门，抡起来狠狠地砸向铺在下水沟上的水泥板，"哐当"一声，震得虎口生疼，水泥板上只多了一道白印。冷寂寂的巷子里，经过的人被这一声巨响吓了一跳，看到他的样子，又摇摇头加快脚步离开。他分明听到他们的议论声："宋教授那个傻儿子，又犯病了。"

"你这样是不管用的。"一个声音忽然说。

宋长乐顺着声音看过去，被径直射过来的十万道晨光照得睁不开眼。一个纤细的影子被阳光裹紧，边缘处有金色的锋芒，美丽得像是一种幻觉。等到他适应了强光，才发现那其实是一个女人。

宋长乐不自觉地说了句："那怎么办？"

"要从底下撬开。"女子说。

在她的指导下，宋长乐换了一种操作，他把铁锹的一段插进洞口，抱着另一端使劲往上抬，这个办法果然神奇，水泥板松动了些，但需要很大的力量才能搬走。那女的走过来，帮着他移掉水泥板，然后如法炮制，搬走了第二块。

阿欢的下半身在水泥管口的外面，脑袋和前肢在里面，卡得很紧。它的身体已经硬了，对宋长乐的哭喊无动于衷。宋长乐把它的身体拽出来，看到它的嘴角还在流血。

宋长乐想要抱起它，女子摁住了他的手："你要干吗？"

"我要给它洗澡，它这么脏，一定很难受。"

"你不能这样碰它,这样很危险,你有手套吗?"

宋长乐想了想,想到杂物间里有他父亲栽花用的棉线手套,点了点头。他虽然想象不出阿欢会有什么危险,但是在整条清水町唯一给他帮助的女人,还是获得了他起码的信任。

"你要找一个足够大的蛇皮袋,戴上你的手套,拎着狗的后腿,把它装进去。"

"然后呢?"

"它已经死了,当然是找个地方埋起来。"

"它是去天上了。"宋长乐摇摇头,拒绝把"去天上"和"死"这两件事混为一谈。死是一件很可怕的事,那是卡通片里的大反派才会有的下场。

"所以你更要把它给埋了,它才会走得安生。"女人说道。

现在,宋长乐觉得她不仅亲切,而且很有眼光了。因为爸爸也说过,阿欢离开的方式可能有两种:一种是失踪,就是说,出了家门一去不回,如果是这种情况,就无须管它,因为它是自己长上了翅膀,找到了一个没人的地方飞向了天国;另一种是羽化,这个过程就比较艰难,它可能走得比较痛苦,但是痛苦之后就是永恒的安宁。针对后面一种情况,爸爸强调说,等到阿欢的呼吸停止,长乐应该做的,就是将它埋起来。

爸爸早就预料到了这一天,把用来埋阿欢的工具,放在了杂物间里,包括铁锹、蛇皮袋、手套、绳索,还有一个小推车。这个小推车是以前爸爸买菜用的,看到它,他就想起以前在阳台上看到爸爸回来的情景,那个头发花白的老头,把推车拖在身后,手里拿着他在路边顺手买来的小玩意儿。现在他已经走了,阿欢也走了,他该怎样去度过接下来的日子呢?

在把阿欢装进蛇皮袋的过程中,那个女子正在那些挂着"有房出租"招牌的人家门口打听。她进去又出来,脸上写满失望和无助,但还是给了他一个苦涩的微笑:"首先你得挖一个洞。"

"我知道。"宋长乐说。他把装着阿欢的蛇皮袋放在了推车上,又试图用绳子把阿欢和小推车绑紧,以免它滚落下来。但是他连鞋带都不会系,这个结又怎能打好?他把推车的把手往下按,推着往前走,阿欢身体一端就会滑落,在地面上拖蹭。

又是那个女人,走过来帮他打好了结,将阿欢牢牢地固定在推车上:

"你知道埋在哪里吗?"

宋长乐当然知道,因为爸爸已经带他去过那个地方,就在清水町巷尾那棵榕树下。当初宋长乐在上面搭过秋千,也在树下埋过一只捡到的死麻雀。这个巷子里所有活过的猫啊狗啊,几乎都埋在那里。

这棵榕树现在已经被一圈栅栏包围起来。他拖着小推车到达栅栏外面,想把阿欢和工具先丢进去,一个戴着红袖章的老头出现,呵斥了他,并让他去看竖在一旁的牌子。宋长乐读过小学,认得上面的字:"禁止掩埋动物尸体,禁止乱扔垃圾。"

怎么办,怎么办?他跺着脚,觉得自己快要控制不住了。

"你可以换一个地方啊。"

又是那个女人,她刚好走出了巷口,站在那里看着他:"当然是土壤软一点的地方,软一点才好挖洞。"

宋长乐抽泣起来,他哪里知道哪里土壤软,哪里土壤硬?他又想把自己藏进他的熊屋里去了,这样那些棘手的麻烦就能远去。他想沉沉地睡一觉,如果醒来后世界没有恢复如初,那就再睡一觉。

"最好离大海近一些,因为海水会渗透进来,泡软那里的土壤。"女人同情地看着他说,"我可以陪你一起去。反正我也没什么事。"

"嗯。"宋长乐说。

两个活人,一条死狗。这个奇怪组合缓缓往海的方向移动。这是爸爸离开后宋长乐第一次去海边,他非常喜欢大海,但是摸不着海的脾气,看见那浩瀚的海面时心中没有着落,不敢一个人去。

沿着接近海岸线的地方,他们一直往前走,终于找了另一棵榕树。这棵榕树庇佑着零星的屋舍,在远远的海边,有简陋的水泥灯塔,和废弃的船。戴着纱巾的妇女正在沙滩上晾晒鱼干;榕树繁盛的根隆起在泥土地上,其规模不见得比亭亭如盖的枝叶逊色。

"埋在这里,你的狗会非常满意的。"那女的说,"它会和树长在一起。"

宋长乐也满意,一锹一锹铲起潮湿的泥土,海水浸泡着沿岸的沙壤,使它松软千年。那女子也不闲着,帮他把碎石子和贝壳捡出来。

阿欢面目安详,躺进挖好的坑洞里,仿佛正在酣睡,这给了宋长乐些许安慰,让他明白自己唯一的朋友已经永远告别了痛苦,没准此刻正和他爸爸在天国之上看着他。他抬头看了看天，却看到一张布满汗水又明媚动人的脸。

"我叫安晴，你呢？"那女的主动介绍自己。

"我叫长乐，宋长乐。"

"好吧，长乐，再见喽。"

宋长乐却说不出再见，讷讷地说："你要走了吗？"

"事情做完了，当然要走了。"

"可是我不认识回去的路。"宋长乐额头上冒着冷汗。

"是哦。"安晴环顾四周道，"这里是挺荒凉，好像连东南西北都不太容易分辨……那好吧，我们一起回去。"

"好啊。"宋长乐高兴起来，拖着小推车跟在她后面。"你去清水町干什么？"他挑起这个话题，是为了展现一下自己的聪明，不等她回答就抢着说道，"让我来猜，一定是租房子的对不对？"

安晴露出惊讶的表情："是啊，你怎么知道！"

"到清水町来的，都是来租房的。"宋长乐得意地笑起来，又问了句，"你找到合适的了吗？"

"没有。"安晴的目光向海面上飘去，忧伤地说，"哪有那么容易找呢？"

真糟糕。宋长乐想，如果她在别的地方住下来，他们大概就会很难再见到面了。"其实清水町的房租好便宜，你要是去别的地方，可能找不到这么便宜的。"他试着说服她。

"可那些房子都太阴暗了，而且有一股莫名其妙的味道。我女儿肯定不太喜欢。"

原来她是有女儿的。既然有女儿，那就一定有丈夫了。这想法让长乐没来由地落寞起来。是啊，所有人都有家人陪伴，除了他。

"我和我女儿相依为命，她生病了。她爸爸娶了别的女人，我只好独自带她来看病。她的病比较难治，不是短时间就可以看好的，所以需要找个能住得久一点的房子，最好便宜一些。只有先安定下来，我才可以回去把她接过来。"

"住我家啊。"宋长乐不假思索地说道，随即被自己的话吓了一大跳，四面望去，像在找操纵他舌头的人。

"你……"安晴有些心动的样子，却又有几分不信任，"你做得了主吗？"

"我……"宋长乐很犹豫，但一种美好的可能在脑子中逐渐清晰，让他欲罢不能。他的房子那么大，那么空，腾一间出来给她住，又有什么不好？

"我当然能做主。你可以住楼上，那里的房子又大又好，还能看到海，你女儿一定会喜欢。"他打定主意，又说道，"而且我的房子很便宜，你知道有多便宜吗？一分钱房租也不要。"

"不行。"安晴坚定地拒绝。

"不行？"宋长乐的脑子转不过来，唯一能找到的解释是她在嫌弃他，由此嫌弃他的房子。这样也很正常，谁愿意跟一个傻瓜住在一起？

"你不要胡思乱想。"安晴仿佛看穿了他的思想，"我不想占你便宜，我一定要付房租的。"

"可是阿欢搬到我家，又吃又喝的，也没交房租啊。需要房租的人才会收房租，我不需要房租。"宋长乐压低声音神秘地说道，"我有钱，有好多好多钱。"

"那好吧，那以后的家务活儿都由我来做，你不能跟我抢。"

"我不抢，你也不用做。"宋长乐咧着嘴，口水从嘴角滴出一条晶莹的线，濡湿了他的胸口。他一激动就会流口水，捂也捂不住。

"那我晚上请你吃饭。等我把行李拿去你家，顺道买点菜，你喜欢吃什么？鱼、虾还是肉？"

"不用，到了我家，自然会有好吃的。"

"怎么会？"安晴的眼睛睁得很大。

"嘿嘿，我会变戏法。"宋长乐卖起关子，又征询起她的意见，"我能不能陪你一起去拿行李？我怕你拿不动。"

"我拿得动。"安晴说，"不过你要是愿意陪我也可以。"

去安晴落脚的小旅店取了行李，两人在正午时分满身是汗地回到清水町。推门而入后，安晴果真被眼前的景象吓了一跳——餐桌上摆放着两菜一汤，鲜嫩的春笋炒豆干、西红柿炒鸡蛋和海带葱花汤；沙发上叠好的衣服摆放得很整齐，所有的陈设都很干净，散发着阳光的香味。

"是请了钟点工吗？"安晴问笑得合不拢嘴的宋长乐。

"没有啊。"宋长乐继续卖着关子,又怕安晴不高兴,立刻解释说,"是梅姨。"

梅姨的来历,宋长乐也说不清楚,只知道她是父亲请来照顾他的。父亲说过,饮食上一定要听梅姨的安排,切不可贪嘴暴饮暴食。

"你爸爸为你想得可真周到。"安晴羡慕地说道。

"那是当然,你不知道他有多厉害。"宋长乐很神奇地炫耀道,"我告诉你一个秘密,你千万不要告诉别人,我正在练一门武功,叫飞天神功。"

"飞天神功?"

"嗯。"宋长乐推开饭碗,站在餐桌旁,开始表演他的绝技。他先是慢慢转动胳膊,然后逐渐加快,以两肩为轴心,大臂带动小臂,越转越快。因为每天早晨都勤于练习,他已经能够转得比任何人都快,快到不能再快时,胳膊的速率才开始放缓,最后垂在身体两侧,微微摇摆,大概是刚刚吃了饭的缘故,宋长乐远没有每天早晨练功时那样轻松,这让他很不满意:"要是我没吃饭,可以转得更快。"

安晴啼笑皆非地问:"你想练到多快呢?"

"快到能够飞起来。"

宋长乐说,满足能飞起来的条件有两个,一个是两只手臂能飞快转动,就跟直升机的螺旋桨一样;另一个是身体要轻盈,否则胳膊无论转得多快,照样带不动。

"你是听谁说的?"安晴问。

"当然是我爸。"宋长乐又到房间拿出相册给她看,和相片上的他相比,现在的他确实已经瘦了很多。"我爸说,只要我坚持练习,就一定能够练成'飞天神功'。"

"好吧,我相信你。"安晴很认真地说,"祝你早日练成神功。"

吃完了饭,宋长乐带安晴参观了他的家,他把她安排在二楼,就是他以前的房间,在熊屋隔壁。他现在住的是楼下爸爸原来的房间,那个房间很小,只摆得下一张床和一张桌子,但是充满了爸爸的味道。他的隔壁是爸爸的书房,书并不算太多,因为大多数已经捐给了图书馆,只剩下一些童话故事和小说。那是爸爸专门留给他的,大概是希望他能够读一读。

"为什么要看书?我还是喜欢看动画片。"宋长乐很快地离开了书房,他不喜欢书本堆积起来的沉重感。可是安晴似乎很感兴趣，在书架上不断地翻寻摸索。

"我看看，有没有适合我女儿看的。"她笑着说。

宋长乐很快就困了，生物钟也是爸爸替他调好的，每天中午他都要睡一觉，睡到两点。但是今天中午睡眠遇到了障碍，总是不由自主地想安晴在做什么。安晴住的房间就在他上面，只隔了一层屋顶。屏住呼吸的时候，宋长乐隐隐约约能听到她说话的声音，想来她是在跟人通电话，声音很温柔很低沉，应该是在跟她女儿聊天吧。

两点半，宋长乐被闹钟叫醒，到了上班时间了。昨天就有人预约了他今天下午的时间，是人民广场风剪云美发屋的促销广告，他很想找安晴说说话，可是答应好的工作，绝对不能反悔。

为了把广告单快点发完，他比以往更加勤快，朝每个人都点头哈腰，终于在五点半发掉了最后一张单子。回到清水町，安晴正在把一盆脏水泼到门外的阴沟里。

"安晴，你在干什么？"

"我在打扫卫生。"安晴的鼻尖映出夕阳，"你看，沙发底下都被我拖干净了，这些家具下面的犄角旮旯都很脏，容易滋生螨虫，我得好好打扫一下，顺便把桌椅也换个摆法，你看是不是好看多了？"

看到略显陌生的家他有点蒙，老半天都不敢踏进去。

"你不是怕我偷你家东西吧？"安晴见他不说话，问了一句。

"没……"他急忙摇头，"我觉得原来的样子也挺好的，而且搬来搬去好累的。"

"我不累，我总该做点什么，要不然我心里也会不安的。"安晴弯腰去捡拾地上的碎屑，"你家的狗毛太多了，沙发底下全是。你的那位梅姨难道没有说过？"

"说过的，她不喜欢阿欢，每次打扫都说阿欢掉毛。"

"我要是天天给你打扫卫生，也会抱怨的，太惹脏了。"安晴继续用手指拈取边角角里的碎毛，忽然抬头问他，"长乐，阿欢是怎么……变成那样的？"

宋长乐愣住了。他没想过这个问题。

"我猜——"安晴表情变得很严肃,拉长了声音,"它是食物中毒。"

"食物中毒?"宋长乐脸色瞬间煞白,他看过《名侦探柯南》,知道中毒是一件很可怕的事,"不会的,阿欢不会中毒的,它很乖,就待在家里,从来不偷跑出门。"

安晴点点头,"如果不是吃了什么脏东西,怎么可能无缘无故地死掉?"

"是上天。"宋长乐纠正她的口误。

"嗯。"安晴点头说,"就算是上天,也是因为中毒,否则不可能那样。你想想,会不会有人偷偷跑到你家?"

"我锁了门,没钥匙怎么可能会进来?"说到这里,他想起什么,眼睛发直说道,"梅姨有我家钥匙。"

"是么?"安晴也凝神思考了几秒,"也不一定是她了,就算是没有钥匙也可以下毒,从窗子外面扔个肉包子进来就行了。不过阿欢总是乖乖待在家里,谁会想害它?"

宋长乐嗫嚅着说不出话。

"我今天下午见到梅姨了。"安晴又说,"她来做晚饭。我让她休息一下,晚饭我来做,她好像不太高兴。"

"是啊,她老是不太高兴的样子。"宋长乐有些忐忑。说实话,他确实有些畏惧总是不苟言笑的梅姨,她总是皱着眉头,对宋长乐的一切都颇有微词,不是说他尿湿了床单,就是批评他偷吃干脆面。以前爸爸在的时候经常给他买干脆面吃,为什么到她这里就变成大逆不道了呢?

尿湿床单这件事,当然不能跟安晴说。只怪那天晚上太冷,他实在是不太想起床,迷迷糊糊就尿在了床上。奇怪的是,有一天他拉肚子,放个屁弄脏了裤子,她反而没说什么。

"你别……别惹她。"他只好这么跟安晴说。

"我没惹她啊。"安晴委屈地说道,"我在房间里待着,她推门进去看到我,问我是来干吗的,我跟她解释了一下,她让我最好离开。"

"她让你离开?"宋长乐生气了,"为什么?"

"你都不知道,我又怎么会知道?"安晴叹了口气说,"可能她觉得我对你有什么企图吧。是不是你家里面藏了什么好东西,她以为我想占为己有?老实说,如果你家中有什么不能碰的地方,一定要跟我说清楚啊,不然梅姨会更加误会我。"

"没有没有，绝对没有。"宋长乐急着说。

"真的没有吗？"安晴问道，"我听邻居说，你爸爸不仅是个很了不起的大学教授，还是个收藏家，他不会藏了什么很重要的东西在家里吧。我怕我不知道，万一给弄坏了，那不是……"

"没有没有。"宋长乐抢着说道，"我爸爸把东西都送走了，一件都没有留的。"

安晴继续审视着他，就像分辨他是不是在说谎，终于长吁一口气道："那我就放心了。长乐，晚上的时候，我能不能到你家书房去看看书？"

宋长乐本来要邀请她一起看动画片，听她这么说，有些失落，但仍然很大方地说："当然可以，我家里的一切，你都可以随便使用。"

"那可不行，我是房客，你和梅姨才是主人啊。我得乖一点，不然她再说我，我可就没脸再住下去了。我自己倒无所谓，可是我女儿不懂事，不晓得会不会惹她不高兴呢。"安晴的眉头拧在一起，忧心忡忡地往楼上走去。

梅姨热好的饭菜就放在桌子上，安晴说她吃不下，宋长乐便也觉得索然无味。

第十八章

太平山公墓的入口处，写着两个白底黑字"绻境"。

"绻"字应当是"倦"的通假，但梅玲倒觉得"绻"有种无端的妙处，更加匹配公墓中蜂飞蝶舞的缱绻意趣，"倦"字太落寞了，太消沉了。这一番通假，倒真能把生死之间那条界限给模糊掉。

梅玲坐在丈夫的坟前，看南面的海。这个墓地对着海，可谓是绻境中人最大的福祉。墓碑上有穆光的照片，照片旁边还有一小块空白，梅玲知道，那是留用镶嵌她的照片的。有一天她死了，墓碑上还会刻上她的名字。两个名字，正对着海，两个疲倦的魂魄，枕着潮音入睡，那也挺好的。

风吹过来，吹得周遭大片棕榈树沙沙作响。并非清明的下午，墓地里人烟寥寥。

她已经很久没坐在这里,自由地坐到想离开的时候。说"很久",大概也不算准确,丈夫穆光去世也只有四年左右。前两年,她总是偷偷地来去,儿子穆方进问她去了哪里,她总是说自己去了公园,或者老年大学。她说她在学绘画书法、弹琴下棋,其实是什么也没做,就是来太平山荒废时光。

但是后两年,她没有像前两年那样安逸而忧伤,因为有份工作找到了她。

这一次暌违两年的宁静,被一个陌生的年轻人打破。

在她缓缓爬上山坡,在鳞次栉比的墓碑间穿梭而过,抵达穆光的坟冢,坐下来休息五分钟之后,那个年轻人就手捧着黄色的雏菊出现了。

年轻人看到了梅玲,也是很诧异的样子:"您……是师母吧?"

"你是穆光的学生?"梅玲有些难以置信,从面相上来看,这个学生跟她丈夫所带的最后一批学生相比,显然是过于稚嫩了一些。

"我一直把穆先生当成老师,但是他可能不太记得有我这样的学生。"年轻人模棱两可地说,像是有什么羞于启齿的原因。

梅玲依然觉得奇怪,但也不好追根问底,只好微微笑道:"穆光那个人,就是太好为人师了。"

"他是热心肠。"年轻人把鲜花放在墓碑前,鞠了三躬,对梅玲说,"这里环境真好。"

"是啊。"梅玲有些不自在。她一向不太爱和陌生人打交道,就算和熟人之间话也很少,这容易给人留下自命清高的印象。不过这一次,她的不自在倒不是因为这个人的陌生,而是因为他的眼光。他像是在打量她、审视她。

"阿姨,您过得好吗?"年轻人忽然问。

"挺好的。"

"假如您在生活上有什么困难,请一定告诉我,我一定竭尽所能……"

梅玲在他的表情中知道他语意未尽,回应道:"没什么困难,为什么会这么问?"

年轻人垂下眼睑说道:"我前几天路过了清水町,看见有个人在帮人打扫卫生,好像……"

"没错,就是我。"梅玲说。

她明白了,他认出她就是在清水町给人打扫卫生洗晒衣服的那个劳动妇女,于是以为她要靠做家政服务才能养活自己。年轻人的眼力和记性就是好,她可一点都不记得在清水町遇见过他。

"不是你想的那样。"她说。

这件事一定要解释清楚,不解释又难免会让误会加深,传出去的话,弄得一大批人来嘘寒问暖,可就不是一般的口舌之劳了。

她的丈夫穆光是仙踪大学教授,有个同事叫宋之河。两人其实并没有深交,在学术上还有分歧,经常陷入口争笔战。穆光宽厚豁达,只求不了了之,宋之河伶牙俐齿长于机锋,考虑问题环环相扣,难免言语尖刻。几番较量下来穆光常常吃亏,除了回家跟妻子抱怨两句,倒也不会处心积虑去还击。

两人同时退休,一开始也并无来往。后来宋之河经常来找穆光下棋,有时还带着酒。说到历史疑难问题,他也不再固执己见,有时还推翻自己当初的言论,赞同穆光的说法。二人共事时关系不佳,到年老时竟成为知交好友。

穆光死于突发性脑溢血后,宋之河来看过梅玲两次,问她生活上有什么短缺,那种无事献殷勤的热度,难免让她联想其他。当时她儿子穆方进想从外市调回到本市工作,需要从省级人事部门走程序,她市里领导都认识不到几个,更不要说去省里周旋,因此郁郁不乐,觉得活着浑然无味,真想撒手随丈夫羽化而去,好几次对宋之河恶脸相向。

若不是宋之河说可以解决她儿子工作调动的事情,她可能会把他永拒门外。

宋之河说,他最近罹患癌症,估计离去见穆光的大限不远。可是他也有个儿子,弱智、糖尿病,缺少最起码的生活自理能力。一旦他撒手人寰,他儿子无人照料,势必处境凄惨。如果解决不好儿子面临的诸多难题,他死也无法瞑目。

他需要一个可以在生活上照顾儿子的人,这个人要有丰富的护理经验,在营养学上懂得安排科学健康的饮食,而梅玲做过几十年的护士长,照顾身患糖尿病的丈夫多年,实在是最为合格的人选。作为交换条件,他可以解决穆方进工作调动的问题。他祖上有些珍贵的东西，代代珍藏至今。只要他把这些藏品捐献给国家，那么有关部门应该不会拒绝他生前最后一个请求。

"原来是这样。"年轻人听到这里，才恍然大悟，"可那位宋教授为什么不能让政府出面照顾他的儿子，何必要这样拐弯抹角？"年轻人问。

"他用心良苦，不希望他儿子搬进残疾人福利院之类的地方去。他希望他儿子过得快乐，和以前一样无忧无虑。"

"可您的能力是有限的啊，无非是给他做做饭洗洗衣服。我是说，您身体看起来很不错，但毕竟也是个老人了，他又不是个正常人，您哪能管得过来？"

"等到我干不动了，会物色其他合适的人选来接手的。"梅玲说道，"其他的事情，自然有其他人去做。"

"您是说，照顾那个傻子的不仅仅只有你一个人？"

"人生在世，岂是吃饱穿暖那么简单？"梅玲点点头，"他一个人住那么大的房子，条件又那么好，难免有人要打他主意。而且有人听说他父亲捐献了那么多好东西，肯定会以为他多多少少藏了点私，少不了有人心怀不轨。"

"您是说，宋教授还另外安排了人负责他的安全？"

梅玲点点头，说起两个月前发生的一件事，宋长乐在人民广场不小心撞了个人，遭到一顿臭骂，他哭着跑回家不久，骂他的那个人拎着一篮子水果登门道歉，乞求宋长乐的原谅。

"可怜天下父母心，那位宋教授替他儿子准备得可真是周到。"年轻人笑着问，"不知道是什么人替他保护他儿子，我估计一般的人可能不行，最起码是有些势力的。"

"这个……跟我就没关系了。"梅玲觉得这年轻人有些多事，面露不悦地说道。

年轻人却像是不明白她的意思，继续问道："到底是什么人呢？是德诚文化公司吗？"

"你怎么知道？"梅玲吃了一惊，她之前确实听宋之河提起过这家公司，说是委托了很有能力的人去保护宋长乐，但这件事也仅限于跟宋长乐有关的人知道。这个年轻人怎么张口就说出来了？莫非他跟宋家也有关系？

"只是猜测而已。"年轻人说道，"我对历史文化也有些兴趣，几天前去看了宋教授的藏品展，很有意思的是，他的古董藏品展以'德诚文化'冠名，我就在想，这家文化企业多半和宋教授有些渊源。"

这样解释虽然也说得通，梅玲却难免有些狐疑，沉默不语。

"您今天……"年轻人看了看手表，"今天不用去清水町吗？"

"不用。"梅玲看向南方闪烁的海面，"不过估计也休息不了几天。"

"您是说……"年轻人显然不太明白她的话，露出困惑的神色，"您被他解雇了？"

"是他父亲求我来的，他怎么能解雇我？"梅玲的嗓子发苦，才意识到自己说得有些多。虽然一向看不起祥林嫂那样随意倒苦水的女人，但今天，她确实有些不吐不快的委屈。宋长乐家养的那只狗死了，他居然说是她下的毒，他的歇斯底里症又犯了，大哭大闹的，让她走："你走，你走，我不要见到你，呜呜呜……"

那些邻居都来安慰她，这个傻子以前经常这样的，整条街都被他哭得不得安生，现在算是好多了。她生气不是因为宋长乐发脾气，是因为住进他家的那个女孩。她劝那个女孩离开，是担心她会招惹到麻烦，但是这个女孩坚持住下来。

"有些想浑水摸鱼的人，非要撞了南墙才晓得要回头。"

"既然这样，那就索性不要再去了。"年轻人建议道，"您应该享清福，安度晚年。"

"我会考虑的。"梅玲冷淡地说，她很不喜欢这种被同情的感觉。

"好的，请务必照顾好自己。"年轻人向她告别。

看着年轻人在墓碑间越来越远的背影，她生出一种空虚飘零之感。整片墓地只剩下她一个人了。人生在世，到最后总是难逃孤独。

山脚下的出口写着"缱境"两个字，年轻人从下面经过，走到下山的公路上，身影很久之后才完全消失。

梅玲觉得，他比自己更孤独。

/ 第十九章 /

老罗把普桑停在清水町巷口。

他盯着镜子里的脸,想着该如何把从眼睛跨过鼻梁直挂嘴角的那条疤除掉。如果要去整形医院,没个二三十万怕是不够。他还想做个拉皮——在监狱服刑十四年后,他听说现在有种技术可以抹掉脸上的皱纹,让人变得年轻。变得有多年轻呢?他也不想太贪心,只要回到入狱前就好了,那时他四十岁,正值壮年,现在五十四,仿佛一眨眼就老了。

就是缺钱,有钱怎样都行。在这一点上,这个世界跟十四年前没什么区别。

那个女人走出清水町的时候,老罗停止了神游,该开工了。不过事情有点麻烦,那女人身后跟着那个名叫宋长乐的傻子,傻子正在舔着一个甜筒,像一个被肥肉撑大了的丑陋巨婴,衬托出女人朴素的着装也掩盖不住的精致面容。

等一下,把墨水瓶里的猪血泼到那女人脸上时,她就会花容失色了吧。老罗想象出那一幕,自己也难免觉得下作。他怎么沦落到干这种事的田地?十四年前,这都是他看不上的那些小喽啰干的。

老罗下了车,跟在两人身后,那个傻子迟迟不走,老罗的猪血自然也就喷不出去。他对上头的指令不以为然,也丝毫不敢忤逆,上头说,所有的事都得背着那个傻子,绝不能让他发现,以免吓到他。

这傻子什么来头?他不知道,他只知道两个月前因为他的怠慢这傻子被人欺负,上头骂了他一顿,他只好拿欺负傻子的人出气,把那人的大门牙给掰了下来,还让他去给那傻子道歉。从那天开始,老罗就没再敢怠慢一次。

傻子在笑,那女人也在笑。老罗笑不出来,他觉得自己在被他俩牵着鼻子走。

装着猪血的墨水瓶装在裤子口袋里,扯得他裤裆往下坠,他决定终止这种别扭的跟踪,于是跟上前去,拦在那女人和那傻子面前,笑着问:"请问——"

声音的停顿,是因为目光被女人姣丽的面容烫了一下。他迅速收拢心神,继续问道:"请问天虹商场怎么走?"

天虹商场是全市最大的小商品批发中心,不算太远,但是路途比较复杂。那女人一两句话说不清楚,就往前走了几步,指着道路对他说:"就是往那个路口,往左转……"

老罗顺势插在她和傻子中间,用厚实的背挡住了傻子,顺着她的手看过去,嘴里却说出一句:"搬出去吧。"

女人惊讶地转过头来:"什么?"

"我还是不太清楚。"老罗抻开肩膀,继续将想绕到女人身边的傻子挡在身后,在商铺的广告和车辆鸣笛的掩护下小声说,"从清水町搬出去,否则你会倒霉。"

"你是谁?"女人问道,"我不认识你。"

"你不需要认识我,听我的话就行了。"

"如果我不听呢?"女人脸色苍白地问。

而傻子正在努力挤过来:"安晴,我们快走吧。"

看来一两句话还不能让这女人意识到问题的严重。老罗转过身去,隔在他和那女人之间:"兄弟,你女朋友说带我去天虹商城,你乖乖的,我很快就会把她还给你。"又扭头指着身后的普桑对女人说,"我的车就在那里,你想知道我是谁,不妨上车聊聊。不过你要是不愿意,就陪着这位大兄弟走吧,可千万别勉强。"这后半句话声音很大,是说给傻子听的。

"长乐,你先回去。"安晴对傻子说。傻子很听她的话,虽然不太情愿,却没有阻拦她上车。

老罗胳膊搭在方向盘上,侧过身来对女人说:"其实也并没有什么过分的要求,只是让你搬出清水町。你答应了,就什么事都没有,说不定——"他斜着眉毛笑着说,"说不定咱们还能成为朋友,有能用到我的,你可以开口。"

"我没兴趣。"女人直接地说,"我住在清水町,没招谁没惹谁,除了房东,其他人一律没资格让我搬走。"

"你这么漂亮,怎么会这么不识时务。我现在是很友好地劝你,你不要不知好歹。"老罗指着脸上的疤说道,"这道疤是被人拿刀劈出来的,不过砍我的那个人也被我捅死了。你大概还不晓得自己现在是跟什么样的人打交道。"

"我不会搬的。"女人想推门下去,可是车门已经被锁死。"你让我下车。"她红着脸,头发散乱,声音也在发抖。

老罗觉得很有意思,他看出了这个女人的恐惧,想知道她到底能撑到什么时候。搭在油门上的脚猛踩下去,车速立刻飙升。

"你真要答应我,我就立刻停车放你走。"他嬉皮笑脸地说,"我等你哦。"

安晴索性闭上了嘴,像是吃准了他不能拿她怎么样。老罗开车在街上绕了两圈,意识到这样做并不能产生足够的威慑,便把车开出了市区。他心里有一个目的地,倘若这女人死撑到底,就把她带到那儿去,可是即使车驶上了山路,两边的风景越来越荒凉,他还是不相信自己真的会再到那个地方去。

毕竟那个地方已经十四年没去过,不晓得还在不在。

女人一直死咬嘴唇。老罗能看得出来她在做激烈的思想斗争,明明很恐惧,却在一种莫名的力量下和恐惧交战,那是一种什么力量,老罗猜不出来。他一路都在等这个女人开口求饶,也一路失望。

山路越来越曲折,山风越来越大,震得他的车窗轰轰作响。他的小腹开始灼热,有一团火燃烧起来。这团火从他的眼中溢出来,像是要把身后那个轻慢他的女人焚烧成灰。他现在已经没有把握,如果女人这个时候答应搬出清水町,他还能不能放她走。

安晴始终不说话。

终于,车艰难挤过荆棘中越来越逼仄的小路,驶入一片密林,密林的深处有一间完全用树干搭建起来的木屋。木屋周边荒草丛生,需要步行才能抵达。老罗熄了火,拉上手刹,转身对女人说道:"下车。"

女人发白的嘴唇像结霜的樱桃,脚踩在带着锯齿锋刃的野草上,雪白的小腿立刻就被咬出条状红印。她仓皇四顾,像是在寻找逃跑的路线。这个动作让老罗丹田里的火烧得更旺,他甚至跟她保持了一段距离,好让她择机逃跑。这样他会顺势拽着她的头发把她拖进木屋里面,忍受她的拳打脚踢和尖牙利齿。有些事，见点血会更有意思。

可惜她只是张望了一下，并没有做出太激烈的反抗。

老罗用钥匙开门，钥匙是出狱之后监狱还给他的，十四年没用，开起门上的锁无比生涩，好在锁芯还很完好，拧了几下总算开了。

木屋里的霉味熏得女人睁不开眼，她的食指搭着门框："我答应你，我搬出清水町。"

老罗装作没有听见，用木棍支开了窗户，给屋子里通风。目光适应了屋子里的阴暗后，他又合上了窗户，接下来的事并不需要太亮的光线，闭着眼都能完成。他对屋子里的陈设烂熟于心，知道在西墙那个木箱子里有他所需要的全部器具，包括医用镊钳、剪刀、烙铁、鞭子和绳索之类的简单刑具。十四年并不能消磨他的肌肉记忆。

意外的是，女人始终没有趁他背对着她的机会逃跑，他的戾气、他的杀气，因此难以调动起来。他需要一个契机，让情绪爆炸。

"我答应你，你放我走好不好？"女人又说。

"已经迟了。"他摇着头，脸上挂着僵硬的微笑朝女人招手，"来，你过来。"

女人战栗着挪步过去，右手在冰冷的小臂上摩挲着："你想要干什么？"

"来，乖，坐下。"老罗拍着一把木椅椅背，"我们来聊一聊。"

木椅已经不太牢固，女人被绑上去的时候嘎吱作响。她不停地流泪，也不停地低声求饶："放了我，放了我。"

老罗多少还是觉得有些遗憾，这个女人怎么不知道反抗呢？他喜欢吃辛辣的东西，喜欢辣椒素啮噬着味蕾产生的痛感，喜欢这个女人咬她，拧他，而他将在火辣辣的疼痛中把她吞下去。

老罗的手指轻轻掠过她的脸，嘴里热烘烘的气息扑在她的脖子下面，像野兽在斟酌从哪里下口。那里的纽扣已经掉了一个，露出被黑色内衣衬托得莹白玉润的隆起。这个年过半百且身陷囹圄十四年的老男人发现自己的身体发生了某种可喜的变化。那一瞬间，他觉得自己又年轻了过来。

"我会先拔掉你的手指甲。"他说，"你会因为痛苦而不断扭曲，而我会在那时享用你。"

然后呢？等到他做完了这一切，他应该如何处理这个女人？

他发现这个女人似乎只剩下一个下场，就跟以前被带到这间木屋里的那些人一样。

这实在有些暴殄天物，他失神且唏嘘了几秒钟。当他从箱子中找到了镊钳，并用它夹住女人左手小拇指指甲时，发现她的目光死死盯着门，依稀明白了什么，也许这女人能撑到现在是因为等着有人来救她？

"别做梦了。"他淡淡地说。

"以前有个男人欺负过我，你猜他后来怎么了？"女人流着泪，口气却不减凌厉。

"他怎么了，跟我有什么关系？"

"他死了。"女人说道，"你也会跟他一样。"

在这一瞬间，老罗发现这个女人并没那么简单。但是他的身体膨胀欲裂，已经想不了太多，只能靠一种简单粗暴的方式抚慰。接下来只要抬起手臂，再扭转手腕，就能将那枚小小的指甲整个掀掉。这种事他已经不记得做过多少次，可面对这样修长美丽的手，还是第一次。

疼痛会让她突破生理局限，扭曲成一种匪夷所思的姿势，那实在是人间绝美的风景。

他盯着她的眼睛，不想错过一点表情的变化。

就在这时，放在桌子上的手机响起来，是那首欢快的《爱拼才会赢》。他喜欢这首歌，却不喜欢自己在工作的时候被人打扰，这首歌持续不断地唱着，把他的好情绪败落殆尽。他站起来三步并作两步抄起手机想要挂掉来电，却发现这个电话他不能不接。因为打电话的人，是米南。

"你在哪里？"

"我在山上。"

"你真把那女人带到那里去了？"

"她不听话。"

"你把她怎么样了？"

"目前还没怎么样。"

"很好，放了她。"

"放了她？"老罗以为自己的耳朵出了问题，"为什么？"

"老子以前叫你做事的时候,你有没有问过为什么?"

老罗闭上了嘴,他知道米南是个正经商人,为了维持住这个"正经",他的手腕有时候比他老子更加极端。

"我再说一次,放了她。"米南的话语中没有一丝对他这个"老臣"的尊重,"不要做什么事都用力过猛,听到了没有?"

老罗挂了电话,走到女人面前,伸出双手,帮她把胸口的扣子扣上,然后蹲下身子用刀割开那些他自己也难以解开的绳索:"对不起,这是个误会。"

女人喘着粗气,泪水大颗大颗往下掉,目光漫过了他低垂的头颅,像是眼前空无一人。

/ 第二十章 /

德诚纸业文化有限公司董事长办公室里,米南的手机仍然握在手上,身体还保持着在真皮沙发椅上仰卧的姿势,但是人已经完全清醒。

他的手边还有一部老式黑莓手机,原本放在他办公桌的第二个抽屉里,知道号码的人寥寥无几,而且都不可能在中午十二点到两点之间打电话给他。午后时段的休息,是他的习惯,更是他的原则。

但就在五分钟前,正是这部电话吵醒了他。他不得不爬起来翻出钥匙打开抽屉,看看是哪个火烧眉毛的家伙,没想到竟然是秦多多的号码。他很生气,也很失望,昨天他明明已经答应今天晚些时候去看她。他以为秦多多已经足够懂事,知道恃宠而骄的危险。

他接了电话,想告诉秦多多从此以后都不要再等他了。

但是电话那头是一个完全陌生的声音,让米南放了清水町的那个女人。

米南当然知道他说的是谁。宋长乐家里住进来一个女人,这件事发生的第二天就传到他耳朵里。这并非什么了不起的事,出狱不久的"刀疤罗"足以应付,这个人是他父亲以前的打手,替他父亲背了人命官司,出狱后向他要份差事。他知道他已经过时了,又不好决绝地将他打发掉,用他去吓一吓那些对宋长乐别有用心的人,倒算是物尽其用。

但是他没想到老罗会把那女人带到"山上"去,他以为那地方早就没了。
"不管你是谁,都别想拿女人来威胁我。"米南冷静地告诉打电话的人。他承认有些担心秦多多,但是还没担心到可以任人要挟的地步。
"我没有拿女人来要挟你。"那人低声说,"我是拿《拜石图》在要挟你。"
"你等下。"米南惊愕之余并没有方寸大乱。他立即用正常使用的手机打电话给老罗,让他把那女人给放了。两个人的通话清晰无误地传到了那个打电话给他的男人耳中,这样就能免掉一切不必要的解释跟保证。
"很好。"那个人说道。
"如果可以的话,我们可以见面聊一聊。"
"可以,你现在就可以过来,秦多多小姐迫不及待地想见你。"那人笑着说。
走出办公室,米南对秘书说,今天下午所有的活动取消,和日本那几个客户代表的会晤也推迟到明天。交代好工作,他就驱车前往春和佳苑,也就是他安置秦多多的地方。
在开车来的途中,他一直在揣摩打电话给他的是什么样的人。既然那人知道秦多多跟他的关系,就证明他已经对他做过针对性的调查研究。而且这种调查,还深入到了他极力隐藏的那一面。但这一切都算不了什么,就算是将他和秦多多的关系公布于众,也最多于他极力营造的"正经商人"人设有碍,何况他这样长期置身大陆的已婚台商,包养了个把女人,也算是司空见惯。
关键是,那个人竟然提到了《拜石图》。
秦多多替他开的门,第一句话就是:"米南,你的朋友好有意思。"
米南见到了自己的这位"朋友",他就坐在餐桌边喝茶,蓬乱干燥的灰发盖住了额头,灰色的瞳孔中闪烁着捉摸不透的光,过于年轻的面庞让米南颇感意外,他本来以为这个人的年龄最起码配得上"老谋深算"四个字。
"在聊什么呢?"米南问笑靥芳菲的秦多多。
"在聊你们米家的历史。"秦多多把他脱下来的西装挂在衣架上,"他说你们家祖上有个奇怪的人叫米芾,特别喜欢石头,以前在县城做官,还把一块石头搬进了自己家里的供桌上,上好供品,每天磕头跪拜,说什么相见恨晚。你告诉我,这是真的吗?"

米南还是喜欢和秦多多单独相处，他能忍受她的台湾腔，却不能忍受别人听到她的台湾腔，这太尴尬了。他不能当着外人把这种不满表露出来，只能好脾气地说："米苔又叫米癫，他不是奇怪，是痴迷。我和我的朋友有事要谈，你去逛逛街。"

　　他并非一向出手阔绰，这次给她的零花钱超出以往，是希望她在外面待得久一点。

　　秦多多喜出望外地离开后，米南才问这个陌生的年轻人："我该怎么称呼你？"

　　"这并不重要。"

　　"当然重要，阿猫阿狗也得有个称呼。"

　　年轻人狡黠地笑道："那你就叫我阿猫阿狗好了。"

　　"我觉得一点都不好。"米南摇摇头说，"我推掉一大堆事，冒着被人发现的风险大白天跑到我的情人家里，可不是来陪阿猫阿狗聊天的。"

　　年轻人点了点头："我叫星，冥王星的星。"

　　"为什么偏偏是冥王星，不是金星土星木星？"

　　"米先生，我有没有问过你，为什么你叫米南，而不是米东米西米北？"

　　米南大笑，"看来是我多事了。星先生，你到底想跟我聊点什么？"

　　"当然聊点你感兴趣的。"

　　"我想聊的太多了，两岸关系、经济前景、股市涨跌……"

　　"好了，时间宝贵，咱们俩就别相互试探了。"星从背在身后的帆布挎包中掏出一个带有搭扣的黑皮笔记本。笔记本封皮光泽完全消失，边角破裂，粗糙黯淡，显然很有年头，"这是在宋长乐家里找到的，你可以翻一翻。"

　　米南将笔记簿捧在手中，逐页翻过。发黄的纸页上，碳素墨水字迹已经消磨变淡，但字迹的隽秀遒劲，仍是力透纸背地显露出来。这应该是一本收藏品的记录明细，不仅记录着藏品物件的具体名称，还有收藏的时间，只不过没有经过整理，显得颇为杂乱。最早的一笔，竟然已有七十多年的历史。

　　他把本子交还给星："我不明白你的意思。"

　　"这是宋教授生前的收藏记录，难道你看不出来？"

"哪个宋教授？"

星冷笑："你派人照顾宋长乐，不会连他的父亲也不认识吧。"

"原来是宋之河教授。"米南一副恍然大悟的表情，"宋教授家跟我家世代通好，我自然认识，不过宋教授已经将他生前藏品捐献给了国家，政府专门在市博物馆举办了展览，目前还没有结束，你有兴趣的话可以去看看。"

"我已经去看了，而且经过跟这本笔记本上的记录比对，发现一样不少。"

"所以——"米南说道，"你的意思是？"

星翻开笔记簿，找到其中一页，展示给米南看："难道你没有发现这里撕掉了一张纸？"

米南定睛一看，果然发现中线附近有剪裁的痕迹："这说明什么？"

"历史是任人打扮的小姑娘，这句话是后来跟你父亲一样去往台湾的胡适先生说的。"星合上笔记本说道，"这个本子上记录的无疑也是历史，它也经过了涂脂抹粉。如果你想知道涂抹掉了什么，这张撕掉的纸是关键。"

"难道你找到那张纸了？"

"没有，但是我有办法。"星说道。

他的办法很原始，就是用铅笔在下面那张纸上横向涂抹，将凹陷的字迹显影出来。这件工作说起来容易，做起来却很不简单，因为显影出来的还有其他纸页上的印迹，需要将无关的笔画逐一剔除；还有时间造成的不可逆的影响，都让那些痕迹过于模糊，幸运的是，书写者独树一帜的"瘦金体"如刀刻斧凿，在两边纸面上留下的痕迹并未全部消失。他用了很长时间，终于辨析出来一个字。

"一个字？"米南讥笑道，"一个字就能发现历史的真相？"

"那要看什么字了。"星平和地说道，"这个字是'芾'。"

"'芾'？"

"对，'米芾'的'芾'。"星的目光集中在他脸上，如显微镜般不放过一丝动静，"一个收藏家，在他撕掉的那张纸上，有一个除了当做米芾的名字就很少被使用的'芾'字，这说明什么？是不是说明纸上的内容很有可能跟米芾有关？"

米南似笑非笑，静听其变。

"当然，这也只是我的猜测。"星承认道，"除了这个被遗忘的笔记本，他家书房中没什么有价值的东西，好在他家还有个杂物间。"

杂物间里有很多宋教授生前用过的东西，包括一台坏掉的台式电脑。老年人总是这样，用过的东西都舍不得扔，因为这些东西尽管无用，却是他们历史岁月的见证，而这台电脑显然记录的东西就更多了。

"这也都是住在宋长乐家里的那个女人帮你找到的吧？"米南插嘴道。

星不置可否地笑了笑，继续原来的话题。他对电脑硬盘进行了数据恢复，发现了海量信息，芜杂且毫无头绪，还有一些数据遭到毁坏，难以甄别出有价值的线索。

"这个时候，那本笔记本的价值就体现出来了。"年轻人说道，"因为它提供了一个关键字。"

"芾？"

"对，芾。"

在这个关键字的帮助下，他搜索出了一两篇关于宋朝金石书画的论文和若干 Excel 表格文件，在其中的一张不起眼且没有取名的表格上，他看到类似于收藏明细的文字记录，上面虽然少了笔记本上的些许内容，却多出了一行笔记簿上没有的文字："北宋米芾《拜石图》真迹，19490304。"

"所以宋教授就算没有拥有过那幅《拜石图》，但起码在某个时间和它发生过某种联系。"星眯着眼睛问米南，"你觉得我说的对吗？"

"我怎么知道？"米南皱着眉头反问。

"米芾是北宋大书法家、大画家。他的一幅行书手卷在几年前卖到七千多万的价格，而他的画作却没有一幅流传于世，只能靠后人临摹才能窥见一斑，清代有个名叫张照的人临摹的米芾画作，拍卖价格接近两千万，明代陈洪绶临摹的《拜石图》，也快要达到一千万的价格。倘若米芾的《拜石图》真迹流传于世，那绝对是收藏史上的一件大事，对于宋代艺术史和文史研究也非同小可，可是宋教授作为一个历史学家，又是一个收藏家，在他所有学术研究和发表的论文中，对这幅画只字未提，仿佛这是一个禁忌话题。这不是很奇怪吗？"

"听你这么说，好像是有点奇怪。"米南弹了弹指甲，漫不经心地说："可是你说的这一切，跟我有什么关系？"

星脸色冷冽，灰色瞳孔中结出一层寒霜："米先生，我想问问你，为什么要派你的手下带走我的朋友？"

"我并没有让他那样做，可能是因为你的朋友比较顽固。"米南跷起二郎腿，"如果她答应离开清水町，就不会发生那种不愉快的事。"

"你凭什么让她搬出清水町？她住在宋长乐的家里对你又会造成什么威胁？"

"实不相瞒，这是宋教授的意思。"米南说道，"他让我照顾他的儿子。我受人所托，当然不敢怠慢。宋长乐不知道人心险恶，我怎么会不知道？"

"宋教授对他儿子考虑周到，专门请护理经验丰富的梅姨来料理他的饮食起居，又编了一大堆童话去骗他锻炼减肥，但是最关键的一步，恐怕还是找上了你吧？我真是很好奇，他是用了什么办法让你乖乖听他的话的。"

"宋教授和我父亲是同学，他去世后的藏品展览会，也是我出资赞助举办，这都是我作为晚辈的分内之事，有什么好奇怪的？"

"我读过令尊米家山先生的回忆录，书中说，你们米家1949年之前逃到台湾，令尊80年代才经香港辗转绕回大陆，就算是再好的朋友，怕也是断了音讯，而且——"星在玻璃台面上拍了拍，"令尊在书里一点都没提到他在大陆还有什么了不得的交情。"

"这点私事，不提也罢。"米南淡然说道。

"令我印象最深的是，"星拖长声音道，"令尊说你们米家是北宋大书法家米芾的嫡系后代，这应该没有错吧？"

"没有错。"

"米先生，我在宋教授电脑的表格里看到的那行字后面有一串编号，19490304。您应该不难猜到这其实是一个日期。"

"嗯。"

"你大概也不难猜到这个日期代表了什么，1949年3月4日，应该就是你们米家逃往台湾的日子。"

"哼。"米南看向了窗外。

"我想做一个简单的推测。你们米家大概是担心逃亡路中有不测之险，又以为不久以后就可以反攻大陆，所以才把《拜石图》交给宋家保管。多年以后，就在你们为找不回这幅图焦头烂额之际，宋教授主动找到了你，将这幅《拜石图》作为交换条件，让你米家照顾他儿子。你觉得我推测得有道理吗？"

米南正要说话，却看到年轻人忽然咳嗽起来，伴随着咳嗽越来越猛烈，他的脸色也发生了可怕的变化，由白变青，由青变白，难以自控的喘气导致他的身体痉挛。他揪着胸口的衣服，手大幅颤抖，摸出夹克衫内侧口袋里的药瓶，倒出几粒胶囊塞进嘴里，艰难地吞咽下去，闭着眼睛休息了几分钟，如死灰的脸上慢慢恢复了一丝血色。

米南犹疑地看到他服用的是"速效救心丸"，问道："你心脏有问题？"

星睁开眼，点点头。

"有人说，太聪明的人，通常都活不久，这话果然有一点道理。"米南说道，"如果你能撑得下去，我们就可以继续聊聊，如果撑不下去，我劝你最好离开，不要死在我这里。"

"我没那么容易死的。"星挤出一丝微笑说，"我所做的一切都是为了活下去。"

"你的死活和我无关。"米南铁青着脸说。无论如何，他都不太喜欢让一个外人来随意打探他家族的秘密，然而现在看来，这个秘密已经不太能守得住了。

"就算你猜得不错，那又能怎样？我不相信我找不到的东西，你就能找到。"

"宋教授果然把那幅《拜石图》藏起来了？"星已经恢复了正常，只是说话还有些虚弱，"他死前，是不是把画的下落告诉了宋长乐？"

"天底下只有宋长乐知道那幅画在哪儿。"米南站起来，背对着星看着窗外，"可是……"

"可是他不说，你也无法拿他怎么样？"星抢着说道。

"哼。"米南在墙壁上捶了一拳，"宋之河要他的儿子到临死的时候才把那个秘密说出来，根本就是让我给他儿子养老送终。如果我比他先死，那就轮到我儿子。宋之河知道这幅图是我家的传家之宝，所以以此来要挟我。这一招简直太卑鄙了。"

"如果宋教授不用这样的办法，你会有始有终地保护他儿子吗？"星问道。

"我很忙，哪有那么多时间去管阿猫阿狗的事。"

"所以，"星拊掌轻笑，"让一只狮子去保护一只猫，当然就要抓住这只狮子的软肋。这个宋教授，的确很聪明。"

米南看了看墙上的挂钟，发现整个下午已经所剩无几，秦多多的电话大概就要打过来，问他晚上去哪里吃之类的问题。他一贯的宗旨就是该工作的时候工作，该娱乐的时候娱乐，这两者绝不可以混淆。所以他打算结束这次谈话："好吧，星先生，说说你的目的。"

星回答得也很干脆："我能帮你找到那张画。"

这个回答在米南的意料之中，他关心的不是他会用什么办法找到那幅画，而是价钱。

"一百万。"星说，"虽然有些苛刻，但是你可以考虑一下。"

"不需要考虑，我现在就可以支付一半给你。"米南掏出现金支票本，填写了一张，"我这么爽快的原因，你想必也清楚。"

"我清楚，我知道你的手段。"星接过他写好的支票说道，"还有……"

"还有？"

"是的，还有。"星轻笑，"我要十个手指甲，一个都不能少。"

第二十一章

风吹过清水町，掀起落在地上的叶子，留下一串嗯哨。

宋长乐喜欢用口哨去跟风合奏，他的口哨吹得很好，能够游刃有余地吹出高八度，吹出他喜欢的每一首曲子。当然，这都是爸爸的功劳。

宋长乐趴在窗台上，想起以前缠着爸爸要学吹口哨的情景。他学了很久，使劲用力，也只能发出嘘嘘的声音，吹得自己尿意不断。是爸爸一点一点教，他一点一点试探，才找到气息擦过嘴唇时那种若即若离的感觉。他不断练习，终于能断断续续吹出一首完整的曲子，终于大功告成，成了爸爸嘴里的"音乐家"。

那首曲子叫《欢乐颂》。爸爸给他布置了任务，那就是在有生之年，必须要将欢乐进行到底，要无忧无虑，要永远只想快乐的事，把悲伤丢到脑后。

爸爸布置的另一项任务，是让他每天坚持练功，减少脂肪，增长力气，因为他不仅要做音乐家，还要成为"飞行家"。

"你知道鸟类中的飞行家是谁吗？"爸爸问他。

他说是麻雀、鸽子、孔雀、老鹰、猫头鹰……爸爸说全不对，正确答案是"蜂鸟"。蜂鸟是最小的一种鸟，但是它可以做到其他鸟都做不到的事，那就是悬停在空中，因为它的翅膀可以快速扇动。

爸爸说的话不可能有错，如果他的双臂挥舞得够快，就能够飞起来。有好几次，他觉得自己如果能再快一点，双脚就能够离开地面了。

可是一想起安晴，他的身体就软了，什么力气也没有了，也没有心思吃饭和看动画片，只想就这么趴在二楼的窗台上，流着口水，看着清水町的巷口，等着安晴回来。对面屋顶上的鸽笼里，鸽子只知道咕咕咕地叫，时常打乱他的思绪，它们又肥又懒，白长了一对好翅膀。

他想写一封信给安晴，因为有好多话想告诉她，可是他连安晴的姓名都写不完整。爸爸去天堂前说过，想他的时候就写信，因为那些语句是从长乐的心里流出来的，他在天上都能感受到。遇到不会写的字，就用圆圈代替。长乐给爸爸写了好多信，画了好多圆圈，就像是一串串糖葫芦，这样的信，安晴自然是看不懂的。

为什么一想起安晴，就会如此焦灼，对一切都不满意，尤其是对自己？

安晴上了那个人的车，是要送他去天虹商场，她真的是太善良了，不管帮助谁都不遗余力。可是过了这么久，她怎么还不回来？

真的是太久了，久到让他都忍不住怀疑，她是不是永远都不会回来了。这个念头出现在脑海中的时候，他就咧着嘴哭起来，他要去找她，去天虹商场找她，可是天虹商场在哪里？

在安晴消失不见的这个下午，他意识到，他大概是不能没有安晴的。

就在他崩溃之前，安晴出现在了清水町的巷口，宛若一朵不期而至的云。在她出现的那一瞬间，风和天空都变得温柔起来。

他使劲朝她挥手，她也朝他挥手。

"对不起，我顺便去处理了一些事。"安晴一脸的疲倦和歉意。她说她联系好了医院，可以回去接她女儿过来看病。回来的途中，顺便从菜市场买了点菜。

"那太好了。"宋长乐蹦起来，"我可以陪她玩，我把我的玩具、动画片全都送给她。"

"我饿了。"安晴去厨房里做饭。现在这个点是午饭还是晚饭呢？宋长乐说不清楚，但是他能看出安晴的辛苦，等到她女儿来了，她还得陪女儿，还得烧饭，那岂不是要累死？

"你……你教我做饭啊。"他说。

"为什么？"厨房里围着围裙的安晴问他。

"我不想老是让你照顾我。"

"这是应该的，谁叫我住你家房子呢。"

这个回答伤了宋长乐的心。他回到客厅，打开电视，习惯性地调到动漫频道，汤姆猫正在天上飞，用绑在它背上的一根棍子拴住的翅膀，小老鼠杰瑞正在地上抱头鼠窜，躲避着恶猫的轰炸。他想，怎么可以老是这样，怎么可以永远长不大？他在遥控器上狠狠摁了两下，调到了他爸爸以前超级喜欢的新闻频道。

没有一句话是他能听懂的，他绝望地发现。在几十个频道中间，只有寥寥几个儿童频道属于他，其他都毫无意义。

"长乐，吃饭了。"

安晴把简单的菜肴端上了餐桌，一荤一素一汤，香气扑鼻，她把碗筷摆放整齐，给他盛饭、倒饮料，又帮他把一块很大的方绢系在脖子上，以免从嘴里漏出来的汤汤水水滴在衣服上。宋长乐僵硬地坐在凳子上，觉得自己像童话里愚蠢的国王一样令人讨厌，在安晴失而复得的这个傍晚，他恨上了自己的笨拙和无能。

"待会儿我来洗碗好不好？"他几乎用一种哀求的口吻。

"好啊，你可以洗你自己的。"

"不行，统统都由我来洗。"

"我向你保证，洗碗这种事，一点都没有意思。"

"我不要有意思，"宋长乐拧着脖子说，"我要跟你一样，会照顾人。"

"你想照顾谁？"

"当然是你……你的女儿，你把她接到这里来，要是既烧饭又洗碗洗衣服扫地拖地什么的，不是会累死掉吗？这绝对不行，我不要你照顾，我要当大人。"

"大人都有自己的秘密。"安晴笑着看他，"你有秘密吗？"

"我有。"他挺直了身板。

"能不能告诉我？"

"当然能。"为了显示这真的是个秘密，他很认真地环顾四周，低声说，"我怕老鼠，怕得要命。"

"真的吗？好巧啊。"安晴小口吃着饭，笑着问他，"我也怕老鼠，可是，这也算秘密？"

很显然，这件事还远远达不到安晴对于"秘密"的标准。他搜肠刮肚地翻找着能够体现"秘密"精神的往事，想到上小学四年级时，跟爸爸从一个很远的地方搬过来后，他在一所小学里被人欺负，他的同学在他的书包里塞进了一只死老鼠，吓得他当场就在裤子里拉屎撒尿。就因为这件事，他的爸爸才把他从学校里带走了。

"这算是个秘密吗？"他不自信地征询她。

"不算。秘密就是那种只有自己知道，最多只能告诉你最信任的人的事情。"安晴吸着可乐，长睫毛在脸上制造出一小片暗影，"你想不想知道我的秘密？"

宋长乐点头，又摇头："你不想说的话就不说喽。"

"你是我最好的朋友，是我最信任的人，我愿意把我所有的秘密都告诉你。"安晴的语调温柔，眼神却一点点黯淡下去，她说了一个悲伤的故事，在几年前，她还很天真的时候，和宋长乐一样天真的时候，有一个看起来很好很善良的男人，羞辱了她。

"他是怎么羞辱你的？"宋长乐摸着脑袋，"也是往你脸上抹脏东西吗？"

"差不多，而且很难洗掉，这辈子都要带着这种羞辱活下去，除非去到一个谁也不认识你的地方。"

"那个人太坏了。"他很生气地说,"我不行的,我一辈子都不想离开清水町。"

安晴笑了笑,问他:"长乐,你的那些秘密都算不上真正的秘密,你要是想长大,得需要一个真正的秘密。"

"我……有啊。"长乐有些结巴。

"你别紧张,我不是非要知道的。"安晴喝了一口汤,"不管怎么说,我毕竟只是你家的一个房客,你没有义务一定要告诉我。"

宋长乐险些哭起来,他埋着头吃饭,饭团噙在嘴里,哽在喉咙里,让他难过得快要窒息。

"我可以告诉你一半。"他想了很久做了决定。

这一半的秘密是,爸爸曾经告诉过他一个咒语,要他时刻记在心里,一辈子都不能说起,一旦说起,就会遭受天谴;只有在离开这个世界之前,把咒语大声地说出来,天堂之门才会开启,他才会升到天空,和他爸爸团聚。

"另一半的秘密,就是那个咒语喽?"安晴问。

"嗯。"

"真的这么神奇吗?"安晴眼中闪着光,"我还真想知道那咒语是怎么念的呢。"

"可是……"宋长乐着急得说不出话来。

安晴笑出声来:"傻瓜,我只是跟你开个玩笑。"

宋长乐也破涕为笑,却还是觉得有些愧疚,该用什么办法来补偿呢?他绞尽脑汁想出了一个极好的办法,连他自己都佩服起自己来:"安晴,明天晚上我请你吃饭吧,吃世界上最好吃的东西。"

"什么东西?"

"你知不知道木石西餐厅?"

"不知道。"

"就在人民广场,那里有世界上最好吃的牛排,超级好吃,保证你吃了……还想吃。"他词穷地夸耀,满心希望安晴能答应他,可是越说越不自信,越觉得这件事太不可思议,声音也就越来越小。

很多年前爸爸带他去木石西餐厅吃过一份西冷牛排,至今想起仍难免流口水。爸爸让他把牛排拿在手里吃,他不愿意。他看过电视里年轻的恋人在类似的地方就餐，知道吃这样的西餐是有讲究的，央求爸爸教他。爸爸却说他自己以后会学做牛扒，想吃的时候就煎给他吃，再也不用到这里来了。这里有什么好呢？贵得要命。

宋长乐知道爸爸并不是嫌贵，只是不喜欢这个环境，认为他不适合这里罢了。爸爸哪里知道，他偷偷在家无数次练习，用塑料的玩具刀叉，模仿着电视上的绅士，对那套流程算得上是烂熟于心。在每一次练习里，对面都坐着一个假想中的姑娘，可惜面容模糊，也不知道该跟她说点什么。那只是一个人打发时间的游戏罢了。他从来都没有认真过。

他觉得安晴不会答应，那是情人出没的地方，安晴跟他在一起，应该会觉得丢脸吧。

"可以呀。"安晴很爽快地答应下来，"你请我，我出钱。"

"我有钱。"他的脸兴奋得发烫，"我有一张银行卡，每个月上面都有钱打进来，我已经存了很久啦。"

"哦，是谁打的？你可要收好啊。"

"嗯嗯，没关系的，有密码的。"他近似于谄媚地问，"我把密码告诉你好不好？就是我的生日……"

"不好。"安晴打断了他的话，"那样你丢了钱，我就有嫌疑了。"

宋长乐无比遗憾："那好吧。我也不知道钱是从哪里打来的，总之是我爸爸给我的，大概是他从天上打来的吧。"

宋长乐不愿意思考复杂的问题。复杂的事情会导致苦恼，这也是他爸爸给他的教诲。爸爸说，一个人只要甘于平淡，满足现状，保持简单的生活状态，永远像个孩子，快乐就会永远伴随。但是这一晚上，他对一直以来的生活有些厌烦，觉得这种稀里糊涂的快乐有些无趣。

"你说，我有没有可能成为一个真正的大人？"

安晴说："我希望和你一样，永远都长不大。"

不知为何，安晴情绪没来由地低落下来，她说她累了，要早一点睡觉，让宋长乐吃完饭就把碗放在桌子上，她明天早上会起来洗干净。宋长乐看着她上了楼，不晓得自己说错了哪句话，忐忑了很久，想起用洗碗去弥补。

手忙脚乱中，他把厨房溅得满地是水，并且摔碎了两个碗。安晴冲下来收拾一塌糊涂的残局，生气地质问他："不是让你别碰了吗，为什么还是要添乱？"她的眼睛有点红，有点肿，像是哭过。

宋长乐只好丢下满屋子的狼藉，羞愧地躲进了自己的房间。他又把事情搞砸了，生气的安晴还会陪他去木石餐厅吃西冷牛扒吗？

第二天早晨，他的门被敲响，安晴的声音在门外喊他起床："长乐，你要起来锻炼了。"

他的脑袋有点晕，因为睡得很差，总是梦到爸爸，爸爸似乎很不喜欢安晴，让他把她从家里赶出去。他不断哀求，感觉像是哀求了一夜，现在只想再睡一会儿。

"赶紧起床，要不然我晚上不跟你去吃西餐了。"

他从床上蹦起来的时候，脑袋险些撞到了天花板。穿好衣服，刷牙洗脸，来到二楼阳台上，对着还没从倾斜的阳光下苏醒过来的清水町伸了个懒腰。太阳像咸鸭蛋黄贴在天边，油汪汪的一团。爸爸说过，每一天都是这样，太阳落下，然后升起。

几次深呼吸之后，他慢慢转动起了右臂，再慢慢转动起了左臂，当做热身。爸爸说，一定要热身，否则会受伤。

蜂鸟的翅膀一开始是慢慢扇动的，螺旋桨也是。他朝着太阳闭上眼睛，在越来越亮的火红视野中，双臂越来越快，终于达到极限。他踮起脚尖，感觉下一秒就能摆脱地面的束缚。

但是疲惫感很快就来，爸爸说过，"飞天神功"比吹口哨困难得多，所以得有耐心。

令他焦灼的是白昼太长，度日如年大概就是这样。太阳在天空画了一条漫长的弧线，终于在他在窗前变成化石之前抵达了另一端的天边。

他躲进房间，对着镜子穿上爸爸的西装和皮鞋，尽管那皮鞋相对于他43码的脚显得过于促狭而坚硬，但是他愿意为了安晴去忍受这类似于美人鱼割去双脚的痛楚。

"安晴，我们出发啦。"他在客厅里羞涩地喊。

安晴从房间里出来，也化了点淡妆，她本来就是全世界最漂亮的女子，这一来就更美了。怎么说呢？像天使，像仙女，像雅典娜转世投胎的纱织。

木石西餐厅就在人民广场的北边，在一家服装店的楼上，一到晚上，彩色玻璃灯管就发出醒目的光。

宋长乐几年前和爸爸来的时候就坐在靠窗的那个位子上,能看到人民广场的全景。幸运的是,那个座位今天也还是空着的。服务员拿着菜单走过来,叫他点餐。他用手绢擦着嘴角控制不住的口水,对安晴说:"你点……你点啊。"

他紧张得要命,老是想撒尿。

安晴很仔细地看了看,问服务生:"你们的情侣套餐今天有活动?"

"是的,打八折。"

"好的,就来一份情侣套餐吧。"

"情侣"这个词在宋长乐脑子里炸出一朵绚烂的礼花,一朵接着一朵,那种源源不断的快乐是从未体验过的,让他几乎尿失禁。他忍不住瑟瑟发抖,终于引起了安晴的注意。她伸出手去摸他的额头:"你怎么了,生病了吗?"

"没……想上厕所。"他不好意思地说。

"去吧。"安晴有点无奈。

他冲进了厕所,滴滴答答尿起来,明明挤不出来一点,为什么还总是忍不住?这已经是他十分钟之内第三次上厕所了,感觉身体里那个水龙头始终扭不紧似的。这一次他要尿干净,于是放松了身体,闭上眼睛安静地等待了一会儿。厕所里只有两个小便池,第三个人等了一会儿,终于等到另外一个,离开的那个似乎瞥了他一眼,骂了一句:"傻×。"

他险些哭了,滴出来的尿液滴在了裤子上,用卫生纸使劲擦还是留下了一些印迹。

门外有个声音在问走出厕所的人:"先生,有没有看见一个穿西装的胖胖的男士。"

"在里面呢,估计是撒尿撒睡着了。"

"长乐,长乐。"安晴在门外喊。

"来啦。"他只好走出去。

"把手洗一下。"安晴似乎没发现异样,对他说,自己往座位上走去,等到宋长乐洗完手过来坐下又说,"长乐,我要走了。"

"是我不好。"宋长乐立刻道歉,"我……太紧张了,能不能再坐一坐?"

"我的意思是,我要去接我女儿过来了。"

"好啊，你赶紧把她接过来。"宋长乐高兴起来，"什么时候？"

"很快。"安晴的眼睛有点泛红，"长乐，你要勇敢一点。"

他不明白她的意思，为什么要叫他勇敢？是嫌他太胆小了吗？他愣愣地说："我很勇敢的，除了老鼠，我什么都不怕。"

"你应该无所畏惧。"安晴继续说，"你要知道，恐惧只是你内心的一种感觉，你要战胜它。"

他似懂非懂地点点头："我们来吃牛排呀，好好吃。"

可惜，安晴好像没什么食欲，牛排也不像记忆中的那样好吃了。宋长乐感觉吹破了牛皮，惴惴不安又食不知味地吃掉了牛排，听到安晴问"要不要到广场上逛一逛"立刻就雀跃起来："好呀。"

广场比白天热闹了些，夜市上摆了很多各式各样的摊位，专卖琳琅满目的小玩意儿，蹦蹦跳跳，闪闪烁烁，都是宋长乐喜欢的东西。他买了一本《海贼王》的明信片，和一大一小两个蝴蝶发卡，上面缀满五颜六色的宝石，亮晶晶的很漂亮，大的送给安晴，小的送给她女儿。

"回家吧。"安晴说。

宋长乐有些舍不得，却还是同意了。

广场四周种了一些樟树，由于没有经过修剪，大多长得枝繁叶盛，华盖如伞。经过一棵樟树的时候，安晴的脚步迟缓下来，问宋长乐："那是什么？"

顺着她的手，宋长乐看到树下挂着一个黑色的四方形物体，有点像变魔术的道具。走近一看，果真是一个盖着黑色绒布的木箱子。黑箱的旁边挂着一块纸牌，宋长乐认得上面的字："投币一元，可知未来。"

"这个怎么玩的？"他说。在那个箱子的表面摸索了一下，找到投币的卡槽，塞了一元硬币进去，只听咔嚓一声，箱子的底部开出一个圆形洞口，透出不断变换的光，从黄变成蓝，再变成红色，像极了有些年代的电影中时光隧道的入口，有些魔幻的感觉。

"是要把头伸进去吗？"他蹲下来看了看那个洞，又看了看安晴。

安晴也在看他，她的脸背着路灯，五官和表情都隐没在黑暗中："长乐，不要玩了，我们走吧。"

"可是，我还真的有点想知道未来呢。"

"你想知道什么呢？"安晴烦躁起来，"你不走我走了。"

"我就看一眼，就一眼好不好？"宋长乐说。以前他对未来没兴趣，只想遵照爸爸的叮嘱安度当下每一天，可是现在他真的好想知道他的未来里有没有安晴。

安晴就在眼前，喊了他一声："长乐。"

"怎么啦？"他的脑袋伸进去一半，又缩回来问她。

"没……没什么。"

"马上就好。"他终于把头全部伸了进去。

就算是他这样的傻子，也能看出来这就是个骗人的把戏，不过就是几盏蒙着彩色塑料纸的灯泡，简直拙劣到了极点。他失望了，打算离开，可是脖子那里又是"咔嚓"一声，被死死地卡住，整个脑袋都嵌在箱子里，进退不得。

"搞什么，我要出去。"他喊道。

箱子四周有一层棉布，吸收了他的叫声。他只好自己动手，试图把脖子那里的桎梏给掰开，可是箱子的坚固程度超出了他的想象，任他如何拼力挣扎，也无法撼动卡住他脖子的两块铁板。更麻烦的是，那些灯也熄灭了。

"安晴安晴，帮帮我。"他用手敲着木箱，大口呼吸，那些氧气消耗得很快，没一会就令他头晕脑涨。这个时候，头顶上透进来一束光，新鲜的空气输入进来，令他喘了口气，可还来不及高兴，那洞口里忽然掉进来什么东西，落在他的面前。

灯光又闪烁起来。

那是一只老鼠。

他立刻条件反射地呕吐，从嘴里喷泻，喷在老鼠的身上。老鼠吱吱了两声，甘之如饴吃起残渣，并向他的嘴移动过来。它不断变化颜色，一会儿变成红老鼠，一会儿变成蓝老鼠，一会儿变成黄老鼠，一会儿又在灯光的隐灭下消失，但是他能感觉到它的尾梢划过他的脸。

他再次失控，括约肌肛肠肌统统失控。

"欢迎参加真心话大冒险游戏。"一个声音从上方的洞中传进来，"游戏规则如下：只要你回答出问题的正确答案，箱子就会自动开启。"

"我不知道，我不知道，我不玩了，我认输。"宋长乐大喊大叫，那只老鼠也上下跳窜。

"请说出你心里最深的秘密。"

"我没有，我没有。"

"回答错误，你还有两次机会。"

"为什么要这样对我？我什么都不知道。"

"回答错误，你还有一次机会。如果再次回答错误，惩罚将翻倍，我们将再放入一只老鼠，直到你回答出正确答案为止。"

"我……我……"

"倒数开始，3，2……"

宋长乐大喊了一声不要，然后不顾一切地投降。

"长乐长乐，腹中空空，米福米福，金石其中。"

爸爸说过，永远不要说起这四句咒语，否则一定会有灾祸发生；也永远不能忘记这四句咒语，否则找不到去往天堂的路。他从来都没有像现在这样大声念出来，只能在每晚睡前默念三遍，像虔诚的祷祝。

灯光猝然暗灭，世界瞬间坠入一片黑暗中。又是"咔嚓"一声轻响，紧紧卡住他脖子的机簧应声而动。他往下坠落，脱离了那个诡异可怖的世界，瘫软在树底下。海风吹过来，行人在四方悠闲走动，空气中有海水的咸涩和合欢树花淡淡的清香。

就像什么也没有发生过。

/ 第二十二章 /

安晴走了。

屋子里和她有关的一切都不见了。宋长乐站在她的房间里，只能闻到自己身上裤裆里散发出来的臭味。他立刻羞惭地逃下了楼，冲进卫生间，脱光了衣服，使劲地搓洗了一把。

他试图清洗裤子，却再次把污秽溅到身上，只好重新洗澡，循环往复了好几次，情况越来越糟。

他管不了那么多了，擦干了身子，把脏衣服统统丢进了外面的垃圾桶。衣柜里的衣服整整齐齐地排列，弥留着阳光的干燥和安晴手指上萦绕的香味。

没关系的。他心虚地安慰着自己，强迫自己忘掉刚刚发生的那一幕。他说出了那句咒语，也没发生什么奇怪的事，天空没有电闪雷鸣，妖魔鬼怪也没有出现。唯一的区别就是安晴不见了，但是她一定会回来的。

他决定去熊屋，挑选一只温暖的熊宝宝来陪自己过夜。当他推门进去打开灯后，眼前的一幕让他目瞪口呆。门扇动的气流搅动起地上的棉絮，屋子里像是下了一场雪，那只最大的名叫"米福"的熊猫布偶，变成干瘪而丑陋的皮囊，扭曲在角落里，用恐怖的目光盯着他。

他冲回了自己的房间，反锁上门窗，拉上窗帘，用被子盖住了自己。空气像是被抽干了，汗珠从他的脸上背上腋下流出，被子里变成了瘴气充溢的泥淖深潭，潜伏着无数吸血的水蛭毒蛇。

朦胧中，他看到了闪光的背影，怎么追也追不上，终于看着他熄灭在无尽的黑暗中。他喊着爸爸，也喊着安晴。他使劲地说对不起，对不起，他不该把头伸进那个箱子；对不起，他不该说出那句咒语。

在沉重的梦境中醒过来，他不断地流着鼻涕，眼睛也疼痛难忍。一照镜子，发现整张脸都浮肿起来。他穿起衣服，去阳台上练功，可是他浑身酸痛，连平时的一半状态也没有。

那种身轻如燕的感觉消失了，前功尽弃了。他忍着痛使劲转动胳膊，像是跟谁赌气。

因为眼冒金星，感觉好像要晕过去，他才停了下来，回到屋子里继续睡觉。除了睡觉，他不知道自己该干点什么。爸爸以前在他发脾气的时候总是哄他说，睡一觉，就好了。

他睡了一觉又一觉，并不感觉到饿，只是觉得浑身绵软乏力。他不记得安晴离开了多久，也记不得上次撕日历是什么时候，时间变成了一条直线，没有起伏，不知通向何处。

他想打电话给梅姨，每每拿起电话机又放下。他是有自尊的，既然叫她走，怎么可以又求她回来？梅姨毒死了他的"阿欢"，还想赶走安晴，这些都是不可原谅的错误。安晴也许明天就会回来，带着她的宝贝女儿。

她们看到他这个样子，一定会很失望吧。

再撑一撑，就好了。他对自己说。

他没有正经吃过一顿饭，喝干了冰箱里的饮料，就只好上街买着吃，过了一段时间，他用光了身上所有的钱，就只好去银行的自动取款机上取钱。

爸爸教过他怎么取钱，教了很多很多遍，怎样按密码，怎样输入金额，他早就能熟练操作。然而这一次，卡插进了卡槽后又被吐了出来，他又插了一遍，那张卡就消失了。

他使劲拍打自动取款机，拳打脚踢。大厅里穿着制服的经理过来制止他，却被他一把推倒在地，保安也过来了，想要把他驱赶出去。他在地上打滚，拍着屁股跺着脚，口齿不清地骂他们，骂他们偷走了他的钱。他涕泗横流地抱着自动取款机，直到警察来了，说要把他抓起来。他害怕了，这才松了手。可是那条街上的人都知道，他是个傻子，批评教育都没用。警察也不愿意在傻子身上浪费时间，把他赶出了那条街后，就没再为难他。

他饿得头脑发晕，看到有人把吃剩下来的半碗海蛎煎丢进了垃圾桶，没忍住就捡了起来吃掉。

身上沾了垃圾桶的味道，就没人愿意再请他去发广告单。他失业了。垃圾桶成了他果腹的唯一来源。

吃饱了肚子，他就回家睡觉。锻炼彻底废止，每天起床时都头晕脑涨，视线模糊，难以忍受的口渴让他抱着自来水水龙头猛喝一通，他不知道这是糖尿病加剧引发的视网膜病变，只能坐在像猪窝一样的客厅里大声哭泣，边哭边扇自己耳光，骂自己没用。

爸爸不是没有给他准备后路，可是，也许再坚持一天，安晴就会回来；也许下一秒，安晴就会回来。

安晴真的回来了。

那是深夜，宋长乐被开门声惊醒，摸索着下了床，推开房门后，在一大片模糊的轮廓之中看到了抱着孩子站在客厅里的安晴。

安晴把伏在她肩膀上沉沉睡去的小女孩送进楼上的房间，下来对他说，她得立刻离开。

"为什么？"他带着哭腔，想要把她留下来。在看到她的第一眼起，他以为一切都已经好起来了。现在，他不知道她的再度离开意味着什么。

"傻瓜，别担心。"安晴的表情像一个混乱不堪的梦，"我以前的丈夫，也就是孩子的父亲，一直想把孩子抢回去，他在监视我，想找机会下手，我不能不提防，只能半夜三更偷偷出来，先把她送到这里来。我已经联系上了医院，预约了明天九点在儿童医院给我女儿做检查，可是我带着女儿，行动不便，一定会被那个人发现。长乐，你能不能帮我一个忙？"

"什么忙？"宋长乐使劲揉了揉眼睛，"是不是帮完了这个忙，你就能回来了。"

"是的，一切都会好起来的。"

安晴要他明天上午打一辆出租车，带着孩子去市立儿童医院，坐电梯一直上到最顶层的平台，她一旦摆脱了前夫的监视，就立刻上去跟他会合。

"我女儿很乖的，如果明早起床哭闹，你就哄哄她，说带她去找妈妈。"安晴从口袋里摸出了一百块钱塞到他手上，临走时红了眼睛。"对不起。"她说。

安晴有两条影子，被清水町并排的路灯轮番拉长又缩短。宋长乐目送她和她的影子离开，然后蹑手蹑脚地上了楼，推开安晴房间的门，看到床头灯光下的小女孩身上盖着毛毯睡得很沉。他不敢发出一点声音，轻轻关上了门，躺在了门外的过道上。

明天就好了。明天晚上，他和安晴还有这个可爱的小女孩，就能美美地吃一顿，他要重新做人，做个有用的人。

翌日早晨，一阵哭声惊醒了他，他开门进去，看到小女孩已经坐了起来。他立刻进去安慰："别害怕啦，我马上带你去见你妈妈。"

小女孩见到怪模怪样的他，哭得更大声了。宋长乐跑到楼下，抱上来一大箱子玩具，放在她的脚下，包括上了发条就能翩翩起舞的灰姑娘，还有嘟嘟叫的小火车。等到小姑娘终于停止了哭泣，研究起一个音乐盒，宋长乐身上已经被汗浸湿，只觉得头痛欲裂，鼻孔堵塞，他想睡觉，可是天亮了，该出发了。

"我们去找妈妈。"他说。

小女孩的头发乱七八糟，出了门就吵着要吃东西。宋长乐用安晴给他的一百元买了千层饼和豆浆，两个人坐在马路牙子上，极其香甜地吃完了早餐。宋长乐挥手拦了一辆出租车，抱着女孩坐上去，对司机说："去……儿童医院。"

"这小姑娘是你什么人？"司机回过头狐疑地看着他。

"是……"宋长乐想了半天不知道该怎么回答，说道，"我不告诉你。"

终于来到儿童医院的楼下，他付了车钱，如释重负地长吁一口气，却又不敢疏忽大意，把小女孩抱在怀里，让她的脸贴近自己的肩膀，以免露出正面让暗中窥伺的人看见。人太多了，仿佛都心怀不轨，要从他手上抢走小女孩一般。

他决不允许，把小女孩抱得更紧，走进电梯。

电梯最高只能抵达15层，要想上到顶楼平台，需要从15楼步行上去。

顶层平台上除了纵横排布的管道和一个巨大的看不到顶的水箱，就只剩下呜咽的风。这里直对阳光，没有一点屏障，管道上包裹着的银白色涂层将阳光无限反射，刺得宋长乐的眼睛又疼又酸。

他没看见安晴。

他安抚着怀里的小女孩，捏捏她的小嘴。这个小女孩虽然有点脏兮兮的，可还是很可爱，就像个洋娃娃一样。如果能陪她一起玩，一起看动画片，一起长大，那该有多美好。

他坐在了管道上，剥开一颗糖，放进坐在身边的小女孩嘴里。小女孩总是一副随时要哭的模样，眼睛里噙着泪水。宋长乐只好扮丑来安慰她，他学唐老鸭走八字步，弯腰把脑袋夹到两腿之前，朝小女孩呱呱呱地叫。

眼睛总算舒服些了，可以看到好远好远的地方。原来这座城市有这么大，远处的楼群和更远处的海，看起来美丽而陌生。幸运的是，这一片广博的世界中，有一个地方是属于他的，不管遇到了怎样的羞辱，他还是可以躲进那个地方，像乌龟缩回壳里。

在等待的过程中，猎猎的风里传来警车的鸣笛。宋长乐从小就很害怕这个声音，这个声音意味着坏事情的发生。小女孩也有些害怕，抱住了他的腿，他把女孩又抱起来，亲亲她的脸说："不要害怕，我会保护你的。"

他压根没注意到身后会出现一个人。

是小女孩提醒了他，小女孩伸出手喊："爸爸。"

"小枝。"那个人也喊道。

因为离得有些远，宋长乐瞧不清楚那人的长相，只看出他个子很高，穿着西装，拎着个黑色皮箱，跟电视上的坏蛋一模一样。不用猜，这个人一定是安晴的前夫了。

这个人说："放了我女儿。"

宋长乐慌了神，侧着身子把小女孩藏到身后，扭着脖子对他说："你不要过来。"

男人把箱子放在了地上，伸出手说："这到底是怎么回事？不是说好见了面就把孩子交给我吗？"

"什么说好了？你这个坏蛋。"宋长乐说道。他的脑子转不过来，但还是努力地思考。一定是他太蠢而露了马脚，被这个藏在暗处的家伙发现了。安晴现在在哪里？她还会来吗？唯一确定的是，他不能把小女孩交给这个男人，否则安晴会恨他，再也不会原谅他，她会从清水町搬出去，那他就真的是一无所有了。

那个男人在流着泪："小枝，不要害怕，爸爸会救你。"

"爸爸。"小女孩胆怯地呼应着。

宋长乐捂住了她的嘴："他不是好人，你妈妈会来接你的。"

男人指着他："再不抓紧时间，警察就来了，难道你想被他们抓住？你现在走，还来得及。"

"别想骗我，你这个坏蛋，警察是来抓你的。"宋长乐叫嚷着，听到警车鸣笛越来越近，又慌乱地喊道，"安晴，安晴，你在哪里？"

没有人答应。就连警车鸣笛也戛然而止。

宋长乐已经退到围栏旁边，往楼下看去，只见荷枪实弹的警察密密麻麻地聚集在一起，消防车也严阵以待。为首戴着宽檐帽的那个人举着喇叭朝他喊："我们是公安警察，请你配合我们工作，放下孩子……"

"我求你，把我女儿放下。"那个男人跪下来，把箱子扔在他的脚下，"我不会害你的，警察也不会，只要你把我女儿还给我，一切都会没事的。"

"警察是来抓我的？为什么？我又不是坏人。"宋长乐的两腿抖得厉害，"你们都搞错了，我要走了。"

他抱着孩子，想要绕过那人走到对面的出口。男人横在他面前："把孩子还给我啊。"

宋长乐想跑，衣服却被那人拽住，胳膊下面绽了线。女孩在他怀中撕心裂肺地哭喊："妈妈，我要妈妈。"

那人试探了一下，发现宋长乐远远算不上凶悍，于是举起拳头砸向他的后脑勺。宋长乐呜呜呜地哭出声来，把孩子护在怀中，腿弯处又挨了一脚，跪了下去。那个人抱住了孩子，要把她从他怀中拽走，他抓着小女孩的腿，要把她抢夺回来，僵持中小腹遭到对方一记猛踹，一口气提不上来，整个人像虾米一样倏然弯曲，倾侧倒地。

女孩被夺走了，就在他的眼前。

这个世界完了，他把孩子弄丢了，安晴再也不会原谅他了。

这个想法击穿了他，把他骨头缝里的能量都给压榨了出来，一座火山在他体内咆哮，喷薄着滚烫的熔岩，燃烧着全部的屈辱。他拔地而起，再度冲向那个向前奔突的男人。

那男人抱着孩子跑不快，索性放下女儿，用等量的愤怒还击。他的拳头尽数击在宋长乐的脸上，却无法真正地将他击垮，因为这个看起来软绵绵的家伙，总是不断地爬起来，即使脸上的鲜血和淤青已经使他面目全非。

"把她还给我。"宋长乐的喉咙发出低沉的怒吼，那目光只属于野兽。

"他是我的女儿。"男人最后一拳用尽了全力，他看得出来，只有把眼前这个疯子彻底打倒，自己才能带着女儿全身而退。

不管发生了什么，结束吧。

宋长乐的颧骨遭受了最后一次重击，向后仰倒，后脑勺撞在了通风管道上。他觉得自己的脑袋已经碎了，无论是脸部还是颅骨；他觉得自己整个人都已经碎了，一阵风来，就会把他破碎的躯壳吹得七零八落。

阳光从未如此黯淡过，天空像一块巨大的裹尸布，要把他从头到尾盖起来。

"是我不好。"他仰面对着天空说道，"我应该听爸爸的话，不该说出那个咒语。"

他费尽全力坐起来，发现和他搏斗的男人和小女孩已经离开。可平台上不仅仅只有他一个人，还有一个人，穿了一件很大的黑色斗篷，站在高高的储水箱边缘，无声无息地垂视着他。

"该出发了。"那个人说。

"出发去哪儿？"

"出发去找你爸爸啊，他在等你。"

"你是谁？"

"我是来接你的。"那个人说，"到了该起飞的时候了。"

"可是，我的'飞天神功'还没有练成功，我还飞不了。"

"会飞起来的。"那人说道，"有的时候要逼自己一把，才能把潜能发挥出来。你看那些小鸟，都是被鸟妈妈赶出鸟巢才飞起来的。"

"我能不能再等等？我想再看看安晴。"

"你觉得她还会再见你吗？"那人有些不耐烦了，"看看你的身后，警察就要上来了。"

宋长乐朝下看去，看到那个男人抱着女孩已经到了楼下，上了一辆警车。很多人都在往医院大门外跑。红色的警戒线外，聚集了大量的围观者，交通警察正在疏导来往车辆从另外的岔道上行驶。

"飞吧，飞吧。爸爸在等你，阿欢也在等你。"那个人的话语间有种催眠的力量。宋长乐似乎真的看到爸爸牵着阿欢，站在一扇云朵剪裁成的门前朝他挥手。

"爸爸，我想你。"他的热泪滚落下来，灼疼面颊上的伤口。

他爬上了水泥护栏。远处的大海上聚集起壮阔的云山，爸爸会在哪一座山峰上等他？一只海鸟从他的头顶掠过，像引领方向的精灵一般向大海飞去。蓝润润的天空有着城市所无法比拟的纯粹之美。

"我要离开了。"他高兴起来，"我要飞了。"

可是没有人回答他，他回头看去，平台上只剩下他一个人。

所以刚才那个人是变成鸟飞走了吗？

"真想永远活在童话世界里啊。"他说。

在最后的瞬间，他忽然明白了很多事，仿佛是上帝怜悯他的悲辛，将智慧还给了他。

"其实我什么都知道。"

他张开了双臂，向天空飞去。

/ 第二十三章 /

寂静的手术室里，病人正在沉睡。

纤薄锋利的手术刀切入他的胸腔，少量的血液还是不可避免地渗透了出来，在护士用吸液器和纱布处理了之后，倪晟继续逐层切开他的胸口的皮肤和肌肉。

心脏移植的前期准备工作已经基本完成，病人的体外循环系统已经建立完毕。倪晟切开每条血管的最合适位置，阻断和心脏相连的主动脉，那颗原本艰难跳动的心脏，失去了血液供应，在患者胸腔里奄奄一息地停止了蠕动。由于长时间心衰，它已经明显增大，像一台老旧的，随时会崩坏的发动机。

在华辰医院的另一间手术室里，健康心脏的摘取手术也在同时进行，预计二十分钟内就可以结束。

病人崩坏的心脏，终于脱离了胸腔，摆放在旁边桌上的容器里。健康心脏尚未到来的间隙，倪晟认真端详了一下这颗已经毫无价值的坏死心脏。他能判断出，这场手术已经到了不能不做的时候，如果它还留在病人体内，一个月内发生梗死的概率超过七成。但是他无法判断这颗心脏的主人到底是个什么样的人。

直到现在，他还是蒙的。让他上楼，他就上楼，让他报警，他就报了。他成了傀儡，手脚绑上了线，被人提溜着去往一无所知的处境。可情况再怎样糟糕，他也从来没有想过这件事需要搭进一条人命。

小枝确实已经回到了他身旁。法院听取了小枝走失的过程以及相关证人描述他前妻的精神状态和生活状态，做出不算有难度的合理判决。

卢笙可以继续去打她的麻将了。

他也可以带着孩子和慧玲去德国重新开始生活。不管发生过什么，只要他去了德国，都能够一笔勾销。

"心脏来了。"护士的声音打破了他的沉思。手术室的门开了，负责运送健康心脏的医生出现在门口。所有人像枕戈待旦的士兵，在行军号响时重新振作精神，真正的战役开始了。

倪晟闭上眼睛，仿佛看见另外那个手术室里此刻的场景，他们一定缝好了捐赠者完全瘪下去的胸腹，替他穿好了新的衣服和鞋，然后分列手术台的两旁进行遗体告别。

现在这颗健康的心脏要换个主人了，对倪晟来说，这不是什么太难的事。但是在他闭眼的几秒钟里，一个想法使劲地往脑子里钻：如果这次手术出了点意外，那么整个事件的最终结局会不会好一些？

炮制出一点小意外并没有什么难度，就像最厉害的魔术师一样，他完全有把握能做到神鬼不知。这个病人是签了承诺书的，他必须承担手术所有可能的结果，包括失败引发的死亡。

在他睁开眼的刹那，这个想法就被他否决掉。

获得德国从医资格的考试成绩上个星期刚刚查到，等级为 C1，也就是说，只要海德堡大学附属医院的邀请函发过来，他就立即带着慧玲和女儿启程，飞向另一个崭新的世界。

德国会接纳他这样一个国外的医学专家，不过就是因为他技艺精湛，从来都没有失过手。所以，在此之前，他的职业生涯决不能留下污点。

健康的心脏从移植器官专用储藏箱中取出，清理好周边的冰块，再放入那人胸口的空洞里，接下来，就是争分夺秒地缝合血管。他的眼中只剩下那些纤细的毛细血管，那些亟须衔接的神经纤维。

手术时，要忘掉一切，包括自己的职业，这是他读医学博士时导师教给他的秘诀。医生是职业，职业牵扯到道德，太多的道德感会造成太大的压力，这对手术没什么帮助，只有冷静和精确才是王道。

在这种冷静和精确下，他做完了自己该做的事情，虽然略微缓了一口气，但是手术还并没有结束，胸腔现在还不能缝合。

50 分钟后，移植好的心脏复跳成功。

同事们的笑容从医用口罩里溢了出来，手术室里有了些轻松的气氛。有些人已经向倪晟提前祝贺，祝贺他又挽救了一个生命。倪晟依然沉浸在适才那种紧张情绪的惯性中，他用稳定的手指缝合创口，不允许有一丝缺憾发生。

剩下来的工作由别人来接手，那都是些扫尾工作，不值得他亲力亲为了。拖着疲惫的身躯，扶着僵硬的腰肢，他缓缓离开了手术室，去旁边的盥洗室做简单的清理，又从私人衣柜中翻出术前放在里面的手机。

手术持续五个小时，五个小时里，手机提示收到一封电子邮件，以及两百多个未接来电。

来自海德堡的邮件说，按照规程，正式的邀请函和聘任书会在三个月之后发过来。

那两百多个未接来电，不用看，也知道是谁的。他的前妻并没有因为输了官司而善罢甘休，她依然痴心妄想要回女儿。

他一点办法也没有，只有躲着不见她。现代沟通工具的便利也带来了同等的麻烦，完全地藏匿变得不可能。前妻打不通他的电话，就给他发图片，图片是一只手的特写，手腕上横着一道很深的血口。作为专业医生，他能看出那道伤口还不足以致命。前妻让他在归还女儿和替她收尸之间选一个。

他坐在休息室的椅子上，把两只手埋在乱发之中，试图在疲倦中找到一条正确的道路。为了逃到德国去，他已经做了一切他能做到的事情，三个月是他能争取到的最快结果，现在却变得难以逾越。

他坐了很久，回了电话过去，对那个失去理智的女人说："你不要再闹了。"

"你不能把她从我的身边夺走。"前妻像是威胁，又像是乞求，"你要为我留条活路。"

"你到底想要怎样？出了这种事，我怎么可能会把孩子交到你手里？"

"我会改，我会好好养她。"

"我不会相信你的。"

"那我就死。"

"你不能太自私，你得顾及小枝的感受。"

"我怀孕的时候，你有没有顾及过我的感受？"

倪晟叹了一口气，口气软了下来："我想跟小枝好好相处一段时间，尽到父亲的责任。这样吧，你给我三个月时间，三个月后，我就把小枝还给你。"

"不行，一个月。"

"我不想跟你讨价还价。"倪晟愤然道,"卢笙,你不要逼我,我不想让你死,我希望你幸福,可是如果你欺人太甚,我们只能两败俱伤。"

"两个月。"前妻退了一步。

"好吧。"倪晟只好答应,"可是这两个月内别来打搅我们,否则一切后果我概不负责。"

"两个月后你不把女儿还给我,我就死在你面前。"

倪晟不相信鬼神,但还是被她怨毒的口吻吓得不寒而栗。他的额头轻轻撞击着冰冷的铁质储物柜,深深体会到了无能为力的痛楚。现实中的诸多矛盾,比医学上的难题更加错综复杂,让他疲于应对。

他为自己争取到两个月的安宁,可是两个月后呢?

/ 第二十四章 /

两个月后。

"对不起,你拨打的电话已关机。"

连续三天,卢笙拨打倪晟的电话,听到的都是这个声音。她不得不去医院打听,被告知倪晟几天前办理了辞职手续,去向不明。

应该是有人知道他在哪里的,只是他们都已经将她归入到"反面角色"那一类里,不愿意助纣为虐。如果不是被她逼急了,谁会放弃好不容易积累起来的声望,隐姓埋名躲起来?

慧玲也辞职了,应该是跟随倪医生一起的吧。有的护士故意透露这一点,好欣赏她抽痛的表情。但是大多数人都对她很客气,也对她很冷淡,只差在脖子上挂上"无可奉告"的牌子。她只能像无人认领的狗一样往家走。

她有资格骂倪晟吗?明明都是她的错。

也许她最大的错就是寄希望于倪晟感念于以往的夫妻之情,感念她知错就改的决心,忌惮她狗急跳墙的疯狂,将小枝还给她。除了寻死觅活,她实在也没什么拿得出手的武器了。

这两个月她请人把家里重新装饰了一下,尤其是小枝的房间,换了粉红的墙纸,贴上了公主的漫画,换上有公主图案的被套,可最后一次接通倪晟的电话时，倪晟冷冷地告诉她，小枝喜欢的是"东京喵喵"。

她在电话里暗示出"重归于好"的意思，当然并不是那种"重归于好"，而是说可以以朋友的方式相处，并且很宽宏大度地说，他如果想来看女儿，可以光明正大地来。为此她甚至愿意祝福他跟慧玲。

但现在想来，自己的一厢情愿有多么愚蠢，又有多么可笑。法院都把女儿判给了倪晟，她还能怎样？

形单影只地往回走，经过小区门口的棋牌室，听到噼里啪啦的麻将声。她有过几秒钟的犹豫，犹豫要不要继续当个鸵鸟，把脑袋塞进麻将里去。只有在牌桌上，她才是不可或缺的，只要她愿意打下去，就不会被踢出局。如果她离开，其他三个人就等于零。

牌友比丈夫更有人情味，他们会真诚地挽留她，求她不要走。

她想起来，法庭上，法官问小枝："平时妈妈都喜欢干什么？"

她很紧张，希望女儿能读懂她眼里的哀求，替她说几句好话。可惜小孩子只分得清实话谎话，分不清好话坏话。

"妈妈最喜欢打麻将。"

"妈妈经常让麻将馆的阿姨去接我。"

"妈妈打麻将的时候，我就在外面玩。她给我钱，让我自己去买吃的。"

正是因为这样，绑匪才有可乘之机。她承认这是她的错，就算是死也弥补不了。可当初是谁承诺过，要养她，爱护她？

"我养你啊，你不需要工作，只需要打打麻将，逛逛街，照看好小孩。"

她至今还记得倪晟说这话时脸上诚挚的表情。

他确实那样做过，直到小枝出生。

其实他已经做得足够完美，基本上不露痕迹，只是一个人体味的变化往往连他自己也无法察觉，只有同寝而眠的伴侣会有最直接的感受。夜深人静的时候，她安抚着腋窝下那个贪婪吸奶的孩子，在身旁沉重的鼾声中嗅到了一丝陌生的气息。

这很难解释，很唯心，很神秘，让无法理解的倪晟气急败坏。他一直在努力维持婚姻，隐藏得那么好，那么深，却被她轻而易举地发现了真相。他只能理解为，她从来都没有信任过他，一直都在防备着他。

是她主动提出的离婚，因为她无法忍受丈夫在自己怀孕期间出轨。她想让他求她，就像当年求婚一样，单膝着地，泪流满面地说可以为她去死。可不过是几年时间，他的尊严就变得不可冒犯起来。他只说了一句，你不要后悔。

他是对的，她后悔了，后悔没有给他一个台阶下，搞到后来自己想找个台阶下都找不到。为了和她在一起，他可以跪下来求她嫁给他，她为什么就不能抛掉全部的自尊去求他回来？

大概是因为他已经不稀罕了吧。

恍惚间，一阵急促的刹车声惊醒了她。司机伸出头来骂："找死啊。"她才发现自己站在马路的正中央。整条街都在看着她，看她的无所适从和不合时宜，就像她本就不应该存在。

司机见她无动于衷，又骂了一声："要死滚远点。"

她朝那个司机笑了，感谢他指出了一条明路。司机吓得立刻就闭了嘴，飞快逃走。

她走进马路对面的小区大门，随即进入楼道口，抓着栏杆往上爬。她的家在五楼，这套三居室本来是他们的婚房，现在成了她一个人的坟墓。她从来都没有发现这五层楼的台阶如此漫长，如此高不可攀，每一步都要调动起全身的力量，每一步都像踩在云里面，每一步都像是通往一个未知的世界。

她捏着钥匙开门锁的手在颤抖，连这么个简单的动作她都已经难以应付了，以后怎么办？去死吧。

"你怎么了？"

她才发现身后站着一个人。走廊上的光线很暗，感应灯接触不良，在嗞嗞的电流声中闪灭，陌生男人的脸也在闪灭，他的头发像一团灰色的安静的烟，阴影中的眼眶尤其深窅，像弥漫着一场大雾。

"没什么。"她说。

"我住在六楼，就在你头顶上。"男人站在门口说。

六楼那家人一直都在外地，所以，是把房子给租出去了吗？当然这跟她没关系。她开了门又关了门，靠着门打量着阴冷的客厅，对面沙发上的公主玩偶也在打量着她，睁着长满长睫毛的无辜眼睛，吊起妖冶的眉梢，像是对她的回归极其嫌弃。她想，就连在自己的家里，她也变成一个不受欢迎的对象了。

她把人偶扔到了地上，躺在沙发上啜泣。

看来这一回要来真的了。

两个月之前，她就是坐在沙发上的这个位置，用水果刀切开了手腕，想当然地以为血会源源不断地流淌出来，流淌到她失去意识，然而她的凝血功能很强悍，伤口很快就结痂。

应该是伤口切得不够深。这一次，要再深一点。

最起码，得通知倪晟一声，让他来替自己收尸吧。

她冲进书房，打开很久没用过的电脑，往他的邮箱里发了一封电子邮件，邮件的内容没什么新意，只是口吻更加凌厉，她说她会穿上结婚时穿的那件大红色礼服，在午夜零点死去。穿着红衣服死去的女人将会变成厉鬼——这当然是迷信，不过也够硌人的。

点击了"发送"键，她在电脑椅上哭成一团，没想到自己所能想到的最后一招竟是如此不堪。死就死吧，为什么要搞得这么麻烦？现在叫她到哪儿去找那件红色大衣去？

哭了一会儿，门响了，咚咚咚，咚咚咚。

已经有几百年没有人敲过她的门，会是谁？不管是谁，她都不打算去应门，敲门的人自己会离开的。但是门外那个人却像是猜到了她的心思："我是六楼的，我知道你在家。"

卢笙有点同情这位新邻居，他刚搬来楼下就死了个女人，会不会做噩梦？没准他会闻到她腐烂的气味而成为第一个目击证人。为了避免给他造成过于惨烈的视觉刺激，她决定放弃穿红衣服去死的计划。

门还在响。

她拍了拍脸，努力让自己看起来正常一些，镜子里的眼睛红肿得很明显。幸运的是站在门口的人并没有发现，他似笑非笑地问她："能不能借我一把刀？"

"我没有刀。"她回答得很坚决。倒不是因为小气，而是因为她只有一把刀，借给了他就没得用了。

"那你能不能借我绳子？"那个人又说。

"绳子？"她有些心虚。绳子和刀的共同点就在于它们都是常用的自杀工具，难道他瞧出了什么？

"我屋子里有些东西需要收拾一下，需要刀和绳子，你千万不要胡思乱想，以为我想割腕或者上吊，我才没这么傻。"

卢笙没说话。

"其实我也可以自己去买，只是做过手术不久，身体有点虚。"

她只好点点头，假装忽然想起来："我厨房里好像有把水果刀。"

"谢谢。我很快就会还你。"那个人道完谢，上了楼。

卢笙站在门口怔忡，很快有多快？一个小时，一天，还是一个礼拜？男人说话都是这样吗？好像言之凿凿，其实模棱两可。她倒是可以去买一把新刀，但麻烦的是，没准她割腕割到一半，抑或是她还没有死透，男人来还刀，一个急救电话将她硬生生地拽回来。

财务自由、婚姻自由都实现不了，难道死亡自由也不可得吗？

她决定上楼把刀要回来，免得再度被他打扰。

六楼门上的猫眼黑了一下，又亮了起来，开门的那个人对她说："进来坐坐？"

"不了，水果刀用好了没有？"为了避免和他对视，卢笙朝他身后看去。屋子里并没有收拾的迹象，家具上蒙着的布还没有拆去，那种多年不见阳光且通风不畅导致的霉味一阵阵地扑过来，让她想要快速逃离。

他露出恍然的神色，拍了下脑门。转身拿了放在茶几上的水果刀，用一种很别扭的姿势朝她递过去，就像两个人之间隔着宽阔的沟壑，踮着脚弯着腰，胳膊伸得老长。卢笙也只好用同样别扭的姿势去接，两个月前在手腕上留下的那道疤，像条粉色蚯蚓钻出了袖口，暴露在这个陌生男人的眼皮底下。她很快缩了回去，却已经来不及了。那个人的手腕一扭，就把刀藏到了小臂下面。

"这刀不适合你。"他说。

"还给我。"她说。

"这刀只能削苹果，割双眼皮都不行，更不用说割腕了。"男人笑着扼住她的手腕，掌心冰冷。

"放开我。"

男人不但没放手，反而把她拽到身前，眼睛不眨地盯着她慌乱的脸看：

"我要把你这张脸保存下来,等你死后我就可以提醒自己,不管怎么样,活着都比死了好。"

卢笙一直缺少和人周旋的能力,除了逃跑,她想不出其他办法。她用尽全身力气挣脱,向楼下逃去。

"我能帮你要回你女儿。"

男人的声音并不大,却像根细细的绳子拴住了她的脚。她的脚搭在台阶上,看着他说:"你……你怎么知道?"

"我刚搬进来之前,就听说这个小区里有个女人打麻将把孩子都给弄丢了。"男人幸灾乐祸地笑着,随即又解释,下午在小区门口看到她过斑马线,几十辆车朝她按喇叭都听不见,一副丢了魂的样子,"当时我就看出来你不对劲。"

"你……你怎么帮?"卢笙过滤掉他的聒噪,直奔主题。

"我还没想好。"男人说道,"但是总有办法的,相信我。"

/第二十五章/

步行街上有家鸢尾书店,卢笙没想到这个闯进她残生中的男人会在这里工作。

男人说他做过很多工作,酒吧招待、餐厅服务生、水泥厂工人等等,但是他最喜欢的还是书店导购员,因为可以和大量书籍接触,从而可以深入研究很多经典的知识。男人还说自己叫星,冥王星的星。除此之外,他没做更多的自我介绍,卢笙也不关心。事实上她一直都没怎么说话,如果不是星说今天会有小枝的下落,她也根本不会到这里来。

书店二楼开辟了一爿角落当咖啡馆。星说自己今天正好轮休,正好可以趁着等待消息的时间好好看看书。他在读一本繁体字的台版著作,书名叫《进化、生态和行为原理》,往往翻过两页,目光又转向窗外,显然不算太专心。

卢笙就更看不下去书了,她已经坐了一个小时,但是星一直没告诉她倪晟在哪里,而是叫她耐心等待。

"我们像这样坐着，真的就能找回我女儿？"她觉得自己像个傻子。

"那取决于你的耐心。"星抬眼瞥了她一眼，目光又落回到了书页上。

耐心，耐心，她就是被耐心害的。她耐心了两个月，结果呢？

"不要拿我女儿开玩笑。"卢笙忽然站了起来，焦躁地说，"我要走了。"

"如果你有点耐心，可能就不会搞成现在这样。"星的目光里透着不屑，"我说过我能找到你的女儿，自然有我的方法。"

屈辱感并没有使卢笙离开，反而迫使她坐了回去。这真是一种奇怪的感觉，明明讨厌他自负的嘴脸，却偏偏希望他是对的。

又熬了一个小时。星陆续点了一些甜品，全算在卢笙的头上，他说他听小区里的人议论她前夫其实还算不错，净身出户，每个月都会按时支付不菲的抚养费用，也就是说，尽管离了婚，他还在养着她。所以这点钱对她来说算不了什么。

"你到底是在帮我，还是想趁机羞辱我？"

"这两者矛盾吗？"

就在她情绪快要失控的时候，星脸上的表情也起了变化，他的余光瞥到窗外的街道，弓着身子站起来，指向从楼下经过的一个女人："快看，那是谁？"

"慧玲！"卢笙叫出声来。她至死不会忘记这个女人的面容、背影和走路的姿势，不会忘记她仿佛与世无争的恬静中含着一丝怯懦的表情，就是这副表情留住了倪晟，让他宁愿散尽钱财仍执迷不悔。

慧玲的家离这儿不远，她一直和退休的父母生活在一起。

卢笙立刻就要冲下去质问她到底把倪晟和小枝藏到哪里去了。

"能不能不要冲动？"星抓住了她的胳膊，"早知道你是这样的猪队友，我就不该喊你过来了。"

"那我们该怎么办？"

"看书，喝咖啡，等。"星淡淡笑道，"当然你也可以静下心组织几个问题来问我。"

卢笙当然有很多问题要问他，只是不知道该先问哪一个。

星说，他见过慧玲的照片，就在医院墙上的员工介绍栏中，只不过未曾见过她的全貌，难以保证百分百认出她来，所以需要卢笙坐在这里，帮他确认。他还向慧玲的同事打听到她的家庭地址和电话号码，然后在这家书店找了份工作。因为这家书店有一扇窗正对着慧玲回家的必经之路。

"你要她的号码没用，她跟倪晟一样，手机永远打不通。"卢笙说道。

"那大概是因为她把你拉入黑名单了。"星讥笑道。

接下来他说了一件令卢笙匪夷所思的事，在摸清楚卢笙的家庭地址之后，他剪断了她家的电话线。因为是老旧的小区，电话线都暴露在户外，因此做这件事并没有难度，略有难度的是，该怎样在她家中安装他从网上买来的手机信号屏蔽仪。他冒充液化气公司的员工以检查管道的名义进入她家厨房，把屏蔽仪放进卫生间抽水马桶的储水箱里。

"然后，我在晚上十一点用电脑软件给慧玲发了条短信。我说她父母出事了。你觉得她会怎么做？"

"打电话？"

"如果打不通呢？"

卢笙似懂非懂，还是星进一步解释，才算完全明白过来——如果家里的固定电话和父母的手机都无法打通，那么慧玲一定就会托朋友打听，但因为时间太晚，她的朋友很可能会答应翌日早晨才帮她前去照看，或者她根本就不好意思麻烦别人，所以那个夜晚势必会非常难熬，她唯一能做的，可能就是立刻在网上订购回程的车票或者飞机票。

卢笙无语地凝视着咖啡的表面，心里面乱七八糟。

星忽然说："我知道你现在在想什么。"

卢笙不相信。

星问："你是不是也在想家？"

"你怎么知道？"卢笙吓了一大跳，因为有那么几秒钟，她确实在计算自己有多久没有回家看看父母了。

"人之常情而已。"星一边留神窗外，一边说，"人的思维和行动是有规律的，总是环环相扣，就像多米诺骨牌一样。如果你掌握了这种规律，其实就能控制很多事情，比方说人的情绪。"

见卢笙若有所思，星继续说："据说现在很多国家都在大力发展人工智能。从某种意义上来说，人类本身其实就是人工智能，会做什么，不做什么，都是写在人身体里的程序所决定的，人自己也控制不了。"为了说明这一点,星举了个例子。很多人在宿醉后的清晨痛心疾首,发毒誓再也不喝一滴酒,但是这种坚决的态度在中午就会发生松动,到了晚上五点左右就会完全崩解,然而到第二天又是一个循环。这就是规律,是写在每个酒鬼身体里的一道设定。每一种感觉,每一条想法,都会在对应的时间点显现,就像定好的闹钟。

"关键是,要如何找到能够引爆人行动的那根导火索,只要找到了,就能控制人的行动,甚至是生死。"星说道。

卢笙笑了,这位星先生以为自己是谁?死神?冥王?

"是不是很不可思议,难以理解?"星问道,"难道你没有发现,你的生死现在就掌握在我手上?见了慧玲之后,你是不是有了点希望,没那么想死了?"

"我……"卢笙刚想争辩,星又指着窗外说:"她来了。"

慧玲再度出现在两人视线里,这回是从原路正面返回,大概是因为看到了毫发无损的父母,神色颇为轻松,脚步也很轻快。

星站起来,把搭在椅背上的夹克衫套在身上:"我知道你现在很想跟我一起去跟踪她,可两个人的目标实在太大,如果让他们发现,所有的等待都会前功尽弃。你行动又慢,又没耐心,还是我一个人去吧。"

"那我是在这儿等,还是回家等?"

"就在这儿等。我猜他们一定是刚回来,估计是先找了个宾馆落脚,应该就在这附近。"

她只好把自己摁在沙发上,看着他下楼,看着他双手插在口袋里,跟在慧玲后面远去。

果然,不到一刻钟他就去而复返了。他说慧玲进了步行街入口对面的快捷酒店,倪晟和小枝一定就在里面的某间客房里。

"如果你想把你女儿抢回来,千万要听我的,不要冲动。"星坐下来继续看书,对她说,"现在你可以走了。"

"万一他们又离开了怎么办?"卢笙担心起来。

"相信我,这种事情不会发生。等我的消息,我一定会让你见到你女儿。"

卢笙只能点点头。

星虽说住在卢笙的楼上，两人之间只隔了层天花板，但他神龙见首不见尾，一个礼拜难觅踪迹。

是一个漫长等待中无比煎熬的黄昏，卢笙的手机响了，星的声音很急促地传过来："来大悦城，速度。"

她立刻就像被鞭子抽在脊梁上，冲出门打车往大悦城赶。

星就站在商场门口一个不起眼的地方，见到她来什么也没说，反身就往里走。她紧随其后进了电梯，才听到他说了第一句话："待会儿一定不要冲动。"

她轻轻说了声好，身体却微微颤抖起来。

七楼的儿童游戏乐园里，有圣诞老人在派送礼品，音响里播放着热闹的圣诞歌曲，制造出欢快的节日气氛。卢笙这才醒悟，今天是圣诞节，是小枝生命中的第一个圣诞节，却不是和她一起共度。因为她从来都没有带小枝过过圣诞节，小枝大概也不知道世界上有这个节日。

她的心倏然像刀剜似的疼，眼泪瞬间就充溢了出来。

"她到底在哪儿？"

"刚才还在这里。"星领着她在整个楼层走了一遭，皱着眉头说，"他们一定是去楼上吃饭了。"

楼上的各色餐厅门前等满了拿号等餐的顾客，星挡在她的身前，将帽檐往下拉了拉，沿着玻璃墙巡视，终于在必胜客发现了要找的人。在最里面的餐桌旁，小枝正坐在倪晟的腿上吃披萨，而倪晟正在和慧玲有说有笑。

卢笙立刻就要冲进门里，却被星一把拽住："你干什么？"

"我要我的女儿，我要带她走。"卢笙用一只手去解救被他箍住的另一只手，"他说过的，过两个月就把女儿还给我。"

"你以为现在进去，他能把女儿还给你？"星面无表情，"他一开始就在骗你，只有你这样的傻瓜才会相信。"

"你说得对，我是傻，所以我要带小枝走，走得远远的，让他再也没有欺骗我的机会。"

"法院都已经把你女儿判给他，闹到不可开交，最后吃亏的只能是你。我带你来，是想让你宽心，时机还没到，你还得等。"

"等到什么时候？等到他良心发现，自己把女儿还给我？"

星松开手："好吧，那你去啊，让小枝看到你声嘶力竭气急败坏的样子，反正你也早就形象扫地了，你去耍泼放赖，去抓破你前夫的脸，然后呢？"

卢笙仿佛看到他描绘的那一幕，仿佛看到小枝惊恐的眼睛。她靠着墙蒙住自己的脸，在星肩膀的掩护下啜泣了一会儿。等到终于能控制住哽咽，她才隔着透明玻璃又往里面看去。

小枝站在那里，似乎又长高了不少。

"我们走吧。"星说。

她低着头，跟他离开商场。

星把她送到了某个十字路口，对她说自己还有一些事要做，不能陪她一起回去。再度孑然一身的卢笙泪眼婆娑，看着星的背影消失在灯火弥漫的街头，不禁对这个神秘的男人增添了几分期许。

他到底是谁？

他为什么要帮她？

卢笙痛苦的心里长出一些希望，就像啼血的夜莺看到了黎明熹微的光亮，随之而来的，是她以为已经死掉的好奇心。剩下的日子变得更加难熬，星在展示了神秘的力量之后，又离奇消失了。她去六楼敲他的门，可他从来都不在家，她也试过在楼下等他，等到将近深夜也没有一次见到他的人影。希望和好奇是两股交相搅动的暗流，让时间处在一种令人濒临疯狂的滞涩之中。

两个礼拜后一个下雨的晚上，卢笙觉得自己离崩溃只有一步之遥，于是打着伞去莺尾书店碰碰运气，没想到这一次竟然找到了星。

星站在店门口的彩色篷檐下跟她说，他在上班，最多只能聊五分钟。

"后面我们该怎么做？"她问。

"等待。"星说。

"可是我现在实在是一团糟，我不知道……"她词不达意又语无伦次，不知道怎样将乱糟糟的情绪和想法表达出来，星的冷漠又让她窝火，"你说过你会帮我的。"

"我说过我会帮你，可是我也有自己的生活，我不能总是围着你转对不对？"星的脾气很不好，脸色黑沉沉的。

"如果你不想帮我了，就早点说，不要给我毫无意义的希望。"卢笙侧过脸隐忍地不看他，"我认识你快要一个月了，你不知道这一个月我每天都度日如年……"

"我说过，要等最好的时机。"星打断了她的悲戚，"你需要等待，需要耐心。"

卢笙承认自己欠缺耐心，所以她乞求星告诉她，告诉她一个明确的答案，那个最好的时机，到底是怎样的时机。

"这我也说不清楚，只能走一步算一步。不仅仅是你，我也是如此。所以我没办法回答你。"说完了这句话，星就回到了书店里。

卢笙凄凉地退到暗处，在一台绿色的变压器箱后面持续凝望，书店里的顾客不算太多，有些是来躲雨的。星穿着墨绿色和黑色相间的工作服，看起来格外清新而儒雅。他站在书架前面，正在和一个中学生模样的女孩攀谈，说得那女孩频频点头，却不太敢抬头看他的眼睛，那种羞涩也同样发生在其他女读者身上。他无一例外地推荐了令她们心仪的书籍，并将她们导向了收银台。

卢笙不得不承认，星有一种魔力。他如果想讨人欢心，仿佛也不见得有多困难。可是他想招人厌，自然也能让人恨不得生啖其肉。最招恨的是他的目光永远都是冷漠的，而且越看越冷漠，就连他的好心都有种逼人的寒气。

卢笙忽然想知道，下班之后，星会去哪里。

九点半书店打烊，店员陆续离开，星最后一个出来，给门上了锁，没有打伞，只是戴上一顶鸭舌帽，走进马路对面的一家面馆，点了一碗鸡汤面。

吃完面条，他顺着马路牙子往前走。人行道和车道交界处砌了一排红砖，稍稍高于地面，他就走在这排红砖上，张开胳膊保持平衡，看起来有点像放了学不想回家而磨磨蹭蹭的小学生。走到红砖的尽头他又往回走，走了几个折返后才意兴索然，把手插进口袋离开。

卢笙在伞的掩护下，自始至终都远远地跟在他身后观察，这一观察，两个小时就过去了。

快要到达一个名叫春籁巷的地方，星的脚步慢慢放缓。巷口孤零零地撑着一把红伞，撑伞的人上半身被遮住，裹在紧身牛仔裤里的腿很修长。

不知道是不是因为星的出现，伞下的女人转身往巷子里面走去，星的背影也往巷子里面移动，两人之间并没有接触。

卢笙并没有继续跟下去，因为春籁巷里有很多文身馆和小旅店，是治安突击检查的重点区域。那里上个星期才发生过一起强奸案。

但她还是偷偷往巷子里瞅了一眼。

她看到，巷子深处，刚刚还一前一后毫无交流的两个人正拥抱在一起无声热吻，那把红伞支撑了一小会儿便被忘情的手丢在旁边。

原来星是有女朋友的，难怪他租了房子却很少去住，可是春籁巷环境这么糟糕，他们为什么不搬到星租的房子里去？而且，星明明可以早点去，为什么还要故意在马路上磨蹭那么久？卢笙百思不得其解。

没有想到的是，星仿佛是被那个幽深的小巷吞噬了一般。卢笙去莺尾书店找过他很多次，却没有一次看到过他，最后一次进了书店问起店员，才知道在跟踪他的那个夜晚，星已经提出了辞职。

其实也很好理解，毕竟三个礼拜后就是春节。所有的人都要忙着回家，忙着团聚，除了她。星的食言，不过是卢笙遭受重大的背叛之后，又一次小小的背叛，就像毁灭性地震后又发生了一次低级别的余震，反正该摧毁的都已经被摧毁了。然而失而复得的希望落空后的孤独，比长夜更空，事实证明，星根本就不在意她的生死，只要离得足够远，她就是一个无足轻重的人。

这一次的心境跟上一次不同，为了报复倪晟，她曾经渴望惨烈地死去，但是现在，她只想把自己轻轻抹去，就像抹去一片雪花。

第二十六章

农历年最后一天，也就是年三十下午，在网上订购的浴盆很及时地送到了家，店家还送了一大包玫瑰花瓣，送货员夸她会享受生活。

卢笙去了趟超市。在"恭喜发财"的歌声中，买了一些吃的，顺手在付款处拿了一把男士手动剃须刀。她混迹在购买年货的人群中间，并不显得异常，只有在轮到她付钱结账时，店员笑盈盈地祝她新年快乐，她因为挤不出一丝笑容，才获得了前后左右的一些关注。

一回到家，她关上了门，却并没有像以往那样反锁。她不希望给破门而入的人造成太大的麻烦，即便那时她已经死了。

她觉得自己早就该死了。

去年的除夕，她就有点想死，准确地说，是觉得活着没意思。因为开麻将馆的人也要过年，她无处可去，就带着小枝在楼下走了走，看小区里的孩子放烟花。小枝很开心，捡地上烧过的烟花壳玩。卢笙呵斥了她，因为她弄脏了刚刚换上的干净衣服。小枝哭了一下，但回家后很快就被春晚上的歌舞节目转移了注意力。卢笙就躺在她的脚边，一声不吭，她想，如果自己现在死了，小枝应该会很害怕，很伤心，所以她忍住了。

今天晚上小枝应该会有一朵只属于她自己的烟花吧！她将在另一个不相干的女人陪伴下度过除夕，她会叫那个女人妈妈吗？在那种新奇热烈的气氛中，她大概不会想起去年躺在她脚边默默流泪的女人吧。

卢笙试着用剃须刀片不费力地轻轻一抹，血珠就像小珊瑚珠一样从手指上渗透了出来。

水温要适中，要和体温接近，这样鲜血流淌出来应该不会有太大感觉。她决定把那些玫瑰花瓣都撒进去，这样能使她好看一点。天知道她曾经多么爱美，天知道倪晟曾经对她有多着迷。她只是不够温柔，没有慧玲温柔，可是男人怎么可以热爱美的时候就要得到美，喜欢温柔的时候就要得到温柔？

卢笙不愿意再往下想，再想就又得生气了。她决定平静地死去。

在给浴盆放水的同时，她下了点面条，剃须刀片就在浴盆旁边，一切都已准备就绪。吃完面条她就要躺进去，在手腕上轻轻一划，然后就好了。只是五楼的水压总是不足，水流缓慢，那浴盆又未免太大了一些。所以她决定边吃边等。

门是虚掩的，外面的鞭炮声泄露了进来，还有孩子的欢笑。

她把面条剩下来的汤汤水水混着眼泪喝进肚子，放下碗之后看到屋子里多了一个人。

星站在前面，歪着耳朵听着卫生间里放水的声音。"你是打算洗澡吗？"他问。

卢笙想给她一个微笑，但是表情管理失败，忍不住哭出声来。她意识到自己其实一直都在等他，等他来救自己。

星去卫生间关了水龙头，回来时说："其实在水里泡太久了也不好，人会像充气一样鼓胀起来，很难看，放再多玫瑰花瓣也没用。"

他提议去外面吃点好的。

除夕晚上很多饭店关了门，也有一些饭店照常营业，但因为外来务工人员回乡，这座城市空了一半。步行街上灯火辉煌，和寥落的人影形成巨大反差。卢笙再度和死神擦肩而过之后，对眼前的一切产生了幻觉，这个世界可能刚刚经历过一场浩劫，她和身边这位星，是最后的幸存者。

星把卢笙带进了一家川味火锅店，点了份特辣锅底。

卢笙毫无食欲，也并没有阻止他点许多菜。她一直没有说话。那些烫菜在通红的油腻的泛着白沫的汤汁里沉浮片刻，便将一张清瘦的脸辣到变形。星频频用纸擦额头的汗，骂了句脏话。

"你明明吃不了这么辣，为什么要逞能？"卢笙问。

"因为我想被辣死。"星像是在和谁赌气。

"你是不是跟你女朋友吵架了？"卢笙又问。

星没有立刻回答，撂下筷子，喝了一大口冷水，等到口舌上的灼痛感消退大半，才说道："我知道你跟踪我。"

卢笙有点惊讶，也有些不好意思，她觉得自己已经隐藏得很好："我只是……我只是很着急，你说过你会帮我，可是我对你不太……"

"不太放心？"

"不太了解。"卢笙纠正他的措辞。

"我现可以向你保证，我一定会帮你抢回你的女儿。"星举起右手，像发誓一样，"可是你自己要做好准备。等把小枝抢了回来，你要带着她去哪儿？"

"去哪儿？"卢笙讶异道，"为什么要去哪儿，就在家待着不好吗？"

"废话。"星冷笑，"难道倪晟会乖乖地把女儿交还给你？抚养权在他那里，他完全可以走法律程序把小枝要回去，顺带着让你吃吃苦头。如果你要和小枝在一起，就必须带她去一个倪晟找不到的地方，而且一定要快。"

"你是说，要我们躲起来？"

"这是必须的。"星点头说。

"要躲多久？"

"这取决于倪晟。"星说道，"我今天来，就是想告诉你一个好消息，那个最好的时机就快来了。"

他打听到，倪晟已经在德国联系好了工作，正月初四过完三天年，他就会带着慧玲和小枝登上飞机。等到他们上了飞机，卢笙就一点办法都没有了。可最糟糕的情况中往往孕育着最好的机会。"在他们登机之前，如果你能偷偷带着小枝离开，他就必须要做出选择——是出国，还是留下来跟你缠斗。如果你在电话中告诉他你带小枝去了一个他找不到的地方，你觉得他会怎么选？"

卢笙立刻明白了他的意思，眼睛发亮："他一向理智，一定会先到德国处理工作上的事。"

"这就是最好的时机，可现在最大的问题，是你怎样把小枝从机场带走。这需要一些准备工作。"

"这一切你是怎么知道的？"卢笙忍不住问。至于星考虑的问题，她并不算太担心，因为她知道星一定会想出办法。

"这算不了什么。"星说，"你把你自己该做的事做好就行了。"

卢笙做好了一切准备。

她并不打算准备太多行李，只将所有的证件和银行卡放在了背包里。既然要以最快速度离开这座城市，就必须轻装上阵，说走就走。可是星让她准备一个行李箱，又让她不要往行李箱中塞东西。

星说，倪晟会坐正月初四下午三点半飞往荷兰阿姆斯特丹的那班客机离开。他们应该中午就出发去机场。在此之前，卢笙必须要和小枝见上一面。如果没有这一面，从机场带走小枝就基本上不可能。

卢笙能够感觉得到，这几天星的确是很认真地在帮忙，他几乎什么也没做，就是盯着倪晟的动向，其焦灼比她有过之而无不及。正月初三那天下午他在电话中表现得很激动，让她立刻赶往大悦城。因为倪晟大概是忙于出国前的准备工作，让慧玲独自带着小枝在儿童乐园玩耍。

"你千万千万不能冲动，绝对不能让慧玲发现。"星警告她。

儿童乐园里有很多孩子正在游戏，喧闹声几乎令人失聪。小枝一会儿出没在五颜六色的塑料管道中，一会儿又在蹦床上跳来跳去，一会儿又跳进塑料球堆积成的海洋。慧玲就坐在家长休息区看手机，只有在孩子发出尖叫时才会抬头瞄一眼。

卢笙脱鞋走进去的时候，星挡在了她和慧玲之间，向她比画了一个OK的手势。

"小枝。"卢笙走到蹦蹦床旁边，朝正在荡秋千的小枝招手。

小枝穿着嫩黄色的连衣裙，原本有些落寞，看到了她，瞬间笑成了一朵雏菊，被乱风吹进了她的怀中。听到那一声熟悉的"妈妈"，卢笙的鼻子立刻就酸痛起来，她努力微笑着问："好不好玩？"

"好玩。"小枝仰着通红的脸问，"妈妈，这么多天你去哪儿了？爸爸说你走了，不要小枝了，还让我管慧玲阿姨叫妈妈。"

"我没走，我会一直陪着你。"卢笙说道。她不敢拖拉怠慢，立刻告诉女儿，她参加了一个很有意思的活动，就是明天在机场做一个很好玩的游戏，这个游戏叫"妈妈和宝宝在哪里"。机场里的小朋友，谁能先找到妈妈，谁就有奖励。她会躲在离小枝最近的卫生间里等小枝，然后把小枝给藏起来，让爸爸和慧玲阿姨一起寻找她们俩。"进卫生间的时候，要自己进来，不要让慧玲阿姨陪着，好不好？"

"好。"小枝眨着眼睛说。

"这件事千万不能告诉别人，无论如何都不能说起，要不然就输了，输了的惩罚就是永远都见不到妈妈，知不知道？"

"知道。"小枝有些胆怯，但还是努力笑着回答。

"不要跟他们说我来找过你，我们要让他们大吃一惊，好不好？"

"好。"小枝继续拍着手。

卢笙在小枝的脸上亲了亲，不放心地叮嘱道："过了明天，我们就能永远在一起了。"

"你会和我们一起住吗？你和爸爸和慧玲阿姨还有我？"

卢笙在她的头发上揉了揉，违心地笑着点头，最后抱了抱女儿，依依不舍地出了儿童乐园。

/ 第二十七章 /

　　正月初四，风和日丽。在接近机场的途中，不断能看到飞机平缓地向天空爬升，闪着银光的羽翼划破天空的湛蓝，那扶摇直上的噪声让卢笙莫名畏惧，感觉自己是在和某种强大的宿命进行交战。

　　出发前，她看到了镜子中乔装打扮后的自己，感觉这将是她人生中最疯狂的一天。星替她弄了一副假发，又用海绵在她的腰间围了一圈又一圈。她终于变得又老又丑了。星还是不满意，他调整了卢笙的仪态，让她完全变成另外一个人。

　　现在，星又给她戴上了一顶巨大的遮阳帽。

　　"成功在向你招手。"星站在机场大门外对她说，"沉住气，别紧张，要相信自己。"

　　他们提前进入机场出发大厅，等了一个多小时，才看到倪晟一行三人。倪晟一手拖着行李，一手牵着小枝，慧玲背着单肩包紧随其后；小枝东张西望，似乎在寻找着什么。

　　"他们一旦过了安检，你就什么也做不了了。所以能不能抢回你女儿，现在就是最关键的时刻。"星坐在卢笙的身边，将放在自己身侧的行李箱交给她，行李箱是空的，拖起来毫不费力。卢笙终于知道它的用途，过不了多久，她就会把小枝装在里面，拖离机场。

　　倪晟在柜台上办理好了乘机手续和行李托运，就带着慧玲和小枝坐在休息区的椅子上休息，等待安检口开闸放人。小枝吵着要上厕所，卢笙见她独自走向卫生间，立刻也要跟过去，却被星拽住："现在还不是时候。"

　　卢笙心急如焚，却也只能听从星的安排。小枝从厕所里出来后，继续张望了一会儿，注意力被膝盖上的漫画书吸引过去，看得入了神。倪晟和慧玲不知就里，依偎在一起喁喁私语，眉宇间全是奔赴新生活的喜悦。这三个人组成的画面，看得卢笙无比孤苦，她把视线转向相反的方向，却看到水洗般的白玉瓷砖墙面上倒映出一个丑陋的女人。

　　那是她吗？她恍惚起来。

"就是现在，"星拽了她的胳膊。她看到安检口已经开放，倪晟站了起来，慧玲也站了起来。

"去卫生间。"星推了卢笙一把。

卢笙拖着行李箱走向了卫生间的方向，经过离小枝不远的地方时，果然听到小枝说道："我要尿尿。"

"让慧玲阿姨陪你去。"倪晟说，"动作快点，我们就要出发了。"

"不行，我要自己去。"

"让慧玲……"倪晟还在坚持。

"我就要自己去。"小枝叫起来。

"好了好了，小枝长大了，知道害羞了。"慧玲笑着说。

他们只好站在原地目送小枝，对那个佝偻着腰身走进卫生间的笨拙女人没有丝毫怀疑。

卢笙把行李箱拖到没有人使用的抽水马桶旁边，等着小枝进来，努力抑制住激动和紧张，侧出半个身子喊进来后来东张西望的小枝。

"妈妈。"小枝认出那张摘掉墨镜和太阳帽后的脸，兴奋地叫起来。卢笙赶紧"嘘"了一声，让她到门里面来。

"你看，这个行李箱好不好，只要你躲进去，谁也不会发现。"

"可是，爸爸找不到我，会很着急的。"

"我们不过就是逗逗他，跟他开开玩笑。"卢笙拉开了行李箱的拉链，"你想想，等箱子打开，你跳出来吓他一跳，该多有趣。"

小枝问："妈妈，我们会一起去德国吗？"

"会的，当然会。"她几乎是要把小枝往箱子里推了。

小枝听到了她的保证，才放了心，整个人蜷缩进去，对卢笙说："不要像上次那样，把我弄丢了哦。"

卢笙怔了一怔，看着小枝稚嫩的小脸隐没在黑暗之中。她还是那么乖，那么信任她，明明很害怕，却还是为了迎合自己的妈妈做不喜欢的事。

可是，她又要再一次欺骗她了，卢笙的心疼起来，她发誓这是最后一次，最后一次欺骗，从此以后，她要倾尽所有，让小枝快乐地生活在阳光下。

上帝此刻是站在她这一边的，她不能错过这得来不易的好机会。她迅速拖着箱子，出了卫生间，朝机场大厅正门走去，等候在那里的星已经露出了笑容，他在向她挥手，示意她走快一点。已经被她丢在身后却懵然不知的倪晟和慧玲正拥抱在一起，仿佛也在庆贺最后的胜利。

可就在这一刹那，一个问题钻进了她的脑袋：这个结局，对于小枝来说，到底是胜利，还是失败？

她想跑得快一点，好把这个问题从脑子里甩出去，可这个突如其来的想法不仅钻进了她的脑子，还缠住了她的脚。

毕竟，走出去，就不能回头了。她不能，小枝就更不能。

没有人注意到在偌大的机场大厅里，一个像水珠一般完美融入人海的女人是如何停下来的。她就站在那里，像一条孤零零的鱼和逆流做着艰难的抗争。

她转了个身，朝倪晟和慧玲走去。当倪晟终于发现这个陌生的女人是奔着自己而来时，不禁和慧玲面面相觑，等到她终于走到近处，太阳帽底下的那张脸呈现出熟悉的轮廓，他才悚然失色。

卢笙轻轻拉动旅行箱的拉链，柔声说道："出来吧。"

那一瞬间，倪晟似乎明白了一切。小枝嫣然的笑靥不允许他把悸动、后怕、愤怒、庆幸等诸多复杂情绪表现出来，他只能以僵硬的笑容，迎接女儿的回归。

卢笙把女儿从箱子里抱出来放在地上，含着泪微笑："游戏结束了，我要走了。"

"你说过跟我在一起的。"小枝拽着她的袖口，却又怯生生地不敢强求。

"我会去找你的。"卢笙擦拭着眼角，抚摸着女儿的头顶，"你要快快乐乐地长大，好好学习，要独立，要坚强，要靠自己，懂吗？"

小枝不懂，但还是点点头。

卢笙站直了身子，对倪晟说。"你欠我的，这一辈子都还不清。"

"祝你好运。"倪晟慌不迭地把孩子抱过来，示意慧玲拎起座位上的背包，两个人朝安检口快速逃去，只要过了安检，离开卢笙有能力到达的区域，他们就安全了。

看着小枝挥动着小手终于消失在安检口彼端的通道口，卢笙忽然觉得所有的气力都被抽走，两条腿战栗到无法支撑，只好坐下来大口喘气。在朦胧的泪光中，她朝大门看过去，星已经踪迹全无。他也等了这么久，终于等到了一个最好的时机，可所有的努力全部付诸东流，他一定很失望，很生气。

她在这世上，就只能让关心她的人失望吗？

她掏出手机，打了个电话给遥远的家，自从跟倪晟离了婚，她就借口孩子小出行不便，好几年没有回过家了。事实上，她刚才跟小枝说的"要独立，要坚强，要靠自己"，也是她高中毕业出发去上大学时父母对她的叮嘱。他们一直把她当成男孩抚养，目的就是不让她在外面被人欺负。他们还说，女人永远都不要成为男人的附庸。

只可惜女人很容易就被爱情冲昏脑袋，为了所谓家庭自废武功。记得当初决定辞去工作当专职太太，父母还因为极力反对而跟她闹得很不愉快。她曾经一度以为，父母对她的要求是为了满足他们自己的虚荣。现在想来，这想法有多么荒谬。

"妈，我离婚了，孩子给倪晟带走了。"

"带到哪儿了？"

"德国。"

"嗯，那你回来吧。"

虽然只是寥寥几句话，她的心却安稳下来。这种感觉和她高中时参加数学竞赛铩羽归来有点像，大概婚姻往小处说，也不过就是人生的一次考试吧。

她决定明天就回远方的家。

不知道坐了多久，她恢复了气力，缓缓站起来，拖着空行李箱，离开机场。一架飞机正好升上天空，不知道是不是小枝乘坐的那架。总之，在天上，在海上，不同的旅程从来都没有停止过，有人从海上来，有人往山上去，有人生，有人死。不过都是走马观花地来一遭，爱一场，醒悟一回，然后继续走。

卢笙看着那架飞机消失于天际，百感交集，只想大醉一场。可是这座城市里已经没有值得她惦念的人，如果非要找出一个，那位星先生勉强算得上。她很想跟他说一句对不起。

她在机场没找到星，却没料到星在她的家门口等她。

天黑了。星就坐在她门口的台阶上，头抵着墙，应该已经等了很久。

卢笙推醒了他,让他进来坐。

"是不是觉得我很没出息,到手的胜利,居然还弄丢了。"卢笙羞愧地苦笑着,掩饰着鼻梁上的酸楚,她以为和星只是萍水相逢,见到他的瞬间,才知道这些日子已经把他当成某种依赖。当然,她必须要忍住那意外的狂喜。这样在面对迟早的告别时,可以显得轻松自在些。

"那是你自己的选择。"星坐在餐厅的椅子上,"也许你本来就想这样做,你只是咽不下这口气。"

卢笙点点头:"我以为你不愿意再见到我了,毕竟你为我做了那么多。"

"这倒没什么。"星摇摇头,"不过我确实没打算来的,因为突然有件东西要拿,只好跑一趟,顺便跟你道个别。我要走了。"

"走了?离开仙踪市吗?不回来了?"卢笙连续追问。

"应该是吧。所以这应该是我们最后一次见面,就不说再见了。"星把放在脚边的塑料袋拎到桌子上,一些新鲜的菜蔬露出来,还有一条尾巴微微摆动的鲈鱼,"这是我刚刚路过菜市场买的,一起吃个晚饭吧。"

卢笙"哦"了一声,有些欣慰,有些伤感,但是她决不打算计算伤感的浓度和分量,因为明天清晨她也打算离开仙踪,回到她内陆的老家。有些事,不适合细细品尝咂摸,还是跟着昨天囫囵埋葬为好。

星去厨房张罗,不多时就端上来一荤两素,荤的是清蒸鲈鱼,素的是西红柿炒鸡蛋和醋熘土豆丝,都是再普通不过的家常菜,但是极为妥帖且色调和谐地摆放在盘子里,从视觉和嗅觉上勾起了卢笙消逝许久的食欲。

"没想到你手艺这么好。"卢笙品尝了一口,由衷赞叹道。

"只有自己对自己好,才是真的。"星宠辱不惊地回应。

"我们喝点酒。"卢笙提议。她想起来冰箱里还有一瓶红酒,还是刚刚结婚时倪晟的一位病人送给他的。倪晟从来不喝酒,作为一个拿手术刀的医生,他决不允许酒精麻醉自己的神经。他离开的时候带走了他自己的一切,唯独忘记了这瓶酒。所以把这瓶酒喝完,就意味着最后一点旧念也彻底断绝。

"我从来不喝酒。"星说,自己倒了一杯清水。

大凡深沉而理智的人都不喜欢麻醉自己,倪晟如此,星也是如此。可是星到底是比倪晟有人情味的,也许再央求一下,他就愿意了。卢笙给自己倒了一杯，一仰而尽，在迷蒙的酒意中，对星说道："就喝一点，好不好？"

"我以前有个朋友，很喜欢喝酒。"

"然后呢？"

"然后他死了。"

卢笙的喉咙收缩了一下，喝下去的酒险些呛了出来："你这种人也有朋友，真是奇了怪了。说话这么扫兴！"

"这一辈子，我只有那一个朋友。"星低下头去。

"你放心，我不会有问题的。"卢笙笑着说，"今晚只是小小地放纵一下，到了明天，一切都会重新开始，我会好好活下去。毕竟，这个世界还是很美好的。"

"真是讽刺。"星翘起嘴角，"你在想死的时候，他偏偏不想让你死，可是等到你想活下去的时候，他却不想你再活在世上。"

"什么意思？"卢笙迷糊地问，她刚刚喝下去第二杯红酒。

"我的意思是，世界根本没那么美好，人心的卑劣，你恐怕还不是很清楚。"

"真讨厌，干吗泼人冷水？"卢笙用手抚摸着自己的脸，想让滚烫的两腮冷下去，她有一种想要完全赤裸的冲动，整个身体黏合在地板上，这样大概会很舒服。如果这场春梦可以再放肆一些，她希望和星一起在地砖上翻滚。

"你前夫见到你的时候，有没有说什么？"星问。

"没有啊。"卢笙痴笑着，"他应该很庆幸吧，我终于放过了他。"

"但是你想过他会放过你吗？"星问道，"在他自以为大功告成的那一刻，你用实际行动给了他一记强烈的耳光，他会怎么想？"

"不管他怎么想，反正他总归是走了。"卢笙往杯子里倒着琥珀色的液体，训斥着星的不合时宜，"干吗还要说这个？我们完全可以更加高兴一些。"

"你吓到他了，他可高兴不起来。"星冷笑，"你那位前夫医术高明，却算不得光明磊落。你难道没觉得，你的慈悲，反而让你变成了他的心腹大患？"

"那又怎样,我不会再去缠着他了,可是有机会我还是得去看看小枝……"卢笙挥了挥手,像是要把这些烦恼都清扫出去,她轻启潮湿而丰润的嘴唇,微笑着说,"我们能不能换个话题?"

"你有没有想过,为什么我会不让你死?"星兀自问道。

卢笙趴在桌子上,透过星面前的玻璃杯看他:"是不是你喜欢我,舍不得我?"

"你想多了。"星的目光也透过杯子盯在她脸上,"真实的原因,是倪晟不让你死。"

"他当然不想让我死了,要不然我怎么会用死去威胁他?"卢笙生起气来。她现在一点都不想再去勾引他了,真是个不解风情的家伙。

星喝清水,自顾自说着话。卢笙的脑子转不过弯来,她抱着红酒瓶,一杯一杯自斟自饮,仿佛这样,就可以把星说出来的故事当成别人的故事。

"倪晟说你以死相逼,要他两个月后把小枝还给你。可是他在德国那边的工作要三个月才能落实,这最后的一个月,他无计可施,所以只能求助于我,他说,他不希望你死,最起码,在他还没出国之前,不希望你死。"

卢笙醉眼婆娑地看着他,"他找你?他凭什么找你?他以为你是谁,上帝吗?"

"我不是上帝,我是星,冥王星的星。"星轻声说。

"真滑稽。"卢笙摇晃着手指,"我从来都没听到过这么滑稽的事。我醉了,想休息了。你走吧,我不想再见到你。"

星面无表情:"其实一开始你前夫的行踪,都是他自己告诉我的。我让你见他一面,就能让你相信我。至于其他的事情,都是我编造的,我并没有割慧玲家的电话线,更没有装什么手机信号屏蔽仪。我只是给你一点甜头,给你一点希望,让你撑过那一个月。"

"我遇见你,已经远远不止一个月了。"卢笙好不容易找出一个破绽,笑起来,"你这个坏蛋,说起谎来都不打草稿。"

"确实如此,那是因为你前夫后来又变卦。"星说道,"一个月后,我已经完成任务,本打算退出来。可是倪晟后来又来找我,他说他女朋友慧玲非要在家过完年再走,他知道,这个新年对你来说一定非常难熬,你多半会想不开,很有可能又寻死觅活的,所以他非要让我过来看着你。"

"可是你的确帮了我，是我自己临阵退缩。"卢笙喝光了一瓶红酒，身子开始打战，"我知道你生气了，所以故意来吓我的，对不对？不要再开玩笑了。"

"我确实很生气，我最讨厌别人说话不算话。那时候我有自己的事情，可是他竟然威胁我……我想给他一点苦头尝一尝，可是我一向都不想把事情做得太绝，至少得公平一点，所以我决定为你争取一些选择权，让你真的有机会抢回你的女儿。可惜你真的让我很失望，就算是自己最珍贵的东西，居然也能拱手送给别人。"说到这里，星的眼中有深深的厌弃。

卢笙的太阳穴在突突地跳动，这才知道，原来醉了的感觉这么难受。她伏在桌子上，口齿不清地捶打桌面："不要再说了，不要再说了。"

"我不想说的。"星的脸上浮出讥讽的表情，"我想一走了之，可是你的前夫变了主意，就在你临阵脱逃之后，你前夫打电话给我，让我来再见你一次。"

"他想干什么？"卢笙迷蒙地抬起头，眼角泪水滚滚。

"他并没有说想干什么，只是说你在机场的出现让他心有余悸，他觉得活着的你是一颗定时炸弹，是一个致命威胁。"

卢笙立刻懂了："他让你来杀我？"

"我不会杀你。我只是给出一个建议，与其在丑陋的世界里孤独地活着，倒不如有尊严地死去。"星冷酷地笑起来，"我甚至可以帮你想出一个好办法，让你可以走得很安宁。"

"什么建议？"

"喝光瓶子里的酒，关上门窗，打开液化气灶。好好睡一觉，等到你醒过来，就会发现自己已经身处另一个世界。"

她使劲地抬起头来，像一个千疮百孔的病人祈求最后一点生机，"你真的一点都不在乎我的生死吗？"

"当然不。"星有些不耐烦了。

"你说谎。"卢笙笑起来。

"我没有说谎。我保证，我已经对你做到了最大的仁慈。"

"你说谎。"卢笙指着他的脸说，"你根本就不想让我死，你明明很伤心。"

"我怎么可能为你伤心？"

"你明明在流泪，还说不伤心？"

星不明所以地抹了一把脸，果然触手一片潮湿，抬头看看天花板，发现高处并没有水滴落到他脸上，这些莫名的液体似乎确实是从他的眼中分泌出来的，可是他自己竟然毫无知觉。

他中了邪一般看着卢笙，仿佛是这个癫狂的女人给他下了蛊。卢笙向他走过来，张开双臂，似乎想将他揽入怀中。

"滚。"星狠狠推了她一把，"去死。"

"你说谎，你们都在说谎。"卢笙的脑袋撞在墙上，天旋地转地叫嚷着，为了结束这个混乱不堪真假难辨的场景，她饮鸩止渴般地端起桌上半瓶红酒往喉咙里灌去，琥珀色的液体顺着她的嘴角流出来，像她体内喷涌出来的鲜血。等到酒瓶空了，屋子里又只剩下她一个人。

星消失得无声无息，无影无踪。

世界在翻涌，扭曲。在这一瞬间，卢笙做出了最终的抉择，她冲向厨房，伏倒在灶台上，在天旋地转中扭开液化气灶的开关，听到气体嗞嗞喷出来的声音。窗户本来就是关着的，现在她只要躺倒就好了。

不会有痛苦，一切到此为止，她想。

她躺在了地上，让冰冷的地砖熨帖滚烫的身体，所有的意识都像海滩上的浮沫，大片大片溃逃，大片大片消散。她感觉自己正在下坠，在黑暗的无底洞中下坠，颠倒翻转，头晕目眩。

也许，落到底就好了。

她放任着自己急速下坠，直到什么也感觉不到，就像电子游戏画面忽然收缩成一个白点，一个机械的声音说道：game over。白点拉长成一条细线，终于湮灭在无边的黑暗中。

下坠终于停止。她的头无与伦比地沉重，空前绝后地疼。窗帘翻飞，发出"噗噗"的声响，像嗜血的夜行鬼魅在衣袂飘动中退去。她仿佛被吸光了血，就那样虚弱地飘浮在虚空之中，直到一缕光线射穿了意识，余光瞥到窗外被海水浸泡发白的天色，孩子的嬉闹从窗子外面传过来，思春的猫，互吠的犬……所有的声响在她的耳膜上引发沉重回声，像重锤敲击她的脑壳，像鸿蒙初开。

我到底死了没有？她无比彷徨。如果这就是死亡，那也未免太无趣了些。

也许死亡，不过就是通往另一个平行空间的通道？

她横躺在卧室的床上，微微抬起上半身，看到客厅里维持着昨晚的原状，记不起自己是怎么爬到床上来的。支棱着东摇西晃的脑袋起了床，在家中巡视了一圈，最后想起被自己打开的液化气灶，却蓦然发现灶具的按钮指向 off 键，空气中一点瓦斯的气味都没有。

一开始她还笃信星来过，他说了一些话，不知是真是假。可渐渐地，她又不太记得他说了些什么，这种感觉就像梦做到一半醒过来，上一秒还在脑子里的画面，下一秒就凭空消失了，怎么抓也抓不住。

她重新躺回到床上，用毯子盖住了自己。

不知道睡了多久，门又被敲响了。

是星么？

她起身，穿上拖鞋，前去开门。

门外站着一个男人，长相平平，满脸风尘。

第二十八章

"你好，我是警察。"

宋简掏出警官证，很郑重地摆到给他开门的女人眼前，以便她把他和照片上穿警服的人比对清楚。证件如假包换，但他的食指捏住了照片下的工作单位一栏，掩盖了他的真实来历。

女人心不在焉地瞄了一眼，问他有什么事。她的脸上有巨大的失落，证明她正在等人，但肯定不是等他。

"你是卢笙女士？"

在得到肯定的回答后，他又掏出了第二张照片，照片上有张白胖的脸，嘴角垂落成委屈的弧线，像是对给他拍照的人有很大不满。

卢笙厌恶地转移了目光："该说的我都已经说过了。"

"本来不想打扰你。我去找过您的前夫倪晟先生，可是他已经出国了。"

宋简收回了证件，模棱两可地说自己只是例行公事。

在得到女主人勉强同意后，他走进了客厅。客厅餐桌上碗碟中有凝固的残羹冷炙，酒瓶倒在桌子上，椅子还翻了一个。卧室里的床单和被子都乱糟糟的，从女人同样乱糟糟的头发来看，她经历过一场宿醉，应该是刚刚起床。

宋简坐在沙发上，掏出记事本："能说一说你对照片上那个人了解的情况吗？"

卢笙也隔着茶几坐到了对面："我对他一无所知。"

"但据说是他绑架了你的女儿。"

"什么叫据说？"卢笙很不满地看着他，"人证物证俱在，犯罪事实清晰，你们警察不是已经结案了吗？"

"请原谅我的口误。"宋简迅速检讨措辞，以免因为主观情绪露出更明显的破绽，"你也是从事法律工作的？"

"大学里学过。"卢笙的脸色稍稍缓和。

"你女儿是被人在当做诱饵的零食里下了迷药，躺在草地上睡着，才会被人抱走的，是这样的吧？"

"是的。"

"有些人说罪犯宋长乐是个弱智，你怎么看待这个问题？你觉得他有能力实施这一系列犯罪行为吗？"

"我听有些人说他脑筋不太好，可是医学上并没有出具证明。毕竟人已经死了。"

"是你前夫报的警？"

"是的。"

"但是孩子是你在抚养。"

"是我的错。"卢笙低下头，"我……我太大意了。"

"你能把这个过程再说一遍吗？"

"为什么？我已经说过很多次。"卢笙显然很排斥。

"我们需要在结案后将所有的口供最后确认一次报送给上级单位。"宋简镇定而坚持，"请你体谅我们的难处。"

"好吧。"卢笙低下了头，努力理清思绪。

那天她在打麻将，想起孩子的时候，天都已经全黑了，她出门去找，找了很长时间也没找到，打电话给她前夫问孩子是不是被他给接走了。前夫听说孩子丢了，立刻就赶了过来。然后，绑匪打来了电话。

"你们当时没有报警？"宋简打断她的话。

"倪晟说暂时不要轻举妄动，以免绑匪撕票。"

"这句话是绑匪打电话之前说的，还是之后说的。"

"是我打电话给他，他在电话里跟我说的。"

"可那个时候他怎么知道女儿是被绑架的？"

卢笙被他一问，自己也糊涂起来："是他猜的吧，也有可能是我记错了。"

"你最好认真回忆一下。"宋简挺直了腰身，目光灼灼地盯着她。

"我真不记得了。"卢笙怀疑自己有些精神错乱，羞惭地蒙住了脸。

宋简颇感失望。按道理来说，孩子失踪，更容易引人怀疑的应该是拐卖，如果卢笙的前夫直接定性为绑架，那就有悖常理。但是现在这个女人的犹豫使这个疑点变得模糊起来。当然，她的犹豫也属正常，在那种情形中，只要不是明显的是非颠倒，任何心慌意乱造成的表述混乱都在合理的误差范围之内。

宋简再次提醒自己客观一些。倘若带着刻意寻找漏洞的心态，就会导致看什么都像漏洞。

"绑匪在电话里说了什么？"他继续问。

"倪晟接的电话。他说绑匪要他准备五十万。"

"只说了这个？"

"他还说了自己的手机号码，让绑匪直接跟他联系。"

"为什么？"

"他觉得以我当时的精神状态，不适合应对这种紧急情况。"

宋简点点头："他说过不要报警，但后来在去交赎金之前，还是报了警。我个人觉得，那并不是报警的好时机，因为时间紧迫，警方根本无法及时获取情报，也不能从容部署行动，局面相对来说比较被动。你怎么看这件事？"

"他去交赎金的时候很害怕。绑匪都是亡命之徒，他没有办法保证他和女儿的安全，考虑再三，只能寄希望于警察。"卢笙答道。

"他没办法保护自己和女儿的安全，但是结果反倒是亡命之徒跳楼自杀了？"

"事实确实如此。"

"你是什么时候知道他去交赎金的？"

"他报警之后就打了电话给我。"

"当时是怎么说的？"宋简强调道，"最好是原话。"

"他让我做好思想准备，如果他能把孩子带回来，会向法院申请取得孩子的抚养权。"卢笙不想把自己的不堪展示得那么细致，立刻问道，"这事跟绑架案有关系吗？"

"只是问问而已。"宋简停顿了一会儿继续说道，"也就是说，你的前夫一直想要回孩子的抚养权，而这次有惊无险的绑架案，也令他如愿以偿。他现在出国了，带着你和他的女儿。是这样的吧？"

"哼。"卢笙像是在回答，也像是冷笑。

"谢谢你的配合。"宋简把笔和笔记本放进了包里，起身朝门走去。

"你真的是警察？"卢笙关门时忽然问道。

"当然。"宋简很松弛地笑着反问，"难道我不像？"常年办案的经验已经让他可以游刃有余地面对质疑。

卢笙沉吟着问道："你能不能帮我找一个人？"

"找谁？"

"我也说不清楚。"卢笙竭力描绘那人的特征，灰色的瞳孔，灰白蓬松的头发，但是很年轻，说话有外地口音，"对了，跟你的口音有点像。"

"是吗？"宋简下意识地摸了摸嘴唇。他以为自己的普通话已经说得够好，但在芝县生活得太久，常年发音习惯造成的口音无法根除，总是会无意识地流露出来。

"如果是很重要的人失踪，你可以选择报警，不过线索尽量要充实些。"他婉拒道，心想，就算是本地警察，仅凭这些文学色彩浓郁的描述，怕也无能为力。

"好吧。"卢笙失望的表情隐没在门后。

/ 第二十九章 /

下一站是清水町。

清水町沐浴在潮湿的海风之中，湛蓝的天幕上，云山似乎快要到达自身重量的极限，似乎随时都要坍塌散架。这里的老人显然已经习惯了这样的场景，他们脚步纡徐，目光缥缈，仿佛行走在另一个时空里。

那栋墙壁上爬满藤蔓的小楼就是宋长乐的家。门锁着，宋简进不去，只能站在门外发呆。

刚才附近的一个老人告诉他，这一对姓宋的父子搬来的时候，那个儿子还是个小孩，总是拖着两条鼻涕虫，呆头呆脑地不说话；小孩的父亲是个蛮好的人，过年的时候会帮这条街上每户人家免费写春联，听说是个大学教授。

那老人有老年痴呆的迹象，坐着快要散架的藤椅晒着太阳，隔不到几分钟就会想起来什么似的，把说过的话又再说一遍，然后反问宋简那户人家去了哪里。

宋简还问了一些相对年轻点的住户，但他们都是入住没几年的租客，对宋长乐的情况一知半解。有的人说宋长乐确实是个傻子，天天在二楼楼顶的平台上甩胳膊，像是鬼上身一般。但也有人说他是个正常人，因为他在街上发送广告单，能赚到钱，还晓得把家里多余的房子给租出去，租给一个很漂亮的女人。

宋长乐的家中住过一个年轻女人，这在宋简的意料之外，只是越往后求证就越乱，各种说法庞杂无序，真伪难分。有人说，那女人跟宋长乐关系很好，给他烧锅捣灶，两人经常出双入对；也有人说，宋长乐对那女人意欲不轨，致使那女人忍无可忍，两个礼拜后就搬了出去；还有人说恰恰相反，明明是那女人图谋不轨，想偷宋家的宝贝。众说纷纭，却没有一个人知道那女人的身份和来历，也没有人知道她后来去了哪儿。

让宋简欣慰的是，他们对另一个照顾过宋长乐的年长女人知之甚多，因为她比较和善，每天都来清水町，遇到面熟的路人都打招呼，有时候和年龄相仿的也聊上几句。虽然无人知道她确切的家庭地址,但她曾经是某医院资深护士长却是人人皆知。

种种迹象表明,宋长乐的生活原本是相当不错的,有人照顾,最起码吃穿无忧,但后来为何急转直下,需要到垃圾桶里捡拾食物,乃至于不惜铤而走险去绑架一个幼儿园的孩子,就没有人能够解释了。

有个菜贩子因为和公安局食堂有些业务往来,知道一些所谓内情,他告诉宋简,警察在宋长乐的家里搜出很多暴力色情电影碟片。

难道当年那个被人欺负后连话都说不出来的傻男孩,后来竟变成了个变态狂?宋简难以相信。

他问了最后一个问题,离清水町最近的邮储银行营业厅在哪儿。得知了具体位置,他就往巷口走去。

离开之前,他转身看了一眼那栋小楼。他仿佛看到一个中年男人牵着一个男孩子的手,从小巷的那头走过来。这一幕正好和记忆中的另一幕无缝衔接在一起。

大约三十年前,这个男人牵着这个男孩的手离开。那男孩剃了光头,臃肿的背影看起来很是滑稽可笑,他在离开那座城市前被班上同学剪了阴阳头,最后的挽救办法是把头发全部剃光。他像个痴痴呆呆的小和尚,被宋之河拽上公共汽车,连头都没回一下。宋简后来无数次猜想他们去了哪里,也试图从母亲那里得到答案,但母亲总用一种冷酷的态度让他管好自己的事情。她一定恨透了那个男人,否则不会在漫长的岁月里,从没有提起过他一次。

宋简被母亲送进了寄宿制的武校,只能每个月回家一次。他习惯了和母亲有一日没一日的见面,见面时也不多话。母亲来来回回只有那两句:"好好学习,好好练功。"他听她的话,学习、练武,以至于以优异的成绩从警校毕业后去跟他从无交集的芝县当警察,也是母亲的建议。她说,当警察的话,在哪里都是一样的,指着墙壁上地图的某个地方说,这里四面环山,很不错。

去世前,关于丈夫和那个傻儿子,她只字未提。

直到几年前,白发苍苍的宋之河没有任何征兆地出现,宋简才知道他和母亲之间曾有联系。

宋之河给了他一张银行卡，上面有他一生的积蓄。

　　"我不要你的钱，一分钱也不会要。"宋简说。

　　"你不要可以，但是你能不能每个月往这个银行卡里打五百块钱？"宋之河窘笑着又递过来一张照片，"这个人是你哥哥，他……你应该对他还有点印象。"

　　他说，如果他的大儿子宋长乐有一天走投无路打电话向自己唯一的弟弟求助时，希望这个弟弟能拉他一把。不过这种情况发生的概率是万分之一，因为他已经替大儿子安排好了一切。

　　宋简很想问问他，在他有生之年里，可曾想过为小儿子安排好什么。但是这个问题一直都问不出口。尤其是看到哥哥的照片之后，就更加难以启齿了，因为照片上那个人，看起来确实一副需要有人安排的样子。

　　宋简没有办法不答应，因为宋之河不断咳嗽，他的肺癌已经无药可救。

　　"我死的那一天，就不通知你了。但是你哥哥的电话，你一定要接。"宋之河说这话的时候，毫无愧色。他可能一度想摸摸宋简的脸，末了却只变成了客套的握手。

　　这个电话一直都没有打过来，宋简有理由相信，那个千里之外的哥哥一定过得无比滋润，根本就不需要任何人的救助。尽管如此，他还是每个月打五百块钱到宋之河留的那个账户上去。

　　有一天，警校的师兄打电话给他，说自己出差路过仙踪市的时候，听说那里发生了一起刑事案件——一个名叫宋长乐的绑架犯在被警察包围之后畏罪自杀，其父是某大学退休教授，名叫宋之河，两年前因病去世。

　　这位师兄大学时对宋简极为照顾，两人关系极好。宋简平生只对他一人说过自己家的情况，想不到毕业这么多年，师兄竟然还记得他当年提过的那两个亲人的名字。

　　宋长乐为什么死也不打电话给他？

　　是因为骨子里有同样的自尊，宁愿死，也不愿意向对方乞怜吗？

　　得知这个消息的时候，宋简猝然惊觉，那个曾经完整过的家现在只剩下他一个人，无父无母无兄，被血缘固定住的那部分社会关系已经死掉，这意味着他的前半生也已经死掉，彻底死掉。

　　他向她的女朋友求了婚，那时他们才认识两个月。幸运的是，他女朋友虽然很惊讶，但还是答应了她。

他说，他要去一趟仙踪，回来后就立刻娶她。

现在他来到了离清水町最近的那家邮储营业厅，向值班经理打听那个名叫宋长乐的客户情况。值班经理对这个名字记忆犹新，她说那个人确实经常到这里来取钱，但是不久前他的卡被自动取款机吞了，他很生气，闹得整个营业厅鸡飞狗跳，到最后还是报警才得以解决。

"那位客人这里有些不太……"保安也走过来对他说，"我们再怎么解释也没用。他非常粗鲁，把我们这位领导都给推倒了。"

"他以前没遇到过卡被吞掉的情况吗？"宋简问道。他觉得宋之河既然给宋长乐申请了这张银行卡，就应该把可能发生的异常情况告诉他。

"遇到过一次。"值班经理说。这位顾客模样比较特殊，所以她印象颇深——那一次他也有点着急，但是安抚一下就好了，不像这一次，整个人很狂躁。

"他的卡怎么会被吞掉？"他觉得这个问题有些多余，但还是问了出来。

"应该是因为消磁。"值班经理说道，"消磁后的银行卡会被自动取款机退出来，如果还是坚持插入，就会被吞掉。"

问到这里，很难再得到有用的信息，宋简离开了营业厅。

令他难以释怀的是，难道宋长乐就是因为银行卡消了磁就走上了绝路？

第三十章

白马街上的红茶馆是家不起眼的小店，正对着海洋大学的后门。寒假还没结束，学生尚未返校，这条被梧桐树遮蔽了天日的小街处在一种罕有的静谧里，红茶馆中幽暗清寂，乳白色香薰蜡烛发出如豆的光。

环境的幽静美好，让等待并不难熬，安晴甚至希望她等的人迟一点再来，但这种可能性不大。星经常迟到，但从未超过半个小时。

果然，星很快就坐到了对面的椅子上。他还是老样子，手插在口袋里，背有些微微佝偻，蓬乱的头发盖住了额头，像是刚刚从被子里爬出来。他脸上架着一副墨镜,像在两人中间隔了一堵墙,令安晴感到有些不快。

"最近怎么样?"安晴问。

"还行。"星摸着心脏的位置,示意那里情况良好。

"要正常吃药。"安晴的口气有些严厉。心脏移植后需要终身服用免疫抑制剂,绝对不能马虎大意,"还有,要少盐少油,香烟一口都不能抽。"

"好啦好啦,你真的很啰唆。"星回答,环顾四周又问,"为什么要约在这里见面?"

"我喜欢。"安晴的目光越过星的肩膀,看向马路对面海洋大学的后门。

什么时候也能开一家这样的小馆呢?她没有上过大学,这是她弥补遗憾的唯一方式,当然,也可以像星希望的那样,开一家书店。

什么时候可以安顿下来,不需要为了生存下去而耗尽心机?

"这一个月,你去哪儿了?"星打断了她的思绪。

"随便逛了逛,就和以前一样啊。"安晴咳嗽了一声,迅速绕过这个话题,"你有没有发现我换了发型?"

星往后一靠,拉远了距离观察她。

她确实换了发型,剪去了刘海,中分的披肩发做了卷曲处理;唇上朱砂色的口红,衬得脸色更加白皙,脸颊微陷,给人疏冷的观感。暗红色长裙外面套了件墨绿色的风衣,色彩搭配大胆了些,却被她驾驭出一种异样的冷艳。

"有些复古,不太符合如今的潮流。"星伸出手指,在她的手背上轻轻滑动,"不管怎样,你都是世界上最好看的。"

"真会说话。"安晴的手往后挪了挪,躲过了他指尖的萦绕。

"我们走吧。"星说。

"去哪里?"安晴看了看时间,"现在太早了,天还没黑呢。不是说不能让人看见我们在一起吗?"

"我是说,离开这里,离开仙踪。"

"为什么?"安晴脸色有些不自然,"我才刚刚回来。"

"不是说好了,等该做的都做完了,我们就一起离开吗?"星说,"只要离开这里,随便你想去哪儿。"

"我不想去哪儿,我不想走。"安晴嗓子喑哑,态度却很坚决。

星的目光被墨镜挡住,但那种失落的气息还是溢了出来,"我们总不能在这里待一辈子,我们约好了的,等看好了我的心脏,就一辈子都在一起。"

"也许我会走,但不是现在。"

"那要等到什么时候?"

"一年之后吧。"安晴很利落地回答,像是早就准备好了答案。

她说要用一年时间好好感受一下这座海滨城市,毕竟从年幼时就对那一句"面朝大海,春暖花开"充满了神往。

"那好。"星不再勉强她,"我得走,立刻,马上。"

"你到底怎么了?"安晴伸手去摸他的脸;星猜中了她的心思,把脑袋躲向一旁,不让她碰他的墨镜。

两个人隔着桌子僵持片刻,终究还是以安晴的胜利而告终,她说:"不要躲着我,你会后悔的。"

安晴皱了皱鼻子哼了一声,忽然星乖乖地把脸凑过去,让她摘下他的墨镜。墨镜后是一双红肿的眼睛。

"怎么回事?"安晴吓了一跳。

"可能是风吹的。"星把墨镜重新戴上,摇着头说,"我真是受够这里的海风了。"

"也许换个环境就好了。"安晴摸着他的手背安抚道,"你去吧,不用担心我。"

"可是我会想你的。"星的口吻像个充满依恋的孩子。

"耐心一些,一年之后,我们就可以永远在一起。"安晴笑意未散,眉头又多了一抹凝重,"不过这一年,如果不是有万不得已的情况,我们最好还是避免联系。"

"我同意。"星的声音中饱含柔情,"但是你要让我知道你在哪儿。"

"你知道该怎么找到我。"安晴微笑,"除非你不想找我。"

"我当然知道怎么能找到你,除非你不想被我找到。"星针锋相对。

就在这时,门口射入一道光,一个男人推门而入,似乎尚未适应屋子里的幽暗,路过安晴身边的时候盯着她看了好一会儿:"是你!"

"是啊,真巧。"安晴站起来,手在膝盖上擦了擦,"没想到会在这里遇到你。"

"刚刚去海洋大学里打了会儿网球,来补充一点糖分。"男人笑着解释。

他的身材颀长而壮硕,胸肌发达,一看就是勤于身材管理,只是眼角几道深邃而稀疏的鱼尾纹泄露了年纪。他用搭在肩膀上的毛巾擦了擦脸上的汗,对柜台后面的服务生喊:"一杯冰红茶,另外,这一桌算我的。"

"好的,柏先生。"服务生比画了 OK 的手势。

安晴想要制止,却来不及了,只好红着脸说:"谢谢你。"

"应该的。"男人的目光往下,"你的腿怎么样了?"

"没事的,已经好了。"安晴又把星介绍给他,"这是我男朋友。"

星脸上的惊诧稍纵即逝,伸出手打招呼:"你好,我叫庄生。"

安晴的脸上也闪过一抹讶异,应该是没想到他会报出这个名字,她虽然知道这是他身份证上的真实名姓,却还是习惯他自称为星。

男人握了握他的手:"你好,我叫柏安平,松柏的柏。"然后去柜台取了装在袋子里的冰红茶,离开的时候朝他们挥了挥手,就出门上了停在路边的车,随着马达的轰鸣,驶离了白马街。

安晴问星:"为什么要告诉他你叫庄生?"

"如果我不告诉他我叫庄生,他大概就不会告诉我他叫柏安平。这叫等价交换。"星朝桌子底下看过去,"你的腿怎么了?"

"没什么。"安晴脸色坦然。就在她回来的第二天,抄近路经过一家商城的地下停车场时,被那位柏先生倒车撞了一下,当时他要送她去医院,却被她拒绝了,"只是皮外伤,抹抹药膏就好了,也怪我自己,走路的时候还戴着耳机听音乐。"

安晴回答得很详细,让星想问些什么也无从问起。

"怎么会说起我是你男朋友?"

"难道不是吗?"安晴不好意思地笑起来,"说漏嘴了,应该没什么关系吧。"

星没有回答,而是往后靠去,双臂环扣在胸前,"你的这位新朋友,一定喜欢飙夜车。"

"为什么这么说?"

"他的车看起来是老款的奥迪 A6L,却比同款车高一点,轮毂更大更宽，显然不是原装的，不过颜色还是普普通通的银白，不了解的很难看出来，这意味着他对于速度有种偏好，却不想让别人知道。"

安晴用吸管喝着茶，垂下来的刘海挡住了低垂的脸，声音中有一丝遗憾："星，如果你好好做一些事情，一定会取得了不起的成就。"

"我这种人，能活着就是幸运。"星的表情也被墨镜遮挡，宛若无悲无喜。

/ 第三十一章 /

好天气终究不能持续太久。

雨刮器驱赶着挡风窗玻璃上的雨水，雨水像帘幕一样拉开，又合拢。

台风季还很远，现在还算理论上的冬天，可是大海永远不会消停，总是心血来潮般带来可观的风力和水量。现在这场下了整整一夜的暴雨，只算得上是常规操作。

经过一夜的释放，雨总算是小了一些，屋檐下躲雨的人像电线杆子上的麻雀一样哄散开去，溅起大片凌乱水花。除了咒骂这座城市的排水功能，他们也想不出别的办法来发泄愤怒。

柏安平把着方向盘，等着绿灯放行。只要路面上的积水对他的发动机构不成威胁，天气就算不上恶劣。音响里放着歌，八年前买的512兆车载MP3里的音频文件都还保存完好，一点都没卡顿，堪称是奇迹。以前的电子产品，质量果然比现在的好很多，爱情也是。

这个MP3是肖薇送给他的最后一件礼物，里面有她最喜欢的一百首歌曲。他还记得肖薇把MP3交给他时说，以后开车的时候听这些歌，就能感觉她还在车子里。

这些歌柏安平听了八年，旋律烂熟于心，却依然记不清一首歌名。

快要开到写字楼林立的枫林路，他看到那辆塞满了乘客的117路公交车停在了站台上。被雨耽误了时间的"上班族"们撑着伞沿着斑马线往对面跑，有几个在红灯亮起来的时候还在前行，惹得后面的车辆按起了喇叭。整条街都陷入了嘈杂和混乱。

落在人群最后那个女人背着包一瘸一拐地跑着，忽然一个趔趄摔倒在地，伞被强风吹出了老远。那些汽车叫得更起劲，在她爬起来之后毫不客气地绕过她的身前身后。她在进退两难中淋了会儿雨，好不容易才捡起了伞，到达了马路对面。

柏安平在前面的路口抢到了左转的绿灯，没有耽误一秒就掉转了车头，很快就找到了她。他沿着路边开，摇下车窗按着喇叭："喂，喂，安晴。"

安晴注意到了他，左右看了看。

他解开安全带，把脸伸出车窗外："是我，进来。"

她犹疑着走过来，认出了他，说道："谢谢你，可是我们不顺路。"

"你再不进来，交警就要来了。"他指了指前面路口正在指挥交通的警察说。

她只好小跑着绕过了他的车身，打开后座车门钻了进去。那里有柏安平的健身包，里面有他用的干毛巾，还有可以接车载电源的吹风机。柏安平把空调的暖风开大了些，转头对她说："想办法把你自己给弄干，要不然你一定会感冒。"

安晴说了好多声不用，打了一个很响亮的喷嚏后，才拉开他的包上的拉链。她用白色的浴巾擦拭着头发，对他说："我会洗干净了还给你。"

"不需要，有你的味道才好。"他习惯性地轻薄，但想起她是有男朋友的，立刻改口道，"我在开玩笑，我的意思是，反正每条毛巾我都只用一次。"

"谢谢。"她小声说。

他从后视镜中看着她的眼睛："不是说腿好了吗，怎么现在看起来更严重了？连路都走不动的样子。"

"确实好了，是我自己没注意，把脚给崴了一下。"安晴擦着发梢说道，"下楼梯的时候，因为被撞的右边膝盖还有些疼，所以大部分力量都集中在左腿上，被一个小孩从后面撞了一下。怪我自己，穿了双高跟鞋。"

"这么说，还是跟我有关系，要不是我撞了你，你也不至于只靠一条腿发力。"他笑着没话找话，"我本来还以为是你男朋友弄的。"

"我男朋友已经走了。"

柏安平并不明白"走"这个词的正确含义，也不想明白。他总是对与己无关的话题保持审慎的沉默。为了不让气氛忽然沉闷下来,他再度打开了音响。

安晴听到前奏就跟着哼起来。那是一首英文歌,男音清亮中带着些沙哑,舒缓而高亢。安晴的节奏和发音都在点上,显然对这首歌相当熟悉。

"这歌叫什么来着?"柏安平问。

"Always Somewhere,演唱者蝎子乐队。"安晴回答后又反问,"怎么你自己音响里的歌,你都不知道?"

"都是我女朋友弄的。"柏安平不好意思地说。

"这么说,你女朋友也喜欢重金属喽?"安晴眨着眼睛问,"她是干吗的?"

"她不干吗。"柏安平收回了自己的目光,盯着前方的雨幕,余光看出后视镜中那张脸有追问的迹象,立刻堵住了她的嘴,"她死了。"

"啊。对不起。"安晴用毛巾擦头发的动作幅度大起来,"这讨厌的雨……"

"又不是你的错,瞎道什么歉。"柏安平又换了一首问她,"这首叫什么?"

"When The Children Cry,白狮乐队。一首反战歌曲。"

"那这首呢?"他又换了一首。

安晴又不假思索地回答:"皇后乐队的 We Are The Champion,难道这首歌你也不知道?"

柏安平这才想起,原来是被很多体育节目当成背景音乐的一首歌。他来了兴趣,想把这场猜歌名的游戏继续下去。安晴忽然说:"我到了。"

外面的那栋楼上有家"新概念"装修公司,她就在里面当前台。她下车前再次感谢了他今天的出手相救,假如上班的第一天就迟到,试用期结束后能不能被正式录用就会打个问号了。

"等我发了工资,请你吃饭。"她说。

"那怎么好意思,应该是我请你才对。"柏安平的脚缓缓松开刹车,朝她挥了挥手。

她撑起伞,踩着积水上了台阶,湿漉漉的背影像化作水汽一般消失。

柏安平回头看了一眼,看到被她弄得满是水渍的后座上,有一个黄色发箍。

那是她有意落下来的吗？

柏安平在烦乱中关上了音响，全世界便只剩下雨水敲打玻璃的声音，这种静谧并不能提供足够的灵感，让他想通这个女人的出现到底意味着什么。此刻所有的经验都似是而非。

安晴和肖薇算不得十分相像，可是那种偶尔的神似，令他心悸。

模仿肖薇并不是什么难事，她拍过电影，还出过书。她的习惯性动作、一颦一笑乃至于说话的声音，都被不少以吸引他眼球为目的的女人模仿得惟妙惟肖。可不管有多相似，都只是皮毛。柏安平看了太多的赝品，早就腻了。

但是现在，他居然分辨不出来这个横空出现的安晴到底是不是在模仿肖薇。因此也搞不清楚他们之间的相遇，到底是偶然，还是刻意安排。两个礼拜前的那个傍晚，他的车从地下停车场的车位里倒出来，因为以为没有人经过，速度确实快了一些。这个女人像一只狸猫悄无声息地出现，被他的车尾撞倒在地。那时他就预感到，尽管这个女人拒绝了他送她就医的好意，但一定会在不久之后再次出现。

果然，没过几天，在白马街的红茶馆，他又看到了她。当时她坐在阴暗的光线中，让他真的有种肖薇活转过来的错觉，那发型和衣饰简直像到了极点。意外的是，她竟然坦明坐在她对面的那个男人是她男朋友。

那么今天呢？今天也是安排好的吗？她在雨中跌倒的狼狈无助，也是惺惺作态吗？

她对肖薇喜欢的重金属摇滚同样耳熟能详，这又该怎么解释？

柏安平的心已经很久没这么乱过。

第三十二章

康居家园6号楼2单元303室。

宋简看了看门牌，没错，就是这里。

他敲了门，没有得到一点回应，应该是无人在内，但考虑到梅玲是个退休多年的老妇人，耳力有受损的可能，他就又用力多敲了两下。

不想这一敲门竟然真的开了，只不过不是他敲的这扇，是他身后的那扇。一个眼屎巴拉的青年穿着弹力背心站在门口骂："大清早的赶着收尸啊，敲什么敲。"

宋简看他染着黄发，人瘦毛长，肩膀上文了一朵妖里妖气的黑色玫瑰，本着多一事不如少一事的原则，不打算计较他的出言不逊。他寻人心切，压着脾气问了一句："不好意思，你知道这家人去哪里了吗？"

"谁管她死哪儿去了。"黄毛瘦子斜睨着他说，"赶紧滚，别打扰老子睡觉。"

"积点口德吧。"宋简的表情凌肃起来。这要是在芝县，他早就要给他点颜色看看了。

"去你妈的，你个土鳖。"黄毛的嘴泄洪一般喷出吐沫，溅到了宋简脸上。宋简瞬间捏住了他的腮帮子："信不信我卸掉你的下巴。"

黄毛口不能言，拳头向宋简的脸上挥去，又被宋简宽大的手掌牢牢捏住，立刻就听到手腕处的骨节咔咔作响，疼得他龇牙咧嘴。

"有种你放手。"黄毛的下巴得到豁免，恢复了嘴上的功夫，"有种你让我打个电话。"

"你还有一只手。"宋简提醒他，虎口却暗暗发劲。他从小就开始练功，十三岁就能徒手捏碎核桃。这双手，令芝县很多街头小混混闻风丧胆。"哎哟，你……"黄毛另一只手试图掰开他的手指，发现连小拇指都无力撼动之后果然立刻求饶，"我错啦。"

"我现在问你几个问题，你最好老实回答。"宋简竖着双眉问道，"对面是不是住着一个老太太？"

"是是……大哥，再轻点。"

"她人呢？"

"我哪知道……哎哟，我真不知道。好几天没见到了，大概是去她儿子家了。"

"她儿子住哪儿？"宋简手略微松了松。

"大哥，我也是刚搬来不久，真不了解她家情况。要不然您留个电话给我，等她回来我打电话给您。"黄毛为了脱身，主动提议道。

宋简自然知道他是在敷衍自己，但转念一想如果这人真能及时通知消息，就能省去很多时间和气力。他干刑警多年，对付这种坑蒙拐骗的主颇有心得，面容松弛道："你知道我是来干吗的吗？"

黄毛说不知道。

"我是来要债的。这家人欠我十万块钱，三年未还。如果你能在她回来后及时通知我，我可以给你两千块钱的酬劳。"

黄毛的眼睛像通了电的灯泡鼓出来："三千。"

"做人不要太贪心，一个电话就能赚两千块钱的工作可没那么好找。"宋简为了一笔莫须有的债务讨价还价,他知道这些游手好闲的混混就是懒，谈不上蠢。不加节制的慷慨只会引起怀疑，所以决不让步。

"行吧。"黄毛已经眉开眼笑了。

"我们得说好，这家一旦有人回来你就得立刻通知我，耽误了大事，你一分钱也得不到。"

"您放心，我保证分分钟给您瞅着。"

宋简留了自己的姓名和电话号码，告诉黄毛三天内如果没有消息，就不要打电话给他了。

第二天上午七点多钟，宋简正在旅馆房间的地上做自重训练，手机响起的时候，他刚刚做完了一百个波比跳。黄毛在电话中绘声绘色说起凌晨发生的事："天还没亮，我就听到稀奇古怪的音乐从对门传过来，还以为闹鬼呢。猫眼里一瞅，发现那家门开啦，人来人往的，你猜怎么着，摆起灵堂来了。"

"灵堂？"

"是啊。"黄毛又说，"那老太太去世啦，但是冤有头债有主，他还有个儿子。"

宋简大为失望，不过事已至此，也只能去见见她儿子。宋简穿上外衣，再度去往康居家园。

昨天那扇紧锁的门现在果然敞开，灵堂正对着门，盆中的纸钱被青砖压着，两支白烛幽幽地烧，烟气袅袅升上天花板后四散。遗像中的女人鬓发全白，面目慈善清瘦，眉宇间隐然有凄冷之意。没有灵柩，遗体应该已经被送到殡仪馆去了。

屋子里七八个人均佩戴黑袖章，应该都是逝者的内亲子嗣。前来吊唁的人不算太多，三三两两断断续续，都只是磕头鞠躬，对灵堂下还礼的那位中年男人聊作安慰，将帛金交给记账的人后就告辞离开。

宋简走进屋内，将帛金交给管账的人，在蒲团上磕过三个响头，和还礼的男人同时起身，上前介绍自己说："我是梅玲阿姨一位故人的儿子。"

那人神色谦恭地表达了谢意，说自己是梅玲的独子，名叫穆方进，随即问道："请问是哪位故人？"

"宋之河。"

穆方进面露困惑之色："您说的宋之河，是和我父亲在仙踪大学同事教书的历史系教授吗？"

"这个我不太清楚。不过您母亲去清水町照看过我的哥哥，他叫宋长乐。"

穆方进不觉抬高了声音："那就没错了，不过我从没有听说宋教授还有一个儿子啊。"

这很难解释，尤其是在这样不太适合交谈的场合。宋简说："我们能不能找个时间聊一聊，我有些问题想向你请教。"

"今天肯定不行了。明天上午母亲出殡后我会立刻联系你。"穆方进说道。

宋简和他互换了手机号码后，特意说明自己是远道而来，假期有限，实在无法耽搁。穆方进请他务必宽心。

下了楼。黄毛蹲在楼梯口吞云吐雾，见到他立刻蹦起来，递来一根香烟："大哥，钱要到手了吗？"

"哪有那么容易？"宋简往小区门口走去。

"现在欠账的都是大爷，我就知道那小子肯定不认账。"黄毛跟在他身后，殷切地出谋献策，"我有门路，我有一朋友，最擅长帮人讨债，只要他出手，没有要不回的账，就是价钱……"

"你别费神了。"宋简不耐烦地打发他，"我自己会想办法。"

"这事儿不能拖，妥妥地交给我，就算没欠条借据什么的，也保证给你连本带息全部要回来。"黄毛仍喋喋不休。

正好前面来了一辆公交车，不知道开向何处。为了躲开牛皮糖一样的黄毛，宋简三两步就跨了上去。车上人满为患，他被卡在一个进退两难的位置，打算熬一站就下车。但看到车内壁上的路线图，立刻就变了主意。底站是"人民广场"，那里和清水町离得不远，听说宋长乐以前经常在那里散发广告宣传单，广场上的商场店铺多半有人认识他，兴许能提供一些更加客观的评价。

人民广场比他想象中的更加破败，中央的灯光喷泉水池早已干涸，里面布满垃圾。大概是中午的缘故，四周的店铺门可罗雀，极为萧条。

宋简找了一家平价面馆，解决了中饭，付账的时候随口问服务生认不认识一个经常散发广告单的中年人，还没有说完整特征，服务生一下子就猜到他问的是谁："是那个绑架小女孩的胖子吗？"

宋简没法说不是，只好点点头。

"他一开始还挺好的，傻乎乎的挺可爱，只是不晓得后来怎么了，大概是脑子坏掉了。"

这种说法代表了很多人的意见。那个胖子很懂礼貌，人傻嘴甜，逮到谁都打招呼。他能分辨出老少长幼，却记不得自己的年龄，称呼所有人都是叔叔阿姨，爷爷奶奶，哥哥姐姐，没有比他自己更小的。可是后来不知道受了什么刺激，他开始在垃圾桶里找东西吃，看人的眼神也是直勾勾的。

宋简在广场四周逛了一圈，正好看见广场上一个绿色垃圾桶旁，有个蓬头垢面的男人拾起里面的半块蛋糕往嘴里塞，腮帮子鼓鼓囊囊地朝着他傻笑。他的心哆嗦了一下——人一旦变成这样，就应该算得上走投无路了吧，可即使到了这一步，宋长乐为什么还不打电话给他？

宋简脑子被阳光晒得发蔫儿，想坐车回旅馆睡个午觉。

一个坐在马扎上的妇女招呼他："兄弟，买烟吗？绝对便宜。"

仙踪市附近有一个全国闻名的假烟制造点，宋简早有耳闻。如果这是在芝县，他必然要上前盘查，将光天化日下的不法商贩绳之以法，但这是在仙踪市，他只有不做理会。

那女人孜孜不倦地喊他："兄弟，来看看嘛，保证你不会后悔。"见宋简无动于衷地挪步离开，急忙说道，"我听说你在打听那个捡垃圾的胖子？"

宋简停了脚步："你认识他？"

"认识，当然认识。"女人眉飞色舞，"你过来，我慢慢跟你说。"

宋简走了过去。虽然知道这个女人多半是想糊弄他买烟，但她故作神秘的表情还是让他产生了些许期待："你怎么认识他的？"

"他天天跑来跑去散小广告的嘛。你看看我这个烟，多地道，你抽一根，保证跟真的一样，你回去送人，多有面子，保证他看不出来。"

"我对你这个烟没兴趣，除非你告诉我一点不一样的东西，关于那个胖子。"

"那个胖子，嗯，我当然了解。他是为情所困喽。"

女人的信口雌黄立刻引起了宋简的反感，他失去耐心正要离开，却被她一把抓住胳膊："真的是为情所困喽，我看到他们在一起。"

"跟谁在一起？"

"当然是和他女朋友喽，他们一起去吃饭喽。"女烟贩子指着广场斜对面那栋大楼二层的窗户，"就是那家西餐厅，好浪漫的，只有小青年谈恋爱才会去那里。"

"你看清楚那女人长什么样吗？"

"当然看清楚了，好漂亮的。"

"那家餐厅离这里这么远，你都能看得清楚？"

"他们从西餐厅出来，我就注意到了。他们往这边走，还在夜市的小摊子上买了好多小东西。我问他买不买烟，他还不理我，活该他会被那女人甩掉，真是一朵鲜花插在牛粪上。"

"你怎么知道他被甩掉？"

"我看见了呀。"女烟贩子发现了他的兴趣，立刻见缝插针地推销起来，"兄弟，你看看我这个烟，这个中华，你不想买两包吗？三十块钱两包，多买多便宜。"

宋简只好买了两包，催促她道："她是怎么甩掉他的？"

"那个傻瓜要玩一个东西，他女朋友不让他玩，他偏要玩，他女朋友生气，就跑掉了。"

"什么东西？"

"就是那个东西喽。"女烟贩子的手指朝他身后指去。

那是一棵樟树，枝杈落得很低，几乎和宋简的头顶平行，四面延展的枝叶像巨伞遮蔽了老大一块空地，外围经过的路人很难发现树干上挂了一个箱子，只有像宋简这样蹲着仰视才能看见。箱子上盖着黑色的绒布，有点像遛鸟用的鸟笼，但是更大。

他低头走进了树枝遮蔽的阴凉区域，近距离观察。那箱子是木质结构，用很长的螺旋钉固定在树干上。宋简用手摇了摇，几乎纹丝不动。他看见箱子的一侧还写上了八个红字："投币一元，可知未来。"

很明显，这个木箱设计极为简陋，里面只有一些简单的布线和廉价的灯管，最具有技术含量的大概就是底部的机簧，触发后分至两边的弧形木板便能合拢，形成一个碗口大小的圆洞，但因为弹簧断裂，这个机关已经失效。木箱顶端也有一个小洞，像老式房屋里的天窗，但用黑绒布盖上，应该不是用于采光。

宋简觉得好像在哪里见过这样的箱子，一时半会儿却想不起来。

"后来发生了什么？"他问。

"后来，那个傻子把头塞到那个箱子里，他女朋友就生气跑掉了。你想嘛，正常人谁会玩那种无聊的游戏？除了小孩，要么就是他那样的傻瓜。"

"小孩？"宋简像是被人捶在脑壳上，太阳穴突突跳动，十几年前的那个夜晚浮现出来。芝县"狗街"上发生了一起命案，他和副队长梁中行以及几个同事来到了风雪中狐婆岭上的小山村，击毙了一个正在磨刀的疯子，救下来一个只剩半条命的少年，也发现了许多失踪学生的尸骸。那个唯一的幸存者说过，那疯子就是用这样一个木箱激发了他的好奇心，从而将他们推向万劫不复的绝境。

那孩子叫什么来着？对，庄生。

这是一个巧合吗？宋简的脊背已经被冷汗湿透："这个箱子是谁放在这里的？"

"谁知道呢？"

"你不是天天在这里吗？"宋简焦躁起来。他觉得有个答案呼之欲出，可这女人偏偏在关键时刻卡了壳。他只好继续做出牺牲："你想想，再好好想想，想出来我还买你的烟。"

"警察会来的喽，我们得打游击战，哪能天天待在一个地方。"

宋简的脑子慢慢冷却下来，整理自己的思路："你说那个女人跑掉了？"

"是啊。"

"到底是跑,还是走?"

"是……跑。"烟贩子犹疑后又很肯定地回答,"她好生气的,跑得好快。"

"你真的能看出她很生气?"

"也不是,是我猜的。我老公不听我的话,去玩那种无聊的玩意儿,我也会生气的啊。"

"那么,有没有其他人出现。"

"有一个。"女烟贩说道。

"长什么样子?"

"我没看清楚,树底下太暗了,树把他挡住了。反正就是个看热闹的吧,看了一会儿就走了,朝那边走的。"女人指着远处。

"然后呢?"

"然后那傻子就出来了呀。"女烟贩扑哧一声笑起来,"我见他有那么漂亮的女朋友,还以为他是装傻呢,谁知道真是个傻子。"

"怎么说?"

"撒尿都不会,就在身上尿,裤子都湿了。"

"你怎么知道?不是说光线很暗吗?"

"你是没养过小孩吧?小孩子贪玩忘记撒尿,直接尿在裤子里就是那样的。"女烟贩捂着嘴笑,"那么大个人了,叉着腿走路,地上都湿了。"

"后来呢?"

"后来傻子走了呀。"

"那这个箱子就一直挂在这里吗?没有人管?"

"没有。"女烟贩摇摇头,"有几个学生玩了两次,三下五除二就给弄坏了,把里面几个钢镚全给掳走了,现在的孩子,就跟强盗一样。"

宋简再也问不出什么来,只好带着两包香烟离开,边走便将这个黑箱和记忆中的那一个进行比对,越比对越觉得像。可是多年前的那个疯子当场就被一枪毙命,除了巧合,这种相似很难有其他的解释。

但更加无法解释的是,一个很容易尿失禁的人,真的有能力去实施绑架吗?

走出不远，他突然拔腿往回跑。女烟贩正朝别人兜售香烟，看到他狂奔而来，以为他想退货，脚下抹油正要溜掉，就听到他远远地喊："别跑别跑，我买烟。"

他果真买了一条烟，打算回去带给同事抽，前提是，他必须要得到一个很明确的答案："你说那傻子跟他女朋友到西餐厅里吃饭，是哪一天？几点？"

女人揪掉了好几根头发，才想起来，那是十月中旬的礼拜五，也就是十月十五日，两个人从西餐厅出来的时间是八点左右。

宋简将一条烟夹在腋下，给远方的师兄打电话，他说他想查到和他哥哥在十月十五日晚上八点之前共进晚餐的那个女人是谁，那个西餐厅里应该有监控录像。

师兄并不是仙踪人，但他一定能帮到忙。宋简对此深信不疑。

漫长夜晚在焦灼等待中缓缓逝去，第二天早晨总算有了些意外之喜，宋简以为要挨到下午，穆方进却打电话说殡葬已经结束，现在就可以见面。

宋简住的旅馆在火车站的旁边，鱼龙混杂，乌烟瘴气。房间中条件简陋，墙纸被楼上渗下来的水泡卷染黄，空气中弥漫着腥臊气味，就连热水也是时断时续。穆方进进门的时候皱着眉头，问他怎么住在这样一个地方。宋简说这里其实还行，交通方便，公交车和地铁都有站点，返程也方便。

"去我那里住吧。"穆方进邀请他，"前两天不方便，现在好了。"

"我等会儿就要走了。"宋简表达了谢意，指了指床上收拾好的行李。

穆方进捧着宋简给他泡的茶，脸上颇有萧索之色，他说母亲的骨灰是和父亲葬在一起的。那个墓地母亲很喜欢，生前就经常去那里闲坐，一坐就是一下午。

"节哀。"宋简完全不知道如何安慰。他母亲殡葬的时候，他只感到无比沉重，却无法挤出一滴眼泪。

"你真的是宋教授的儿子？"穆方进仍然满脸疑云。

"我的父亲确实名叫宋之河，但是我根本不知道他是大学教授。"宋简回答。为了消除对方的顾虑，他简单提起童年时父亲抛妻弃子，带着宋长乐离开的往事。

"为什么会离开呢？"穆方进说宋之河并不像那样绝情的人，从他生前对宋长乐的安排能够看得出来。

"应该是和我母亲感情破裂了吧，两个人都不愿意勉强，只好协议离婚，他大概是心存歉疚，所以带走了比较麻烦的那一个。"

宋简继续说，他听闻父兄相继离世，特意来证实一下。其实也就是尽个人事，几十年不曾谋面，所谓亲情早就已经淡了。

"是啊，谁能想到竟会发生那样的事。"穆方进面色沉痛地说道，"直到现在，我也不敢相信这是真的。"

他告诉宋简，他母亲和宋之河生前有一份协议，宋之河帮她解决穆方进的工作调动问题，她负责照顾宋长乐的生活起居，确保他衣食无忧。宋长乐死了，梅玲自认为难辞其咎，愧怍郁结于心，痼疾心病交相发作，竟就此一病不起，油尽灯枯。

"为什么你母亲会离开他家？"宋简问。

"应该是因为一个女人吧。"

"是住在他家里的那个女人吗？"

"是的。"穆方进吹开水面上的茶沫，润了润喉咙，他对这个问题似乎有点排斥。在宋简的再三追问下，他才说母亲不允许他跟在那些捕风捉影的人后面嚼舌根。她把所有责任都揽到自己头上，认为倘若自己去看看宋长乐，就绝不至于发生那样的事情，"可是，那时她已经自身难保，怎么还能去照顾别人？"

"你母亲离开他家，是那个女人挑唆的？"

"我不清楚，我只听说，是因为一只狗。"

"一只狗？"

"那个傻……宋长乐养了一只狗，不知怎么死掉了，他硬说是我妈的责任，发脾气让我妈离开。但就算我妈妈暂时离开了他，他也不至于去绑架小女孩，更不至于去死啊。"

"怎么说？"

"我母亲说过，宋教授深谋远虑，替他儿子的生活做了极其周密的安排，除了让我妈去照顾他的饮食起居，肯定还有其他布置，毕竟我妈年龄大了，保得了一时，保不了一世。"

宋简表示同意。父亲罹患癌症后去芝县见他最后一面时确实说过已经安排好了一切，他让宋简施以援手，只是针对一种万不得已的情况，也就是说，宋简是最后一招，也是救命的一招。

"时间不早了。"穆方进站起来告辞，母亲去世后还有很多善后事宜要尽快处理，"下次来仙踪不要住在这种地方了，来我家吧。"他最后邀请道。

"一定。"宋简保证。

穆方进走后，他再度陷入沉思。宋之河替宋长乐到底铺垫了怎样的后路，而这些后路又怎会变成绝路，让宋长乐最终坠空惨死？不过古话说"智者千虑，必有一失"，又说"计划赶不上变化"，一个人就算在生前把所有的后事都安排得极为妥帖，也无法左右死后随时发生的变故吧。正常人活在世上尚且艰难，更不用说一个弱智。

宋简背了包下了楼，退房后径直朝不远处的火车站走去。无论如何，仙踪之旅已经结束。

现在，他要回到他自己的生活中去了。

第三十三章

那个戴着墨镜的年轻人来的时候，老云头正蹲在院墙根晒太阳。

太阳不见得比火炕暖和，但据说晒太阳可以补钙。老云头快六十岁，难免有些骨质疏松。下午三点多，太阳已经冷却，他起身回屋的时候，每根骨头都在哼哼唧唧。那个年轻人叫住了他。

"大爷，这是三张村吗？"

"是。"

"有个女人，她儿子叫张鹏，您认识吗？"

"不认识。"

年轻人摘下了墨镜，左右观察了一下环境，他的眼睛微微有点肿，头发乱糟糟地盖在额上。那些零星散落在旷野上的屋舍都长得差不多，也没啥好看的。他在举棋不定中掏出一百块钱："大爷，能不能让我住一晚？"

"你是谁？"老云头的目光从钞票转移到了年轻人的身上，"干吗要住我这儿？"

年轻人说，从风波镇到三张村每天只有上下午共两班车，下午这班车载着他来，现在已经回去。他举目无亲，又找不到招待所，还要找人，只能先找到落脚点再做打算。

老云头很适时地沉默了一下，露出了一点为难的神色，使得对方立刻猜到了他的心意："再加五十。"

"进来吧。"老云头接过钱，领着年轻人进了家门，穿过前院和堂屋，来到后院的房间，"你要不嫌冷，就在院子里先坐一会儿，我给你收拾一下。"

这间房去年老家来人住过，一直到现在都是空着的，好在北方天干物燥，无须担心上霉，只要用热水抹净灰尘，土炕下加一把薪柴，就能立即入住。

"你到底是在找那个张鹏，还是在找那个张鹏的妈？"老云头把桶里面冒着热气的脏水倒进后院的水沟，问正在出神的年轻人。

"找他的母亲。"

"你跟他们是什么关系？"

"私人关系。"

这个回答让老云头觉得相当无趣，这会儿他是真心想提供一些帮助。所谓三张村，其实就是三个村子合在一起的统称，据说是清朝姓王的三兄弟逃难过来，分家后繁衍扩大，吸引了一些同样逃难过来的外姓人，虽然人数不算太多，但分布很广，如果要挨家挨户地寻找，可能会相当麻烦。

"慢慢找，不着急。"老云头的暗示很明显，他的房间已经收拾好，后面想住多久就住多久，住的天数多了，费用也好商量。

至于一日三餐，无非也是多一双筷子而已。

他去煮了一锅刀削面，煎了两个荷包蛋，亲手端进了年轻人的房间。年轻人大概是饿极了，有些狼吞虎咽的意思。热面条补充了体力，让他说话的兴致也高了一些。他说他从南方过来，带点东西给朋友的母亲。

老云头说可以把自己的收音机借给他听，他说他自己有。

"吃完了就把碗放在外面窗台上，不用管。"

年轻人说了最后一声"谢谢"，在他身后关了门。

老云头已经很久没听到"谢谢"这个词了，这让他对年轻人刮目相看起来。过年前，从外地回乡的年轻人都管他叫老云头。他们从来都没有给予这个入赘到三张村的男人应有的尊重。他们总是拿他开涮，说他饭量这么大，是因为没有尝过女人的味道。老云头在三张村没有地位，但有房产，这就是他扎根于三张村的全部原因。这宅院是他老婆留给他的，她下半身瘫痪生活不能自理，需要一个名义上的丈夫，却履行不了妻子的义务。这样也好，如果真生了个儿子，也不能跟他的姓，反而还要夺走他的财产继承权，长大后难保成不了白眼狼。

老云头回到厨房，也扒拉了一大碗热气腾腾的辣子面下去，胳肢窝里沁出热汗，肠胃里热烘烘的。回到屋子里看完了新闻联播和黄金时段的谍战片，去年轻人的窗台上收碗的时候，窗子里灯光已经熄了。

老云头很满意，决定不再浪费时间，回房间又披了件大氅，去开前院大门。门轴就像他的关节一样，发出吱吱扭扭的异响，惊得他脖颈一阵发麻，像是被门外黑暗中沉睡的兽眼发现了一般。

事实上一个人也没有，户外只有无边的深寒。老云头在暗昧的夜色中走得浑身冒汗，像是走在一个春潮萌动却又苦短易逝的梦境里，蹑手蹑脚，生怕惊醒了自己。

田垄阡陌土地河流上都冻住了，除了一点接一点惺忪的灯火，所有的灯火都是一样的，灯下的人跟他一样甚至比他更衰朽不堪，但是只要坚持往前走，就会遇到一盏不一样的灯，灯光下有一个活色生香的人。

看到那星灯光，老云头立刻就感觉自己年轻过来。

不仅有光，还有歌声，是地方戏曲频道在播放老掉牙的《游园惊梦》："原来姹紫嫣红开遍，似这般都付与断井颓垣……"咿呀的曲调从窗缝里渗透出来，伴随着一个女人的和鸣。

一听到这个声音，老云头就有了反应。

他屏住呼吸弯腰蹲在窗下，学了一声猫叫，电视的声音随即减弱，一个声音贴在窗子上问："谁？"

"阿香，是我。"

"老云头，你好大的胆子。"

"我有钱。"

"有多少？"

"七十。"

窗子里的女人没搭话，斟酌了一番才说："现在涨价了。"

"涨到多少？"

"一百。"

"太贵了。"老云头愤愤不平地说，"你以为你是谁？"

"嫌贵你回去啊。"

老云头就气馁了："好好好，你出来说话。"

门闩无所顾忌地响动起来，阿香穿着大红色的棉袄，站在门槛上斜乜着老云头说："你进来？"

"不行。"老云头断然拒绝。

"怕什么，他最起码还有两个钟头才能回来。"

"不行，还是小心一点。"

"去你那里也行，不过得加五块钱跑路费。"阿香搂紧棉袄说，"这么冷的天，鬼才愿意跟你折腾。"

"好吧。但是后面万万不能再加钱了。"

"走吧。"

老云头原路返回，把那个女人远远丢在身后，像是和她毫无瓜葛。阿香太嚣张了，边走边唱："遍青山啼红了杜鹃，那荼蘼外烟丝醉软，那牡丹虽好，他春归怎占的先？"唱得老云头的腰身更加佝偻，恨不得立刻堵上她的嘴。

只有快要到自己家门口时，他的胆子才大起来，敢于停下来等阿香一起，摸她的腰肢和被厚棉裤包裹着的翘弹的臀。

"别说话，家里有人。"他推门进去，警告她说，又像是乞求。

"什么人？"阿香眉毛一挑。

"一个后生，说是来找人的，没地方住，找的我。"

阿香立刻明白："怪不得你有这个闲钱，他给你的住宿费吧。"

老云头哪有时间浪费在这些话头上，关了房间的门，立刻就抱住了她。冬天就有诸般不好，穿得这样严实，脱起来就会困难重重，尤其是像阿香这样狡猾的女人，她身上的零碎之多简直超乎了他的想象。阿香一边笑，一边解释，这都是为了不让张善武那个王八蛋碰她，那个人在赌场里混了一天回来，身上的气味比老云头还难闻。

"你这么放肆,难道就不怕张善武?"阿香躺在炕上,任他弯着腰去宽衣解带。

老云头已经有些气喘吁吁了,听到这个问题,心头的一团火立刻就灭了一半。他气恼地说:"干吗要说这些废话?"

阿香咯咯咯地笑着。

老云头发现自己是真的老了,他的身体还没怎么用过,三十年前入赘过来的时候,妻子下肢瘫痪毫无知觉,他折腾过几次后意趣全无。总算熬到她死,获得起码的自由,却失去了放纵的本钱。阿香半裸的身子像一座放弃了防御的城池,他却在最后的关头失去了进攻的能力。

"你的钱太好赚了。"他疲软地抱怨,"你做了什么?怎么就赚了这一百块钱?"

"你放屁,是一百零五块,别想打马虎眼。"阿香扣着纽扣骂他。

他一分钱也不敢少给,因为阿香只认钱。他对她的畏惧,就像他对她的欲望一样强烈。

可是这不代表他甘心完全缴械投降,他看着阿香慢条斯理地穿衣服,问她:"别人的钱也都是这么好赚吗?"

阿香冷眼瞪了他一下,把头发拨到耳朵后面,分不清是讥讽还是安慰:"快活一点,你已经不错了。"

老云头动也不想动,却还是要去锁门。他披上了棉袄,把阿香送出去,在冷风中恢复了一点生机,拽着她的袖子说:"过几天,我还去找你。"

"有钱就行。"阿香在他的脸上捏了一下,并且善意提醒他可以吃点药,但随即又改了主意,劝他不要过于强求,因为他这个年纪应该量力而行,不能胡乱吃药,否则有可能死在她身上。

"你看,我还是很关心你这个老不死的。"她调侃了他,哼着小曲走了。

/ 第三十四章 /

应该是体力透支的缘故,这一夜老云头睡得很死,第二天起床稍微迟了些,他起床烧早饭,做好了早饭去敲年轻人的门,才发现年轻人已经不在屋里。

快要到中午的时候，年轻人才回来，坐在院子里套驴的石磨上发呆，很显然一无所获。

老云头将大锅里热着的包子和茶叶蛋端过来，往他的杯子中倒满热水，安慰他说："不着急，慢慢找，只要人在这儿，迟早会找到的。"

年轻人的沮丧溢于言表，问村子里怎么没人，房子倒还不少，却有很多门都上了锁。

"年轻人都出去了，最近的就在金河市，最远的……"老云头卡了壳，想象不出来最远能远到什么地步，"老人死的死，亡的亡，我在村子里算是最年轻的了。小孩都在上学。咦，我想起来了，你有没有去学校问过？"

三张村有个小学，历史已经很悠久了，如果那位张鹏确实是三张村人，就一定在那里读过书，学校里的人有可能知道他家的情况。

年轻人转身就要去找，被老云头一把抓住："何必急于这一时？这个点都快放学了，老师也是人，也要回家吃饭，下午去吧。"

年轻人无奈，只好啃了一口肉包子。老云头见他食不知味，说道："吃不下就别吃了，等会我来烧两个菜，喝两杯。"

"我不喝酒。"年轻人说完，就着热水吃完了包子和鸡蛋，说中饭不需要再给他准备，他要回屋休息一会儿，"咋晚几乎一夜没睡，需要补补觉。"他说。

"怎么搞的？睡觉还认床？"

"炕太暖和，热的。"年轻人擤了擤鼻子，鼻涕中果然夹着一些血丝，"多少年没流鼻血，空气太干，老毛病又犯了。"

老云头猜不出来他是不是有所暗示，脸热得发烫，只好打起了马虎眼："要下雪了，雪下下来就会好一些。"

"我那个朋友说他的家乡下雪就会变得很美，不知道是不是真的。"年轻人眼中充满期待，"上一次来北方，还没好好地看过雪。"

"那你可以多住几天，好好看一看。"老云头来了精神，"没关系，房费你看着给，吃喝全不用愁。"

"再说吧。"年轻人不置可否，放下碗往后院走去。老云头忽然想起一件很重要的事情，叫住他说："你下午去学校的话，谁都好打交道，可千万别招惹一个人。"

"什么人?"

"一个废人,断了一条腿,拄了个拐。他是个无赖,村子里的人都拿他没办法。"

年轻人点点头:"我知道了。"

三张村的小学就叫三张小学,方圆二十里的学龄儿童都到这里来上学,然而六个年级加起来也不过百来号学生。

徐明辉站在土疙瘩和煤渣铺成的小操场上,不时看表。秒针划过两点,他使劲摇起了手上锃亮的黄铜铃。铃声不大,却足够清脆,加上校长的威严,那些追逐打闹的学生就乖乖进了教室。

总算安静了,徐明辉抹了抹额头。午饭后到下午上课前是一天中最不得安生的光景,老师们都回家做饭,家远而留校的学生就跟小炸药包一样,随时会捅出令人意想不到的娄子。必须要有人在户外维持秩序,才能保证上下午教学工作的平稳过渡。这个吃力不讨好的工作,只能落在他这个校长身上。

持续紧张了整个中午,他现在松弛下来,打算回办公室喝杯热茶。这时一个声音从后面传过来:"请问——"

打招呼的是铁栅门外一个陌生的年轻人,脸色苍白,文弱秀气。徐明辉问他:"你找谁?"

"请问,你们学校以前有没有过一个叫张鹏的学生。"

"张鹏?"徐校长念叨着这个名字,笑着说,"当然有。"

"是吗?"年轻人兴奋地抓住了铁门,"您认识他?能不能告诉我他家在哪儿?"

"不仅以前有,现在也有,我现在就能给你揪出七八个来。"

年轻人明白了他的意思,目光暗淡下去:"是啊,这个名字太普通了。"

"除了这个名字,就没有其他线索?"

"他应该是十七八年前在这里毕业,后来应该到了镇上上初中,再考进了金河中学。"

能考进金河中学,在三张村绝对算得上凤毛麟角。徐校长很努力地想了想,但依然毫无印象。他只能带着歉意解释:"我是从其他乡镇调过来的,在三张村干了不到两年。"

"学校里会不会有别的老师知道?"年轻人锲而不舍地问。

"这个可能性不大,我实事求是,绝不是敷衍你。"徐校长强调说,学校里现在总共就三个教师,每个教师负责两个年级。这三个老师教龄最长的也不过十年。"没有人会把一生都耗在这里的,干两年就都走了。"

"好吧,谢谢。"

年轻人的失望让徐校长有些不忍,他说:"我可以帮你打电话到镇上的中心校问问,他们应该还有以前的学生档案。你留个联系电话给我,我有消息就通知你。"

"不了,"年轻人说,"我主要是想找他的家人。"

徐校长正要再客气一下,听到学校外面传来由远及近的车铃声。尽管被围墙挡住视线,他还是立刻就猜出来者何人。伴随着车铃的歌声阴阳怪气,有股下流的味道,让他不由自主皱紧了眉头。

"大丫头来了,你赶紧走。"他说。

明明是男人的声音,却被叫作"大丫头",这显然引起了年轻人的好奇,他上半身往后靠,想要看清三轮车上人的模样,却又被徐校长催促:"快走快走,那是个无赖,别惹麻烦。"

对于这个三张村最大的麻烦,徐校长有比别人更深刻的体会。大丫头因为闹事被人卸掉一条腿后,晚上在地下赌场贩卖香烟瓜子。赌场在风头紧时关闭,他就到三张小学门前摆摊子,卖三无零食和粗制滥造的小玩具。去年春天,学校里有好多学生上吐下泻,有食物中毒的症状,之前都在大丫头的摊子上买过辣条。可谁也没有办法。这个人一条烂命,总是摆出一副同归于尽的架势,动辄扬言要白刀子进红刀子出,村子里的妇孺老人都没有什么办法。

"那谁,过来帮个忙。"大丫头把三轮车停在树下,朝年轻人喊。

"别理他,快走。"徐校长急了。

大丫头骂道:"傻×耳朵聋了吗?"

年轻人听了徐校长的话,一声不吭顺着校门前的水泥路离开。大丫头一条腿跟不上,只好继续骂骂咧咧。徐校长回身往办公室走去,办公室在新建的两层教学楼上,离围墙很近,可以看到墙外面的动静。他泡了一杯热茶,把脸贴着玻璃窗,看到那个青年已经走出百米远时,才安下心来。

始料未及的是,年轻人的脚步放缓,掉转身子,竟又折返回来。

他似乎是直奔着大丫头去的,走到三轮车的旁边,对大丫头说了什么。大丫头咧嘴笑着,掀开盖在车上的雨布,掏出一包香烟递给他。

"原来是买烟。"徐校长心想,真是没事找事,怎么偏偏要找那个人买烟。他想推开窗子叫年轻人赶紧走,却又没那个胆子。

年轻人付了钱,点了一根,抽了一口。

果然不出所料,那包烟肯定是假的或者发了霉,否则年轻人不会继续啰唣,他只说了两句话,就惹得大丫头撑着拐站起来,指着他的鼻子喷出吐沫星子。隔得这么远,徐校长都能清楚看到那张愚蛮的脸暴出青筋的狰狞。

年轻人无奈地摇摇头,好像要打算离开的样子。

徐校长也暗自叹息,年轻人总是这样,非要吃些苦头才晓得轻重。

可让他惊讶的一幕发生了。年轻人走到路边,捡起一块板砖,冲到大丫头面前,重重地拍在了他的头上。大丫头应声而倒,挣扎着想要爬起来,却又被紧接而来的第二下砸倒在地。年轻人踩住了他的脑袋,把手伸进他口袋,强行拿回了刚刚付给他的钱。

那一声接一声的哀号,连窗子都挡不住。

徐校长感到莫名的爽快,一口恶气倏然呼了出来,通体舒畅,舒畅之后也有些担心,他想建议这个年轻人赶紧走,越快越好。

年轻人拿回了钱,又在大丫头的脑袋上踢了两脚。

地上流了一摊血。

/ 第三十五章 /

年轻人走的时候,老云头并不知道发生了什么。

年轻人说自己会去路口等顺风车,先去风波镇,再做打算。

老云头觉得很遗憾,他已经做好年轻人久住的准备,只要雪下下来,年轻人想走也走不掉了。妈的,年轻就是好,说走就走。现在他应该已经到了风波镇,那里有公交车通向市区。离开了金河市,外面的世界就是老云头所无法想象的了。

整个黄昏老云头都在劈柴,浑身汗水津津,肌肉酸痛。砍柴的声音剥剥啄啄,像和越发猛烈的寒风争辩着什么,他也在和自己辩论,要不要今晚去找阿香,什么也不做,就让她捏捏背,揉揉腰,暖暖炕。

人变老,好像也就是没几年的事。

他跟阿香第一次打交道,是在他妻子的葬礼上。阿香说他老婆以前经常给她糖吃,心中感念,因此前来送送。老云头在她的眉梢间的眼波流转中发现了异样,那时他还算健壮,身上的皮还没有软塌下来,还有那么一点自我感觉良好的资本,于是就趁去风波镇赶集带回一盒巧克力。

阿香问他:"老云头,你有胳膊有腿的,敢不敢到外面闯一闯?"

老云头不愿意,他熬了半辈子,已经坐拥一套房产,一大块土地,怎么可能前功尽弃?假使阿香踹了他,他根本就是有家难回,因为张善武——也就是传说中的"大丫头"——一定会撕了他。

他清楚地记得当时阿香就把那盒巧克力给扔了:"代可可脂的垃圾,鬼才稀罕。"

后来去找阿香,就成了明码标价的事。天知道这么多年来他在阿香身上花了多少钱,阿香根本就是个吸血鬼,是条寄生虫,她那么狡猾,知道怎样就能让他立刻缴械。一想到自己并没有得到多大实惠,老云头就恨得牙痒,但不去找阿香,活着的趣味又在哪里?

劈柴这种事最忌心浮气躁,稍不留神就会吃闷亏。老云头果然一个下盘不稳,"哎哟"一声险些栽倒在地。

耳边响起"扑哧"一声笑。

他没去找阿香,阿香倒来主动找他了,这真是稀罕巴巴。她的手笼在粉色棉袄的袖子里,头发盘成一个松散潦草的髻,像是从床上才爬起来。这倒不是她一贯的风格,村子里所有人都知道,阿香不管到哪里都是要搞得很风骚,而且必须喷香水。

"你怎么来了?"老云头扶着腰。

"张善武给人打了。"阿香直接说。

"打……"老云头把"打得好"硬生生吞掉半截,转而问,"大名鼎鼎的大丫头,谁敢打他?"

"你们这帮老不死的当然不敢。"阿香从前院到后院搜了一圈说,"是个外地人,就在三张小学门口,门牙都给跺掉了。下脚真狠。"

老云头猜到她来的原因,却用一副蒙昧不知的表情说:"那你找我这个老不死的干吗?"

"明人不说暗话,你昨晚还说你家住进来一个后生,他人呢?"

"走了。"老云头试着去够地上的斧头,不想腰疼得厉害,龇牙抽着冷气,想去给自己贴张虎皮膏药。

"去哪儿了?"

"我哪知道,他又不是我儿子。"

阿香跟着他走进了房间,看他掀起上衣去贴膏药,主动帮忙,用冰冷又光滑的手把他后背上的虎皮膏药抹平,幽怨地说:"你这个老东西,竟然向着外人。"

"我真不知道。"老云头被她抹得无比舒坦,就势抓住了她的手,凑过去的脸却被狠狠地扇了一巴掌。

阿香冷得像块石头:"想吃白食?"

"怎么说翻脸就翻脸,开个玩笑不成吗?"

阿香又笑出声来,在他发红的脸上揉了揉:"怪我怪我,就是跟你开玩笑呢,结果没控制好。我是说,假如你能帮我把那个人找回来,我就欠你一个好大的人情,到时候……"

"到时候怎样?"

"你想怎样就怎样。我好好陪陪你,陪你一宿。"

"哼,哪一次我能占得了你的便宜?"老云头摸着腮,心旌却猎猎摇动。

"你想想办法,我保证你不会后悔。"阿香凑上去在他耳边吹气,"张善武那个畜生,他说要是我找不到那个人,就要用鞭子狠狠抽我一顿。你舍得吗?"

"我能有什么办法?"老云头嗫嚅道。

阿香的脸肃杀起来,冷冰冰地说:"要是没办法,从此也不必来了,多少钱也没用。"

阿香走后，老云头站在门口发愣。那个年轻人原来是因为惹了麻烦才离开的，现在这麻烦转到他头上来了，这真是没头没脑的无妄之灾。懊丧之中，天边最后一抹白光正被铅云吞没，风还只是前哨，便有十万阴兵暗马的气势。

　　阿香的背影已经成为昏昧荒野中的一个盲点，在另外一个方向，一个人影却越来越近。老云头看着那个人影，心跳瞬时加速，他老花眼看近物不行，但对远处的东西有一种常人难及的敏锐。根据走路的姿势和速度，他觉得那是本该已经离开的年轻人。

　　年轻人走到他跟前说，好不容易等到的车，竟然抛锚了。

　　那是趁风雪来前想要狠赚一笔的黑头面包车，限坐七人，却挤进去十一个，每个人的车费抬高了三倍，简直就是敲诈。但更不幸的是，那辆车开到离风波镇还有三分之二路程的地方发动机冒烟，前不着村，后不着店，他只能原路走回来。

　　"还是一百五吗？"他从口袋里掏出钱来。

　　"算啦。"老云头把他的手摁下去，"钱以后再说，老天不让你走，肯定有他的道理。"

　　年轻人熟门熟路地走进后院的房门。老云头做好了晚饭端进年轻人的屋子，说自己等会儿要去村子里的张木匠家去喝两杯，说不准什么时候回来，所以前院的门闩不要锁；他房间和前院的灯也不要关。说到这里，他悲凉地解释道，就算是一个人，也要给自己留一盏灯。

　　年轻人答应了。

　　收音机的电频杂音像外面的霰雪一样簌簌落下，打在屋檐上、墙壁上。

　　星靠在床上，在这白噪音中努力寻辨歌声，就像寻找一条缆绳，将他和整个世界拴住。一点点歌声时断时续，唱着什么，星完全听不清楚，但是有了这点柔和而邈远的声音，就证明他并没有被抛弃。

　　在歌声和噪音之外，他倏然听到第三种声音。

　　院子里的雪应该没及脚踝了，而脚踩在雪上是无论如何都会有声音的，无论那个人有多小心。星赤着脚轻轻走到门前，贴着门板似乎能够听到门外的呼吸，很显然那人也在侧耳聆听门里面的动静。

星嗅出了危险的气味，回到床上，假装打起电话："这次行动一定要保密，千万不能打草惊蛇，没有我的信号，你们千万不能贸然行事，出了纰漏，谁都担不起这个责任……等一等，我听到有人，是谁在那？说话。"

"是……我。"是一个女人的声音。

"你是谁？"

"我是……来找老云头的。"

"他出去了。"

女人带着哭音乞求："我能不能进去坐一坐？我好冷。"

"你等等。"星穿好了衣服，开了门。风夹着雪花，和女人的头发一起拂到他的脸上。那张脸上有胆怯、慌乱，很像《倩女幽魂》中荒郊古刹里楚楚可怜的鬼魅。

"你可以坐到床上去，那里暖和些。"星有恃无恐般让她进屋，在她身后插上门闩。但是女人并没有显示出进一步的恐惧，坐在床沿上，头发遮挡住了半边脸，她穿了棉袄，脖颈和手却是裸露的，脚上也没穿袜子，像是被人赶出来一样。

"他去哪儿了？"女人问。

"我不知道。"星靠着墙点起一根烟，透过缭绕的烟雾去看那女人苍白的侧面，女人意识到自己正在被窥探，低头不语。

"你要不要抽根烟？"星忽然说。

"我不抽。"女人摇头道。

星极其缓慢地吐出青烟，仰头看它衍开，像是自言自语："幸亏我下午出了趟门，经过一家小店，买了一包真烟。下午有个人卖给我一包假烟，我让他把钱还给我，他不仅不肯，居然还骂我。我还真从来没见过这种人，你猜我怎么做的？"

"你……"女人和他目光交错又瞬间弹开，"我不知道，不过我看你斯斯文文，总不至于把他打一顿。"

"你错了，我不仅打了他，而且下手还挺重。那时我想，反正我都要走了，走了他还能找谁去？不打白不打。哪晓得车在路上抛锚，还下起了雪，我只能又跑回来。"

"你不该回来的。"

"哦？怎么说？"

"你打的那个人找不到你，自然就要把怨气撒在别人身上，你现在又跑回来，那被他打过的人岂不是白挨打了？"

"谁会这么倒霉？"星停了一会儿又问，"难道是你？"

"你看看。"女人换了个坐姿，手撩起额前长发，露出青色的淤痕，"这就是他打的。他让我去找那个打他的人，我没找到，回到家，就被他打了一顿。他咽不下那口气，非要我继续找，我只好出来，老云头这个人心肠很好，愿意帮助人，天寒地冻，我只好来找他。"

"我知道你跟他很好。"星点头说。

"你怎么知道？"

"我听见的。"星说，"我昨天晚上听到你们之间愉快的交谈。"

女人的脸颊开出两朵深红色的桃花，嘴唇险些咬出血，忽然挺直腰身说："我们之间的确有些露水恩情，那又怎样？"

"你大可不必如此坦白，我并不想打探你们之间的……该怎么说呢？忘年交？"

"我曾经指望过他，指望他带我走，离开这个地方，永远都不回来，可是他胆子太小了。"

"腿长在你身上，为什么要让他带你走？"

"我什么人都不认识，什么都不会，高中都没毕业，连初中毕业证书都丢了，出去能干什么？我老公知道我想走，早就把我身份证扣在手里，没有身份证，我哪里都去不了。"女人冷静得像是在说别人的事，直到这时，才露出哀恸的神情，"今天我终于把身份证偷出来，本来想最后求老云头一次，求他带我走，没有人陪着，我好害怕。我怕自己客死异乡，连亲人最后一面都见不到……他去哪儿了？我去找他。"

"他说他喝酒去了，不过我猜他可能今夜回不来。"

女人面露失望，站起来徘徊道："那怎么办，怎么办？我不能回去的，回去肯定会被打死，我要走，一定要走。"说到这里，她的目光向星瞥去，"你说你要离开三张村？"

"我不仅要离开三张村，还要离开金河市。"

"外面的世界，是不是很漂亮？"女人露出神往的表情。

"不但漂亮，还很精彩。"星回答。

"你就是打我丈夫的那个人。"女人瞪着他，像是在威胁，也像是在请求，"我并不想要你赔偿我什么，我只有一个请求。"

"带你走？"

"是，天亮就走。"

"雪下得这么大，怎么走？"星像是在认真考虑她的建议，"司机说明天大雪封路，没有车会冒险经过，从三张村到风波镇这一段会相当麻烦。"

"这你不用担心，我有办法。"

"我能得到什么好处？"星心有所动的样子。

"你想怎么样都可以。"女人热切地看着他，"假如你能在外面给我找到事做，我就可以为你做任何事情。"

看到星沉默不决，女人看了看手机上的时间："天太冷了，我们能不能到床上来说？"

"现在就要开始吗？"

"我哪里都去不了，出去肯定会被冻死，这里只有一张床……"女人脱掉了裹在身上的粉色棉袄，乳白色的紧身毛衣展示出曲折动人的线条，"我知道你在想什么，可是我告诉你，老云头年纪大了，只能闻闻鱼腥，鱼肉有多好吃他根本就不知道。"

"是不是太快了一点？"星笑着踩灭烟头，"还可以再聊一聊，培养一下感情。"

"到被子里来培养不是更好吗？"女人钻进了被窝，只露出绸缎般乌黑散落的长发，随即又把头伸出来说道，"你进来之后，把灯关上，我有点……"

"我不喜欢关灯。"星站在床头，像打量着展台上陈列的物品，"难道你不知道男人是一种视觉动物？"

"就关一会儿，好不好？"

"不要。"星回头看了看房门，"这扇门太破了，要是给人一脚踹开，明天还得找人来修，岂不是很麻烦？"

"这都几点了，怎么还会有人冲进来？"女人努力维持着僵硬的笑容道。

"现在没有，可是你一关灯就有了。"星说道，"等那些人冲进来，你赤身裸体躺在我床上，那我只好花钱消灾，任人宰割了。"

"不要瞎说。"

"你这张脸，一点都不适合假扮天真。"星嘲笑道。

女人沉默片刻，缓缓从被子里坐起来，用手腕上的皮筋扎起头发，等到她下了床的时候，撕掉伪装的脸只剩下怨恨："你是怎么看出来的？"

"老云头院子的门开着，房间里的灯也是亮的，你既然来找他，最起码也要喊两声做做样子。照直不打弯地就往院子后头跑，根本就是奔着我来。老云头走路一扭一扭，明显是伤了腰，雪下得这么大，应该在家休息，竟然还要出去找人喝酒，他中午已经喝过酒了，怎么酒瘾还这么大？你一来，我就猜到了，原来他是给你通风报信去了。"

女人披上了外衣，将拉链拉到最顶端，说道："既然打了人，就要付出代价。就算你不关灯，只要我喊一声，他们照样会冲进来，你还是要任人宰割。"

"你可以试一试。"星笑道，"你可以以为自己是一只母狼，但千万不要把老虎当成了羊。"

"你到底是谁？"女人问，看到星笑而不答，又追问道，"你是警察？"

"我要是你就不会问。"星故作神秘地回答，"知道太多不是一件好事。"

女人咬着牙，扒开了门销。走出门的时候，脚步在进退之间有些踯躅，像是拿不准要不要给躲在暗处的人一个讯号。在犹疑之中她始终没做出抉择，终于在落雪的后院中留下一串脚印，消失在堂屋通向前院的甬道中。

星知道，老云头今晚是不会回来了。他关上了院门，熄灭了所有的灯。外面传来雪地上杂沓的脚步声和零星的喝骂，但世界很快就恢复了安静。

这个时候，他才发现自己的后背已经湿透。他承认下午的举动有些冒失，他知道自己惹怒了一些人，他知道"虎落平阳"的危险，穷山恶水间的鬣狗成群出现，即使窥伺不动，也只因为等待一个最合适的机会，时机一到，就会将目标撕成碎片。这种凶蛮的捕猎方式没有任何道理可言，除了逃开，他想不出别的办法。

/ 第三十六章 /

第二天清晨，雪已没及小腿。

星在雪地上步行了两个多钟头，回头却还能看见山坡上那片隐现的村庄，被白雪覆盖的原野上，连绵远山交织出的几抹青痕完全没有远离的迹象，他的移动距离对于浩渺的天地完全可以忽略不计，而风波镇仍然遥不可及。

更麻烦的是，没有任何标明方向的地标，星已经拿不准自己是否已经迷失，他在来时将路线记在心里，但怒雪狂飞中的环境和当时已有极大不同，越往前走，越没有把握。凌晨在老云头的家中带走的干粮成了鸡肋，现在最大的问题不是饥饿，而是疲累，疲累源自于沮丧，沮丧离绝望只有一步之遥。以这样的速度，除非发生奇迹，否则天黑之前根本到达不了风波镇。

如刀的风灌进了星的口鼻，顺着气管直达体内，体力的流逝让星呼吸急促而困难，在老云头家中翻出来的狐皮大氅虽然隔风，却越来越沉，背包也越来越重，像一座山压得他摇摇欲坠。

他忽然想起来，几年前的平安堤，那个叫甘明水的男人活活冻死在金河河面上。当时他就在他身边，操纵着他的生死。而现在，在冰天雪地中引颈受戮的人变成他自己。莫非这是天意？

他抬头看天，鸿蒙中也似乎有一双冷眼在睥睨着他。

像是故意逆天而行，他使尽全身力气朝前冲去。脚下一滑，一头栽进雪里。新雪很软，就像艳阳天晒过的被子一样软，他的眼皮打架，心中有个地方正在瓦解，仿佛有人在劝他，休息一下，又何妨？

眼睛一旦合上，就再也睁不开了吧？他迅速否决了自己的软弱，支撑着站起来，打战的两条腿继续向前迈去。

就在这时，身后传来了一串清脆的铃声。他朝后看去，只见一匹高头大马喷着热气踏雪而来，拖在身后的雪橇上坐着一人，手持缰绳控制方向。星精神大振，站在路中间使劲挥动两臂。

"吁"的一声，雪橇车停在他的面前，驾车的人在雪橇上站起来摘下帽子，露出一张白生生的脸，幸灾乐祸地笑道："刚才那一跤摔得不轻啊。"

星的笑容凝聚在脸上："原来是你。"

"我说过，我有办法。"昨晚那个女人再度出现在他面前，拍了拍马屁股说，"就看你有没有胆量上来了。"

星把包扔在雪橇上，整个人坐了上去。他现在拿老天没办法，但对付一个孤零零的女子无疑容易太多："就看你能拿我怎样了。"

女人"驾"了一声，缰绳一抖，马又踏碎积雪向前迈去。她目视前方，在翻搅的风雪中辨认着道路，忽然说："你不是警察，警察不可能像丧家犬一样逃跑。"

"我没说我是警察，是你们自己做贼心虚罢了。"

"我是我，他们是他们。"女人说道，"要不是你打了张善武那个脓包，我跟那帮人一辈子也打不上交道。"

星问道："你叫什么名字？"

"叫我阿香。"

"阿香？"星嗅了嗅鼻子，轻薄地笑道，"这名字倒还贴切。"

"你叫什么？"

"叫我星好了，冥王星的星。"星又问道，"这要去哪儿？"

"你猜。"

"你不会真想跟我跑路吧，你就不怕我把你卖进深山老林，专门负责生孩子？到时候你就知道三张村算得上人间天堂了。"

"你放心，我不指望你，我到风波镇上的储蓄所里存钱。"阿香说道，"没有钱，哪儿也去不了。等我存够了钱，就离开这里，什么老云头，什么大丫头，都让他们统统见鬼去吧。"

她忽然站起来，朝着前方使劲喊道："见鬼去吧，都去死吧。"

马受到了惊吓，蹄脚践踏出狂乱的雪浪。

雪橇在雪地上笔直奔突，忽然一个突兀的顿挫，随即是明显的转向，困顿之中偷偷打盹的星睁开眼睛，发现他们已经偏离正道，顺着雪原上一条凸起的狭窄小道前进，小道两边的水沟被雪覆盖，形成两道浅壑，连接着前方的旷野，旷野中点缀着几座小楼，几棵野树，宛若海市蜃楼一般虚幻缥缈。他坐起身来问道:"去哪儿?"

"马跑不动了。"阿香说道,"最起码还有三四个小时的路程,得先吃个午饭,就在前面。"

星确实饥肠辘辘,这才发现已经到了正午,马嘴喷出白沫,蹄印也已凌乱。前面路旁有一栋院墙环绕的三层宅邸,像是家农家饭店。

马在院门前停住。门楣上挂着镏金红底的牌匾,果然写着"双福饭店"四个大字。

院子的外面停了好几辆车,车顶上盖着厚厚的雪,将前后挡风玻璃和左右车窗都盖得严严实实,看起来像新发好的白面馒头。进了院门,左侧一排平房房顶上的烟囱正冒出黑烟,伴随刺眼呛鼻的辛辣气味,一个浑圆的胖子正在颠勺,炉灶上的火烧得很旺。

"我去点菜,你等一会儿。"阿香说。

星站在院子中央,看着那栋楼。楼上每间房都是门窗紧闭,连窗帘都是拉得死死的。其中一扇门忽然开了,出来一个叼着烟的男人,下楼往院子里的厕所跑,经过星身边时留下一股腥臊的气味,像是很久没洗过澡。

阿香在掌勺的厨师引领下去了平房最尾端的一间房,推开门朝星招了招手。厨师是个胖子,龇着一嘴黄牙跟星打招呼:"实在不好意思,生意太好,就剩这么个小包厢,你俩凑合下。"

这间房确实很小,陈设也简单,只有一张麻将桌,门后夹着一块圆木桌面,往麻将桌上一摆,就变成了餐桌。

午饭很快就端了上来,满满一锅乱炖,有豆角、土豆、五花肉等食材。看到阿香神情自若地夹菜吃饭,星也吃了一口,却不料辣劲发作,胃里一阵绞痛,嘴里险些喷出火来。阿香见他狼狈的样子,笑着说道:"酒最解辣,你要不要喝点?"

"我不……"星连话都说不利索,只好用手给舌头扇风降温,直到阿香出门给他端回来一杯热水,他喝下去之后才把话说完整,"我从来不喝酒。"

阿香从口袋里掏出一包餐巾,抽出一张递给他:"现在能不能告诉我你到底是谁了?"

"我说过,我叫星,冥王星的星。"

"别扯了,我是说真实姓名。"

"萍水相逢,问那么清楚干什么?难道你还想改嫁给我?"

"我不喜欢你这样。"阿香皱眉道,"我这么帮你,你还是对我遮遮掩掩,太没有良心了。"

星肠胃绞痛的感觉也慢慢平复,他用纸巾擦掉额头的冷汗:"也许你把我送到风波镇上的时候,我会告诉你。"

"其实你现在就告诉我,对你说不定有好处。"阿香站起来,死死地盯着他看,仿佛他脸上有什么奇怪的东西。

星忽然感觉到眼前发黑,身子一晃,若非用力抓住桌腿,险些就栽倒在地。他立即省悟过来,暗知不好,却仍然面不改色,使劲稳住身形,努力把目光聚集在阿香的脸上:"难怪菜烧得那么辣,原来就是为了要我喝水,水里加了料?感觉劲道不够啊。"

"我不懂你什么意思。"阿香见他这副嬉笑如常的神色,不敢轻举妄动,脸上又绽开笑容,"你现在就想走吗?要不要先睡一会儿?"

"走吧。"星继续强撑着涎皮赖脸的模样,"最好到风波镇一起睡。"

"对不起,我不是那种人。"阿香冷冷道,把杯子攥在手里,像是要抛在地上。

"你倒是可以试一试,"星站起来,手插进包里,"谁进来我就打死谁。"

"你有枪?"阿香看着他的包,"我不信。"

"不信的话可以试一试。"星挪了挪脚步,"难道你们不知道,迷药这种东西无非就是些麻醉剂,属于化学药品,保质期极其有限。你们下的药大概是过期了,对我不太起作用。"

"哪有什么药?你又多心了。"阿香笑着说道。

"现在我要从这里走出去。"星大声喊道,"反正我是贱命一条,大不了鱼死网破。"

他开了门。院子里果然散落着五六个人,他们形态各异,神情尴尬,或站或蹲,有的看天,有的吹口哨,都摆出一副看热闹的与己无关的姿态。只有雪,仍在无声无息地飘落。

马正在院子里吃草。星对坐在屋子里的阿香说道:"我的阿香姐,吃饱喝足,快点上路吧。"

阿香的脸涨得通红，走出来看了他们一眼，冷笑了一声去解马绳。星朝用木桩封紧的大门走去，两扇刷了朱红油漆的仿古大门在拔掉门闩后被风撞开，一个银装素裹的世界铺展在星的面前。

"挺住。"星对自己说。

一阵旋风席卷了雪地，掀起漫天雪尘，扑在他的身上。他感觉自己像风暴中的最后一片枯叶，终于被吹离了枝头，往无法估算的方向飞去，在无数次的反转之中，落在了雪地上。

白色的雪里，有着这世上最深重的黑暗。

/ 第三十七章 /

星醒过来，这黑暗仍在持续。

率先复苏的是嗅觉，空气中的阴霉和酸腐刺激着星的鼻黏膜，使他连续打了好几个喷嚏，身体不受控制地悬浮摇摆，这才发现自己其实是置身于半空之中，已经麻木的手臂证明他已经被牢牢捆住。最后，他才发现自己的嘴也被封了起来。

空间感和视觉的复苏起始于一道光。这道光在浓墨般的黑暗中扯开一条豁口，又很快闭合。光束很快消失，屋子却亮了些，原来是有人带进来一盏应急灯。

这应该是个用于存储粮食的地窖，墙角堆放的红薯和白菜在浓稠的空气中腐烂发酵，分解出使人晕眩的二氧化碳。进来的人都捂着鼻子站在阴影中，只有一个挂着拐的人跳到星的面前，指着自己豁掉门牙的嘴问："认不认识我？认不认识我？"

星没有说话。

"大丫头，他嘴上贴着胶布，怎么回答你？"后面一个人嘲笑着说道。

张善武这才明白过来，撕掉星嘴上的胶布问："怎么样？还想不想跑了？"

先前在厨房里掌勺的胖厨师咳嗽了两声，张善武立刻就弯腰退到后面。胖厨师两只手背在身后，很有威严地审问他："你叫庄生？"

星垂着脑袋，继续沉默。

"不要装了，我们搜了你的身，还翻了你的包，找到你的身份证，就是没找到枪。"胖厨师的脸在应急灯下变了形，"你甚至连手机都没有，真会装模作样，我们这么多人都给你骗了。"

"自己蠢，可怪不得别人。"星慢慢抬头，对他说道，"以你们这个智商，这个赌场迟早要玩儿完。"

"你怎么知道这里是赌场？"胖厨师脸上的肉跳了跳，不禁后退两步道，"妈的，你到底是干吗的？"

"总之是你惹不起的人。"

"只要不是警察，我就不怕你。"胖厨师说道，"哪怕你是个职业杀手，现在也栽到我们手里。我劝你最好识相一点。"

"你以为门口挂个饭店招牌就能掩人耳目？院子外面那些车上的雪那么厚，显然在下雪前就停在那里，每个包间都有人，雪地上却没有太多的脚印，这说明那些人最起码在下雪前就已经来了。可是你烧的菜那么难吃，开饭店的话怎么可能会有人上门？"

"可是你不还是照样上当？"胖厨师脸色铁青。

"准确地说，我是上了阿香的当。"星的目光在每张脸上扫过，"我以为离开三张村就没事了，没料到最危险的地方在这里，她这一招请君入瓮很厉害。就凭你们这些白痴，可能一辈子都想不出来。"

胖厨师一个耳光扇过去："你他妈的死到临头还嘴硬。"

星吊在空中的身体左右摇摆。他笑得难以自已，口水和鲜血滴在地上："你们这些白痴……"

张善武冲到前头，抡起拐往星身上捣去，正中他腋下。星猝然气闷，笑声也变成了咳嗽。

"你他妈的不是很屌吗？还手啊。"张善武骂道。

像钟摆一样的星目光锁死在他脸上："你一定会死，而且死得很难看。"

张善武打了个激灵，看见别人眼中有隐隐的轻蔑，勃然大怒，再度用拐杖砸中了星的脸腮。

"这里太闷，老子都要憋死了。"胖厨师忽然说。他朝身后一人招招手，那人心领神会，从怀中掏出一把匕首"哐当"扔在地上。

"大丫头,事情是你惹出来的,证明你自己的时候到了,大伙儿替你出头,你自己可别犯尿。"胖厨师又问道,"该怎么做,你知道吧?"

"我要把他的心挖出来。"张善武弯腰捡起匕首,在手里掂了掂。

"别搞那么多花样,干脆一点。"胖厨师带着其余手下走上台阶,从顶上的一方墙洞爬了出去。地窖里只剩下两个人。

"你力气太小了。"星把嘴角黏着血的唾液吐在地上,晃晃悠悠笑着说,"难怪阿香说你不是男人。"

张善武扔掉了拐,靠一条腿居然跳得很灵活,像最嚣张的拳击手一样,把星当成了沙袋,拳头尽数捶中他的面部;终究还是下盘不稳而滑倒在地,爬起来发动第二波冲击。星的脸变了形,血水从伤口中渗透出来,染红了他的衣襟。他眼睛肿成两条线,还是最大限度地保持笑意。

最后一次摔倒,张善武气喘吁吁地躺了很长时间,最后说道:"老子玩够了,现在送你上路。"

"我还没玩够。"星头颅垂到胸前,挤出最后一句,"你叫大丫头,是因为力气比女人还小吗?"

"等我把你的心挖出来,你的嘴不知道还硬不硬。"张善武割破了星的上衣,用刀尖在他心脏所在的位置不断比画着扎进去的动作,像是在享受这个生杀予夺的过程,"你求我啊,求我。"

"混……蛋。"

张善武暴怒之下,大喝一声,把刀往他裸露的胸膛上捅去。

就在此时,门外忽然传来一阵急遽的铃声。张善武的刀离星的心窝只有寸许,他茫然四顾:"怎么会有警报响?"

铃声持续鸣响,但很快就被更强大的声浪淹没,整个地窖都在震颤,仿佛有千百人同时踩踏地面,顶上的灰和蛛网落下来,落在张善武的头上和脸上,他抹了一把,呸了两声:"妈的,搞什么飞机?"

"警察来了。"星抬起头。

"那你也得死。"张善武弯曲臂肘,刀尖对着星的眼睛。

"赶紧动手。"星舔着嘴唇,"你那些同伙私设赌场,都等着举报你来戴罪立功呢。"

"举报我什么?"

"举报你杀人啊。"

张善武像是中了定身术,那匕首竟不能下落:"不可能,这么大的雪,警察怎么会来?"

"抓你们这些孬种,难道还要挑个好天?"

"我不杀你,你也活不到明天。"张善武扔掉匕首,又抡了个耳光过去。他找出丢在角落里的胶带,又封住了星的嘴,"警察找不到这里,等你冻死了之后,我再把你大卸八块去喂狗。"

他挂着单拐提着应急灯登上台阶爬了出去,外面的喧嚣已近尾声,很快,死寂尾随着黑暗重新降临。随着所有感官再度退化,星只能靠自己的心率来计算维持对时间的感受,他的心率是每分钟 86 次。他数了一次又一次的 86 下,直到数字像一座沙塔被把他压垮。

死亡是有质感的。星甚至能感觉到有张冰冷的脸在他背上呼气。这不是他第一次有这种感觉,多年前,在山脚下的一个小村庄里,他的脑袋被卡在墙上的小黑箱子里,箱子外面有个正在磨刀的疯子。刀在荡石上剐过,惊醒了死亡之兽,而现在,这只兽又来了。

倦意涌来,那是死亡的前哨。但这一次,他不打算再挣扎。在黑暗的尽头,他仿佛又看到了一束光。他想象不出谁会来接他,那个死亡的世界中没有他亲近的人,除了张鹏,可是张鹏会原谅他的欺骗吗?

死神拖着生了锈的镰刀,拽着他的脚,将他整个扔到了车上,那车上还有其他的尸体,堆积在他的四周,散发着尸臭,虽然令人作呕,却令他感觉没那么冷了。那麻木的手指,居然还条件反射地动了一下。

就这样在动荡中睁开了眼,嘚嘚闷响的蹄声,飞溅的雪,远方天幕下零星的灯火都在缓缓向后移动。星看到了白桦树的枝头长满了星光,分辨了很久才醒悟那是路灯。这条路通往的是天堂还是地狱?

"快到了。"一个声音说。

星看到了那个背影,那个依然在驾驶雪橇的背影。阿香连坐着的姿势都没什么变化,她的肩头落满了雪。

这个背影让星觉得自己是做了一场梦。也许他们根本就没有停下来,他只是打了个盹,如果不是发现自己身上盖了厚厚的棉褥,胸口塞了两个塑料暖壶,他大概就真的这样信了。

他什么也没说，蜷缩在被子里，一点点恢复体力。包就在身边，里面一样东西都没少，就连身份证也放了回去。

风小了很多，雪已经完全停了。阿香的声音钻进他耳朵："赌场的警铃是我按的，那些赌钱的全跑了，他们全都是惊弓之鸟。我把你弄出来之后真的报了警，要不然他们会猜出来是我救了你。风波镇快要到了，到时候我会告诉你原因。"

星舔了舔肿裂的嘴唇，脑袋木木地疼。

马拉雪橇终于在天黑之前到达目的地。阿香跳下车来问星："能不能自己下车？"

星支起上半身，在阿香的帮助下，一寸一寸挨着下了车。新鲜而冷冽的空气为他僵硬的身体提供了一些动力，使他渐渐恢复了基本的行走能力。他本来的上衣已经被张善武用刀划得破烂不堪，现在只能披上阿香从赌场捡到的一件军绿色棉大衣。

他把包背在了身上，甩掉阿香撑在他腋下的手："再见吧。"

阿香诧异道："你想去哪儿？"

"随便。"星跺着脚环顾四周，"不管去哪儿，我觉得我还是一个人待着好。"

"班车早停了，最早也要等到明天早上六点。我觉得我们最好是在旅馆里先住一晚。"

"我们？你以为你还能骗到我？"星看到了几百米开外缓缓驶来的一辆轿车，眉头舒展了一些。

"我救了你，你还不相信我？"阿香试图抓住他。

"正所谓谋财害命，不谋到财，怎么可以害命？"阿星冷笑着推开了她，一瘸一拐地朝那辆车跑去。赌场那帮人一定是发现了他包里的银行卡，所以放长线钓大鱼，让阿香把他带到镇上来，离赌场最近的储蓄所就在风波镇上，等到明天早上开了门，他们就要再次动手了。他必须离开，越快越好。

"你以为我还能拿你怎样？"阿香心不死，跟在他身侧问道。

"你当然不能拿我怎样。"星停停走走，累出满身大汗，"你再不走，就要担心我会拿你怎样了。"

"我认识你。"阿香拦在他面前,"你叫庄生。"

"身份证就在我的包里,你可别说你没翻我的包。"

"我知道你为什么来三张村,是跟张鹏有关,对不对?"

"老云头是你的老相好,他告诉你也不奇怪。"

那辆车越来越近,灯光照在星的身上,又转向另一个方向。星把阿香狠狠推开,推倒在雪地上,顾不得胸口和肋骨的剧痛,奋力去追。

"龙虾酱。"阿香在他身后大声喊道。

星的瞳孔突然收缩。

他转过身,看着那个从雪地上爬起来的女人,现在轮到他问那个问题了:"你到底是谁?"

"我认识张鹏,我是他以前的女朋友。"阿香拍打着衣服上的雪,"我以前打电话给他的时候,他还经常提起你,难道他没有跟你提起过我?"

/ 第三十八章 /

风波镇上的小旅店,阿香开了一间房,她说起那年在礼拜五晚上照例打电话给张鹏,但是打不通,去了张鹏家才听说他母亲已经离开,说是领骨灰去了,这一去,竟再也没有回来过,村委会早在几年前就向法院申请宣告她死亡。张鹏的家和老云头的家离得不远,那扇门已经锁了很多年。

"为什么老云头说不认识他,三张村里也没有人听说这个名字?"

"乡下不时兴大名,邻里乡亲都喊小名,他小名叫胖头,就像我叫阿香,张善武叫大丫头。老云头是外乡过来的,他没听说就更正常了。"

"原来是这样。"庄生沉吟。

阿香说,她和张鹏从小学到初中一直都是同学,算得上青梅竹马,后来一起考进金河市职业学校,张鹏高二下学期就辍学去了外地。她毕业后回到风波镇的卫生院里上班,每个礼拜五都要用镇上唯一的公共电话和张鹏联系。张鹏说大城市里生活艰难,没有学历和技能根本就是寸步难行,因此始终犹豫要不要接她过去。可就在他出事之前不久,他在电话里发誓过年回去跟她结婚,并且带她出去打天下。

"他还说，他还认识了个小兄弟，名叫庄生，又聋又瞎又犟，所以外号叫'龙虾酱'，他还说庄生是他见过的最聪明的人，以后一定会很有出息。"

"可是张鹏说他是金河一中毕业的。"星尚未从震惊中醒来，脸上仍有恍惚的神情。

"你听错了吧，金河一中？"阿香掩嘴笑道，"那可是省重点，他怎么可能考得进去？不过金河一中跟金河职中倒是离得很近，只有一墙之隔。"

"你认不认识一个叫安晴的女孩？"星终于艰难地问出这个问题。

"好像……"阿香歪着脖子想了一会儿回答，"不认识。"

"你有没有见过这张照片？"星从他最里面衬衣的口袋中摸出一张照片，这张照片从张鹏的记账簿中被取走之日起，就一直藏在他的衣服内侧口袋里，藏在离他心脏最近的地方。

阿香看到相片上的女孩，立刻笑起来："原来是她。"

她虽然不记得这个名字，但对这张脸却是印象深刻。金河中学赫赫有名的女神级校花，高分入学，高考却名落孙山。人长得漂亮，受到的干扰就多，自然少不了是非。金河职中每天都会有人翻墙去看她，朝她吹口哨，跟踪她回家。更有甚者，自封为护花使者，不允许别人对她发起追求，乃至于拉帮结派大打出手。

星把相片小心放回衣服里，问道："那张鹏呢？"

"张鹏才不会参与到这些破事中来，他人很老实。除非他喝了酒，喝了酒之后他就有点控制不住。有一次过年，他在家跟人喝酒，硬说自己是在世界五百强企业上班。我把他骂了一通，说他是贪慕虚荣。他还气得要命。"阿香沉浸在往日画面中，脸上荡漾着涟漪般的笑意。

星想起来，张鹏对他撒谎的那个晚上，确实喝了酒，所以那是酒精上脑的虚荣心在作祟，还是在内心的某个隐秘的角落，对安晴保持着一份不切实际的幻想？星在迷茫中看向窗外。他知道他永远都得不到回答。

对着玻璃窗呼吸，窗子上雾气漫漶，星用手指画了画，一个晶莹剔透的冰雪世界在指下几抹水印中露出片段，黑漆漆的夜色在不远处绵延无尽。

"你哭了？"阿香问。

"没有。"他否认，但是玻璃窗倒映出的脸确实有泪痕闪烁。

"对不起，我不知道是你。"坐在床沿上的阿香站起来，"如果我知道是你，就算你杀了张善武，我也会帮你逃走的。"

"我不是哭，是流泪。"阿星摸着左胸口说，"我做过心脏移植手术，需要终生吃药，药物可能有一些副作用，也有可能，是手术后遗症。"

"我学过护理，当过护士，从来都没听说过哪一种药能使人流泪，除了洋葱。"阿香以为他羞于承认，伸手去摸他的脸，"都怪我……"

"跟你没关系，你不必自责。"星的脑袋往后躲去，但看到阿香眼中的悲伤，到底没躲开。不管怎么样，如果他在多年以前没有出现在张鹏的身边，那这个女人就不是现在这番光景。

"你能不能带我走？"阿香问。

"我能带你去哪儿？"星像是在问她，又像是在问自己。

"我也不知道。"阿香比他更加困惑无助。

"为什么会嫁给那个……大丫头？"

"嫁给谁还不是一样？"阿香轻巧地回答，眼里的光彩像焚烧后的红色火星一点点熄灭。

星理解这种万念俱灰的感觉。绝望、堕落，有时候一个瞬间就能完成。他怔忡片刻忽然问了一个不相关的问题，"你觉得老云头怎样？"

"他？"阿香笑起来，"不过是个自私胆小的老头子。"

"他对你挺好。"

"他只是把我当成一种廉价的消遣而已。"阿香眼中不仅有厌恶，还有一丝怨恨。她承认，她曾经指望过他，可是后来，她只能退而求其次地抓住一些实惠，因为那个老头子的钱确实比较好挣。

"其实，他昨天晚上就在赌场里。"阿香抿着嘴窃笑，"我看见他了。"

赌场的顶楼有一个小单间，里面专门有人拿着高倍望远镜放哨。她一开始大摇大摆地跑进几间正在赌钱的屋子里看了会儿热闹，还小赌了两把，大喊大叫引起了很多人的注意之后才偷偷溜入那个放哨的单间，放哨的人偷懒去了场子里看热闹。她就按响了警铃。

"我按响警铃的时候，一开始没有人跑，他们好像还在观望，是我进了那间房叫老云头跑的。他跑了，那一屋子的人就跟着跑了，然后就是整座楼的人都跑了出来。"

星也不禁笑起来，他虽然被关在地窖里，却能想象出那种场面，笑过之后,他的脸又布满了阴云,眼中的雾色更浓:"曾经有人跟我说过,这个世界之所以讨厌,是因为有那些讨厌的人,把讨厌的人去掉,世界就美好了。"

"什么意思?"

"我不能带你走,但是可以给你一笔钱。"

"我不需要钱。"

"我来的目的,就是想找到张鹏的家人,做点力所能及的事,他的母亲既然不在了,这笔钱自然就应当属于你,这是我欠他的,我必须还。有了这笔钱,你出去闯荡,至少可以撑到你可以营生的时候。"

"可是我不知道去哪里,大丫头是不会放过我的。"

"说不定……"星略有犹豫地沉吟道,"我还能给你自由。"

"自由?"

"是的,自由。"星看着窗外的黑夜说道,"让老天做决定吧。"

第三十九章

老云头回到家的时候,整个人就快虚脱了。

他是被李木匠拉到赌场里的。李木匠打了一辈子光棍,因为他对女人不感兴趣,只对赌钱感兴趣,尤其是喝了酒之后。老云头去找他喝酒,是估计到雪下得这么大的晚上,他多半不会再去赌场。没想到李木匠一个电话,赌场的车就来接他。老云头只好跟着一起去。

赌场有辆面包车,专门负责接送十里八乡的赌鬼。他们还提供伙食和床铺,只要你有钱,就可以永远赌下去。老云头半推半就地被李木匠拉到车上,本来还想着看看热闹,结果两三把骰子掷下去,口袋里忽然多了好几百块钱,立刻就浑然忘我地上了道。

这样也好,这样就能忘掉住在他家的年轻人,这个晚上他可能会受些皮肉之苦,但应该出不了大事,阿香保证过,她绝对不会把事闹大,只要看到钱,立刻既往不咎。

这算是那小子的命中一劫。既然都走了,干吗还要回来?

老云头赌了一夜，其间赌运祸福轮转，跌宕起伏，令他毫无倦意，直到第二天天色大亮时兜里所剩无几，这才后悔起来。

有人出去上厕所的当口，老云头正好站起来伸懒腰，正好看到外面院子里站着那个住在他家里的年轻人，吓了一大跳，跑到门口露出半张脸偷看，又看到从厨房里走出来的阿香。这个时候，他才感觉到了真正的恐惧。

一只羊，怎么会自己跑到狼窝里来了？

这个年轻人会倒大霉，倒不是因为张善武在这里，而是因为那个在厨房里烧菜的大厨"黄皮"，他才是这里的老大。过年时有人被挑断了脚筋，就是因为在这赌场欠下了高利贷。大丫头若不是找了"黄皮"，估计早就给人砍死了。

老云头芒刺在背，只有继续赌钱，把身上所有的钱都押进去，才能忘掉自己向阿香告密这件事。他后悔了，怎么可以相信阿香说的话？他迟早要死在她手里。这个狡猾的女人！

可后来发生的事，让他觉得阿香对他还是有些感情的。

警铃响起来的时候，屋子里的人都还在面面相觑。阿香冲进来叫他快跑，他这才反应过来。他抢占了先机冲到楼下，却不知道该往哪个方向逃窜，回头看到李木匠挤上了那辆接他们来的面包车，便也想往上挤，塞了半进去的身体却被后来的大丫头拉着后领拽了下去，重重摔在地上，若非是有积雪，他这把老骨头可能当场就要散架。张善武爬上车的时候还把他当成了肉垫，在他的肚子上踩了一脚。

他顾不得疼，在雪地里狂奔，他认识一条路，离三张村最近。即便如此，他还是到天黑时才回到家。他在饥寒交迫中虚脱在床上，恢复了些体力之后抖抖瑟瑟煮了一碗汤面。这个时候已经快要十点了，他把碗搁在床头，又想起了阿香。

阿香说过，要好好陪他一晚上。他受了惊吓，正是身心俱疲，需要有人安抚的时候。

他穿好了衣服出了门，在烂熟于心的那条路的尽头，又看到了那扇窗透出来的灯光。

他趴在窗子底下，学了两声猫叫。

灯光静默，没有任何回应。

他又叫了两声。

灯下蓦然有人暴起:"×你妈,是谁?"

老云头险些魂飞魄散,几乎站不起身来,两股战战移到大门正对着的草垛后,把整个脑袋都塞进了枯草中,顾头不顾腚地祈祷大丫头看不见他。他像一只衰老的地鼠在黑暗中蜷伏了很久,但是那扇门始终没开。他爬出来的时候,那盏灯已经灭了。

在回家的路上,他频频回顾,生怕那个断了腿的恶棍会拎着菜刀从身后杀将过来。就算是回到了家,也照样心惊胆战。他躺在床上想起一件事,为什么没有听到阿香的声音?按理说,大丫头在房间里叫得很大声,和他住在同一个屋檐下的阿香多多少少也会有些反应。

阿香不在家?她能去哪里?

第二天早晨,屋子里蒙上了一层惨白的光。院子里的门"咚咚咚"地响起来,声音急促宛若催命。他把头埋在被子里,筛糠似的战栗着,使劲猜测谁会在这个时候来找他。

如果是大丫头,他一定会大喊大叫,不会这样有节度地敲门。阿香的可能性高一些。理顺了这一点,老云头颤巍巍爬起来,披上外套去院子里,透过门缝去看,发现既不是张善武,也不是阿香。

来人背着光,面容不清,看脸型有些像那个年轻人。

"谁啊?"

"我。"

果然是他。老云头猜测,他一定是在混乱中逃脱的。既然逃脱了就要躲得远远的,怎么又跑回来了?

果然,年轻人脸上有着新鲜的血痂和淤青,红肿的眼睛里布满血丝,明显是受了不小的折磨。他并没有立刻进门,而是站在门槛上左右观察一番,才反身插上门闩:"我给你看一样东西。"

"你……你这是怎么搞的?"为了撇清关系,老云头明知故问。

年轻人没有回答,把手提塑料袋交给他。老云头朝袋口往里看,看到一只沾满了血渍的女式棉皮靴,吓得立刻就扔到地上:"这……这是谁的?"

年轻人没有回答,反问他:"你认不出来?"

"我哪晓得?"老云头使劲摇头,好像头摇得越狠就越能自证清白。

但是他分明记得,前天晚上阿香上他的床时,脱掉的鞋就是这种款式。

"你不要瞒我了。"年轻人很焦急,强调这个时候开诚布公对彼此都好,因为时间宝贵,想出对策才是第一要务。他本来已经逃到风波镇,立刻就能离开,但人命关天,只能花钱包了一辆出租车,临时再回一趟三张村。那车现在就在路口等着,所以只能长话短说。然后,他将殴打大丫头后发生的事情简单说了一遍。

老云头知道他没说谎,急着问道:"后来呢?"

"阿香在路上追上了我,说要我带她走,走得越远越好,我当时累得要命,看她有辆马车,就答应了她。"

"嗯。"老云头闷哼了一声:阿香心野,心心念念地想出去。这一点他比谁都清楚。

"我被她带进一家饭店,吃了一顿饭,就晕倒了,醒来后发现自己被困在地窖里,原来那是个赌窝……怪我没听你的话,之前招惹了那个大丫头,哪晓得竟闯出这么大的祸。你看看我脸上的伤,应该不难猜到发生了什么。"

老云头摆了摆手:"这些都不必说了。阿香呢?"

年轻人说:"为了活下去,我说了一些不该说的事情。"

"什么事?"

"你和阿香的事。"

"我和阿香有什么事?"老云头的眼珠子都要暴突出来,带着哭音喊道,"祖宗,你可不能瞎说。"

"我都看见了……当时我尿急,到院子里解决,听到你房里有女人的声音,好奇看了一眼……"

"你这也……他……那个大丫头……怎么说?"老云头结结巴巴,语无伦次。

"他还能怎么说,当然说要让你不得好死。"

老云头的右眼皮像收到了某种感应,突突地跳动起来:"这只鞋子……是怎么……"

"大丫头本来打算杀我的,听到我说这话,提着刀就出去了。没过多久,警报响了,没有人来管我,我就在墙上磨断了绳子,偷偷逃了出来。"

出来后,人都已经不见了,院子里乱七八糟的。我在厨房里看到了一摊血,地上还有这只鞋……"

"怎么会……怎么会搞成这样?"老云头的目光涣散,面无血色。

"我本来想跑的,一走了之。可后来想一想,我觉得我还是应该回来跟你说一声。"

老云头有些呆滞地抬头看他:"你是说?"

"如果他连阿香都不放过……"年轻人没再说下去,但省掉的后半句不言自喻。

"那,那我该怎么办?"老云头四下看去,像是想找个地道逃遁而去,"我跟他解释,他会听吗?要不我出去躲躲?可是我能躲到哪里去?你给我想想办法……"

年轻人拍着他的肩膀:"你别急,你别急,让我想一想,想一想。"

老云头在院子里踱来踱去,不敢看地上沾了血的靴子。

"你可以去报警。"年轻人忽然说,随即又摇头,"你现在去报警,他们就会认为昨天也是你报的警。我在镇上听说警察已经查封了那个赌场,赌场那帮人全都跑路了。他们要是以为是你报的警,等到风声过去,一定会回来找你。"

"大丫头没跑啊,他还在家……"

"这个时候还不跑,说明他宁愿……"年轻人皱着眉头瞟了他一眼,把半截话又吞了回去,但是意思已经相当明显:大丫头一定咽不下这口气,想要先将老云头干掉而后快。

"这……这……"老云头只差没哭出来。

"要不然你收拾一下东西,跟我先逃到镇上再说吧。"

"那我什么时候能回来?"老云头带着哭音问道。

"别想着回来的事了,保命要紧。"年轻人说道,"你多带点衣服,别带好衣服,带破衣服,越破越好,再带个碗。金河火车站那块有很多跟你一样的老头,往地上一躺就能来钱。"

"不行,绝对不行。"老云头摇头,"我有房有田,怎么能去要饭?"

"那你想要怎么样?"年轻人低吼了一声,"我又不是上帝,怎么能左右你的生死?"说到这里,他突然停住,略显犹疑地问道,"你有没有想过……"

"想过什么？"老云头急道，"快说啊。"

"你有没有想过'先下手为强'？"

老云头蹦了一下："先下手？怎么下手？下什么手？"

年轻人看着他，用沮丧的口吻摇头道："唉，你不行，你老了，什么也做不了。还是逃吧，不管逃到哪里，总能讨到一口饭吃。我走了，就当我什么都没说。"

"你到底什么意思？"老云头抓着他的手臂死活不放，"说清楚。"

"我没什么意思，我只是觉得，那个残废如果消失的话，一定没有人觉得奇怪。"

"为什么？"

"你想想，如果大丫头不见了，别人会怎么想？"年轻人启发着他，"他们一定会以为他是因为害怕警察来抓他而躲起来了，是不是？"

老云头点点头。

"所以不会有人关心这件事，更不会有人去报警，大家本来就都讨厌他，希望他永远都不要出现，对不对？"

老云头明白了他的意思，眼中不觉露出凶光，转瞬间又被自己脑补出的场景吓得打起冷战，拼命地想把那画面从脑子里驱赶出去。他掏出一根烟衔进嘴里，怎么也打不着火。年轻人夺过他的打火机，把火苗递到他嘴边："镇定一点，不要自己乱了方寸。"

老云头嗓子干得要命，呕了半天，问他："还有别的办法吗？"

"还有一个办法，就是什么事情都不做，躲在家里面，也许大丫头自己冷静下来，就会原谅你了呢？"

"怎么可能，他连自己老婆都敢杀，怎么会……放过我？"

"话是这么说，可没准……"年轻人拍着他的背，看着地上的靴子，"我走的时候，地上的血还没干。"

老云头想起来了，昨天大丫头把他从车子上拉了下来，还踩着他的胸口爬上了车，他为什么最后一个出现？是在处理阿香吗？

"我走了。"年轻人用围巾裹住了自己的脸，又叮嘱他，"如果你想动手，就一定要等到晚上。只要没人发现，就不会有问题。但也不能太晚，太晚了的话,你去敲他家的门,他肯定会有所警觉。最好的时间是八点钟。"

老云头"嗯"了一声。

"不过。"年轻人又停下来,"我劝你还是别冒险了。那个残废,只剩一条腿,他奈何不了你的。"

老云头又"嗯"了一声。

门在年轻人走后又紧紧合上,可是那种人畜无害的生活,似乎也被隔绝到大门之外了。寒冷和困倦奇迹般地消失,身体里的每条神经正在亢奋尖叫。老云头抄起门后的斧子,去劈院子里的木柴。一种久违的活力,奇迹般地注入他的体内。昨天的心有余而力不足,此刻变得无比轻松,轻松到令他有足够的信心去对付更坚硬的东西。

其实也就是一斧子的事吧,他想。

咄,咄,咄。柴木应声而裂。

/ 第四十章 /

张善武躺在家里,非常郁闷。

黄皮逃出了金河市区,才打电话通知他说,警察确实来了,将散落在桌子上的赌具全都搜了个精光,并且正在调查赌场的组织者。

但奇怪的是,警察到达,和警报响起来的时间最起码隔了一个小时。黄皮问了负责望风的家伙,那人说觉得下大雪不会有啥情况,所以去看人玩牌九。那警铃估计是抽风自己响的,也有可能是老天爷保佑,因为这故障出得恰到好处,给了他们充分逃脱的时间,倘若等到警察来了再响,冰天雪地中他们不可能全身而退。

黄皮打电话给他的目的,其实并没藏着多少善心,无非是警告他如果给警察抓住,不许乱说话。张善武自己也明白,这帮人落荒而逃却没有通知他,无非就是嫌弃他是个残废,是个累赘。

妈的,就连阿香也不见了。

张善武也想跑,但是无处可去,无人可投奔。他躲在家里面,一有点风吹草动就忍不住哆嗦。昨天晚上窗外有猫叫,当时就把他给吓得钻到了床底下，老半天都没敢爬出来。第二天他也没敢迈出大门一步。

到了黄昏的时候，他才想到警察若是来抓他应该早就来了，胆色不禁又壮了几分，酒瘾发作，便想到去欠着赌场钱的李木匠家敲诈瓶酒过来，便拄着拐出了门。

天色昏暗，西天只剩下一线熹微的白光，像斧斤砸在岩石上落下的青痕。正对着门的柴垛旁，站着一个幽幽的黑影，纹丝不动，吓得他一个立足不稳险些摔倒在地上。

"老云头，你个老不死的，吃饱了撑的杵那儿装鬼吓人。"看清了那人面目，他才长吁一口气。惊慌中遇到个熟人，难免生出几分亲热之情，平生头一次跟他打起了招呼，"等会儿老子请你喝两杯，赏不赏光？"

老云头似乎清醒了一点，露出畏缩的神色，没应声，弓着背，朝相反方向走去。

"妈的，给脸不要脸。"张善武觉得无趣，骂骂咧咧地走了。

老云头躲到了一堵墙的后面，给自己一个力道十足的耳光，惩罚自己的魂不守舍。幸亏把藏在蛇皮袋里的斧子塞进了草垛，假如给张善武瞅见，那可就麻烦了。那个王八蛋，怎么会平白无故邀请自己喝酒？很显然，他是请君入瓮，想把他灌醉，要对他下手了。

北方冬夜正式降临。荒凉的夜晚容易让人产生错觉，仿佛天地玄黄，日月隐曜，一切生命都消失于宇宙洪荒之中。老云头就被这样的错觉所包围——地球上只有他和张善武，张善武一死，地球就安全了。

"大丫头"必须死！

很快，张善武提着一瓶"北大荒"，拄着拐，唱着小曲从雪地上拐过来，推门而入，将门反锁。

老云头蠢蠢欲动，但是天还不够黑，又觉得身后有双眼睛在盯着他。他频频回首，除了摇曳的野树荒草，什么也没有看见。

一定要快，一定要快。决不能给对方喘息的机会。一定要快，一定要快，一定要以最快的速度让他失去反击的能力。老云头在脑海中模拟了好几次，操练了很多次，恨不能立刻劈开他的脑袋，将他彻底抹灭。将这个该死的残废杀掉之后，他将把他拖到后面那个池塘旁边，挖一个洞，把尸体埋进去。

他有整整一个晚上,可以将那个洞挖得足够深,挖得越深,后半生就越安稳。

那个年轻人果然算计得没错,八点钟,黑夜正式降临。三张村死寂得就像一块墓地。

他铁了心,从柴垛里抽出那把利斧,别在身后,右掌在门板上使劲拍打。

"谁啊。"张善武的声音中有明显的醉意。

"大丫头,是我。"

"老云头?"张善武从门缝中看到了他,骂道,"狗日的,叫你来你不来,现在来又想干啥?"

"你请我喝酒,我哪好意思,回家取了些下酒菜。"

"妈的,死老头子还挺懂事。"

吱呀一声,门随即开了。

老云头没给自己考虑的时间,举起了斧子,像劈世界上最坚硬的木柴一样。在击中目标之后,他产生了几秒钟的幻觉。童年的瓜田,他抱着偷来的西瓜在藤蔓野草中奔跑,身后是举着长刀咆哮的瓜农。他摔倒了,怀里的西瓜砸在了石头上,砰然裂开,红色的瓤淌了一地。他一无所获,只能拔腿狂奔。那时他多能跑,多强壮,强壮到所有的错误都扛得住。

现在,他老了。这手斧落的刹那,已经透支了全部体力。

他眼皮打架,无比困顿,但是身后的风吹过来,提醒他那两扇门还开着。他感觉不到身体的存在,却在一股神秘力量驱使下转了个身,像手脚拴着细绳的傀儡,僵硬地向门走过去。只要关上这扇门,他就安全了,他将好整以暇地收拾这个死掉的人,那不比逢年过节收拾一只猪更麻烦。这个夜晚刚刚开始,等到黎明到来,一切都会重新好起来。

所有人都会以为张善武跑路了,警察也会这样以为。

没有人知道这件事。

他走到门前,双手张开,要把两扇门板重新推拢到一起。

这个时候,有一束光照在了他身上。

这束光穿透了浓浓的夜色,将他死死地钉在了黑夜的表面,他无处遁形,用胳膊挡住了自己的脸。

一定是活见鬼了。他想,这一定是幻觉。

"你在我家干什么？"一个声音说。

是阿香的声音。

阿香的身后还有几个穿着制服的警察，正在无声无息地看着他。

第四十一章

1994年，电视台在黄金时段播放了一则广告，一个美女对着亿万观众说道："柏氏真皮沙发，呵护幸福人家。"

因为姓柏，正在上初中的柏安平成了同学的调侃对象，他们都说柏氏沙发是柏安平家的产业，等到中考结束之后才发现，这不是玩笑，而是事实。

柏安平在全市最好的高中就读，他骑一辆普通的山地车去上学，但是传言说那辆山地车是美国进口，价格上万。传言中他能进入这所学校也全在于他父亲的钱和关系。

在很多人的想象里，柏安平的房间应该像皇宫一样，里面有最昂贵的实木家具和真皮沙发，可实际的情况是，他的墙上只有一张世界地图。他睡最普通的木板床，窗帘也只是一块灰色绵绸，没有一点花纹。

他没有朋友，一个朋友都没有。有一天他坐在操场旁边看人踢球，一个女孩突然跑过来对他说"对不起"。

"对不起，我一直都以为你是花钱买进来的。"

这个名叫肖薇的女孩在一堂英语实践课上被抽到和柏安平分在一组，她当场就哭了。那种伤心令柏安平觉得自己就像瘟疫一样可怕。老师将她和别人安排在了一组，柏安平就落了单，成了唯一没有搭档也没机会开口的那个人。

肖薇被选进了校学生会文体部，在辅导老师的办公桌上看到了高一新生的入学成绩表。柏安平的名字出现在第十一名的位置。

柏安平却羞于承认，因为这个成绩和他父亲的要求相差整整十名。肖薇道歉之后嘲笑起自己，她说她刚刚达线，少一分，就进不了这个学校。

柏安平"哦"了一声，还说自己也不喜欢学习。这是他入学迄今为止唯一的一次聊天，为了将这场谈话继续下去，他挤出了一些很勉强的笑容，给了一些很生硬的回应。

因为这点意外的回应，肖薇得以絮絮叨叨说个不停，最后说到自己很犹豫要不要报名参加电视台举办的歌唱比赛，柏安平回了一句："想去就去啊，为什么要留遗憾？"

肖薇后来报了名，被她父亲发现，没收了她的随身听和所有的音乐卡带，并勒令她从文艺社团退出。那一个礼拜她的眼睛都是红肿的。

后来的整个高中生涯，她没再搭讪过他，他也没机会去跟她说对不起。

柏安平后来考进一所理工院校，肖薇也考进一家音乐学院，分属于两座城市。大概是大二的时候，他在宿舍接到了她的电话，说她参加了一个校园歌手大赛，进入了决赛。

"你说过，想参加就参加啊，为什么要留遗憾？"肖薇说，"所以我就参加了。"

打这通电话的原因，是好巧不巧，决赛的地点就在柏安平的学校。

他用了一种简单粗暴的办法，花钱买到第一排正对着舞台的位置，制作了一张拙劣的纸牌，用毛笔写上肖薇的名字，后面是："看着我，别紧张。"

肖薇确实紧张，麦克风都拿反了。柏安平平生第一次试图用夸张的体态引起别人的注意。果然，肖薇看见了他，笑了。

"这是一个恋爱的季节，空气里都是情侣的味道，孤独的人是可耻的。"肖薇唱起一首跟她自身形象很不符合的歌曲，反响平平，却像是唱给他一个人听的。目光交错时，他的心跳得很快。

他们谈了一场两地奔波的恋爱。

毕业前，肖薇被一家影视公司看中，拍起了电影。学理科的柏安平无事可做，只有继续读书考研。他买了一辆摩托车，风尘仆仆中送她去拍摄地，她那时只能在一些古装戏中扮演丫鬟，衷心护主，死得很惨。在无戏可拍的间隙里，他们就在周边吃喝游逛。

有小道消息传进柏氏企业董事长柏良人的耳朵，他打电话告诉柏安平说："任何演艺圈的女人，都绝对不许进柏家家门。"

柏安平很冷静地回答，他从来都没打算把她带回柏家，因为他自己也不打算回柏家。

他的叛逆期来得比较晚，但到底还是来了。肖薇的戏渐渐多起来，也开始小有名气，有名气的标志是有了绯闻。传言中她勾搭上了沿海一带最大的家具制造企业柏氏集团的继承人。"勾搭"这个词很难听，但绝不是传言中最难听的部分。

肖薇跟他说，以后要开始地下恋爱了。

他努力配合，保持平静，却在午夜把所有的怒火用狂飙的速度释放出来。在肖薇忙里偷闲的时候，他才可以和她偷偷约会，肖薇疲倦时总是抱怨，说自己不想演戏，只想组一支摇滚乐队，就像艾薇儿。她的经纪人和签约公司却认为她只适合演花瓶，因为她除了有几分姿色，在演技方面确实乏善可陈。

经纪人说，除非你男朋友家里愿意帮助你，否则你很难突破。

柏安平想过向父亲服软，跪下来求他，求他接纳肖薇，只要父亲稍微松松口，她就有大把的机会得到一些好的角色，然后去做她喜欢做的事情。

这想法当然是稍纵即逝。肖薇自己也说，她只会靠自己，就像当年考上全市最好的重点高中，就算是最后一名，也是她自己考出来的分数。

35岁的肖薇接到第一个女一号的角色，高兴没多久，查出乳腺癌。在她饱受病痛折磨去世之后，她的经纪人出于某种不明所以的原因，向外界证实了她生前唯一的恋情，并且提供了许多独家照片资料。

可能是受够了花边新闻记者的跟踪偷拍，也可能是因为失去了叛逆的理由，柏安平没有征兆地回归了家族，很快就变成了大龄花花公子。

各色女人接踵而来，她们就像灰姑娘的两个姐姐，削足适履地模仿肖薇，有些像，有些不像，像与不像都造作。他从不拆穿她们的把戏，根据生理欲望的强弱来调配时间。她们的身体是好的，只要放得开，就配得上他三分钟的热度。

他成了家族的一个败类，一个登徒子，如果不是柏良人的身体够好，可能早就被他给气死。柏良人在七十岁的时候承认了自己的教育失败，允许他根据自己的心愿选择迎娶对象，甚至叫人牵线搭桥安排他和娱乐圈的小明星见面，结果发现他已经失去了结婚生子的兴趣。他只想和对方睡觉，然后把烂摊子丢给全家人处理。

他还因为非法改装车辆和飙车被拘留多次。

总之，这个已经过了四十岁的男人劣迹斑斑，前科屡屡，让人头疼。

他的爱情观罪大恶极，他说世界上的女人只分为两种：肖薇和其他女人。肖薇死了，就只剩下一种，就是怎么辜负也无所谓的那种。

直到遇见了安晴。

他去过安晴的住所，在一个叫作大摩岛的地方，途经跨海大桥和海底隧道，足足开了两个小时的车。

安晴坦言，作为一个处于装修公司试用期的小员工，她租房子的唯一标准就是便宜。就算再便宜，她也无力承租一整套房子。有两个女孩跟她合租，共用客厅、厨房和卫生间。她私人的空间，就是一个十二平米的小卧室。

柏安平心血来潮去接她下班。他有一个正当的理由，就是还她落在他车上的发箍，顺带邀请她共进晚餐，安晴看起来兴致不高，但还是答应了。按照柏安平的经验，这就是"嘴上说不要，身体却很老实的"正常套路。

一切进展得都很顺利，安晴并没有拒绝他送她回家的好意，也非常友好地邀请他上楼坐一坐。

停车熄火的时候，他摸出了车座底下常备的安全套。

一切看起来都是水到渠成。

事情就是从这里脱离了预期，原来安晴真的只是邀请他上楼坐一坐。她的床头柜上明明有一对情侣杯，分别印着两张噘着嘴的脸，凹凸组合成接吻的画面，她却用一次性的纸杯给他倒了凉水。

她关了门，却没有关窗，而且主动拉开原本闭合的窗帘。柏安平可以清楚地看到对面楼房人家的情况，而那边自然也能看到这边。种种迹象表明，这个晚上会一无所获。

安晴给他拿了一袋话梅，就去了公用的卫生间，卸完妆，素面见他。她的头发有点枯黄，就像河边的芦苇，剥落粉黛的脸上露出了一些小褐斑，嘴唇也苍白发干，和失水的脸色形成了憔悴的疲态，但这种憔悴还是美的，有种异样而真实的风情。她坐在板凳上对着桌上的一面镜子抹润肤水，拍打了一番，然后转过脸来对他说："回去开车慢一点。"

这女人并没"欲拒还迎"的意思，而是很明确地下了逐客令。这让柏安平头一次产生强烈的失落感，他仿佛变回了当初那个不善言辞的木讷学生，手在裤子上擦了擦，站起来说："再见。"

他想起他和肖薇也有这么一间小屋。他在随身听上接了个小音箱，播放肖薇从地摊上买来的被剪过的卡带。他们在极小的床上害羞地拥抱，像伊甸园里不谙风尘的亚当夏娃。

但在今天的这间小屋里，他只是个客人。

安晴坚持要送他下楼。

在一步一步往下延伸的台阶上，他没话找话："你男朋友呢？"

"不知道。"

"不知道？"柏安平难以置信，"这么久都没下落吗？"

"嗯。"安晴的脸在楼梯上的灯光下看起来有些阴郁，"他经常这样，总是无缘无故地消失，然后又出现。我已经习惯了。"

"他没有工作的吗？"

"有过，后来辞掉了，为了看病。"安晴主动解释，"他有先天性的心脏病，很麻烦，动过心脏移植手术。"

柏安平想，这大概就是她过得如此拮据的原因吧。"你得看紧他。心脏不好的话，女孩子一勾引，就很容易动心。"他开起了玩笑。

安晴嘴角动了动，似笑非笑。

走到楼下，柏安平向她告别，并打算再也不来叨扰她。不插足别人的感情，是他在欲海情波里的原则。然而安晴露出欲言又止的神色："明天……"

"嗯？"他停下来问，"明天怎么了？"

"明天你能不能陪我去趟医院？"

这个突兀的请求吓了他一跳："为什么要去医院？你生病了？"

"我好像怀孕了，我不敢确定，想去检查一下。"安晴低垂着睫毛，说起自己的处境，她在这边没什么朋友，同事关系也一般，假如传到公司老总耳朵里，她一定就会立刻被提前辞退，这一个月不到的试用期就算白做了。

柏安平实在不想蹚这趟浑水，拒绝的话却卡在了嗓子眼，怎么也说不出来。

"如果你没时间就算了，我一个人应该也可以。"安晴看出了他的为难，努力笑着，"我只是有点怕，怪我自己太胆小了。"

"没事，我陪你去。"他脱口而出。

在回去的车上，柏安平想明白了一件事，安晴情绪那么低落，胃口又那么差，却答应了他的邀请，应该就是为了这件事吧。她应该是从下班时见到他的第一眼，就谋生了这样的念头。也就是说，是他自己撞到枪口上的。

安晴要去的那家私立医院，就在市中心，在仙踪市很有名气，公交车和地铁站里都有视频广告滚动播放。柏安平却发自本能地排斥，因为其院长和父亲柏良人私交甚笃，曾替他亲自做过好几次身体检查，也算是看着柏安平长大的。柏安平知道，这里的看病费用不算便宜。

当然，他没有发表反对意见，只说自己会在楼下会诊大厅里等她。她只要检查一结束，出了电梯口，就能看到他。

他硬生生地坐在冰冷的铁质椅子上，和许多面容愁苦的人挤在一起。医院里的人太多了，难免会遇到相识的面孔，他就低着头看手机里的新闻。一拨一拨的人群从电梯里出来，一拨一拨的人群又挤上去。柏安平每一分钟都在希望和失望的循环中如坐针毡。

他终于受不了，跟着人群挤进了电梯，上了四楼。等在这里的人并不比大厅里的人少，空间却很狭窄。他在肚子大小不一的孕妇中绕了一圈，尴尬得快要窒息过去，终于发现坐在角落里的安晴。电子显示屏上，她的名字前还有七八个人。

"怎么搞的？"他走上前去问，"怎么这么久？"

"对不起。"安晴仰头看他，"你先走吧，我自己等着就好了，耽误你太久时间了。"

"你行不行啊？"他顺势打起了退堂鼓。

"行的，没问题。谢谢你送我过来。"

柏安平走到了电梯口，看了她一眼，下楼后又坐回在原先的座位上，几番思忖后，拨通了医院院长的电话。

在电话里，他尽量轻描淡写地说了下情况：他有个朋友在看病，排队排了很久也没看上，是不是能够通融一下，优先做个检查？是妇产科，想看看到底有没有怀孕。"不不不，是我朋友的女朋友。"他说。

就是怕引起这样的误会，才拖到现在打这个电话，想不到还是躲不过去。院长果然拿他打趣，劝他不要太过分，连朋友的女人肚子都搞大。

"好吧,你这位朋友的女朋友叫什么名字？我马上派一个护士去找她，给她安排好，你放心吧。"

柏安平如实回答，孰料院长是个老狐狸，又问："那你那位朋友叫什么名字？"

他始料未及，语塞好一会儿，正要胡乱编个名字糊弄过去，又听到院长狡猾地笑着说："好了，不难为你了，就这样吧。"

安晴很快就从电梯里出来，眼中有闪烁的光："是你找的关系吗？"

他没法说不是，只好承认，这只是举手之劳。

安晴却连道谢的兴致都没有了，她暗淡下来的表情说明了一切，她真的怀孕了。

柏安平"哦"了一声，不知该恭喜还是安慰。安晴魂不守舍地朝门诊大厅的缴费窗口走去，账单出来之后，各项检查所需的费用对她不啻为第二个打击。她喃喃说道："现在还只是试用期，医保什么的都还没有交呢。"

"我替你付吧。"柏安平去掏钱包。他想，反正名声已经背了，还在乎这点钱吗？

安晴按住了他的手，说他能陪她来医院就已经是最大的帮助，她很害怕，需要有个人给自己壮胆，但绝不需要施舍。而且,这些钱她是付得起的。

柏安平说道："好吧好吧，你等我一下。"

他背对着她，去收费大厅另一端去打电话，回来后告诉安晴，费用的问题已经解决了。她一分钱也不需要交。

"我说过，我不需要你的施舍。"安晴坐在椅子上，捂着眼睛，羞愧到无颜见她。

"我没花钱。"柏安平老老实实地说，"我找了一个老熟人，他刚好是这家医院的院长。"

"谢谢你。"安晴脸色平缓了下来，"给你惹了这么大麻烦。"

"我没什么麻烦的，是你给自己惹了麻烦。"柏安平在她身边坐下来，"你打算怎么办？"

"不晓得。"安晴用纸巾擦拭眼角，"医生说，还没到两个月，还能考虑一段时间。"

"这不是你一个人的事，你要和你男朋友好好商量一下。"

"我会的。"安晴点点头。她看着自己的脚尖，想了想问他，"我今天不想回去上班了，我们去看电影吧。"

他看了看手表："我还有些事，可能耽搁不了那么久。"

看电影这种事，柏安平一向定性为情人之间的行为。肖薇去世后，他就再也没进过电影院。他可以请某个女人住最好的酒店，吃最好的晚餐，却不可能送出一张二十五块钱的电影票。看一场电影，就意味着共同拥有了一个故事，一段记忆，一种在黑暗中探索另一种未知旅程的经验。

这无疑是很危险的。

安晴似乎理解了他的想法，伸手告别："谢谢你的陪伴。"

他们互道了再见，就朝不同的方向走去。柏安平知道自己不该回头看她，到底还是忍不住看了一眼。安晴的背影很沉重，脚底下仿佛拴上了沉重的锁链，每一步都蹒跚。她为什么想去看电影？无非就是想要轻松一下吧。与此相比，他的那些禁忌和所谓原则倒显得小家子气了。他站住了，喊她的名字。

"怎么了？"安晴说。

"你想看什么电影？"

"《冰雪奇缘》。"

柏安平从来都没有想过自己在过了四十岁的这一天，会坐在电影院里，什么目的也没有，和一个女人看迪士尼公主动画片。

电影很简单，却不算难看。柏安平又看了看手表，发现已经快要到下午。这个时候让一个女人饿着肚子回去，实在算不上体面。

"清香斋"是柏安平果腹时的首选之地，因为是清真的馆子，没人喝酒，所以不会乌烟瘴气；有相对封闭的卡座，很安静，也很干净；关键是清淡的口味比较适合安晴目前的状态。倘若是其他女人，就随便选家高档的餐厅好了。

连他自己也觉得奇怪，明明已经放弃了跟这个女人上床的念头，为什么还要替她着想？

"真的很感谢你。"安晴再次被他的周到感动。

他朝服务员招招手。她很诚挚地求他："让我付。"

柏安平没有坚持，默默地看着她付了钱，然后说："我送你回去吧。"

"不用，真的不用。"

"我做事不喜欢半途而废。"他半开玩笑半认真地说，"假如你在路上出了点状况，那我就更加有嘴说不清楚了。"

"我要回公司一趟。"

"不是说今天不上班了吗？"

"临时有点事。"安晴低着头。

"到底怎么了？"

"真没什么。"

"你不用骗我，你明明是一副发生了什么的样子。"柏安平敲了敲桌子，"你已经欠我人情了，何妨再欠我一次？你要善于利用你的人脉资源，否则我都替你感到可惜。"

安晴只好把手机打开让他看，一条几分钟之前发过来的短信这样写道："安晴，你的试用期提前结束，以后不要来上班了。"

"我请了假，他也批准了。可能是他不高兴了吧。我这样没有根基的员工，大概是没有资格请假的。我……我得去跟他解释一下。"

"解释什么？解释你怀孕了？这样他更不可能要你。"柏安平有些烦躁，"你上班的那家公司叫什么来着？'新概念'对不对？你直接打电话过去，让我来说。"

安晴低头拨通了那个电话，低声下气地说："魏总，您好……"

"不要再说了，这是公司开会研究出来的结果，我也无能为力。"魏总冷冰冰地说，"你的试用结果为不合格。"

柏安平抢过电话："你不可以开除安晴。"

"为什么？"那个声音愈发倨傲起来，"你又是谁？"

"我是柏氏家具制品有限公司销售部经理柏安平，也是安晴的朋友。"

在短暂的沉默之后，电话那头的声音缓和了很多："柏先生，我们并不知道安小姐是您朋友，如果知道，这样的误会根本就不会发生。"那人继续解释，提前辞退安晴，跟她请不请假没有一点关系，更不是因为她做得不好，而是因为上午公安局来了一个警察，指名道姓要找安晴。

"出于保护安晴的目的，我们告诉他，安小姐已经从公司离职。当然，我们这样做也是希望不要给我们公司带来负面的影响，希望你能理解。"

柏安平颇感诧异:"那个警察找她做什么?"

"他没有说。不过我们提供了安晴的联系电话,他应该很快就会跟她联系。只要她把问题解决好,立刻就能回来上班。"

柏安平挂了电话,问安晴为什么会有警察来找她,安晴也茫然无措。没过多久,她的手机就响起来,她先是"喂"了一声,然后怯生生地"哦"了两下,最后说出自己的所在地点。

"到底是怎么搞的?"柏安平盯着她的眼睛。

安晴避开了他的目光,低头说是因为几个月前租房子的事。她在海边的清水町住过一段时间。那家的房租很便宜,便宜到令她无法拒绝。但因为房东有些不正常,她只好搬了出去。不久以后,她听说那个男人绑架了一个小女孩,警察赶到的时候,畏罪自杀,从高楼上跳下来死了。

"怎么这么喜欢贪便宜?"柏安平话说出口就后悔了,"我是说,你怎么一点自我保护的意识都没有?"

安晴的眼角又红了。

一辆警车从远处驶来,很娴熟地倒进路边的临时停车位上。站在清香斋门口等待的两个人立刻紧张起来,然而过了一会儿,这种紧张就消解了一大半。车上下来的警察五短身材,身宽体胖,面相上欠缺了一些足够和犯罪分子周旋的精明。

"是安小姐吗?"

"是的。"

"我是公安分局的刑警,我叫侯佳成。这位是?"

"这是我朋友,他姓柏。"

侯佳成迅速把手伸向柏安平,满脸堆笑:"柏先生,安小姐,希望我没有打搅到你们。"

他的确是为了前段时间发生的那起绑架案而来。因为犯罪动机、犯罪现场和罪证都相当清楚,所以公安局已经结案,但是这两天有群众举报,说畏罪自杀的犯人家里曾经住过一个房客,他们才打算来调查一下,看看有没有能够对犯罪证据进一步完善的地方。

"我只住过一个礼拜,对他不是很了解。"安晴说。

"为什么要租他家的房子呢?"

"房租很便宜，而且，他家的条件也很不错，没有其他人家里那种……奇怪的味道。"

"是啊，可以理解。那为什么后来又搬走了呢？"

"是因为……"安晴一副羞于启齿的样子，让人很容易就能猜到可能发生的事情。侯警官却偏偏看不明白的样子，歪着脖子等她把话说完。

"那个人既然是个绑架犯，那还有什么事情做不出来？难道等着被他占便宜吗？"柏安平愤然说道。

侯佳成这才恍然大悟："啊！对对，是的，一点没错。"

"如果没有其他事情，我们就先走了。"柏安平的手轻轻搭在了安晴的胳膊上。

"最后一个问题，"侯佳成竖起食指保证，"只要安小姐如实回答我，我立刻就走。"

安晴点点头。

"请问——"侯佳成拉长了声音问，"安小姐认不认识一个叫庄生的男人？"

柏安平也看向了安晴，等着她的最后回答。

安晴轻微地眨了眨眼睛，仿佛在记忆中检索着这个名字："不，我不认识。"

/ 第四十二章 /

芝县不成文的规矩，结婚至少得准备六辆婚车，宜双不宜单，车档次无须太高，但车型和颜色必须一样。

新娘赵田田是一名高中语文教师，跟宋简一样属于大龄青年，本来眼界挺高，遇见经济条件一般的宋简却瞅对了眼。她说是小时候看武侠小说落下的情结，看见宋简就想起那些身负长剑，牵着瘦马游走江湖的落魄游侠。关于婚礼，她家没提出什么硬性条件，所有事情都是宋简自己坚持和张罗的，他动用了自己在芝县的所有关系，凑齐了六辆奥迪 A6L。

这场婚礼将是他前后半生的分水岭，意味着一个新时代的到来。从今往后,"家"不再是一个有名无实的字眼,而是一个实实在在的地方。

结婚当晚的喜宴安排在芝县一家挺上档次的饭店,宋简带着新娘逐桌敬酒,已经醺醺然有些醉意。他不愿意把杯子里的酒换成水,是因为他不想用欺骗来解决婚姻中遇到的问题。但是真正的问题不是醉酒,而是师兄的电话。

他结婚,没有通知远方的师兄。

几个月前从仙踪市回来前,他打电话给师兄,拜托他调查下在宋长乐家住过的女人的情况,师兄一口应允,但一直没有联系他,可能并没有调查出个所以然,也可能根本就忘记了他的托付,毕竟刑警的工作太忙。就连他自己,也是因为师兄在电话中的提醒,才回想起这件事。

"我给你打听到了,那女人名叫安晴。安静的安,晴朗的晴。"师兄直奔主题后问,"你们那边是在扫黄吗?怎么那么吵?"

"吃喜酒呢。"

"谁的喜酒?不会是你自个儿的吧?你要是背着我结婚,我会把你阉掉的,知道吧?"

"同事的。"

"这还差不多。"师兄继续往下说。他在仙踪的朋友找到了那个女人,按照宋简的要求问了她那个问题。

宋简酒劲上涌,脑袋晕眩,一时半会儿没反应过来:"什么问题?"

"就是认不认识一个叫庄生的男人,你自己都不记得了吗?"

"啊,对,她怎么说?"

"她说不认识。"师兄说道,"帮我打听的朋友是犯罪心理学的博士,他擅长审问,根据嫌疑人的细节动作和细微表情来判断真实的心理活动,他在问问题的时候特意留神了一下那女人的表情。"

"怎么样?"

"无懈可击。"

那挺好,那这件事就可以彻底结束。宋简揉了揉脸,把酒气扑在了手机上:"师兄,有空来我这儿吧,我请你喝酒啊,喜酒。"

"怎么?打算结婚了?"

"不是打算,是正在结婚,就现在。"

师兄立刻就悲愤起来:"你结婚不通知我,还算是人吗?"

宋简挨了骂,却感到无比轻松,至少下次跟师兄见面,无须想办法圆谎,而且他知道以他和师兄的关系,绝无可能因为这件事翻脸。

果然,师兄在装腔作势要和他绝交之余原谅了他:"下一次结婚,可不能再这样了啊。"

"滚吧。"他骂道。

"有件事需要告诉你。"师兄接受了他邀请后又说,"我朋友说那女人言行举止虽然无懈可击,可当时她身边有个男人,脸上表情倒有点微妙。"

"怎么个微妙法?"

"我朋友说,很惊讶,像是出乎意料。"

"那男人是谁?"

"是个富二代,姓柏。"

宋简不想把这个事想得太复杂,这可能涉及恋爱中的一方敏感的心理,不乏争风吃醋的可能,无须过度解读。他跟师兄道了别,回到新娘身边,牵着她的手,继续敬酒。

新娘赵田田因为带了高三毕业班,结婚两天后就回到了教学岗位上,宋简的婚假也只剩一天。这一天妻子很早就去了学校上早读,他睡到早上七点半,去菜市场买菜。赵田田喜欢吃野生鲫鱼蒸鸡蛋,芝县城境内只有北门菜市场才能买到最大最新鲜的野生鲫鱼,他便骑了自行车,往北去。

骑到离北门菜市场不远的十字路口,他想起来,往右的那条路通向老冷冻厂宿舍,那个在十几年前变态连环杀人案中唯一的幸存少年庄生和他的母亲郭素月,以前就住在那里。

一想到那个少年,宋简就想起仙踪市人民广场樟树下的黑色木箱。

这当然是一个巧合。他说服自己推车朝菜市场走去,但是右侧那条路有一种强大的吸力迫使他频频回头。路口有个支起大锅炸油条的早点铺,两旁种着梧桐,看起来跟那一年没有任何不同。

那个少年,还住在那里吗?这些年来,他是怎么过的?

宋简掉转车龙头,朝那个路口骑去。

那排平房还在,只是更旧更破,正面墙壁上写着红通通的"拆"字,灰色瓦楞上的草更长,背阴的山墙脚长了一层厚厚的黑绿苔藓。门口的水池塌了一半，但是水龙头并没有生锈，出水口挂着一滴清水，地上还有片湿土，证明不久前还有人汲水。

多年前造访过的那户人家挂了锁，分格的玻璃窗却还很明亮。证明此间有人居住。

再不走，野生鲫鱼就给人买光了。宋简朝里面观察了一下，嘲笑起自己的多事。

回到路口，迎面走来的一个女人放缓了脚步，时断时续地端详他的脸。宋简察觉出了她的异样，也多看了她几眼，蓦然发现，她正是庄生的母亲郭素月。十几年过去，她的苍老肉眼可见，头发少了许多，也白了许多，皱纹纵横在眼角眉梢，看起来有些凄苦。

"你好，宋警官。"郭素月拎着菜篮子跟他打招呼。

"您好，郭阿姨。"宋简笑着说，"您还记得我呢！"

"印象深刻。"

"您儿子怎么样？"

"挺好的。"

"他后来上了哪所大学？"

"没考上。"郭素月面露愧色，"我没有照顾好他，也不知道该怎么疏导，你知道，那件事的影响实在太大了。"

"这么久了，还没缓过神来？"

"难。"郭素月摇着头。

"那他现在人呢？"

"不……不在家。"

宋简不太明白她的意思："是不在家，还是不在芝县？"

郭素月"嗯"了一声。

"是在外地吗？"宋简以为她没听清楚，又明确地表达了疑问。

"嗯，在的。"

"在外地？"

"嗯。"

宋简的眉头紧蹙起来："具体去哪儿了？"

"我不清楚啊。"郭素月换了一只手提菜篮。

"您放心他在外面这么漂着啊。"宋简觉得自己有些过于严肃,展颜笑道。

"不放心也没办法,他总想起那件事,每晚做噩梦。我能做什么呢?总不能把他捆起来拴在家里。我以前就是对他太严格,才会逼着他偷偷出去玩游戏。现在我唯一能做的,就是让他去他想去的地方。"

宋简发现,郭素月只要不提起她儿子的下落,语言表达就会很流利。他若有所思地点点头,目光落在她拎着的菜篮子里。

"您今天买了不少菜啊,又是鸡又是鱼的,这一天吃得完?"

"囤着慢慢吃呗。"郭素月笑着回应,"年纪大了,腿脚不行了,少跑一趟是一趟。"

"好的,我也得去买菜了。"他跨上了自行车,右腿搭在脚踏板上。

"宋警官,"郭素月叫住了他,"您是专门来找我儿子的吗?"

宋简想了想:"算是吧。"

"有事吗?"

"有点事需要向他求证一下,不过不算太重要,您放心。"

宋简骑着车走了,骑到对面的一间卤食店,把车锁在一旁又快速折回,很快就看见了前面仓促疾走的郭素月,却没有瞧出她有腿脚不便的毛病。她家离北门菜市场很近,来回如此便利,又是新鲜菜蔬上市的季节,她真的需要一次性囤那么多的食材吗?另外,她篮子里的那些排骨肉糜,相对于一个半百老妇显得油腻了些,和她清瘦的外形不符——宋简想起了自己的母亲,四十岁之后,她基本上就是个素食主义者了。

他快速跟了上去。

郭素月开了门,把菜篮子搁在地上,拿起了桌子上的固定电话,应该是电话没有拨通,放下电话后呆立片刻,忽然又往门外走去。

宋简躲到废弃的水池后面,成功避开她的视线,不由得暗自庆幸,幸亏这里环境破败人迹稀少,否则自己很可能会被当成小偷群起而攻之。

通向冷冻厂的路很荒敝,只有几个野孩子在逮蚂蚱,路旁野草长到膝盖,烧了一茬又长出一茬,红砖墙被燎成炭黑色。重型卡车轧毁的水泥路像破碎的饼干凹陷不平,又宛若一道无人问津的丑陋伤疤。郭素月熟门熟路地绕过那些坑坑洼洼,进了大门。

宋简也想跟进去,却被一个坐在传达室门口的老人拦住去路。

"你谁啊?"老人用蒲扇抵着他。

"我进去看看,这厂不是倒了吗?"

"倒了就能随便乱进?"老人指着"闲人免进"的牌子说,"谁都别惦记厂里那点东西,那是国家的。"

"我真没惦记。"宋简已经看不见郭素月了,不愿就此功亏一篑,想强行钻进大铁门上开着的小门里,孰知老人刚猛有力,一把抓住他肩膀上的衣服,"小子,再犯浑老子扭你去派出所。"

说到派出所,宋简的眼睛一亮。城北辖区派出所所长跟他倒是相识,只是为这点小事好像不太值得打电话给他。正踌躇间又看到往回走的郭素月。她还是一个人,有点畏光似的低着头。

宋简立刻求饶:"大爷,我走,我走还不行吗!"

老人松了手,他佯装离开,绕到墙后面,看着出了门的郭素月按原路返回。她的脚步不复刚才的麻利,背影也颓丧,像是受了什么打击。

这个电话免不掉了。宋简拨通电话说:"喂,黄所,我宋简啊。"然后说明了自己想要进厂的意图。

"是办案子吗?"

"算是吧。"

"你们这些搞刑侦的,就知道故作神秘,连我都不说?哼。"黄所长让他把电话给看门的老头。

老头接了电话,把宋简从头看到脚地审视了一遍,忽然就换了一副面孔:"警察同志,我知道你是来查什么的,我举报的话,算戴罪立功吗?"

他举报的内容是,原厂长将某间厂房租给了他小舅子开网吧,小舅子以每星期两包玉溪的薪酬安排他放哨,可疑人员一律不许进入厂区。

"刚才那位女同志,他儿子也在网吧里?"

"这我不清楚,我只知道她是厂里老员工。"门卫老头递了根玉溪给他,"我是后来才来的,在家待不住,想为四化建设发挥余热。"

厂区所有没铺水泥的地方都荒草丛生,那些废弃的厂房就遮蔽在荆棘之中,外表看上去殊无区别,就算是掀开了褪色的绿帆布帘幕朝里看,也都是废弃物品堆成的小山和桌子板凳旧报纸砌成的墙。若不是事先得到提醒，宋简还真的发现不了被遮住的一面墙下方并排摆放了二十多台电脑，每台电脑前都坐了人。

宋简用手扇了扇呛鼻的烟气，皱着眉头去问最外头电脑桌旁的光头："你是网管？"

"干吗？"光头侧脸看他。

"找人。"宋简弯下腰趴在他的电脑桌上，小声说，"找庄生。"

"没这人。"光头斜睨着他，"上网吗？不上就请你出去。"

"我没带身份证，应该不让上网吧。"宋简又说，"你们这手续齐全吗？"

网管掏出手机，打电话给门卫老头，声音由高到低："这来了一个笨蛋是你放进来的吗？你明天把烟给老子一根不落地送回来……什么……警察？"

最后一声闷喊并没有掀起太大波澜，几乎所有人都戴着耳机，沉浸在自己的世界里。宋简微笑着看那张吃瘪的脸："要不然我把警官证押给你？"

"大哥，小本买卖，您高抬贵手。"网管抖抖索索地找香烟，桌上只剩皱巴巴的烟盒，急得他直搓手。

"我找庄生。"

"我真不知道，我们这里……交钱就成，但决不允许未成年人来玩，也不许上黄色网站，逮到就往死里揍，这是我的底线，我发誓。"

"刚才有个女的进来，她来找谁？"

"你说老闷啊！"光头如释重负，指着最里面一个人说，"那就是，刚才进来那女的就是他妈。我不知道他叫庄生，这家伙不爱说话，大伙儿都叫他老闷。怎么，他是犯啥事儿了吗？"

"玩你自己的。"宋简沉下脸说。

"老闷"正在浑然忘我地玩游戏，间或抓抓头皮，头皮屑就跟雪花一般洒下来，嘴里叼着烟，熏得他睁不开眼也无暇处理，烟灰全都落在了裤子上。

宋简拍了拍他的肩膀，看到一张嶙峋突兀的脸，脸上颧骨高耸，一双眼睛充满血丝，眼角黏豆大的眼屎，但整张脸的轮廓还是依稀相识的。

"庄生？"

"嗯？"

"出来聊聊？"

"聊什么？"

看到他并不情愿，宋简对网管喊："把这台电脑停一下，我要和他出去聊聊，这段时间别算钱啊。"

网管很殷勤地说了声"好"，在终端锁死了电脑屏幕。

风从门外的空地上掠过，裹挟着尘土和落叶螺旋上升，阳光穿透了灰尘照在庄生脸上，使他厌恶地闭上了眼睛。他绕到背阴的南墙，对宋简说："宋警官，有事赶紧说。"

"你还记得我？"宋简有些诧异。

"记得。"庄生挠了挠头发，弹掉指甲缝里的污垢，"你不是来叙旧的吧？"

"我有些问题想问问你，你认不认识一个叫宋长乐的人？"

"不认识。"

"你有没有去过仙踪市？"

"没去过。"

"真的没去过？"

"真的。"

"怎么证明？"

"你可以去问我妈。"

"你母亲说你去了外地，一直都不在芝县。"

"她是这么骗你的？"庄生冷笑，"毕竟警察上门总没有什么好事，她被你吓坏了，居然特意跑过来问我干了什么。"

"她应该打了电话给你，但是你没有接。"

"哦？还真是。"庄生看了手机，又揣回兜里，"没事我就进去了，正做任务呢。"

"我说了，我要你没去过仙踪市的证明。"

"不行就把我铐走。"庄生伸手挑衅，"手铐呢？没带吗？那我就没办法了，再见。"

宋简扼住他的手腕，将整条右臂拧到身后，把他摁在墙上："我给你最后一次机会,你想好了回答,你到底有没有去过仙踪市?"

庄生的脸痛得变了形:"你可以去问网管。自从他开了网吧,我天天都来。"

随着肩膀上的力道卸去,他喘着粗气转过身,左手揉摩着酸痛的右肩,牙缝中"咝咝"作响,随即又点了一根香烟,使劲吸了一口。

"为什么要这样?"宋简冷眼看着他吞云吐雾的样子,"我以前听说你是你们学校的尖子,怎么现在变成这副鸟样?"

"我变成什么鸟样,跟你也没关系!就算我现在死在你面前,也轮不到你来收尸。"

"你母亲去菜市场买那么多菜,大概就是想让你吃得高兴一点吧。你就这样回报她?"

"她自找的,我没有求她那么做。"

宋简的愤怒如鲠在喉,居然无言以对。他忽然抡起巴掌朝他脸上扇去:"我们队长真不该开那一枪。你这种人,死了跟活着有什么区别?"

"我没有让他救我,是我自己该死。"庄生摸着自己的脸往后退,"你们这些自以为正义的勇士,干吗要来烦我,让我自生自灭,不行吗?"

宋简看到他浑浊的眼中流下了两滴泪。

庄生又钻回了厂房,坐回到了电脑前面,戴上了笨重的耳机。一切都恢复到了宋简来之前的样子,像是什么都没发生过。

/ 第四十三章 /

安晴拒绝了柏安平要帮她在市区租一间房子的好意,坚持住在大摩岛上。

但是拒绝柏安平约她共进晚餐的邀请,这还是第一次,理由是她的男朋友回来了,所以需要早一点回去。

星的确是回来了,约她晚上在离岛上那棵大榕树不远的海滩上见面。她下班后,换了三趟公交车,花了两个多小时回到了大摩岛时,已经超出星约定的时间半个小时。晚饭也没来得及吃,就径直往海边去。

海水已经涨起来，浮起搁浅在乱石流沙中的那艘船。天色昏暗，四周一个人也没有。

幸亏她眼尖，才发现了躺在船里的星。船像摇篮一样起伏摇晃，船里的星把胳膊当成枕头睡得很沉，连寄居蟹从身上爬过也毫无察觉。光着脚站在海水里的安晴推了推他的肩膀。

"你来了。"星揉了揉眼，掸去了胸口的小蟹，坐了起来。

"这样睡很容易着凉，你不要命了！"安晴坐到他身边的舢板上，从随身携带的购物袋中拿出她送给星的礼物，那是一只防水的运动手表，黑色的表盘气派而时尚，"这是我用我第一个月工资买的，不知道你喜不喜欢。"

星把表戴在了左手手腕上："当然喜欢，喜欢得不得了。"

"你到哪里去了？"安晴又问。

"很多地方。"星回顾了一下自己的旅程——由江南横渡到黄河以北，又跨过黑龙江，到达了金河市，再由金河市南下返回，抵达皖南山区的芝县。

"你去了金河？"安晴的身体一抖，问道，"见到我爸妈了吗？"

"抽空去看了一眼，不过没进去，小卖部还是开着。"

安晴双唇微翕，终究还是转移了话题："你是怎么去的？还是跟以前一样？"

"不是，我坐了长途客车，还有船。"星脸上有孩子气的骄傲，像是做了了不起的事。

安晴颇为诧异，因为星不喜欢几乎所有的公用交通工具，他在充斥大量陌生人的封闭空间里总会有种缺氧的感觉。当初带着她离开北方那段旅程中，星连续偷了五六辆车，到达一个城市，就把在上一个城市偷来的车丢弃，去偷下一辆。他只挑那些行将报废的老式车，又只在夜里下手，所以并没有引起警方的追踪。匪夷所思的是，星并没有驾照，开车和偷车全靠自学。他利用一种很奇妙的信号屏蔽器，干扰汽车电子钥匙的电磁波，使汽车处于一种"假锁"状态。那些车对于星来说几乎等于不设防。

"现在不行了，现在的车防盗系统越来越高级，偷起来很麻烦。"星眨着眼说，"而且我不想再偷偷摸摸了。我想跟你在一起，就跟正常人一样。"

"正常人是什么样的？"安晴手在船底的海面上划过，"我们不是挺好的吗？"

"正常人就是在正常的时间做正常的事。"星又说，"就算是在众目睽睽之下，也可以无所顾忌地在一起。"

这句话令安晴想起第一天见到他的那个晚上。那个深夜她上了他的车，躺在后座上难以入睡，那一刻她后悔了，觉得自己做了一件疯狂而愚蠢的事，竟然跟着一个陌生人去陌生的远方。她想回去，回到水泥厂对面的家，回到自己的小床上，蒙上被子就当什么都没发生过，就在她正要说出口的时候，星扭过头来对她说："从现在开始，为了和你在一起，我一定要活下去。"

为了活下去，为了在一起，他们确实付出了太多。

"芝县是什么地方？"安晴绕开回忆，又换了个话题。

"皖南的一个小县城。"星回答，"我妈在那儿。"

"我还以为你是从石头缝里蹦出来的。"安晴笑道。这么多年来，星从来没有提及过自己的家，包括他的母亲，就算安晴想要把话题往那个方向引，他也总是故意岔开。不想这一次居然自己主动说出来。

"跟我说一说你妈妈吧。"安晴说道。

"她很漂亮，跟你一样漂亮。"星语气中有抑制不住的骄傲。

"哦？"安晴低下头去，手指拈起船板上的那只跑来跑去的寄居蟹，丢进了海里，听到星在耳边吹气："我第一眼见到你，就喜欢上了你。"

"第一眼？是在河海公园吗？"安晴期待地看着他，迫不及待地想要知道这个困惑她很久的问题的答案。多年前星在公交车上用一张字条将她约到河海公园时，她没有任何和他有关的印象。根据星口吻中流露出来的信息，他应该是在那之前就见过她并且留意过她了。可他明明说过，那是他第一次去北方。

"不是。"星果然这样回答。

"到底在哪儿？"安晴抓住了他的胳膊。

"在上京。"

"上京？"安晴忍不住掐了他一下，"就算不想说，也别随便糊弄我，我从来都没有去过上京。"

"小时候，我妈带我去看过一部电影，男主角在海市蜃楼中看到了一个美丽的女人，从此就爱上了她。"

"后来呢？"

"后来他果真在现实中遇见了她，不过这个女人是个杀人如麻的女魔头，他只好亲手杀死了她。"

"真是荒谬。"安晴恼羞成怒，"你的意思是你是在海市蜃楼里看到的我？"

"当然不是。"星把手伸进夹克衫，"我给你看一样东西。"

那是一张照片，照片上的少女站在大雪纷飞的广场中央，像晶莹剔透的童话世界中降落人间的仙子一样明艳动人。安晴将照片捧在手心，忽然想起一些久远到几乎忘掉的事情，内心的激动无法用语言形容。

那还是上高二时圣诞节的下午，一个很好的朋友要跟父母移民去俄罗斯，邀请她逃课去广场上的东正教大教堂去看弥撒，用随身带着的数码相机给她拍了这张照片，照片是一个月后从国外寄回来的，一直夹在她的语文课本里，经常被她拿出来偷偷欣赏，但是有一天却不翼而飞，翻遍了书包也找不到。她以为是自己弄丢了，为此还哭了一场。

"这张照片怎么会在你这儿？"她傻傻地问道。

"你认不认识张鹏？"星似乎有些紧张。

"哪……哪个张鹏？"安晴想了想，觉得好像从小到大身边一直都有叫"张鹏"的人，印象最深的是初中的体育老师。可经星提示说他所说的"张鹏"后来在上京当清洗外墙的"蜘蛛人"，她就断然说不认识了。

"你的意思，是这个张鹏偷了我的照片？"

"可能。"星的脸埋在海天一色之中，声音中泛着海水般的苦涩，"也许……他是你众多的暗恋者之一吧。"

安晴不屑地笑了。上高中的时候，她确实有大批追求者，校外校内的都有，为了她大打出手的也不少，好像打赢了就拥有对她的专属权一样。在这方面，男人的虚荣心实在可笑。

"你偷他的照片，就是为了去见我？"安晴的温柔中夹杂了讥诮，"那个张鹏不是要活活气死吗？"

"他的确死了。"

"哦？"安晴惊讶后保持了沉默，她意识到这个故事并不是争风吃醋那么简单，星忽然提起，无疑也有很特别的理由。

"其实那天死的人应该是我。"星回忆起那段往事。为了一笔或多或少的赔偿金，他成为了"蜘蛛人"。可是鬼使神差地，张鹏拿走了他做过手脚的绳索，做了替死鬼。

"他说，他的女朋友叫安晴，还给我看了你的照片。"星似乎有些哽咽。

"所以，你去找我，是因为那个……张鹏？"

"一开始是。"星的眼中有星光闪烁，像个无助的迷路的孩子，那是安晴从未见过的表情。她在这张脸上见识过残忍、阴鸷和顽皮，唯独没有见过这么深的悲哀。

"可是我找到了你，我就想，张鹏已经死了，该有人替他保护你。"星说道，"从那一刻起，我就想活下去，陪着你一起活下去。"

安晴也恍惚起来。这一切到底是怎么回事？两个本来完全不相干的人，怎么就被像两棵藤蔓扭生在了一起？是在那个去教堂观看弥撒的圣诞节下午，就已经埋下今日的伏笔了吗？

如果星没有出现，她现在会是怎么样？

但一个更严重的问题蹦了出来，星肯定之前已经得知她跟那个张鹏毫无关系，那么他现在会怎么做？

"我们去一个谁都不认识我们的地方，把以前的事全都忘掉，重新开始。"星郑重道。

"做过就是做过，哪能说忘就忘？"安晴烦乱地回答，四下里瞧去，蓦然发现周围环境发生了一些变化，小船本来停在岸边浅水中，现在却远离海岸线一大截，船下的海水深不见底，四周的颜色也浓郁如墨。"怎么会这样？不是拴着绳子吗？"她叫起来。

"我知道，我知道你一定不会答应。"星说。

安晴在惊悸中去摸着他的脸："不管怎么样，我们先上岸再说。"

他脸上的潮湿是因为海雾吗？触摸了片刻，才发现那是眼泪。星从来不流泪，他自己开玩笑说过他的泪腺一定已经退化了。到底发生了，让星变成了这样？

"有些事情变得不对劲。"星摸着心脏的位置，"我以为是海风吹的，结果到了别处,也总是莫名其妙地流泪。我不想这样,真的不想这样,我想像以前一样,什么都不在乎……"

"我们回去,上岸去,一起想办法。"安晴克服着惊惧,依然温柔地抚慰着他。

"我知道你跟他在一起了,我知道。"星的眼睛里全是绝望。

安晴的心沉了下去,她早就该预料到的,所有的事情都瞒不住他。海岸线似乎又远离了一些,在船和岸之间,是一大片幽深黑暗的水域,她想跳下去,离开这艘通向死亡的小船,却又不敢。她不会游泳,星也不会。

"我唯一在乎的只有你了,我只想跟你在一起。"星又重复了那句话,他抓住她的手,像是担心她会随时不翼而飞,"只有用这种方式,我们才能永远在一起。"

"我答应你,我们一起走。"

"不要再骗我了。"

"我不能死。"

"活着太累了。"

"我怀孕了。"安晴忽然大声喊道,她的声音盖住了涛音,却又很快被风吹散。

星灰色的瞳孔收缩,喉结蠕动:"什么?"

"你想杀死你自己的孩子吗?"安晴像疯子一样推搡着他的肩膀,声嘶力竭地问他,"你可以死,我也可以死,我们都该死,可是这个孩子有什么错?你说,他有什么错?"

星倏然站起来,整个船身都在他的立足不稳中摇晃。安晴想去抓他,却没有抓住,他就那样跳进了海里。

那张她十六岁拍的照片,被他丢在了船上。

/ 第四十四章 /

柏安平的车子里挂了一枚红色平安符。

他的车子里一向都是冷色调,从来都没有过这种艳俗的挂件,但因为是安晴亲手挂在了后视镜上,他也不好意思取下来。

总之他就是不想看到安晴失望的样子。

安晴已经是他车上的常客,她已经习惯性地坐到副驾驶座上,把车窗摇下来,手伸出去抓流逝的风。

但他们的关系仅限于此,手指头不曾碰过一次。柏安平将她送回到大摩岛上,就会立刻折返回去。他从没有接过她,她仍然要在每天早晨坐将近两个小时的公交车才能抵达市区。假如她要求他来接,他会答应,但性质就变了。送她回家,只是闲来无事的晚上顺便做的事,接她上班,就显得造作而刻意。

唯一一次越界,是想给她安排房子。他有个朋友说自己在市区有套公寓房,并没有出租的打算,连同家具水电就那么闲置着。柏安平立刻想到了安晴,他觉得倘若不帮安晴租下来,那就是天大的浪费。因为,看在他的面子上,他的朋友只会象征性地收取些房租。

没想到安晴完全没考虑,拒绝的理由是,她的男朋友会不高兴。

他才想起来她是有男朋友的,尽管这个男朋友神龙见首不见尾,就像海上仙侠一般杳无踪迹。他放弃了劝说,自觉退到那根无形的线后面,再不僭越。但是他依然替她感到可惜。

上次那个警察来找安晴,问她认不认识一个名叫庄生的人,安晴说不认识。柏安平明明记得以前有次在红茶馆见到她时,陪着她的那个男人就是用这个名字自我介绍。现在想来,那男人神神秘秘,从事的可能并非是正经工作,安晴大概也多少知道一些,才会否认认识他吧。

这样下去,安晴大概会在沼泽里越陷越深,尤其是当她生下了孩子之后,那种生活,无疑会比现在更加孤苦难熬。

柏安平只暗示过一次,他说她这个时候好像不太适合怀孕。安晴选择性失聪,他也就再也没提起过。每个人都有自己的选择,就像他不打算结婚生子,也是为了报复父亲当初对肖薇的漠视。这点偏执,是和尊严有关。

他很久没和其他女人约会。大概是过了四十岁,性欲不如以前旺盛的缘故。他更喜欢和安晴在餐厅里坐一坐,在公园里走一走,看场不动脑子的电影,然后开车送她回家。他坚持送她回家,附带了一个私人原因,那就是可以在从大摩岛返回市区的途中飙车,那段路飙起车来确实很爽,而且路边的探头很少。

无法飙车的夜晚，他就觉得很失落。

尤其是今天，安晴没有等他。电话里的理由很简单，她男朋友回来了。

"你要跟他好好聊一聊，关于你怀孕这件事，你没法单独承担，也没法独自决定。"

"我知道，我会的。"安晴回答得很冷静。

柏安平只好一个人去清香斋吃了碗水饺，在吃饭的过程中他考虑了一下是否要联系某个很久没联系过的女人，随便哪个女人，都可以让这个夜晚舒服一些。但是兴致这种东西实在是太奇怪了，他的身体处在一个无欲无求的状态中，完全给不了一点呼应。

一回到家，他就进了房间。所有人都对这个时间点回来的他感到手足无措，不知道该不该为他准备晚饭。他把门关上之后就没再出来。所有人都明白，在他关着门的时候去喊他，等于自找麻烦。就算是这个家族的掌门人，他的父亲柏良人，也只是黑脸说了句："不要管他。"

柏安平在床上躺到了夜里一点，被枕头旁手机的嗡鸣振醒，那是安晴的号码。

听到安晴的哭声，他意识到发生了不太好的事情。"是那个家伙不愿意负责吗？"他问。

没想到安晴接下来说的事情，超出了他最坏的估计，她说那个男人约她到海边，想把她淹死在大海里。

"到底是什么情况？"他从床上跳了起来。

安晴也说不清楚，她激动得泣不成声，显然受到了强烈的刺激。柏安平只好安慰她，明天早上上班会去接她，无论遇到什么事情，都有办法解决。

"你说你那个朋友的房子，现在还在吗？"

"在的。"

"现在可以搬进去吗？"安晴小声问他，"我想赶紧离开这里，越快越好。"

柏安平瞬间明白了她的意思，她要躲开她男朋友了，要搬到一个她男朋友找不到的地方去，看来情况比他想象的更加严重。她还说那个男人很聪明，只要有一点线索，就一定能找出她在哪里。所以，一定要秘密地搬走,不留痕迹。

幸亏闲置房子的朋友是个夜猫子,在接到柏安平电话时说那房子随时都能入住,但是可能要打扫一下。柏安平让他把钥匙放在门外的布垫下面,这样就能免得打扰到他,也能免除口舌上的麻烦。确定好了万事俱备,柏安平才打电话给安晴,让她收拾好等着,他会以最快的速度赶来。

柏安平从车库里取了车,到朋友家取了钥匙,就径直向高架桥方向开去。

深夜的高架桥上行车寥寥,一盏盏路灯将街道照得亮如白昼。没有什么能够阻碍他加速了,他将油门踩得极深,在一览无遗飞速流逝的夜景中大刀阔斧地冲击,就在到达顶峰之前,一辆摩托车从他窗口飞驰过去,冲到了他的前方,尾灯像黄蜂尾后针一样刺痛了他的眼睛。

这是一辆日本产的铃木隼,流线型的车身仿佛天生就是为狂飙而生,在专业的赛道上,理论速度可达400km/h。柏安平的热血一下子就冲进了大脑。他一直都缺少这样一个强劲的对手,那个摩托车手大概也是一样,否则不可能这样如饥似渴般挑衅。

柏安平迅速提速,追到和那辆铃木隼齐平的地方,刚要加速超过去,前方高架桥的出口亮起了红灯。

他只好慢慢停下来,摇下了车窗。摩托车停在右侧几米开外,骑车的人戴着头盔,用拇指和食指朝他比画了一个开枪的动作。

越来越有意思了,他笑起来。

最后一秒,绿灯亮起。这平凡无奇的瞬间掀起两股极速的风暴,摩托车在低沉的轰鸣中疾速向前,瞬间就将柏安平甩在身后。柏安平的四轮驱动在启动时吃了很大亏,但他心中没有丝毫惊慌。他知道摩托车车身轻巧,发动时的速度占有绝对优势,但进入到正常的行驶阶段,优势就会转变为劣势,受到风速和地形的影响要远远大于轿车。他对自己座驾底盘的沉稳和轮胎强劲的抓地力有充分的信心。

果然,不出两分钟,他就看见摩托的背影。一段拉锯之后,终于超越,将它寸寸甩到身后。领先的优势是按秒计算出来的,大概一分钟后,他超出了一百米的距离,而且这距离还在不断增加,饶是如此,铃木隼的韧劲还是超出了他的意料,始终穷追不放。

这一条笔直的道路差不多有十几公里,没有弯道,他的优势体现无遗,只要控制好方向盘,就能在速度上超越对手,而对手的摩托车由于重心偏高,车头偏轻,需要很大的体力才能把控住,输出的马力和侧风之间形成的夹角必须要牺牲掉一定的速度才能克服。柏安平看着倒视镜里的灯光越来越远,终于泯灭,嘴角泛起一丝笑意。

完全释放的速度以及一个等待的女人,令他觉得自己很久没有如此刻这般年轻。

午夜的海滨大道上漫长宽阔,一侧是林立的高楼大厦,一侧是将他和大海隔离开来的绿化带,音响中放着皇后乐队的 We Will Rock You,这是他最熟悉的英文歌。他记得肖薇最后一次坐他的车,也是一个深夜,她把上半身伸到车窗,甩着防风夹克,张牙舞爪大喊大叫。那才是她本来的样子。她一直都在演着她不喜欢的角色,过着不喜欢的生活。他想把她拯救出来,却一直错过机会。

这是一次补救的机会吗?柏安平的鼻子发酸,车速不由自主慢下来。

浮想之间,后视镜忽然亮了一下。竟然又是那辆铃木隼急速拉近的车灯,像是提醒他胜负未分。

真是个难缠的家伙。

前面就是笔直的跨海隧道,一路通畅无虞,摩托车难以望其项背。出了隧道,能看到矗立在海面上填海造陆的基座,像垫伏在水底的巨兽嶙峋的背脊,这是最后一段通途,再往前,越接近大摩岛,路况就越堪忧,路面因年久失修而布满坑洞,弯道也多起来,视野和光线都会大打折扣。倘若摩托车依然紧追不放,将会因其轻巧灵便的特点占据优势;而他唯一的优势是每天送安晴回家,对这条路无比熟悉。

路面开始局促,灯光也渐次黯淡,好几次,他搭在油门上的右脚想要松开毫厘,可是后视镜里的车灯不断闪烁,就像狼眼一般发出森森的寒意。

还有多远?

五六公里了吧?

他咬了咬牙,在越来越黑的夜道上开始了最后的奔袭,两边的野树被拉成长线,在车窗外倒戈而逃。前面就是通向安晴所在小区的石桥,石桥很窄,错车有点麻烦,但这是深夜,迎面驶来车辆的概率为零,所以无须减速。过了这座桥,前面转个弯,就是安晴所在的小区。

尾随在后面两百米开外的铃木隼忽然加速，像一颗坠入大气层的流星亡命冲刺。

柏安平牢牢稳住油门，往桥上冲去，蓦然看到桥的正前方横躺着一个发出白光的人形物体，悚然大惊。刹车已经无法遏制车轮飞转的势头，他只有急转方向。

"砰"。

这声音来自车底，像有什么轰然爆裂。

车身刹那间失控，安全气囊瞬间打开，蒙住了他的脸。他看不清楚发生了什么，只感觉到了漫长的失重和翻滚。车仿佛开进了外太空，那里没有空气，没有重力，也没有生命。

最后是一股强大的力量，将他拽回了大地。剧烈的撞击，让所有的一切都化作了齑粉。

火光冲起，惊飞了树林中的倦鸟。

/ 第四十五章 /

宋简忽然接到了师兄的电话，说闲来无事，已经上了到芝县来找他鬼混的火车。

宋简在电话里没问，但是他清楚，师兄的闲来无事，只能说明他出了事。以他办案走火入魔的心态，不可能容忍平常人的赋闲。

在火车站，宋简被久未谋面的师兄吓了一大跳。虽说岁月是把杀猪刀，但这把杀猪刀未免太锋利了一些。只比他大一岁的师兄头顶像是抹了一层黄油，肚子圆润激凸如十月待产的妇人，完全就是一副油腻男的标配形象。

坐着出租车来到宋简家中，师兄左右看了看，愤然道："我就知道你虚情假意，还好我聪明，没上你的当。"

宋简莫名其妙："怎么了？"

"还说让我住你家，你家这么点大，怎么住？"

"我叫我媳妇回娘家住几天，这有啥大不了的。"宋简把他安置在沙发上，打开电视，"我去菜市场买菜，咱晚上好好喝两杯。"

"我跟你开玩笑呢,你这家伙怎么还是这么缺乏幽默感?"师兄拽着他,对墙上的婚纱照啧啧有声地赞叹,"弟妹是真漂亮,你真是走了狗屎运。"

"去你的狗屎运"宋简哭笑不得。眼见得妻子就要下班回家,他赶紧提醒师兄,千万不要当着她的面说那些血腥的刑事案件。赵田田对刑警这个职业充满了浪漫的崇拜和想象,缺少生动具体的认知。他不想以后出任务的时候,连累她担心到寝食难安。

"废话,好不容易见你一面,谁要跟你谈工作?"师兄在他屁股上踢了一脚,"我这次来,就一个目的,'珍珠翡翠白玉汤'。"

所谓"珍珠翡翠白玉汤",就是以前在警校宿舍,用猪油、盐和味精混着大白菜土豆片黄豆芽白粉条和羊肉片煮的"一锅熟"。师兄就是那个时候闻着香味进来的,他自来熟的性格不像是个警校学生,倒像是市井当中浑水摸鱼的混混。他和宋简最谈得来,是因为他们有相似的家庭环境,小时候父亲就不在身边。

宋简骑车去菜市场买了火锅底料和一大堆涮菜回来,还没进门,就听到赵田田的笑声。进门一问,原来师兄正好说起去他们宿舍里混吃混喝那一段。他说宋简这个人看起来精明强干,实际上最容易吃亏,在宿舍里张罗火锅最勤快,可往往等到他忙活完了,别人也都吃得差不多了,只剩下残羹冷炙,还得洗碗刷锅。

"那还不是因为你们这些王八蛋太能吃?"宋简把菜交给妻子赵田田去洗,自己在餐桌上支起电磁炉,又问道,"你到底干了啥事?是不是又违反纪律了?"

"放屁。"师兄骂道,在宋简的再三追问下,才懒洋洋地回答,"我当了回卧底,你知道的,这种事一向吃力不讨好。"

"卧底?是梁朝伟那种吗?"赵田田在厨房里兴奋地叫起来。

"没那么帅,但是差不多。"

菜洗干净了端上桌,师兄才正式说起了这件事,去年开始他们刑警支队一直调查某家涉嫌卖淫嫖娼和容留吸毒的夜总会,事先安排了好几个便衣冒充客人进去侦查,被内鬼走漏风声,全部一无所获。最后派了他前去,混迹在一大拨人渣败类之中,竟然蒙混过关,在夜总会里出入了一个多礼拜，搜集了不少牵涉犯罪的证据。

正式抓捕的时候，有个网上逃犯误以为自己是警察的围捕对象，劫持了一名寻欢作乐的花花公子做人质，他当时和那个逃犯离得很近，就在僵持不下的时候，他摸出事先藏在沙发底层里的手枪，直接打中了那个人的后脑勺。

人质脸上被喷溅了鲜血和脑浆，吓得得了失语症，两个礼拜不能说话，稍微恢复了一些语言功能，第一件事就是检举他粗暴执法，拿人质性命不当回事。

为了息事宁人，局里对他进行了处罚，检查反省加扣奖金，向受害人赔礼道歉。

赵田田听到"脑浆子喷出来"后有点发蒙，对师兄说道："还好，咱们这个小地方，不可能像你们那里那么复杂，最多就是抓抓小偷。"又转向宋简问道，"老公，你说是吧？"

"那是当然，他们大城市大案子多，我们小县城不能比。"宋简朝师兄挤了挤眼睛。

赵田田似乎意识到自己使得这两人喝酒聊天不痛快，吃了点菜就去书房改作业，客厅里便只剩下两个男人。

"上次去仙踪调查你哥哥的事情，可有眉目了？"师兄问。

"没有，都是我自己的猜测，也没什么根据。"宋简告诉他，那个庄生已经被证实这几年一直都没有离开过芝县，所以跟他哥哥的死并无关系，而那个引起他怀疑的黑箱子，应该就是个偶然。

师兄喝了口酒，点头道这样也好，那就安心工作生活吧，就把他接下来要说的事当作八卦来听："那个女人怀孕了。"他慢悠悠地说道。

"哪个女人？"

"就是你让我查的那个女人，叫安晴的那个。"

"这有什么可说的？"宋简开起玩笑，"怀孕不是很正常嘛！"

"她男朋友死了。"师兄没有接他的话茬，盯着他说道。

宋简这才露出一点讶异的神色："死了？怎么死的？"

师兄说，在来芝县之前，他还去了一趟仙踪市，跟另外一个朋友见了面。"他叫侯佳成，上次你让我打听那个女人的时候，我找的就是他，犯罪心理学博士，记得吧？"

"记得。"

这位朋友说，那个安晴的男朋友是著名上市企业柏氏集团的继承人，上个月死于车祸。仙踪市警方走了一下正常程序，调查了一下这位安晴女士的历史，发现她来自北方金河市。通过和金河警方的联系，得知她很多年前还涉及一起性侵案。她曾经报警说自己被人下药侵犯，但是警方调查之后，因证据不足释放了犯罪嫌疑人。

"这……"宋简不太明白师兄此番话的目的。

"后来，那名被她检控的犯罪嫌疑人因为误食了自己试图给女人下的迷药，冻死在北方寒冷深夜的湖面上。"

听到这里，宋简才觉得有些意外，毕竟"误食自己给别人下的迷药"这种事确实匪夷所思。"可是，这能说明什么呢？"他问道。

"三个和她有过交集的男人，全都属于非正常死亡。"师兄蹙眉道，"你怎么看？"

"只要没有证据，就只能定性为巧合。"

"确实没啥证据，但可以大胆假设，小心求证嘛。"

"假设什么？假设他们的死都是因为那个安晴的阴谋？她为什么要害自己的男朋友，而且还是在怀了孕的情况下？这完全没有道理。"

师兄笑着说："你还是老样子，总是把人朝好的方面去想，要知道人心的卑劣，往往超出了正常人的想象。"

"我知道你最近没案子破，心痒难忍，可是你也不能草木皆兵，把所有的事故都说成故事。"

"我没见过那个女人。是侯佳成说的。"师兄开始转述他那位朋友的意见——在警方对车祸进行调查的过程中，那位安晴应对的每句话都很得体，没有任何漏洞。但是侯佳成偏偏觉得她冷静有余，伤心不足。

"伤心这种事，到底该怎么界定呢？"宋简苦笑，"难道非要在人前痛哭流涕，才叫伤心？"

"所谓'关心则乱'，人在悲痛时的思维往往是紊乱的，这才是正常的人性。"师兄不知道是在转述，还是在表达自己的意见。这一次宋简没有反驳，低下头若有所思。

"如果我哥哥的死与她有关,她又能得到什么好处?"他哑着嗓子问。

"这只有她自己才知道。"师兄给自己倒了一杯酒,歪着身子问,"你问的那个庄生又是什么情况?是因为他有前科吗?"

"不不不,"宋简急忙否定,"他也是受害者,很可怜。"

他提起在仙踪市的槐树下发现的那个黑箱子,宋长乐在出事之前,脑袋卡在了那个黑箱子中受到了惊吓。多年前芝县发生的变态连环杀人案也出现过类似的作案工具。庄生是唯一得到解救的幸存者,所以才会进入他的视线。

师兄脖子扭来扭去,落枕一般难受:"你说的这个黑箱子,我怎么也感觉好像在哪儿见过。"

"怎么可能?"

这时卧室的门开了,赵田田走出来,去厨房给茶杯蓄水,见到两个男人在餐桌旁干瞪眼,忍不住说了一句:"1984。"

师兄猛拍大腿:"对对对,怪不得想不起来,原来是书里看到的。"

宋简莫名其妙,只能催促妻子解释。赵田田笑着说:"我可不是故意偷听你们说话,是因为听你们提起一个女人,才多听了两句。"她走回书房,把书架上的那本英国作家乔治·奥威尔的小说《1984》拿了出来,翻到倒数第二章给宋简看,将前面的情节略作解释后说,独裁者的走狗正是把一个密封的铁丝笼装在主人公温斯顿的头上,然后放入他最害怕的老鼠,才导致了他的崩溃。

"在书里面,这个笼子是用来刑讯逼供的。"师兄在旁补充。

宋简合上书,陷入了沉思。有种模糊的想法就像夜空中的微弱星光,正眼捕捉不到,目光旁落时偏又闪了两下,令人抓狂。

"那个庄生,现在怎么样了?"师兄问。

"不太好。"宋简想起上次在黑网吧见到他的情景。网管后来证实他近三年确实每天都在网吧打游戏,几近废寝忘食。

"按理说,这么久了,也应该走出来了吧。"师兄说。

"没办法,那件事对他影响太深了。"宋简将杯底的酒倒进嘴里,"简直是毁灭性的。"

"自甘堕落往往不是因为受到了惊吓,而是基于一种……"师兄一时半会儿找不到准确的词语，敲着头自责，"瞧我这木鱼脑袋。"

赵田田说道："逃避。"

此言一出，宋简和师兄立刻有种豁然开朗的感觉，确实，沉溺于游戏而不想自拔，应该都是因为对某种现实的逃避吧。

"你最好再跟他接触接触。"师兄建议，随即又愤愤不平起来，"妈的，咱俩可真贱，好不容易见个面，却还要谈工作。来啊，喝酒喝酒。"

宋简已经不胜酒力，摆手说："师兄，再喝就得晕菜了，还想跟你彻夜长谈呢。"

"跟你老婆上床谈去，老子要走了。"师兄晕晕乎乎站起来，朝门外走去。宋简去拽他，被他一把推开，"老子来的路上就瞅到附近有家快捷宾馆，你出门买菜的时候我就在手机上订好房间了。"

"那我去陪你。"

"我订的是单人房，1.2米的床，你不嫌挤，我还觉得硌硬。"

"那我们明天再聊，找个馆子，叫我单位几个兄弟好好陪你喝。"

"算啦，我就是来看看，大伙儿都健健康康的，没缺胳膊少腿，我就安心了。"师兄咧嘴笑道，见宋简还想坚持，在他胸口上捶了一拳，"明天早上的车票我来前就订好了。谁叫咱天生贱命，一天不上班就发痒，你可千万别留我，我就想赶紧回单位去打杂，争取个宽大处理。"

"可是……"

"可是啥呀。"师兄把宋简往后推，"别送，送了我还得再把你给送回来，有事儿打我电话。"

宋简无奈答应，看着他的背影在楼道尽头的楼梯口消失，又从楼下低矮的树丛间穿过，不禁一声长叹。赵田田和他并排目送，侧过脸问："你刚才说的那什么连环杀人案，是最近发生的？"

"很多年了，那时候我才刚参加工作。"宋简搂住她的肩膀。

"那些学生真的太可怜了。"赵田田微微颤抖着说，"那个凶手，竟然一个都不放过吗？"

受到这句话的启发，刚才那种若隐若现的感觉似乎清晰了一点，仿佛有片星光，在大雾弥漫的荒野上呼之欲出。

宋简在冷风中不由得打了个寒噤。

/ 第四十六章 /

星期天的早上，冷冻厂仓库改造的黑网吧，网管告诉宋简，那个"老闷"已经好几天没来了，可能是去了别的网吧。

没有办法，宋简只好去找郭素月。

十点半的倒春寒中，太阳像刚刚刷过漆的独木车轮，在时薄时厚的云层里有气无力地滚动，溅落些许光芒和热量。郭素月穿着很厚的羽绒服，扶着墙扭着腰，像是刚刚做过了体力活，额头上有亮晶晶的汗印。收音机放在水池上，音量很小，唱戏的声音咿咿呀呀的。

"郭阿姨，你怎么了？"宋简下了自行车朝她走去。他注意到她家房门紧闭，疑心她是把钥匙落在家里。她没去找庄生拿钥匙，是因为她也不知道他在哪儿吗？尽管失望起来，也没有形于颜色，宋简热忱地说道，"我帮您把锁撬开。"

"我在锻炼呦。"郭素月开始踢腿，像是在证明自己所言非虚，"前些天进了趟医院，医生说我得加强运动。"

"怎么搞的？"

"脑梗，夜里起来摔了一跤，当时就晕倒了。"

"那你怎么去的医院？"

"当然是我儿子送我去的。"郭素月欣慰地回答，"宋警官，上次真是不好意思，我没想骗你，我以为……后来听我儿子说，你到底还是找到他了。唉，我早该知道，你们这些抓坏人的，哪有那么好骗。"

"可以理解。"宋简笑道，"可怜天下父母心嘛。"

"我跟你说啊，要是我迟半小时进医院，你这会儿可就看不到我了。我儿子打不到车，硬是把我给背去医院的。"

"他人呢？"

"在里面。"郭素月指了指门，"我想听唱戏，又怕打扰到他，才把门给关上了。"

"您给他买了电脑？"宋简问，心中暗暗叹息，这位母亲退休工资能有多少？为了把儿子留在家里，竟然给他买了一台电脑用于上网打游戏。这种做法，跟饮鸩止渴何异？

"没。"郭素月否定他的猜测。她说庄生正在房间里看书，学英语，做听力题目。

"学英语？"宋简的脑子转不过来，"怎么会这样？"

"他想参加自考，就是可以自学拿文凭的那种，我也不懂，但是……"郭素月微微哽咽，"宋警官，你要相信他不是个坏孩子。"

"我知道。"宋简点头问，"我可以去跟他聊两句吗？"

得到了郭素月的允许，宋简推开了门，果然听到里屋传来录音机里的英语对话。门缝中透出庄生的侧面，很专注的样子。

敲门声响起，庄生对忽然出现的宋简感到愕然，但很快恢复了平静："你怎么又来了？"

"为了验证一些可能被隐藏的真相。我想知道那天晚上全部的事。"宋简后背贴着门，保持着一个尽量让对方感觉轻松的距离，"我觉得一直到现在，你对我都有所隐瞒。"

庄生的眼角抽动了一下："该说的我都说了。"

"那不该说的呢？"

庄生沉默不语，宋简也不发一言，两个人就在这无声而紧张的气氛中对峙。

"其实也没什么不该说的，那件事已经结束了。无论我说还是不说，对最后的结果都没有一点影响，对不对？"

"那也不见得。"宋简微笑，"你总该听说过'蝴蝶效应'，蝴蝶扇动一次翅膀，自以为无碍，可谁知道会不会掀起一场风暴？这个世界太复杂了。"

庄生又沉默了一会儿，抬起头来问他："你刚才有没有看到我妈？"

"看到了。"

"她有没有跟你说什么？"

"她说她脑梗发作，是你夜里送她去了医院。"

庄生点头说："医生告诉我，如果我拖延半个小时，就可能会永远地失去她。我救了她，我很高兴。"

"我理解。"

"不，你不理解。"庄生断然推翻他的想当然，"你以为我是在跟你炫耀功劳，对不对？"

宋简没有否认。

"我跟你说这些，只是想帮助你理解在我身上到底发生了什么，并且希望你能原谅我隐瞒了这么多年。"庄生坐正了身子，对着书桌抵着的那面白墙，"我只隐瞒了一点点——当我的脑袋塞进那个黑箱子里无法出来的时候，那个人问了我一个问题。"

"什么问题？"宋简的呼吸急促起来。

"如果——如果你有机会杀一个人，你会选谁？"

阳光从侧面墙上照进来，落在庄生椅子后面的水泥地上，宋简把脚伸进了光斑里，手在他的肩膀上拍了拍："说下去。"

"我只能回答一次，只要回答正确，就可以活着离开。"庄生的头抵着桌沿，像是要把脑子里的某种寄生物撞出来，"我选了，可是，那个人说回答错误，我还是得死。"

"你选了谁？"

庄生没有直接回答，他的背脊在颤抖："等到我被你们救出来之后，我以为一切都结束了，可是我总是不断想起我的那个回答，我觉得我自己也变成了一个魔鬼，这个想法不断地折磨着我，却又不能跟人说。我只有找个地方把自己藏起来。"

"那个地方，就是网吧？"宋简依稀明白了他的意思，不禁手脚发冷——严苛而冷酷的爱让稚嫩的少年无计可施，只能激发出仇恨，这大概就是所谓叛逆的根源吧。

"前几天晚上，当她生病晕倒的时候，我真的很害怕，害怕失去她，我终于发现，原来我并不是真的想让她死。"

"你救了她，也救了你自己。"宋简说。

"是的。"庄生喘出一口长气，"这就是我隐瞒的事情，这完全是我个人的私事。我知道你来找我一定是遇到了难题，很遗憾我什么都帮不了你。"

"不，你已经帮到了。最起码，你让我看到了另一种可能。"

"我不明白。"庄生脸上泛起疑惑。

"既然你回答错了，那么，会不会有人回答正确？到底怎样的答案，才算是正确呢？"宋简眉头凝结地走到窗前，指尖在玻璃上弹了弹，一直闪耀着阳光的瓢虫应声飞起，越过矮墙。

阳光终于挣脱了云层的束缚，在断壁残墙上洒下金光，但是墙根一带依然潮湿阴冷，枯败的落叶被雨水沤湿腐烂的腥气渗透进来。郭素月说，这排平房很快就要拆了，取而代之的会是一片崭新的小区。她等了这么久，终于等到一个新家。

/ 第四十七章 /

"医生，我想知道我心脏的捐赠人是谁。"星说。

华辰医院心内科办公室，新晋主任聂琦看着眼前这个戴着墨镜的年轻人，怀着歉意拒绝回答。他完全能够体谅受赠人的心情，也确实无能为力，因为根据国际通用的器官捐赠中的"双盲原则"，为了避免手术可能引发的伦理难题，医院无权透露捐赠人的任何信息。

"没有人会告诉你的，你还是回家安心生活吧。"

"真的一点办法也没有吗？"

"真的没有。"

星迟疑地走到门口，又返回来问道："会不会存在这样一种情况，捐赠人的某种习惯会转移到受赠人的身上？"

聂琦没想到他会问出这么奇怪的问题，哑然失笑后回答："好像有电视剧确实这样演过，受赠人爱上捐赠人生前喜欢过的女人。"

"真的会这样吗？"星追问道，"即使他之前已经有喜欢的人。"

"电视剧需要虚构嘛，现实中是不太容易发生的。爱情这种东西，需要天时地利人和，你倘若在另一个时间地点遇到了你喜欢的人，可能就不会产生那种美妙的感觉。"

"可是假如一个人从来不流眼泪，但在心脏移植后喜欢流泪，会不会跟捐赠人有关系？"

聂琦打量着他:"你是说你自己?"

星没有承认,也没有否认。

"说起来还真有点意思,那位捐赠人的眼睛确实有问题。"聂琦说道。那位病人在脑死亡之后的心脏摘取手术是他亲手操刀的,因此对他的情况还算了解,据他所知,捐赠者是个盲人。

"盲人?"星立刻紧张起来,"你的意思是我的眼睛会……"

"别胡思乱想,这纯粹是个巧合。"聂琦自知多言,立刻弥补不经意的过失。他伸手摘下对方的墨镜,观察了一下他的眼睛:"有点红,可能有点炎症,问题不大。眼泪是由泪器产生,泪器由泪腺和泪道组成,跟心脏没啥关系。你要是不放心,可以去眼科好好看一看。"

"看过了,跟您说得差不多。"星站起来又问,"您知道倪晟医生的电话号码吗?"

"你的手术,就是倪医生做的吧?"聂琦拿出手机翻看通讯簿,"他对你的情况比较了解,术后的保养和恢复多问问他也是应该的。话说回来,他是国内首屈一指的心脏病学专家,你是他在国内操刀手术的最后一位病人,运气真的不错。"

他把号码抄在一张药笺上,说那就是倪晟在德国的联系号码。"可是别想打听捐赠人的事情,他也不会告诉你的。"他似乎对星的意图有所察觉,笑着提醒他。

"我知道。"星将药笺揣进口袋,道谢后离开。

医院旁边有个兼卖报刊的公用电话亭,星走进去拨打了倪晟的号码后,听到了一个久违的声音。那边应该还是夜晚,在一个很安静的背景下,接听电话的声音里饱含的愤怒和困倦表现得极其明显。按照出国前的约定,两个人应当从此断绝一切联系,永远都不要以任何形式出现在对方的生活里。星的电话,显然令被打断昏梦的倪晟无所适从。

"我没有其他目的,只想知道我这颗心脏的捐赠人是谁。"

"你在搞笑,我怎么会把这件事告诉你?"倪晟又一次提到了"双盲原则","这是一个医生的基本操守,你懂吗?"

星冷笑:"你在出国之前,让我解决你前妻的时候可没提到什么操守。"

倪晟让他等等,应该是从床上爬起来换到一个相对封闭的环境,用怨怒而压抑的嗓音说道:"什么叫解决我的前妻,请注意你的措辞。"

"你说想永久性地解决后顾之忧,我以为我明白你的意思,难道是我自己误会了?"

"可是你明明什么都没做……"倪晟咆哮起来,"好了,这个问题不要再讨论了。"

"确实无须讨论,我现在跟你说的是另一件事。倪医生,如果我没把握让你把我想知道的信息告诉我,我就不会打这个电话。我最后说一次,我不是在求你。"

对自己在出国后把号码给了个别要好的同事这件事,倪晟感到很是后悔,他决定立刻换掉手机号码,断绝和国内的所有联系。现在当然已经来不及了,只能尽快把星打发掉。他说那个人叫韩奇,从外地一个县城医院转过来的,具体是哪个县城他不记得,病床号比较特殊,所以还有印象,是777。

"谢谢您,希望你在德国生活愉快。"星笑着挂掉了电话。

知道姓名和病床号,事情就该好办一些了。再次回到医院,他身上多了一个鼓鼓囊囊的单肩包,来到心内科住院部病房外的护士站,趴在接待用的台面上,问一个正在填写表格的护士,记不记得一个名叫韩奇的病人。

护士警觉地抬眼看看他:"你打听他干什么?"

"我是记者。"星把沉甸甸的包搁到台上,"最近要写一篇关于器官捐赠的报道,所以要做一些调查。我把我的证件拿给你看,东西实在太多了,你稍等啊……"

他掀开了包盖,把充塞其中的报纸笔记本往外掏:"太乱了,唉,焦头烂额。"

"好了好了。"护士果然对他的证件失去兴趣,"我还得去给病人换药,有事说事吧。"

"这篇报道很重要,上面盯得很紧。你也知道,现在自愿捐赠器官的人还是太少了,需要大力宣传,改变观念,才能改善器官源紧缺的困境。我知道华辰医院是人体器官获取组织OPO的指定器官捐赠医院,几个月前做过一起心脏移植手术,捐赠者韩奇是个盲人,应该非常值得挖掘宣传,我想了解一下这位病人的情况。你放心,我知道规矩,到时候会使用化名,关键信息也都会隐去。"

"没有领导的允许,我们可不敢擅自透露捐赠人的信息。"

"您看,没有领导的通融,我哪知道这位病人的尊姓大名呢?"星摘下墨镜,"哪一行都有难处,相互理解,相互尊重嘛。你看看我的眼睛,为了写材料都要瞎了,还不是为了生活。"

"他就睡在对面那个病房。"护士指向他身后那扇门,口气有些松动。

"我知道,777病床。"星掏出纸笔,"跟我说说他,越详细越好。"

"公关可以啊,连病床号都知道。"护士填好了表,走出门来,对寸步不离的星说,"很抱歉没法详细告知,最多告诉你,他把他整个身体都捐了。"

"整个身体?"

"准确地说,除了眼角膜。"护士及时纠正自己的错误。

"那他死之前是不是很伤心,泪流满面的?"

"那倒不是。"护士坚决否认,"他很平静,甚至面带微笑。"

"就没听他说有什么未了的心愿吗?"星锲而不舍地问,"就是对人世还有一点留恋的那种。"

"你们这些记者,干吗非要打听这些,是为了煽情吗?"护士不满地问,走进一间病房时将他挡在外面,"我只能说这么多,我要工作了。"

"最后一个问题。"星凝视着她问道,"你能不能告诉我他是从哪个医院转过来的。"

"真是没办法。"护士在他泛着泪光的灰色瞳孔注视下,略微有些失神,缓过神来说,"我帮你看看吧。"

她又走回护士站,在电脑上查阅了入院病人资料存根,对星说:"湾沚县济民医院。"

星戴回了墨镜,把那双受了伤惹人怜的眼睛藏匿了起来,也把窃喜藏匿了起来。他听说过湾沚县这个地方,那是内陆地区的一座小城。在这段无事可做的时间里,无处可去的他正好可以去那里探寻和他跳动的心脏有关的另一种人生。

/ 第四十八章 /

安晴的工作已经停了。

"新概念"装潢公司的总经理亲自找她谈话,用一种类似于央求的口吻建议她回去休养,至于月薪,一分钱也不会少。如果因为工作导致她肚子里的孩子有何闪失,他的公司可能第二天就没了。

安晴只好回到大摩岛,除了每个月一次的孕检,哪里也不去。第四个月末,检查结果说胎儿各方面都挺好,心音已经很明显,胎动也充满活力。

"在妈妈肚子里就这样不安分,这要是生出来,指不定会调皮成什么样子呢。"负责四维彩超的医师笑着说,然后去将安晴扶下床。

"谢谢你。"安晴听到她话语间似乎在暗示胎儿是个男孩,不由得也笑起来。她已经很久没笑过了。

女医师为第一次给她做检查时的急躁态度道歉。安晴这才想起来,在柏安平陪同下来这家医院做检查时,确实就是这位医师做的B超。当时并不算态度恶劣,当然也谈不上有多热情。

"每天都要检查那么多病人,要是我,可能也有受不了的时候。"安晴在她的帮助下穿好了鞋子。

"你可真是知书达理,跟其他有钱人家的媳妇比起来可真不一样,那些女人仗着家里有钱,简直把医生当成了用人来使唤,就像谁欠她的一样。"医生喋喋不休地抱怨后立刻露出哀痛的表情,"孩子生下来就没有父亲,可真够你受的,好在他家不是普通人家。你这后半辈子,也是不用愁了。"

"孩子我会抚养长大的,并不打算指望其他人。"安晴欠了欠身,朝外走去。彩超室外面的两个男人跟着她进了电梯,一左一右将她护在中间,出了医院,上公交车后也是如此。他们从大摩岛一路尾随,虽然总是一声不吭,可稍留神就能看出他们的紧张,只要车发生轻微顿挫,他们的目光就会立刻聚焦在安晴的身上,看她有无不适。

在孩子出生前,她必须要忍受这种以保护孩子为名义的公然跟踪和监视。

两个多礼拜之前,也就是柏安平死于车祸的三天后,她在自己的住所里见到了柏安平的父亲柏良人。

柏良言简意赅地说了两件事,一件是让她搬进他准备好的三居室里,就在医院的旁边,每天起居都有专人照料;另一件是等孩子出生之后,立刻交给柏家抚养,她可以得到一笔钱,足够她养尊处优地过完下半辈子。

"你这种女人,怎么会认识我儿子的?"柏良人并没有掩饰自己的厌恶,他自然已经调查过她的来历,包括她在北方故乡招惹上的那些是是非非,这都算不上是秘密。他当然也知道她在清水町的一个绑匪家住过。

但警察说,柏安平在深夜飙车,其实就是去见这个女人,他的通话记录显示两人在他出事前不久通过电话,而儿子的朋友也说,柏安平出发之前拿了他空余房子的钥匙,大概是想把她安置进去。

"新概念"装修公司的总经理也说,当初打算辞退她的时候,柏安平特意打电话过来问询,替她做主;她的同事也能证明,柏安平经常接她下班,去约会,吃晚饭或者看电影。

医院的院长也说,那个女人来做检查的时候,是柏安平亲自陪同,还打了电话给他,要他行个方便。

柏良人甚至都不知道自己的儿子开始了一段感情,他习惯性地以为他的儿子还是处于蓬勃的发情期和叛逆期,习惯用下半身来处理男女关系,顺带报复他这个老父亲。但他回想起儿子出事前确实有点反常,因为他一下班就回了家,一回到家就把自己反锁起来,很明显是遇到了烦心事。现在看来,这个烦心事就是来自于这个女人肚子里的孩子。

"柏安平并不打算把我和孩子带回家,他说他会找地方安顿好我们。"安晴淡淡地告诉柏良人,她会继承孩子父亲的遗愿,凭微薄之力把孩子健健康康抚养成人。

这种说法,倒是跟柏安平当初的做派不谋而合,令柏良人自然而然地想到被自己拒之门外的肖薇。如果那时候服个软,他大概早就抱上孙子了吧。

经过协商,柏良人在安晴的身边安插了人手,前提是不打扰她的生活。两个保镖住在她楼下,还有两个住在对面的楼上,外加一个营养师,负责她一日三餐。和她合租的两个女房客也搬走了。更夸张的是,她所住的单元忽然搭了一架箱式电梯，直通她所住的六楼，免除她上下楼的劳苦。

警察也没再来打扰过安晴，也是出于柏良人的要求。他知道孕妇的情绪会直接影响到胎儿的健康，决不允许儿子留下的一脉香火出现一点问题。他要求立刻让儿子入土为安，即使警察对柏安平的死仍抱有疑问：例如在市区路段的摄像头拍到了一辆摩托车，车牌被有意遮挡，行驶路线和柏安平的车高度吻合；还例如，在失事地点的桥上发现了导致车辆爆胎的碎石砖块，但无法解释车轮在地面急停急转的辙印，也就是说柏安平的车是先转向后发生爆胎，然后才会失去控制发生剧烈碰撞后翻入桥下，如果仅仅爆胎，以柏安平的经验和技术，完全可以用对方向盘的控制和点踩刹车的方式使得车速慢慢降下来，避免悲剧的发生。

但柏安平确实是因为飙车而出的车祸，这一点毋庸置疑；他的车经过非法改装，很多硬件功能的提升是以牺牲安全性能为代价的，这一点也无可否认。夜晚的桥面上可能会有小动物经过，也许导致了柏安平的急转方向。说到底，如果柏安平不是车速过快，这场悲剧完全可以避免。

柏良人认为，与其在事故显而易见的原因上纠结，倒不如把精力放在即将出生的新生命上，那才是柏家香火延续的关键。柏氏企业树大招风，从来不乏竞争对手和暗中作祟的敌人，不排除有人趁此机会伸出黑手。

安晴肚子里的孩子绝不能出事，这是死命令。

热带海洋性季风气候让大摩岛常年煦暖，但仍然不乏物候现象打破季节壁垒。风一来，成片的洋紫荆和风铃木花落满地，蜂蝶漫舞，离海不远的油菜花田中点缀着养蜂人的身影。窗外的风景像挂在墙上的一幅画。

安晴回来后又睡了一会儿，起床后头有点晕，来到窗前吹风。对面那栋楼里一扇平行的窗前也有个身影，是四个保镖中的一个，被发现后也并没有避开。楼下路旁的长椅上有两个男人在抽烟。

门被敲响了三声，她没有去开。那是开饭的信号，意味着精心烹饪营养全面的午餐已经送到了她的门前，吃完后放到门外即可。如果她身体有一点不适，就可以立刻拨打床头的固定电话，附近的私人医生立刻就会赶过来。

当然，并不会有什么事情发生。一切都很不错，一切都很顺利。

目光掠过小区里的树顶，掠过小区院墙外的池塘和草丛，落在远处一棵枝叶婆娑的刺桐树下,那里有一个被红花绿叶切碎的身影,即使一半身体都被树荫遮住,她还是一眼就看出那是星。

星还是毁约了。

说好了不再见面,不再联系,还是忍不住来见她。虽然知道这太冒险,安晴却依然对他产生了一些怜惜。

她回忆起海边木船上的那个夜晚,星跳进了海中,就在她以为他再也不会回来的时候,他的脑袋奇迹般地冒出水面,那海水给了他一些喘息的余地。他推着船,回到了岸边。

"你怎么知道海水还不够深?"她问他。

"我不知道。"他说,"我只能赌一赌。"

所有的事情都要赌一赌,但在胜负未分的时候,赌局中的人都得保持清醒——现在远远不是可以见面的时候。

她没有任何表示,像是什么也没看见,慢慢拉上了窗帘。

她一直休息到傍晚,傍晚时她去了趟海边,在那棵大榕树下坐了一会儿,直到太阳完全沉入海面,才回到了自己的房间。

没有人知道,在翌日清晨天微明之际,一个年轻人来到了昨晚安晴坐着的榕树下,把手伸进了树干上的一个洞穴,那个洞穴应该是这棵树在幼年时的一次雷击中形成的伤口,凭借顽强生命力的不断滋长,它已经愈合大半。年轻人的手指在洞口的底部略作探测,摸到了一张四四方方的信封。

信封中有张明信片,明信片上有一盏路灯,和两个坐在海边长椅上靠在一起的背影。淡蓝色的天空上印着两瓣散发着馥郁清香的红色唇印,欲启欲合,仿佛吐露着不尽的心事。

明信片的背面写着两个字:"等我。"

星在那唇印上轻吻了一口,将信封和明信片撕成碎片,撒向大海,然后头也不回地向远方走去。

第四十九章

一到下雨天，老罗的指尖就火燎一般疼痛难忍。

他以前觉得指甲的作用就是挠痒，但真正失去之后，才发现生活中多出很多麻烦，更重要的是，他忘不掉被人踩在脚下用镊子一片片拔去指甲的锐痛和耻辱。

他想不到自己为米家做事，竟然落到这样的下场。

那还是八十年代，米家山在香港注册公司，率先来到大陆，见他切割一条大马林鱼时目露凶光，刀法娴熟利落，就把他招致麾下。米家在大陆的生意刚刚起步，难免有一点见不得光的事情需要有人去做，有些不可避免的危险需要有人去挡。他脸上那条疤就是米家山的仇人砍的。

二十年前，提起"刀疤罗"，沿海地区的道上兄弟都要给几分薄面。

但他对米家最大的贡献，还是十四年前，替米家背了一条人命，全力承担，一直入狱到去年才刑满释放。

出狱之后，米家山已经去世，他的儿子米南执掌门庭，告诉老罗说，世道变了，现在是法治社会，逞凶斗狠的年代已经过去，所以实在想不出能安插什么职位给他。他想来想去，居然让他去对付一个女人。

"把那个女人赶出清水町就好了，叫她离那个傻瓜远远的。这种事情对你来说想必没什么难度。"米南说。

米南让他去做这种事，无非是看中了他脸上那道瘆人的刀疤。他认为他已经过了五十岁，只能用一张老脸去唬唬人。如果连唬人都唬不好，就证明他已经彻底老了。

"真要是老了的话，你也要做好退休的准备啊。"米南对他说。

老罗一直想证明他是错的，自己不仅没老，而且还能做很多事。他一直看不起跟在米南后面那些西装革履的年轻人，觉得他们装腔作势，虚有其表。可当那两个人拔掉他的十片手指甲的时候，他才发现自己错了。他们自始至终表情冷淡，镇定自若，完全没有情绪上的波动，就像兽医在给大型犬科动物做手术。

他们没说多余的话，只在离开前丢了两万块钱给他，说这是米老板给他的抚恤金，并且警告他，米老板下令拔掉他的指甲，他最好庆幸自己还保留着双手。就算米老板要砍掉他的脑袋，他也只有把脖子伸过去。

米家人的狠毒果然是骨子里的。老罗以前就听米家山说过，他父亲解放前时就是军统特务组织"保密局"成员，年轻时更是"复兴社"特务处的骨干，专司暗杀渗透和刑讯逼供，后来败逃台湾，成为"清红帮"实权派人物之一。

老罗只能自己包扎伤口，然后去医院看医生，输了好几天的消炎药液。他在医院想起来，米南派人拔掉他的手指甲，这件事多半和之前他带到山上小屋的那个女人有关。他们一定是都对清水町那个傻子有所图，达成了某种利益上的协议。

老罗并不是省油的灯，辗转打听，终于得知一些蛛丝马迹，原来米南对那傻子的举动，和米家的一幅祖传字画有关。

老罗立刻就想起来，自己跟随米家山不久就听他说过一件事，他之所以急着回大陆，不仅仅是要趁这边改革开放来站稳脚跟开拓市场，还有一个很重要的原因，是找回他们家的一个传家之宝——米家祖上一个很了不起的画家的手传真迹。

这么说来，那个女人死活赖在那个傻子家中不走，多半也是因为这幅画。

这个消息的后半部分是，米南在傻子家中真的找到了一幅画，但经过专家鉴定，那幅画其实是赝品。

这实在是大快人心。

老罗的幸灾乐祸并没有持续太久，因为他已经自顾不暇。他有犯罪前科，没有固定收入，又习惯了大手大脚，那两万块钱除去医药费后不够他潇洒两个月，生活立刻就捉襟见肘起来。再过一个礼拜，他可能就得去大街上捡烟屁股抽了。

老罗很郁愤，他恨米南，也恨那个女人。

这一天老罗在路边的便利店里买香烟，目光不经意间扫过外面的街道，就看见了从马路对面的医院大门走出来的那个孕妇。

她的体形虽然已经发生巨大的变化，但老罗还是一眼就认出了她的脸。

看着她纡徐笨重地晃进一家商场，老罗心头忽然生出一个计划，立刻情不自禁地笑起来。

那女人既然进了商场，就一定会乘手扶电梯上楼，也一定会乘手扶电梯下楼。等到她下楼的时候，在她背上狠狠推上一把，让她从电梯上滚下去，就能让她受场大罪，不死也得蜕层皮。

他跟着进了商场，看到女人果然乘电梯上了三楼的婴幼用品专柜。她挑挑拣拣，购买了一篮子的小衣裳和纸尿裤。等到挑拣完毕，她坐在专门为宾客准备的沙发上，把购物卡交给柜员去付账，自己则是轻柔地抚摸着肚皮，像是在和里面的小生命做着交流。

"抓紧时间说说话吧，这是你最后的机会了。"躲在玩具柜台后面的老罗佯装挑选商品，目光紧紧拴在女人的身上。

这种事情，他一向得心应手，稍作观察，就已经定出详细步骤。员工休息室里挂了一件蓝色的工作服，应该是清洁工留下来的。他慢慢踱去，穿上后又戴上了压在下面的帽子。垃圾桶里还有个用过的一次性口罩，也被他戴在了脸上。

保安总是很迟钝，他们大概要很久才能反应过来，就算他们比想象中灵敏，逃脱也是绰绰有余。他将迅速跑进最近的安全通道，顺着楼梯跑到五楼的电玩大厅。因为保安一定会以为他要下楼逃跑，所以他必须反其道而行之。电玩大厅有很多年轻人在打电动，他们总是会把外衣随便丢在一边。趁机摸一件并不困难。

无人注意到他，他很顺利地乔装打扮好，拎着拖把向电梯口走去，清理那一块的地面。

售货员把卡交还给了那女人，扶着她站起来。她拎着购物袋朝移动扶梯晃去，到了电梯前犹豫了一下，仿佛是在考虑先迈哪一只脚上去。

就在她的右脚搭上电梯的时候，老罗行动了。这是最好的时机——她还没抓住扶手，处在单脚支撑的不稳定状态，只要稍稍用力，她就会立刻倒栽葱似的滚下去。

他的胳膊快速向前推，掌心离她的后背近在咫尺。

就在这时，他的左边忽然袭来一片巨大的阴影，颧骨遭到有生以来最猛烈的一次撞击，訇然一声闷响，整个人飞离了预定的轨道，滚到了地上。

巨大的惊骇之中,那个女人慢慢转过了头,目光从他的脸上掠过,像微风拂过一只粘在蛛网上的昆虫。她的手落在了滑动的手扶带上,脚稳稳地踏中电梯台阶,缓缓地降到他的视野之外。

两个黑色的人影压了过来,杀气腾腾地看着他惊恐的脸。

"是谁派你来的?"

"没……没有谁。"他使劲往后蹭,但是被一只脚踩中胸口,移动不得。

他能感觉肋骨像弹簧一般弯曲,像是立刻就要断裂。被痛楚和惊恐驱使,他的四肢本能地挥舞,摸到放垃圾的塑料筐,一把抓起向踩着他的人砸去。那人一个偏头,脚下松动半分。他立刻奋力挣脱,一个"驴打滚"爬起来,像疯子一般冲向安全出口。

那两个人对视一眼,心念一致,顺着电梯下楼而去。

老罗仓皇逃到了五楼游戏厅,混入了嘈杂的人群。他偷了一件夹克,捂着腋下,擦掉额头上扑簌落下的豆大汗珠,尽量装作神色如常,从箱式电梯直接下到负一层,绕了一大圈从地下停车场的偏门离开。

并没有人追上来,这让他无比庆幸。可很显然,那两个人并不是追不上他,更不是善心发作,他们放弃追赶,是因为要去保护那个女人。

他们到底是谁?那女人又是谁?老罗边跑边为自己的鲁莽而后悔。他怎么就没注意到有两个人在保护那个女人?米南说得没错,他有时候确实不太喜欢用脑子,那是因为他之前做事不需要用脑子,米家山要他做什么他就做什么。

现在这个时代,太费解,太令人头疼了。

他像一只孤独的老狼,昏聩凄凉地回到了自己的洞穴,打算用一个晚上好好舔舐伤口。可是女房东已经叉腰等候多时,问他拖欠了两个多礼拜的房租,到底什么时候交清。

"再宽限几天。"他只能赔着笑脸乞求,乞求不起效,他就威胁说,把他往绝路上逼,对谁都没有好处,大不了赔她一条贱命。女房东被他吓住了,答应最多再宽限一个礼拜,到时候再收不到钱,就要找警察来了。

"行,下礼拜的这个时候,我保证付清房租。"他忍痛说道。

他在床上躺了六天,吃了六天的速食泡面。第六天晚上,他草草收拾了行李,塞进楼下那辆早就该报废了的黑色桑塔纳后备箱,在催债的房东到来之前及时撤离。

阴阳山上的小木屋,是他唯一能想到的栖息地。那个地方适合做一些诸如动用私刑等见不得光的事,却不适合居住。以前也偶有遇到麻烦在其中避风躲雨的日子,但那时他还年轻,什么苦都能吃,米家山也足够大方,每回都给他足够多的补偿。现在他已年过半百却身无长物,小屋也因为年久失修而破烂不堪,如果雨下得大一些,可能就跟露宿街头没什么区别。

他把一生都给了米家,可是现在,他像一条被丢弃的流浪狗。

那个夜晚,老罗的骨头像一架老旧的机器,被硬冷的床板硌得咯吱作响。他竭力寻找着复仇的办法,但绞尽脑汁也毫无对策,更让他难眠的,是他口袋里只剩二十块钱。

第二天早上他就接到了一个电话。

是以前跟他套过近乎一个绰号"阿鬼"的小弟,说听闻他最近混得不太好,所以有个生意要照顾他。

山上面信号不太好,声音时断时续,他费了老大劲才搞清楚阿鬼的意图,原来不过是请他讨要一笔债。这种事,他算得上轻车熟路。以前每到年底,米家山的资金陷在各种纠缠不清的三角债中,如果不是他各种软硬兼施的下作手段,根本就不可能周转过来。

阿鬼说,住在他家对面的那个男人欠了他一个朋友十万块钱,他这个朋友大概是财大气粗,要不回来竟然就不打算再要,现在连人都不见了。只要老罗能讨回这笔债,两个人五五分账就能净赚一笔。

"这没问题,关键是债务关系必须确实存在,要不然就成抢劫了,老子刚从牢里放出来,你他妈的不会坑我吧?"老罗对这个坑蒙拐骗的"阿鬼"着实不太放心。

"千真万确,我那朋友要债的时候我就在旁边,还能有假?"

"你那个朋友叫什么?"老罗试探道。

"宋简。"

老罗听他说得笃定,并非信口雌黄的样子,这才多信了几分。他用光秃秃的手指尖擦掉了眼屎,闻到自己身上的酸臭,但是这个从天而降的好消息仍然让他有种神清气爽的感觉。十万块连本带息要回来再对半分账,足够他潇洒好几天了,到时候骑在马上找马,总能想出后半辈子的营生之道。果然天无绝人之路。

第五十章

"宋简，你好，还记得我吗？我是穆方进。"

"当然记得，怎么想起来打电话给我？"

"有些事情想问问你。"穆方进在电话里羞于启齿，又不得不说，他简直快要被对门那个阿鬼逼疯了。

对面那套房子是阿鬼父母替阿鬼准备的婚房，他们给阿鬼操持好了一切，唯独没教会他怎么做人。穆方进一开始不知道他的底细，本着"远亲不如近邻"的宗旨，还跟他打过招呼。阿鬼得了三分颜色就要开染坊，整天跟穆方进套近乎，一开始说自己毕业于某所985大学，后来当过兵，在联合国维和部队干过两年。穆方进信以为真，肃然起敬，没过多久又听他说自己高中还没毕业就去了缅甸赌玉，输了一大笔钱。这才发现他根本就是撒谎不打草稿、鬼话张口就来的混混，唯恐避之不及。

可是这个阿鬼可能是穷疯了，竟然打算敲诈，前几天敲他的门，非要说他欠了十万块钱。

穆方进说自己从来都没有借过钱，就算有，跟阿鬼也没有关系。阿鬼说："怎么没有关系？那个债主是我的朋友，人很老实，可再老实也不能被人随便欺负，现在是法治社会，欠债还钱天经地义。"

穆方进问他那个朋友叫什么名字，阿鬼说叫宋简。

穆方进一听到这个名字，立刻就有些犹豫。他母亲去世之前是承认穆家对宋家是有些亏欠的，可这十万块的明码标价又是从何论起？如果宋简真要觉得穆家应该做出偿还，为何不早直说，怎么让一个小混混来寻衅？

在电话里说完了这件事，宋简向他道歉。这根本就是个误会，当初去找他母亲时，吃了闭门羹，因为时间紧迫，想要迅速知道他们何时回家，所以撒了个谎来骗对门那个黄毛，让他帮忙留心看门。想着很快就要回乡，骗了也就骗了，也就没把那个小混混放在心上，哪晓得把麻烦留给了穆方进。

"他要是再找你，你就说报警，他要是还不罢休，就直接打我电话，让我来跟他说。"宋简顿了一顿，又宽慰他道，"没事的，我现在就在赶往仙踪的火车上，有需要的话，我就去当面跟他说清楚。"

"你来仙踪做什么？"穆方进饶有兴趣地问。

"一些私人的事。"宋简回答得很含混。

穆方进放了心，等到阿鬼再度上门，很强硬地斥责他了一顿，并说再要有下一次的话他就立刻报警。阿鬼脸上挂不住，走的时候叫他等着，那十万块钱别想赖，到时候乖乖吐出来。

摊上这么个邻居，只有自认倒霉。穆方进有些头疼，但不算害怕。他知道这种色厉内荏的小混混往往都是无利不起早，得不到好处，自然就想着去找下家。

可是那个早晨，令他害怕的人忽然出现了。

这是一个完全陌生的男人，编造了社区调查工作者的身份，骗他开了门。他看到了那张脸，立刻就觉察出了不对，那张脸上有一条很长的刀疤，眼神不定，像是随时都有可能翻脸。更诡异的是，他手上没有指甲，指尖是五片发黑的血痂，显然不是天生，而是被外力拔除。

之所以能看得这么清楚，是因为这人主动地伸出手致意，显然不想隐藏缺陷，相反还要故意突出奇特之处，彰显一种威慑。

穆方进没有跟他握手，也没有把门完全打开："你想调查什么？"

"听说穆先生深陷债务危机，我特意来打听打听。"

果然还是因为那个阴魂不散的阿鬼，这是他找来的帮手吗？穆方进刚想下逐客令，却被那人肩膀一耸就挤到一边，见他大刺刺地走进屋子，放大了声音说："你这算私闯民宅了，请你出去。"

那人坐到沙发上："我们都是文明人，就算遇到问题，最好用和平友好的途径解决。穆先生放松一点嘛。"

穆方进没有关门，站在那里问："你到底是谁？社区调查员？我打个电话问问。"

"不要这样。"那个人慢条斯理地说，"实不相瞒，我不是社区工作者，但工作性质差不多，主要就是帮助处理一些债务纠纷。也就是说，专门对付欠债不还的无赖，我的主要任务就是采取一些非常规的手段，给那些债权意识单薄的老赖们一点教训。"

"我跟阿鬼说得很清楚，没有什么债务纠纷。你们要是再这样，我就要真的报警了。"

"报警解决不了任何问题，就算是上了法庭，欠的债也还是得还，而且还劳心伤神。穆先生，很多事情解决得早一些，大家都体体面面的有何不好，非要搞到场面难看的地步，大家撕下脸皮，伤了和气，那又何必？"

"我不欠任何人钱。"穆方进吼叫了一声。

"那位宋简先生可不这样认为，他说你欠他十万块钱，难道还会诬陷你不成？据我所知，是你欺负他老实讲义气，当初借钱的时候就没有开具借条，现在又赖账不还。做人一定要讲良心，有个故事叫'农夫与蛇'，难道你没有听说过？蛇最后的下场是什么，难道你不知道？"

"宋简先生是我的朋友。我们那天才通了个电话。这件事根本就是一场误会。"穆方进知道发火解决不了问题，逼着自己冷静下来。

"误会？"那人高深莫测地冷笑，"这只怕是你一厢情愿的想法。"

穆方进并不想跟他耗费口舌，但为了息事宁人，只好耐着性子把事情的梗概说了一遍：他的母亲受人所托照顾过清水町一个生活无法自理的男人，这个男人后来出了些意外。宋简来找他母亲打听这件事，但敲不开门，正好遇到住在隔壁的阿鬼，于是想出这么个办法，许给他一个空头支票，让他留心动静。

"清水町？"那人眉头紧皱，"你说的那个生活不能自理的男人，名字是不是叫宋长乐？"

"正是。"

"可这位宋简先生为什么要调查他的事情？"

"他是他弟弟，当然要来问一问。"

"谁是谁的弟弟？"那人还没有搞清楚。

"宋简是宋长乐的弟弟。"

那个人脸上的疤忽然发生了奇异的变化，就像一条蚯蚓被烙铁烤得通红："亲弟弟？"

"当然，我没有必要骗你。"穆方进的耐心消磨得差不多，对他说，"该解释的我都已经解释清楚，现在请你离开，否则我真的要报警了。"

那人直勾勾地盯着他,似乎没有听到他的警告:"也就是说,这个宋简,是那位收藏家宋之河的儿子?"

"废话。"

"这个人现在在哪儿?"

"我哪知道。"

"你最好能找到他,对质清楚就好办了,毕竟现在都是你的一面之词。"这个人凝视他片刻说道,"你告诉我他在哪儿,我自己去找。只要他亲口说你不欠他钱,我立刻就去找阿鬼算账,把他的嘴给撕烂。你要知道,我们这些替人讨债的,赚的也是辛苦钱。"

穆方进想了想,觉得当面说清楚最好,能永绝后患,不要再为子虚乌有的事被阿鬼和莫名其妙的人叨扰。他说:"你等等。"

他再次拨通了宋简的电话,问他道:"到仙踪了吗?"

"到了。"

"到我家来住吧。"

"不了,太远,来回太麻烦。"

"有多远?"他也不好意思说是讨债上门的人找他,只好继续劝说,"再远也比你在火车站住的那些个小旅馆强,就不要见外了。"

"比火车站远多了,在大摩岛。"

"大摩岛?那算了。"穆方进立刻就放弃了原先的意图,挂掉电话后对等在旁边的那人说道,"他在大摩岛,你自己去找他吧。"

"那还是算啦。"那人站起身来,整整身上皱巴巴的衣服,朝门外走去。

穆方进在他走后重重地关上了门。

/ 第五十一章 /

宋简之前根本想不到,自己会成为一个海鲜贩子。

大摩岛当地人都是以海鲜捕捞售卖营生,岛中央有个规模庞大的海鲜市场。宋简的海鲜就是三天前从那里买过来的,都是些不起眼的鱼虫虾蟹,浸在塑料桶里,半死不活。他戴一顶草帽,靠着公交站台后面的墙根打盹。

这里的视野很好，不仅可以看到进出岛屿的车辆，也能看到"大摩花园"小区里的动静。

师兄收到的消息，安晴就住在"大摩花园"，已经迫近预产期，随时都可能搬进医院等待临盆，她产下婴儿，去向就变得不可预测。所以想要监视她的行踪，就要从现在开始。

师兄还说，经过柏良人的努力，安晴已经和柏家达成协议，孩子出生交由柏家抚养，但是她有随时上门探望的权利。另外，安晴虽然拒绝了柏家的钱，但是柏家却以她的名义收购了"新概念"装修公司百分之三十的股份，所以现在安晴已经是一个老板。

将宋简再次吸引到仙踪的，还是他上次在仙踪人民广场上见到的那个木箱。庄生和宋长乐这两个人没有任何联系，他们人生际遇的唯一的共同点，就是都遇到过一个木箱子。庄生在将头伸进木箱后遇到了颠覆他人生的问题，那么宋长乐呢？

安晴住进宋长乐的家里，自然难脱嫌疑，但宋简和师兄都相信，即使她在宋长乐和柏安平的死亡事件中扮演了某个角色，也不可能独自操纵这一切，在她身后，应该还有别的人。

为此宋简又请了两个礼拜的假，请假事由是父亲去世。因为他上班十几年一直保持着满勤状态，经常主动值勤加班，有"拼命三郎"的美誉，所以这一年请了两次假，单位也比较体恤，并没有过多责怪。

大摩岛上只有一家五星级酒店，他每个月的工资只够他住两夜，幸好离大摩岛十多公里的途中有一家快捷宾馆，晚上十一点后有五十块钱的特价房，他在岛上监视到十点半，然后一路小跑去睡上一觉。

这种办法虽然蠢，却也简单有效。

这是他来到大摩岛的第四天早晨，"大摩花园"里依然戒备森严，那些目如鹰隼的保镖使他难以接近，但也成了标记安晴动向的一个讯号。看到他们，宋简就知道安晴还在岛上。

他把藏在草丛中的水桶拎出来，看到里面的鱼虾已经翻出白肚皮，为了免除嫌疑，打算去海鲜市场再买两斤新鲜海鲜来充充数。正坐在地上盘算时，有个人走到他面前，用脚碰了碰水桶。

"你可还认得我？"

宋简抬头一看，竟然是向穆方进要债的那个"黄毛"，穆方进上次打电话说，他绰号"阿鬼"。

"世界可真小。"宋简笑着说，"没想到在这儿都能遇见你。"

"你这个坏蛋，"阿鬼似笑非笑，"竟然敢骗我。"

"真对不住你，是我自己糊涂了，欠我钱的不是住在你对面的那家人。"宋简明白他的意思，"等我找到真正欠我钱的那家伙，就把钱给你。"

"谁欠你钱老子管不着，现在是你欠我一笔好处费。"

"好处费的前提，是我要到了钱，才会给你钱。我没要到钱，怎么给你好处费？这个关系，你怎么领会不过来呢？"

"你敢唬我。"阿鬼一脚踢翻宋简身前的桶，一条病恹恹的鳗鱼翻着肚皮摆动了两下，两只软瘪瘪的"赤甲红"螃蟹吐着白沫，连逃走的力气也没有，引起阿鬼的嘲笑，"你卖的这是什么狗屁玩意儿。"

"我警告你，不要惹我，否则把你骨头捏碎。"宋简冷冷盯着他。

"你试试。"阿鬼迟疑了一秒钟，又强硬起来。

停在不远处水泥路上那辆破旧的黑色桑塔纳喇叭响了一声。一个戴着墨镜的脑袋探出来朝阿鬼喊："别废话，快点"。宋简这才明白阿鬼的底气是因为带了帮手。

"你过去。"阿鬼果然说，"有人要见你。"

"见我干什么？"宋简笑着说，"他想买鱼？"

"兄弟，你上车。"那人朝他挥手，"你那些海鲜我全买了，一分钱也不会少你的。"

宋简朝车走去，近距离观察那人，首先看到他墨镜下延伸出来的长疤，然后看到他搭在方向盘上的手上光秃秃的指尖，料到这人比阿鬼要麻烦许多，问道："跟我聊什么？"

"你叫宋简？"

"嗯。"

"你老爸是宋之河？"

宋简对这个问题毫无防范，惊讶之下拿不准该如何作答，反问道："我老爸是谁跟你有关系吗？"

"有没有关系，要找个地方好好聊聊才知道。"那个人皮笑肉不笑。

"有什么话就在这里说也是一样,谁知道你是什么人。"宋简正说着,忽然感觉腰眼里一痛,原来被阿鬼手中握着的匕首扎了一下。

"你到底是谁?干吗要找我一个卖海鲜的麻烦?"宋简火冒三丈,险些动手,即使以一敌二,他也有快速制敌的手段,但考虑到自己伪装的身份和当下的要务,硬是将怒气咽进了肚子。

"上车你就知道了。"车里的人翻着白眼盯着他。

宋简意识到,他跟阿鬼之间那笔莫须有的烂账也许并不重要,真正要找他麻烦的,应该是车里的这个人,其来意似乎还牵扯到他的父亲。

只有上车,才能找到答案。意识到这一点,他拉开了后座的门,坐了进去。阿鬼也跟了进去,继续用刀对准他的腰:"老实点,不听话就捅你。"

"好好,听话听话。"宋简举起了手,做出一个投降的姿势。

车驶出了大摩岛,沿着环海路一直往前,绕开了市区,爬上了起伏不平的山路,越往上,两旁的树就越繁茂蔓延,合拢交会于半空,将山路变成一条迤逦曲折的隧道,几番像是到了路尽头,却忽然一个拐弯,又进入另一番境地。开车的人哼着闽南小调,带着一点成竹在胸的得意,像是根本没将宋简放在眼里。

大概是出于职业本能,宋简很讨厌那人的笑容,恨不得立刻出拳打烂他的脸,打到他说出真实意图为止,但是忍耐同样也是他的职业素养。事已至此,还是得静观其变。

车越开越高,终于抵达山顶,一片草木榛莽的树林之间,隐蔽着一间白漆斑驳的小木屋,并没有专门的道路通向门口,周遭已被齐腰长的荒草覆盖,显然少有人来往出入。宋简手心已是潮湿一片,他能嗅得出危险,也知道有价值的线索往往就生长在风险之中,不仅仅是紧张,更多的是兴奋。

"这是什么地方?"他被两人前后挟持着往木屋走,边走边问,只是没有得到任何回应。

那门没有上锁,轻轻一推就开了,光照进里面,可以看到床上还铺着简陋而单薄的褥子,气味很难闻,汗馊和尿臊味夹杂着霉味熏得他眼睛刺痛。

"欢迎光临罗公馆。"那人走了进去,像舞台上的魔术师一样装腔作势地弯下腰,做出邀请的姿势。

阿鬼把刀架在宋简的脖子上,把他往里推。宋简有把握在半秒钟之内夺下那把刀,三秒钟之内让他失去行动能力,但是能不能立刻制服眼前这个老罗,他没有十足的把握。

"罗公馆?"他问道,"你姓罗?"

"你可以叫我罗先生。"那人笑眯眯地说。这是他行刑前惯用的开场白,专门用于向一些需要教训的人介绍自己。他很欣赏自己的优雅,也喜欢看对方恐惧不安的表情。这种对比证明了他的实力——他依然是这间小木屋里生杀予夺的王。

"你这个样子哪里像什么先生,还是喊你罗师傅恰当一点。"

老罗对这个回答有些准备不足,只好假装没听到,坐在椅子上,示意他坐在桌子对面的另一张椅子上去,保持着刑讯逼供的合理距离,按照自己的剧本继续铺陈台词:"我是个和平主义者,只要你配合,一切都会OK。可如果你不配合,这个屋子里所发生的一些不好的事,可能就要重新发生一次。"

"你到底想要说什么?能不能痛快一点?"宋简既像害怕,也像不耐烦,"我还要赶着回去做生意呢。"

老罗咳嗽了一声:"我问你,宋之河果真是你父亲?"

"是又怎么样?不是又怎么样?"

"我最后问一次,宋之河到底是不是你的父亲。"

"是。"

"这样才对,老老实实配合,咱们都可以省掉很多麻烦。"老罗舔了舔干燥的嘴唇又问,"宋长乐是你什么人?"

"你说呢?"宋简叫起来,"你怎么对我家的事那么感兴趣?"

"别着急。"老罗大局在控,架起二郎腿,"你父亲去世前有没有留给你什么?"

"他应该留给我什么?"宋简反问。

"现在是我问你,你老老实实回答就行了。"老罗受够了他的反问。

"没有。"

"你父亲死了,一样东西都没留给你?"老罗冷笑着说,"据我所知,他可是对你那个傻哥哥倾其所有。而且他还有一个儿子这件事,要不是你自己跑去跟穆方进说,根本就不会有人知道。你老子隐瞒你的存在,不就是因为藏了些好东西在你那儿?"

宋简立刻猜出这其中的原委,他们一定是去找穆方进讨债,穆方进为了证明自己并没有欠债,只好提到他来穆家拜访的缘由,由此提及了他的身世。昨天穆方进打电话问他在哪儿,多半就是因为受了这二人的蛊惑。

"听你这么分析,我要是没那么点好东西,还真说不过去。"他侧着脑袋想了想说,"关键我父亲放了很多东西在我那儿,都是些破铜烂铁,看起来没啥值钱的,你问的到底是哪一件?"

"一幅画。"

"一幅画?"宋简紧皱眉头,"什么画?"

"当然是一幅很贵重的画。"

"废话。"宋简嗤笑道,"大哥,你让我老实招供,可是你自己得把问题说清楚,就凭'贵重'这两个字,你让我怎么回答?"

老罗翻了翻白眼,竟然无言以对,只好努力回忆年轻时米家山对他说过的那些往事。那幅画是米家溃逃台湾前交由邻居宋家保管,为了让宋家悉心照看,他们还搭进去很多银元,并且约好日后相见,宋家必须把画完好无损地归还米家。

"米南在宋长乐那里找到的画是赝品,那真品会在哪里呢?"老罗玩弄着桌上的刀。

"那只能在我那里了。"宋简苦笑着回答。他竟然从来都不知道,自己家还有这样一段历史。那个米南,很显然在宋长乐的生命中扮演了一个很神秘的角色。

"这幅画,和宋长乐的死有没有关系?"他又问。

"他是自己跳楼死的,畏罪自杀。鬼才知道他怎么想起来去绑架一个小孩。"老罗舔了舔嘴唇,"说不定他根本就不傻,只是变态而已。"

"米家后人是怎么找到那幅……赝品的?"

"我哪知道。"老罗闷声说道,似乎感觉这回答未免有些气短,又说,"老子不关心。"

"宋长乐的家中住进去过一个女人,她跟这些事情有没有关系?"

这个问题让老罗颇为错愕，他眼珠忽地一转，厉声道："妈的，怎么轮到你审问起我来了？老子险些着了你的道。阿鬼，快去拿根绳子把他绑起来。"

屋子里什么都缺，就是不缺绳子，长的短的，在角落里一抓一大把。阿鬼捡了老长的一根，要来绑宋简。宋简心念急转间想出了七八种办法，末了还是选择了束手就缚。他从这个老罗表情判断出他显然知道一些东西，现在若是跟他动起干戈，很难保证把他知道的给掏出来，为今之计只能是铤而走险，以退为进。

"你他妈的到底会不会绑？"老罗对阿鬼的手法很不满意，过来亲自动手，他果然熟练老到，将宋简的双手双脚和椅子牢牢绑在一起。宋简几次想反制，但到底还是忍住。

老罗对自己的绳结很是自信，绑好了他，退后两步欣赏，见那张脸上神情闪烁，却算不上惊慌畏惧，不禁疑窦丛生，联想起一开始这人所卖海鲜全是半死不活，卖相惨淡，立刻拿刀对着他道："你不是本地口音，你到底是谁？"

宋简重复着刚才的问题："宋长乐家中住进去过一个女人，她跟这些事情有没有关系？"

老罗伸出未持刀的那只手，手背朝着他，"看，这都是拜她所赐，我现在抓痒都没办法。"

"我再问一次。"宋简不耐烦地说，"她跟这些事情有没有关系？"

"一定有。"老罗说道。他不知道这背后到底发生了什么，但他知道是米南亲自打电话让他把那个女人从这间小木屋里放走，没过多久，他的手指甲就被人拔掉了。

"那……"宋简还想再问。

"现在是我在问你，你要搞清楚状况。"老罗站起来，走到他身边，用刀尖在他脸上轻轻划出一道印子，"你在大摩岛到底在干什么？你到底是谁？"

"我在查那个女人。我哥哥死得蹊跷，她在他家住过，我想知道她跟他的死到底有没有关系。"宋简冷眼盯着他，"如果你想从我这里知道什么，就必须把我想知道的告诉我。"

老罗回以冷笑,像是大权在握,嘴上却道:"反正那女人没安好心。"

　　"你知道多少?"

　　"米南让我把那女人从那傻子家里赶出去,我跟她聊了几句,没想到这女人嘴硬得很,我只好把她弄到这里来,让她知道厉害,可是……"老罗对于要不要说出自己栽的跟头颇感犹豫,但是看着宋简那双森然的眼睛,情不自禁地说道,"不知道怎么让米南那家伙知道了,让我放了她不说,还让人拔掉了我的手指甲。"

　　"是不是那女人打电话给他了?"

　　"不可能,那女的自始至终在我车上,放个屁我都知道。她哪有机会打电话求救!"老罗对于这个问题一直百思不得其解,口气中不自觉有了点征询的意思,"你觉得这是怎么回事?"

　　宋简想了想:"还有一个人。"

　　"什么人?"老罗左右看了看,"这里就我们三个。"

　　"我是说,除了那女人和你老板米南,还有一个人躲在暗处,对那女人的动向洞若观火,对你老板也有所了解,是他将女人被你带走的事告诉了米南,并且跟他达成了协议。"

　　"我说过,那女人没机会跟外界联系。"

　　"有些事情,不一定非要打电话才能通知别人。"宋简讪笑道,"你知不知道GPS?"

　　"没。"

　　"所以你得加强学习,凡事都得多动动脑子。"宋简看着窗外,无所顾忌般地奚落着他,"说不定现在就有人知道我被你带到这里来,带了大队人马来救我。"

　　站在一旁的阿鬼立刻变了脸色,朝窗外看去。老罗呼吸也有些急促起来,他知道自己在狱中的这十几年发生了翻天覆地的变化,没准这家伙真的有什么神奇的设备,能不动声色地发送消息。他立刻上去搜宋简的身,没发现异样,这才狠狠扇了他一个耳光:"妈的,装神弄鬼。"

　　宋简歪着头哈哈大笑:"看把你们给吓得。"

　　老罗看了看天色,嘘出一口浊气,说道:"跟你废话简直浪费时间,现在解决正事,你如果不想死,就把那幅画交给我。"

"成交。"宋简很干脆地说。

"这么爽快?"老罗感到万分不可思议,"你知道那是什么画吗?"

"我不知道那是什么画,但是我知道画上画了什么。"

"画了什么,你倒是说说看。"老罗说道。

"如果我猜得没错,那是一幅水墨画。"宋简的目光看向了门外,声音中透着莫名的悲凉沉重,"画的是一个老者,弯腰跪拜一块石头。"

老罗点点头。他听米家山说过,那幅画就叫《拜石图》,和宋简所说无异,如此看来,这幅图如今是在他手上无疑了:"不要耍花样,我有一百种办法让你生不如死。"他举刀对着他眉心说道。

不料宋简却说:"不管你有多少办法,你都得先放了我再说。"

"放了你?"老罗冷笑,"你以为我是傻子?"

"你把我绑着,我怎么能给你把画拿过来?隔空取物?你蠢啊。"

老罗被他拿话噎住,不知该说些什么,想了想道:"你把地址说出来,我让人去拿。"又对靠着墙抽烟的阿鬼说,"阿鬼,这一票要是干成了,你我吃香喝辣,左搂右抱,下半辈子享不尽的荣华富贵,可如果你要有什么坏心思,到时候神仙也救不了你。"

阿鬼不情愿地说:"他要说那幅画藏在美国,那我还得特地去办个签证?"

老罗气急,也不得不承认他说得有些道理,只好把矛头重新对准宋简:"不管那幅画在哪儿,你给老子想办法把它弄过来。"

宋简露出为难表情,心中却在盘算:让这人放了他显然是不太现实,就这么僵持下去对自己也没好处,眼下必须想出更为主动的办法,只是他独在异乡,没一个帮手可以指望,唯一的希望,就只有千里之外的师兄了,可是,远水能救得了近火吗?

计较一番,宋简打定主意:"你让我打个电话,我让人送过来。"

"让谁送过来?"老罗立刻紧张起来,"你想玩什么花样?"

"你不让我自己去取,又不让别人帮我送,你他妈的把我当神仙啊。"宋简破口大骂,为了增加真实感,他又说道,"你别以为老子好欺负,我跟你说,我不是无条件地把画送给你,我有条件。"

"什么条件?"

"不管那张画卖了多少钱,我都要三分之一。"

老罗果然安心了许多,心想只要那幅画一到手,就寻个机了结此人,现在就算答应给他一半又有何妨?但他对他安排的人终究不放心,想到既然可以安排让人送来,自然也就可以叫人去取,于是仍然坚持叫阿鬼跑一趟。

宋简说道:"我老实跟你说,我住的地方非常偏,他不见得能找得到,而且一来一往,到时候天都黑了,我现在叫人送过来,那是最快捷的办法。"

老罗见阿鬼也是不情不愿,这才答应。他已做好打算:眼前这人和送画来的人,一个都不能活着离开;至于阿鬼,在失去利用价值之后,也没有活着的必要。只要这幅画到手,他有把握从米南那里敲到一个好价钱,一个铤而走险在所不惜的好价钱。

"可是你还得把我放了。"宋简说道,"要不然我怎么打电话?"

老罗想了想,让阿鬼把手机拿出来,阿鬼问他怎么不用自己的手机,他说他的手机已经欠费停用了呼叫功能,这话虽然不假,但更重要的原因是他不想暴露自己的号码。

老罗打开手机免提,按照宋简报出的号码拨通了电话,然后放在他嘴边。

一个声音问:"哪位?"

"师兄啊,是我。"

"你……宋简?"师兄惊讶地问,"换号码了?我正在……"

宋简立刻抢着说道:"我知道你忙,下了班还得辅导儿子写作业,可我有急事找你。"

"你……"三十多岁至今单身的师兄卡顿了几秒,忽然说道,"对对对,现在的小学数学太他妈难了,英语就更别说了。"

"谁让你以前不用功?"宋简笑着说,"帮我送个东西过来行不行?就在我床底下那个箱子里,箱子里有个盒子,盒子里有幅画,画上有个老头,对着一块石头磕头……"

"老头?磕头?好吧,我找找……可你人在哪儿呢?"

"我在仙踪啊,还能在哪儿?不过我不在市区,好像是在一座山上。"他扭头问老罗,"咱们现在在哪儿?"

"阴阳山。你让他到了山底下打这个电话，我派人去接。"

"阴阳山。"宋简又对着电话喊，"到了的话就打这个号码，有人去接，路上注意安全。"

挂了电话，宋简喘了一口气："他是我邻居，幸亏我放了一把备用钥匙在他那儿。等着吧，他也挺远的，谁叫你跑到这鸟不拉屎的地方来。"

"那么重要的东西？你就放在床底下？"

"我哪知道那是什么东西？"宋简看向了窗外，落寞地说道，"要是我知道那幅画如此重要，很多事就不会发生了。"

等了两个多钟头。老罗肚子饿得咕咕叫，阿鬼也是不断抱怨，这两个人的疑心越来越重，越来越觉得不对劲，宋简只好一再再而三地安抚他们："我被你们这样绑着都能忍受，你们还有什么可说的？"

手机忽然响起来，却不是刚才宋简拨过去的号码，一个陌生的声音说："到山底下了，不是说有人来接吗？"

"你等等。"老罗眉开眼笑，"我马上就到。"

"我告诉你，我们掌柜的交代过，这东西一定要亲手交到宋先生的手里。"那人说道。

老罗挂了电话，对阿鬼说："你在这里看着他，我去接人。"

"我去吧。"阿鬼变得殷勤起来，"您是大哥，以后我还指着您发财呢，这点小事当然得让我来做。"

"你这个瘪三，是担心我拿了画跑掉吧。"老罗瞪眼骂道。但为了争取信任，他还是把车钥匙丢给了他，叮嘱道，"那个人来的时候，你先别跟他打招呼，先观察一下四周的环境，看看有没有人跟踪。接上头之后，先验下货，别稀里糊涂地就把人带到这里。机灵一点，千万别出什么幺蛾子。"

"放心吧。"阿鬼拿着车钥匙走出去，不久就传来汽车引擎发动的声音。

宋简靠在椅子上闭目养神，噤声不语。他的手腕和脚踝都被绑在椅子上，只能强行扭动，减轻麻木，想要挣脱是万万不能。他知道自己给师兄出了道难题，可是他没有其他办法。至于能用什么办法来施以援手，那就要看师兄的本事了。

他的猜测是，师兄找来的那个人可能会制住阿鬼，以他为人质，和这个老罗进行交换。

如果真的是这样,那就糟了。老罗很显然不在乎阿鬼的死活。那个人救不了他不说,还会危及自己的安全。到时候铸成大错,他真的没办法和师兄交代。

尽管面如止水,宋简的心中却波涛起伏。他后悔了,后悔自己太激进太冒险。

老罗也用手指摩挲刀锋,似乎在做屠杀前的准备。

汽车的喇叭声从门外传进来,提醒他们人到了。

阿鬼一脚踹开了门,把钥匙扔还给了老罗,骂了一声:"这天热的。"他身后是一个矮矮胖胖的人影,前脚踩进门框,后脚却没跟进来,而是卡在门框里问道:"怎么黑咕隆咚的,宋先生呢?哪位是宋先生?"

"我是。"宋简打起精神回答。眼前这一幕与他的猜测不符,说明局势尚未失控,保留着一丝转机,这个时候他绝对不能泄气。

"你是宋先生?怎么不像?"那胖子走近了几步,眼睛眯成一条缝,"怎么这么暗?你们就不能把灯开着吗……老板说要把东西交给宋先生,不然不给工钱……我跑了这么远,拿不到工钱可不成……"嘴里絮絮叨叨,人已经走到宋简身边。

宋简看这人头缠不清,觉得又滑稽,又失望,却不想捆在椅子后面的两只手中忽然多了样东西,立刻用手掌夹住,生怕掉落。根据形状判断,那应该是一把折叠小刀。

"你干吗?"老罗站起来,"谁让你离那么近的?"

胖子像是吓了一大跳,后退几步说道:"我们老板说不交到宋先生手上不给工钱,他把宋先生的照片给我看了,我当然要比照一下,难道谁说自己是宋先生我都可以把东西给他吗?我们做生意的要讲信用,答应别人的一定要做到,可是黑咕隆咚的,我哪知道你们谁是宋先生,你们这些人好奇怪,怎么不开灯?"

"闭嘴。"老罗被他说得脑壳疼,骂了一声又问,"叫你带的东西呢?"

"在这儿啊。"胖子把塑料袋放在桌子上,手却捉着袋口。

宋简总算看清楚了他的全貌,他下巴和脖子间叠了三四层肥肉,肚大腰圆,穿件油渍斑驳的厨师服,袖子卷了起来。黑色的大塑料袋两头撑起四边形的轮廓。

"把东西放在桌子上就好了，赶紧走。"宋简给他递眼色。这人多半有些名堂，但是现在力量悬殊，只要能逃脱，就有机会组织营救。

"咦？"胖子忽然惊道，"宋先生，你怎么给绑起来了？这是哪个乌龟王八蛋生儿子没屁眼的坏种干的好事？"

"妈的，再废话就把你皮给揭了。"老罗猛地一拍桌子，吓得那胖子打了个寒战，嘴巴却还是闭不住，"是你们……有话好说……我什么都不知道。"

"别啰唆，就没事。"老罗扭头问阿鬼，"验货了吗？"

"没，说一定要交给宋先生，我有什么办法。"阿鬼走的时候没带香烟，绕了一圈烟瘾发作，回来后发现丢在桌子上那包烟已经被老罗抽得一根不剩，没好声气地回了一声。

"你也没搜他身？"

"没，他身上全是鸡粪，臭得要命。你看他能藏着啥危险东西？是刀还是枪？"阿鬼蹲下身子找烟头。

"早知道你干不了大事，起码的警惕心都没有。"老罗把匕首提在手中，打量胖子。胖子委实太胖，那衣服也实在太紧，勒得他腰间的肉都像游泳圈一样激凸出来，确实藏不住什么东西。

"把东西打开。"

"什……什么东西。"

"就你带来的东西。"

胖子从塑料袋中掏出一个古色古香的长方形木盒，表面印着烦琐浓艳的云锦，看起来富丽又俗气。

宋简的心立刻就猛烈跳动起来——这个木匣宽度适中，正好足够藏进一把64式手枪。然而老罗离胖子实在太近，目光兴奋而警惕地盯着他的手，刀尖在他胸前散发着寒芒，在胖子拿起枪并扣动扳机之前，那把刀很有可能已经在他的胸口扎出一个血窟窿。这绝不是拔枪的最佳时机。

"你就不能离远一点吗？"胖子果然说道，"离得这么近，我不舒服。"

"哪有这么多门道。"老罗踢了他一脚。

胖子"哎哟"一声，搭在木匣盖上的手一用力，"咔哒"一声。

木盒中的绢布中果真有一幅长筒状卷轴,墨痕隐隐,墨香淡淡。宋简咽了一口吐沫,怀疑匣子底下还有个夹层什么的。然而胖子将卷轴拿出来后,木匣子就见了底。

"打开让我看看。"老罗说。

胖子把画纸一寸寸展开,卷上的内容也一寸寸铺陈开来,只见一个浓墨染就的老人须髯飘飞,躬身俯就,朝一块半人高的嶙峋怪石拱手作揖,边上还有几棵毛竹,寥寥几笔,颇得神韵。阿鬼叼着烟屁股站在旁边耻笑道:"这画的什么玩意,人还拜石头,笨蛋吧?"

"你懂个屁,这叫艺术。"老罗喜上眉梢,命令胖子把画卷起,原样放进匣中,"把画丢下,你可以走了。"

"好嘞。"胖子喜出望外,看了看宋简,羞赧地说,"宋先生,我也不知道啥情况,你好自为之。"

宋简朝他眨眨眼睛:"你走吧,我有手有脚,可以自己走的。"

胖子看了看老罗,似乎嗅出了危险的气息,迈向门的两条腿明显打弯,胳膊夹在身体两侧,整个人弓腰驼背,比进来时矮了一大截,身上那层滑腻厚重的肥肉挤压在一起,像一块案板上的巨型秤砣。

老罗跟在他身后,一时间不知从何下嘴,略作观察又催促道:"你走快点,我还要关门呢。"平缓的语调掩饰了他刀锋的去向。那刀无声绕过胖子的脖颈,朝他咽喉抹去。一个人临死前杀猪一般嗷嗷乱叫也难免令他心烦,还是先割断他的声带再说。

正当此时,身后一声厉喝:"举起手来。"

老罗回头看去,大惊失色。原本绑在椅子上的宋简不知怎么已经站了起来,食指和拇指比画出一个开枪的姿势,对着他说道:"举起手来,不然我就开枪了。"

"你他妈的吓唬谁……"老罗看出他虚张声势,哭笑不得,话说了一半,耳膜猝然爆炸,竟被胖子的肉掌结结实实抡在脸上,脑子里好似有几千个铙钹在一瞬间同时敲响,震得他几乎失聪。

"阿鬼,一起上。"倒在地上的老罗气急败坏地喊道。

可是阿鬼忽然抱起桌子上的木匣,跑得比兔子还快,转眼就消失在门外。老罗这才想起重点,那幅《拜石图》丢了,一切就都完了。他使了招

"鹞子翻身",从地上扑腾跳起,挥舞着刀向横在面前的胖子砍去。胖子的身子往后一偏,让出一个空当,被他抓住机会,奋力冲出了门。

门外很快传来引擎发动的声音。

宋简正在用胖子给他的小刀割脚上的绳索。那小刀虽然锋利,无奈他双手被反绑难以发力,切割有限。好在那绳子长久以来不见阳光,受潮气影响已不复强韧,这才在被割出切口之后受力绷断。发力的手腕此刻皮开肉绽,血迹斑斑,疼得他不禁嘴里滋滋抽出冷风。

"你还真不要命。"胖子蹲下身子帮忙,"你师兄说你在大学就是个拼命三郎。"

"我师兄还说他的同学犯罪心理学博士侯佳成是个人精。"宋简把刀还给他,用手按摩僵硬的脚踝,勉强站起。

"好说好说。"侯佳成说道,"来得有点迟,也实在不知道什么情况,真是对不住。你师兄打电话给我说你遇到了危险,具体什么危险他也不知道,我只能根据他说的尽量准备,走一步算一步。"

宋简克服着麻木走了几步:"太难为你了,那幅画很逼真,竟然能够瞒过他们。"

"是我找单位一位同事画的,还用吹风机吹了一下,耽搁了些时间。幸亏那两个家伙都是草包,要不然早就穿帮了。话说回来,你师兄说你身手了得,可你怎么给这两个草包绑起来了?"

"说来惭愧。"宋简说道,"你知道我在调查那个安晴。这后面牵扯到一些事情比较复杂,三言两语说不清楚,但是我保证,等解决了所有的问题,我一定会知无不言,言无不尽。"

"好吧。"侯佳成知道他慎重,没有勉强,"你既然在调查安晴,那你知不知道她最近的情况?"

宋简说自己这几日一直在大摩岛早晚监视,并没有发现什么异样。

侯佳成眯着眼睛笑道:"不要再去大摩岛了。"

原来安晴已经在前天夜里秘密地搬进了医院,老谋深算的柏良人之所以没有撤走岛上的人马,就是为了掩人耳目。看样子,安晴分娩就在这三两天。

"我们下山去吧。"侯佳成说,"我请你喝酒。"

宋简很想去，这么多天的苦等，这一天的辗转和紧张，都让他渴望能够放松一下自己，他知道师兄和侯佳成能成为兄弟，自己和他也自然能够心无芥蒂一见如故，可是现在还不是喝酒的时候。他只好婉拒。

山中暮色四合，倦鸟归巢。宋简跟侯佳成踏着碎金般洒落在风中的夕阳并肩下山，和侯佳成安排接应的几个同事会合，一起坐车回到市区后，就独自离去。

他从未如此疲惫，也从未如此悲伤。

/ 第五十二章 /

康弘盲人按摩院开在金牛路旁边的居民楼里，老板姓郭，湾汕县清溪镇本地人。他手下本来有四个盲人按摩师，去年死了一个，人手一直捉襟见肘，所以在店门口贴了张广告，招学徒。

楼上的张姐推荐了她的表侄阿星，说是推荐，却已将他人和行李都带了过来。郭老板没法叫他原封不动地搬回去，只好摘掉他的墨镜，叫他睁眼，观察他的瞳孔。他的瞳孔呈现出异常的灰色，不晓得是先天缺陷或是后天病变所致。

"行是行，就是太周正了些，手太细，不知道能不能干得了。"郭福伦含蓄地表达了自己的不满，并且说，盲人按摩最好是从年幼时就开始学，手指不易僵化，比较容易掌握要领，言下之意就是这个年轻人已经过了学习按摩的时机。

"他很聪明，什么都学得会。"张姐执拗地说道，推了阿星一把，"是吧，阿星？"

星"嗯"了一声。

"这样吧，我先给他安排个师傅，让他跟后面先学着。"郭老板坐在早上八点半的堂屋里，喝着第一开浓茶。都是街坊邻居，他也不好拂人面子，但是该交代的一定要说清楚，两个月的学徒期间是没有报酬的，食宿全包，且是粗茶淡饭，到时候不要抱怨。

"怎么会抱怨？感激还来不及。"张姐脸上的皱纹挤在一起。

郭老板朝一间屋子喊道:"阿多。"

屋子里走出来一个跟星年龄相仿的年轻人,同样戴着墨镜,对着郭老板喊了一声"师父"。

"给你介绍个徒弟,跟你住一个房间。"郭老板喝着茶。

阿多淡淡说了声"好",转身回了房间。

房间里很亮堂,是因为有一扇对着西边的窗户,落日余晖照耀进来,在水泥地盖上一个四方的印章。两张简易木板床,一张铺着垫被,叠着整齐的被褥,另一张只有床板。张姐在空床上将星的行李归置好,嘱咐了几句,就离开了按摩院。

"你是生下来就看不见吗?"阿多坐在床沿上问陌生的伙伴。

"是……是的。"

"我是后来才看不见的。"阿多的口气平静,但仍有一些藏不住的优越感。他说他本来好好的,后来眼角膜病变,视力越来越差,渐渐就看不见了。在足够亮堂的地方,还能看到些模模糊糊的影子。

说到这里,他皱了皱眉头,敏锐地发觉房间忽然暗了一些,原来是窗子那里被一个淡淡的人影给挡住了,这才意识到是阿星站在了那里。

"你能看到光?"他问道。

"能感觉到一点点。"星站在那里说。

"以前有个人也喜欢站在那里看太阳。"阿多说,"他叫阿奇。"

"阿奇是谁?"

"你现在睡的那张床就是阿奇的。他比我更早来到这里,算得上是我的师父。"

"你不是叫郭老板师父吗?"

"他喜欢我们那样叫他,可实际上只有阿奇的手艺是他亲自教的,我们其他三人都是阿奇教的,不过郭老板说,阿奇教得比他好。"

房间里又恢复了原先的亮度,窗户变成了暗红色,像黑色的幕布上一块褪色的印记。阿多失明时短,能在脑海中模拟出此刻日头西落的景象,他告诉阿星太阳其实是一个大火球,人的眼睛没有办法直接与之相对,"不过跟你说了你也不懂,阿奇就不懂。那一年下雪,我跟他说雪是什么样子,怎么说他都不明白。"

"他人呢？"坐在床上的阿星问。

"不要提他，他就是个傻子。"阿多忘记是自己挑起的话题，"等下我带你熟悉一下环境，晚上客人多起来，我就没时间了。"

"阿奇人呢？"阿星似乎没有察觉到他突如其来的避讳，坚持问道，"他不干了？"

"他死了。"阿多的回答简练而残忍。

"死了？怎么死的？"

"当然是生病死的，不然还能怎样？"阿多郁躁起来，"你现在要霸占他的床，还有他的工作了。你要感谢他，如果他没有死，这里是轮不到你的。这个傻子什么都不稀罕，什么都不要，最后什么都成了别人的了。"

阿多泄愤一般咬牙切齿，脸上却泪水涟涟，也没有动手去擦，仿佛那是不值当的事。两个盲人打交道倒也简单，看不见彼此的脸，即使朝对方扮鬼脸吐口水，对方大概也会以为是下了雨。

"你很伤心？"阿星在短暂的沉默后抛来一个问题。

"没有的事。"阿多有些心虚，走到洗脸架那里用毛巾擦了擦脸，"我带你上楼。"

按摩房在楼上，那里的物件每天都会归置在固定的地方。房间里的橱柜，每一层的收纳都有约定俗成的规矩；电视机如何开关、遥控器如何操作、空调如何分辨制式以及调节温度，都需要花时间去学习。但最困难的还是传授手艺，按摩院只是个笼统的称呼，提供的服务绝不止按摩一种，即使是按摩也是分门别类，比如说穴位按摩，首先要认清穴位，其实是哪些穴位对应何种器官，哪些穴位可以按哪些不可以。其他如足疗保健、经络走罐和刮痧拔罐就更加复杂。正常情况下，一个盲人技师最少要两年才能初窥门径，阿多干了八年，算得上是个熟练技师。

他只希望自己新收的这个徒弟不是太笨。

和郭老板一样，阿多对星的预期比较悲观，二十多岁说起来年轻，其实学习能力已经大打折扣，不过盲人按摩从来就是苦功，除了以勤补拙，大概没有别的路可走。

但是阿星超出了他的判断，他学得不算快，也谈不上慢。他很快就搞清楚了按摩院每个房间的方位和职能，并且能够根据声音辨认出按摩院里不同的人。他走路很轻慢，手脚也挺灵活。每个盲人学徒初来乍到时都会因为环境陌生而打烂一些物件，不是花瓶就是碗碟，但在初来乍到的前一个礼拜，星从来都没有犯过这样的错误。

"今天师父表扬你了。"阿多某天晚上睡觉前对星说。

"郭老板？表扬我什么？"

"他夸你机灵，手下有分寸，不摔东西。"

第二天早上，星上楼的时候一脚踩空，头和胸磕在台阶上，滑下来的时候，险些撞碎了安装在墙上的鱼缸。

正在刷牙的郭老板闻声出来，用双氧水和跌打药给他处理外伤，问他要不要去镇上的卫生院看看。星说这点小伤算不了什么。郭老板欣慰地表扬了他吃苦耐劳的精神，说干这一行最怕的就是娇气："给你放半天假吧，休息休息。"

星还是坚持着上了楼，坐在按摩房里的小凳子上，给阿多打下手。

"你真是不知好歹。"阿多用干爽的抹布擦拭着拔罐用的烧瓶，"放假可是你们这种新学徒才会有的待遇，等到你成了像我这样的老师傅，哼哼。"

连接楼上楼下的木板楼梯很夸张地响起来，吱吱扭扭，像是有人搬着沉重的东西上楼来，末了出现在门口的却只有一个人。阿多的脸立刻像见了霜的叶子变得焦黄。他问那个喘着粗气站在门口的家伙："老魏，你今天不上班吗？"

"上个屁班，我家的超市，我想上就上，关你屁事。"

被阿多称为"老魏"的男人实在太胖，短短的一截楼梯已让他大汗淋漓，坐到按摩床上的时候，四条伶仃的床腿似乎随时都可能折断。

"瞎子，别废话，过来给我按摩下颈椎。"老魏沉重地呼吸着，"这么热的天不开空调，你想热死老子啊。"

阿多开了空调，过来给他按摩。老魏不断抱怨，抱怨按摩房安在二楼，上下楼梯对他来说简直就是酷刑，接着又抱怨阿多偷懒："你以前不是很厉害吗？怎么现在就跟没吃饭一样？你到底使没使劲？你再这样糊弄我，我告诉郭老板去啊，有那钱还不如养条狗。"

阿多虽然瘦，但是手指有劲，只是胖子肥厚的皮下脂肪严重干扰到劲道的穿透。他的脸憋得通红，手指弯曲到最大限度，在老魏颈部两侧来回施压，又在他风池穴上着力点揉。

"这还有点样子。"老魏笑起来，"你还算有点伺候人的天赋。哪天我把你聘到我家里去，你啥事儿都别干，专门给老子按摩。"

"老魏你可就别逗我开心了。"

"谁有时间逗你开心？老子是看得起你。"

"你有三高，不适合经常按摩，还是要多运动，把体重减下来，比什么都好。"

"老子要你教？别啰唆，乖乖给老子揉高兴了，老子多给你几块钱。"

阿多从他的秉风穴、天牖穴和肩井穴一路按过去，咬着嘴唇听老魏老子长老子短地聒噪。

"喂，说话啊，你是个瞎子，又不是哑巴。"老魏终于觉得无趣。

"你到底是在用嘴说话，还是在用肛门说话？"

老魏吃了一惊，他完全没有注意到角落里一声不吭的那个瘦瘦的年轻人。他很困难地扭转过头来，脸红得像块猪肝："你说什么？你再说一遍。"

"阿星，跟你没关系，不要多嘴。"阿多叱道。

星站起来，迎着老魏的凶狠目光："你要是有闲工夫，回家把你里三层外三层的肚皮掀开，把下面那坨意儿找出来，让它活动活动，比在这里磨嘴巴皮子强。"

"我×你……"

"你能×谁？"星阴鸷地笑，"回家×你自己去。"

"你个死瞎子。"

"瞎子也比你强。"星挑衅道，"有种你过来，我把你脑袋塞到你肛门里去，看看你到底是吃屎厉害还是拉屎厉害。"

"阿星，不要再说了。"阿多想去制止他，却抓不住他。

"好你个阿多，找人来对付我是吧，老子今天就要收拾你们这帮欠揍的。"老魏喘着粗气，双手撑着膝盖下了床。

"老魏，你别生气。"阿多拉不住他，几乎是被他拖着走。

老魏庞大的身躯像山体滑坡中的巨石向星压过去，星的身子往旁边一斜，上边躲开了他的冲击，下边踩在了他的脚上，胳膊肘在他后背心轻轻一捣，就让老魏整个趴在了地上。

老魏不明白自己是滑倒的，还是被这个瞎子给放倒的。他翻转过来看着背对着他的星，又看了看手足无措的阿多。阿多的脸上布满困惑，显然并不知道屋子里发生了什么。

老魏哼哧哼哧地爬起来，蹑手蹑脚地走到星的面前，屏住呼吸，举起拳头，在星的眼前比画，见星毫无反应，又拿起床头柜上的玻璃烟灰缸，朝他脑袋上砸去。

星完全不为所动。

烟灰缸在离星头顶不足一寸的地方停住。"你妈的，你给老子等着。"老魏骂了一句，把烟灰缸扔在按摩床上，朝外走去。随着楼梯吱呀吱呀地响起，他缓缓下了楼。

"阿星，你还好吧？"阿多问道，"刚才发生了什么？"

"谁知道呢？好像是自己滑倒了。"星把烟灰缸轻轻放回原处，说道，"这种欺软怕硬的货色，你就不应该让着，越让着他越来劲。以后他要是欺负你，你就得加倍还回去。"

"你说得一点没错，他现在就在加倍还给我啊。"

阿多坐回到椅子上，活动着酸胀的指节："我以前上学，和老魏是同班同学。我那时候最喜欢的事，就是欺负老魏。"

阿多说自己当年很神气，算是同龄人中的老大，瞅谁不顺眼，就会指使手底下那帮小弟玩"打糠"。所谓"打糠"，就是把人的手脚抓住抬起，用他的屁股去砸地面，有时候还会用对方的裤裆去撞旗杆。老魏就是"打糠"的主要对象之一，因为他胖，需要更多的人抬，也就有更多的人能乐在其中。阿多指使他们把老魏抬着去蹭操场上的狗屎，致使他不得不经常旷课回家去换裤子。但是老魏最大的好就是不会告状，总是说那狗屎是他自己蹭上去的，而且还在学校调查时主动隐瞒，为阿多省去不少麻烦。

老魏一直想融入到阿多的小社团里，成为他的手下，但是他越谄媚，阿多就越看不上他。

某个夏天下午一节令人恹恹欲睡的外语课，刚刚分来的外语老师被阿多在身后贴了张纸条，上书"荡妇"两字。她在学校里走了一圈，回到办公室才发现，直接去了校长室哭诉。校长暴跳如雷，到班上逐一询问，这一回动了真格，不查出肇事者誓不罢休，但知道真相的同学都被阿多提前警告过，集体装傻，陷入僵局之际，阿多站起来，说看到是老魏贴的字条。

用江湖上的黑话来说，老魏那一天表现得很"棍气"，"棍气"就是"讲义气"的意思。他一言不发地站起来，拎着书包就往教室门外走，主动退学离校，再也没有回来过。但是阿多永远记得他出门前回过头瞥他的那一眼，多年的仇怨全在里面。

"其实那时我的眼睛已经不行了。"阿多说，"我妈妈带我去了很多医院也看不好，所以我也见不得别人好，别人倒霉，我也开心。我当时就是那么想的。"

这件事传开后，威信扫地的英语老师成了笑柄，不到一个月就请病假回家，后来得了抑郁症，一直靠服药抑制病情。阿多在失明之前见过她一次，整个人浮肿得面目全非，看人也无神，像丢了魂似的。

阿多来到这间按摩院的时候已经几乎完全失明。老魏第一次上门说普通话，声带也因为肥胖导致的挤压而变了形，嗓音细细尖尖，叫人听不出来。他让阿多给他按摩颈椎，却在他后背处的毛衣里埋了一枚图钉，阿多的手当时就按出了个血洞。

作为一种偿还，阿多说那是自己不小心戳的。

老魏尝到了甜头，成了按摩院的常客，指名道姓要阿多替他服务，且都是很少有人光临的早上，他用针扎阿多的胳膊，想尽一切办法去侮辱他。

"我跟阿奇说了这件事，阿奇当时说的话跟你差不多，他说这就是老魏对我的加倍奉还，总有一天会两清。"

"什么差不多，根本不是一回事。"星愤然，"那死胖子愿意被你欺负，那是他活该，否则在那么多人里，为什么你只欺负他？人厌被人欺，这话一点没错。"

阿多听到这句话，仿佛不受控制地哆嗦了一下，却不知该如何反驳，叹了一口气道："按照你的意思，我们变成瞎子，也是活该了。"

"难道瞎子就活该被人欺负？"星的声音又硬又冷，"有人欺负我，我会十倍还回去。"

阿多嘴唇动了动，到底没再说话。

这一场风波，并没有引起什么回响，阿多下午给两三个顾客进行了拔罐和推拿，顺带对星进行了指点，除了上午的那点不愉快的小插曲，这一天总体算得上风平浪静。到了晚上九点，最后几个客人离开，回到房间的阿多问星："想不想出去逛逛？"

"想。"星回答得嘎嘣脆。

阿多从门后面取出拐杖，让星抓住他的衣角，两个人一前一后走出房门，往晚风中的街道走去。整条新街都人声寂寂，只有兼卖烟酒粮油的米店留了两块门板没上。阿多的拐杖在门板上敲出清越的声音："老板娘，你好啊。"

"阿多，好久不见啦。"是一个上了岁数的女人颇为惊喜地应答，"这是你的新伙伴吗？"

"是啊，他叫阿星。"阿多将钱放在台面上，"还是老样子。"

一只手把装满物品的塑料袋递到阿多手上，把找零的几枚硬币放到他手心。"花生米涨了五毛钱，还是按原价卖给你。阿多啊，阿奇不在，你要照顾好你自己哦。"

"我知道。"阿多点点头，领着星往回走。

"这就回去了？"星明显有些失望，"我还以为有什么好玩的呢。"

"清溪镇上哪有什么好玩的，除非有玩杂技的过来，不过要等到下半年。"阿多遗憾地说，"玩杂技的大篷中有跳脱衣舞的，可惜你也看不见。"

"你买了什么好东西？"星在他身后问。

"花生米、鸭脖子，还有二锅头。"

"为什么要买二锅头？"星拽着他衣角，"我讨厌别人喝酒，喝酒的人都是傻子。"

"我第一次被老魏欺负的那个夜晚，难过得睡不着觉，身上疼，心里也疼。阿奇就像我现在领着你一样领着我出门。我喝了酒，哭了一场，就好多了。"回到房间，阿多很熟练地支起靠在墙角的小方桌，叫星去拿板凳，"喝点酒，好睡觉。"

"我不喝。"星倔强地回答。

"你的弦绷得太紧了。"阿多把两个小塑料凳子拿过来，摸着阿星的肩膀，把他按在凳子上，"弦绷得太紧，总有一天会断的。"

"你怎么知道我的弦绷得紧？"

"你骂老魏的时候,我就知道了。我以前跟你一样,好像恨不得跟世界同归于尽。阿奇说这叫戾气,戾气深重的人,说话都很绝。"

"阿奇很喜欢喝酒吗?"星不太喜欢讨论自己的事,转移话题。

"他每天都要喝的。"阿多眸中闪烁着光,"我最后一次见他,还给他带了酒去,装在矿泉水瓶里,偷偷给他喝了一口。可是他只喝了一口就不喝了,明明馋得要命……"

"为什么?"

"他说喝酒伤肝,他的肝要移植给别人,不能出问题,否则就是害了别人。"阿多一口酒喝得有些快,呛得咳嗽,"这个傻子啊……"

"的确傻,都要死了,还不抓紧时间痛快一回。"

"不,他一点都不傻,他是我见过的最聪明的人,他简直就是个天才。"阿多刚闻到酒味就似乎醉了,前言不搭后语。他说阿奇是他见过的最聪明最厉害的人,虽然看不见,可整个清溪镇都去过,一草一木都了解。阿奇还是个好老师,经常带他在清溪上的街道游逛,教他利用光感和气味去辨认道路。阿奇的脑子里有一条靠脚步丈量出来的清溪镇地图,延扩到周边的稻田,面积有限,但比卫星云图还精准。

"就凭这,你能做到吗?"阿多问道。

"可是他教你被人欺负也不反抗。"星不服气。

"老魏也是个可怜虫,比我好不了多少。他高血压高血脂不能喝酒,我还能喝酒,还能坐在这里跟你聊天,我比他好。"

"这也是阿奇教你的?用别人的惨来安慰自己?"星冷笑,"可怜人总会想出可怜的办法。"

"你不认识阿奇,你没有资格去评价他。"阿多激动起来。

"也许我比你更有资格。"星摸着心脏所在的地方,感受着那里的悸动。这个软弱的器官总是和他坚定的意志南辕北辙。

"为什么你会比我更有资格?"阿多不解地问。

星一时语塞,讷讷道:"我的意思是,因为我站在一个旁观者的角度,所以更加客观。"

"客观个屁。"阿多"呸"了一声。

他说,阿奇是下面村子里的韩奶奶在棉花田里捡到的,因为来历奇怪,所以就叫阿奇。养到一岁时才发现眼睛有问题，养到七岁时发现脑血管发育畸形，没钱治疗，只能活一天是一天。他到了十四岁，被韩奶奶托人介绍到郭老板这里学盲人按摩。整个镇子上的人都很喜欢他。

"要不是阿奇，我肯定熬不到今天。一个人自己活不长久，却能让别人活下去，多少也有些了不起的地方，你说是不是？"阿多问星。

星没说话。

"我说阿奇是个傻子，是因为他后来犯病，脑子烧坏掉了，竟然要把身上所有的器官都捐出去。死无全尸，是我们农村人最忌讳的事，他却跟开玩笑一样，随随便便就把字给签了。"

"死了就是死了，就算是器官转移到了别人身上，也是延长别人的生命。"

"可他是真的开心。"阿多压着嗓子说，"我去医院看他，他说他最大的乐趣就是想象器官会移植到谁身上，尤其是他的心。他说死亡就是停止心跳，心只要继续跳动，人就不会死。一想到这儿他就激动不已，恨不得早一点动手术。"

"也许他只是想安慰你吧。"星冷冷地说，"你眼睛看不见，怎么知道他没偷偷地流过眼泪？"

"也有可能吧。他好像从来都没有伤心过，这肯定不对，不科学嘛。"阿多难受起来，鼻子发酸，端起瓶子，想要再倒一杯。瓶中却所剩无几，他放在耳边摇了摇，面露困惑："这酒怎么好像少了很多？"

是卖酒的老板娘缺斤少两了吗？他感到很失望。

"你怎么知道少了？难道你能看见你自己倒了多少？没准你都给洒到桌子上去了呢。"

"不会的。阿奇训练了我很多回，绝对不会错。"

"可是你这么久没喝，也许感觉迟钝了呢？"

"是啊，有可能。"阿多黯然道，"一定是我自己的问题，老板娘那么好的人，不会骗我的，不会。"

"你这个人，真是麻烦。"星抱怨起来，又有些不好意思，"好吧，我承认，是我喝了，我只倒了一点点，才喝了一口，就被你发现了。"

阿多的眼角笑出两条细纹："味道怎么样？"

"真难喝,辣得要命。"

"慢慢习惯就好了。"阿多劝他继续喝下去,"假如你喝完,我明天晚上就带你去一个地方,我第一次喝酒的晚上,阿奇带我去的地方。"

第五十三章

第二天晚上,约莫十点,阿多说要带阿星去老街逛一逛。

按摩院在清溪镇的新街,街面宽阔,楼台轩敞,行道树都是刚种不久,被砍掉的枝干后的木桩冒出稀疏的新芽,整齐而支棱,来往的车辆总会掀起飞扬的烟土,像小型的沙尘暴。但老街全不一样,老街离河不远,两旁是低矮破旧的平房,中间夹着一条青石板和鹅卵石铺就的羊肠小巷,地势注陷,每到夏天汛期,半条街道都会被上涨的河水淹没。

"以前阿奇经常会带我来。"阿多在黑暗中走得颇为志忑。清溪镇的十点已经完全入夜,十点的清溪镇没有夜生活。阿多说阿奇死后他就再也没来过这里,难免有些生疏,好在老街没什么开发的价值,只能自行坍塌,格局是怎么也变不掉的。他摸着墙壁,脚在荒草间蹚过,知道并没有走错路。

"到这里来干什么?"拽着他衣角走在后头的阿星显得有些焦躁,"这里好像……好像什么也没有啊。"

"你有没有闻到香味?"阿多鼻孔翕张。

"没有。"星很果决地回答。

"难道是搬走了?"阿奇手抚摸着墙壁上粉落的灰砖,遗憾地说,"阿奇要是知道,一定会很伤心。"

"谁搬走了?"星问。

"楚兰啊,就是向阳理发店的女老板。"阿奇回答,"新街上有两家理发店,但阿奇总是到老街上来理发,他认为楚兰是他遇到过的最漂亮的女人。"

"一个瞎子,哪里就知道漂不漂亮了。"

"他看不见,但是嗅得到,听得到。"阿多说,"郭老板大概是察觉出阿奇对楚兰有点意思,经常在吃饭的时候提起她,说她喜欢穿旗袍,走起路来腰肢扭来扭去,就跟风中的柳条一样。他还说,清溪镇没有敢那么走路的。"

"阿奇是怎么跟她勾搭上的?"星也不禁好奇起来。

"楚兰经常来按摩,她是镇上面唯一一个来按摩的女人,而且很难伺候,很挑剔。"阿多回答,"她第一次来是阿奇给她按的,后来几次换了别人,她都不满意,就一直都是阿奇给她按了。时间一长,我们就拿阿奇开玩笑,说楚兰看上他了。阿奇那个老脸皮厚的家伙,怎么挤对他都没关系,唯独说到这个事情,他一张嘴就结巴,就算我们这几个瞎子都能看出他心里有鬼。"

"这么说,她跟阿奇真有一腿喽?"星嘻嘻笑道,"是不是他们在按摩的时候情不自禁,干柴烈火起来了?"

"应该没有。"阿多叹气道,"楚兰让他按摩,他就去找楚兰理发,那段时间他常常嫌头发长得太慢,有时候等不及,就晚上偷偷跑到老街来,就在这里,一坐就是一两个小时。如果真有什么情况,那就直接进去找她好了。"

"他是觉得自己配不上她吗?"星露出遗憾的口吻,"难道提也没提过?"

"他倒是说过,他喝醉了就会踌躇满志,说等郭老板嫁女儿后就把按摩院接下来,最起码入点股份,当半个老板,自食其力,然后看有没有机会跟楚兰表白一下,不过后来他犯病的次数越来越多,就没再提过这件事。"

这样说着,空气里好像真的飘过来一些刨花油的香味,掺杂着似有还无的歌声。星陪着阿多坐在腐烂潮湿的门槛上,靠着衰颓的断墙,不说话。

静谧中,巷子里忽然传出女人的声音,是那种类似于受到惊吓的尖叫:"啊……"紧随着是推拉门的滚轴转动不畅的锐利摩擦声,令人浑身起鸡皮疙瘩。

阿多吓了一跳,还以为自己被发现了,紧张地站了起来。

"你走你走。"女人哭着,深邃的巷子里闪出一丝幽光。

"你别这样。"一个男人的声音说道,"我对你这么好,你怎么这么不领情?你在清溪镇无依无靠,我主动来安慰你,你还有什么挑三拣四的,咱们街坊邻居不就是应该互相照顾吗?"

"我不要你照顾,我要关门了。"

"你现在关门,难道能一辈子关门?除非你不想在清溪镇待下去。"那男人的恐吓充满了轻薄之意,"我明天还来,后天还来,我就不信我的诚心打动不了你。"

"你滚啊。"女人竭力把男人往门外推。

阿多躲在黑暗中,攥紧了拳头,似乎想冲出去。那个男人流里流气的笑声越来越远,向阳理发店的门再度关上,老街又恢复了死寂。阿多绷紧的身体缓缓变软,拳头也无力地松开:"阿星,我们回去吧。"

"是那个楚兰吗?"

"是啊。"阿多的声音有些发抖。

星拽住了他的胳膊,弯着腰捂着肚子说道:"阿多啊,你等我一会儿,我去拉泡屎。"

"真是麻烦,不能回去再拉吗?"阿多赧然道。

"就一会儿,马上就好。"星叮嘱他道,"我离你远点,免得熏到你,你别走啊,要不然我可回不去。"

在这条黑暗中形同废墟的老街,拉上一泡屎也算无伤大雅,毕竟人有三急,阿多只能等着,等得有点心焦,又不敢大声催促,只好轻声试探:"阿星,你拉好了没有?"

星可能拉得太忘情,也可能是没听见,没有搭理他。

"阿星。"阿多站了起来,用拐棍点着墙壁,朝星适才去的方向走了两步,"你在哪儿?"

"我在这儿。"星总算有了回应。

阿多感觉到一只手牵住了他的衣角,这才放了心:"你擦屁股了没?"

"我带了纸。"大概是蹲得太久,星的呼吸有点沉重,说话的声音有些发蔫儿。

他们一前一后沿着来路往回走,回到按摩院,蹑手蹑脚地进了房间。星上了床,连脚也没有洗。阿多心情沮丧到了极点,也是一宿无话。

似乎是受了风寒,翌日清晨星躺在床上爬不起来,额头像火一样烫,吓坏了阿多,嚷着要带他去镇上的卫生院。星盖着被子,一只手从褥子底下抓住他的胳膊，声音低沉却无比坚决地叫他闭嘴："我只是普通感冒，休息一天就没事了。"

"感冒也要看医生。阿奇当初就跟你一样感冒发烧，也不去看医生，不得不去医院的时候，已经来不及了。"

"我跟他是两回事。"星顽固地盖着被子，嘱咐阿多没事不要叫他，他只想好好休息。

好在这一天早上并没有顾客上门，郭老板闲得没事跑到街上看人打牌，中午才回来，和两个按摩师围着饭桌吃饭，问怎么不见阿星。阿多直接从楼上下来，并没有回房间，直言说阿星不太舒服，在房间里休息。郭老板笑着说："阿星幸亏是个盲人，要不然这个时候生病，还真有点犯冲。"众人不解，他才说起昨晚发生的一件怪事。

昨天晚上，镇口的董老板被人开了瓢。

董老板练过硬气功，经常在自家店门口拿两块石锁练功，虎虎生风，还精通水性，有"浪里白条"的诨号。他经营着清溪镇上唯一一家化肥农药经销店，垄断了远近八十多平方公里村镇的化肥销售，没有人敢和他竞争，就是因为他有一身的横练肌肉和十几个无业混混小弟。

这么狠的一个人，昨天晚上吃了大亏，后脑勺给板砖砸到骨裂，现在正躺在医院里。不过，他对警察说，他在被袭击之后也还了一拳，估计正中伏击他的人腋下，那人可能也伤得不轻。警察以此为线索，正在全镇排查。

"在哪里发生的？"阿多问。

"听说是在老街口。"

阿多的嘴唇动了动，却什么也没说。他吃完了饭，回到房间，想把这件事告诉阿星，发现阿星的床上只有散乱的被单，人不知去往何处，但肯定是他们吃饭之前就出了门。这个阿星可真不安分，眼睛瞎了还乱跑，要是出了事，铁定撑不到试用期结束。郭老板心肠不错，但最讨厌手下人节外生枝。

他不敢声张，只能躺在床上生闷气。

还好星回来得很及时，也恰到好处，堂屋里没有人的时候进了房间。

"你去哪儿了？"阿多问道。

星回答说躺了一上午，胸闷头晕，就出去呼吸了一下新鲜空气，顺带着在隔壁的馄饨店里吃了一碗素馄饨："你不信的话，可以去问馄饨店的老板。"

"你不要瞎跑。"阿多的口气也缓和了些，"郭老板让我照顾你，我得对你的安全负责。"

"我知道了。"星又躺到了床上，低声道，"我不会有事的。"

阿多转述了中饭时郭老板说的新闻，抱怨起清溪镇的不太平，连董老板那样的狠角色走夜道都给人开了瓢，普通人就更不用说了。以后晚上怕是不能随便乱跑，还是老老实实在房间里睡觉为好。

"你说他是在老街口被人放倒的，我猜他就是昨天晚上骚扰楚兰的家伙。这种人，死了也不可惜吧？"星的声音从另一张床上冷冷地传过来。

"真要是砸死了那倒一了百了，可偏偏没死。事情不会这么简单就了结的。"阿多现在担心的并非是董老板，而是他手底下那十几个混混，以前由董老板约束着好歹还能收敛点，董老板进了医院，他们一定会趁此机会变本加厉在清溪镇惹出点祸端来。这些人，怕的就是没有寻衅滋事的借口。

星的床上传来轻微的鼾声。阿多叹了口气，出门往二楼去。

/ 第五十四章 /

两点钟，堂屋里的老式挂钟铛铛敲了两声，星也上了楼。按照既定的计划，今天下午阿多应该教他拔火罐。

老魏出现在门口的时候，阿多的眼中倒映着酒精炉上小团淡淡的火焰。"火罐加热的温度宜高不宜低，低了就产生不了负压，所以火在玻璃罐里停留的时间要略久一点……"他完全没有意识到房间里多出了一个人。老魏的注意力显然不在阿多身上，他死死地盯着星被墨镜遮住的脸，像猫屏气凝神窥伺着地上的麻雀。房间里太暗了，火苗的光在星脸上制造出纵深的阴影，像是给他戴上一张令人猜不透的面具。老魏观察了很久，难以判断出星到底有没有防备。

"死阿多，你们在干什么？"老魏失去了耐心，主动暴露了自己。阿多吓了一大跳，手上的玻璃罐险些掉下来，压制着愠色说："老魏，你干什么？"

"阿多，叫你徒弟给老子拔个火罐。"

"他还没出师，会烫着你的。"阿多料定他是来报复，生怕他衣服里又藏着图钉大头针之类的东西，赔着笑道，"上次的事情，你大人有大量，不要跟他斤斤计较。"

"我不怕烫，他要是敢烫我，我就把他老底都给抖出来。"

"他不过是个穷瞎子，哪有什么老底不老底的……"

老魏打断了阿多的话："我来照顾你们生意，亲自出马给你这个徒弟练手，你竟然不知好歹，你们就是这样对待顾客的吗？"

阿多还想说些什么，被星按住："没事，我能行。"

老魏嗤笑一声，躺在床上，说自己最近看了很多碟片，导致睡眠不太好，让星先按摩他的头部来安神醒脑，再用火罐拔除他体内的寒气。星的双手在他的印堂穴和安眠穴上慢慢揉捏了几十下，又转向太阳穴，见他并没有横生指摘无事生非，便也不去用话语惹他。只在开始拔火罐的时候，才提示他翻转过来。

老魏在转身的时候，伸了个懒腰，趁机对星偷偷地说了句："你装得可真像，我知道你不是瞎子。"

星没回应，侧脸对阿多说："阿多，我有点冷，能不能帮我把床上的衣服拿过来。"

"你真麻烦。"阿多站起来往门外走。

老魏见他出了门，立刻就爬起来得意地笑："我还知道，董老板的脑袋是你给敲坏的。"

"他的脑袋被谁敲坏我不清楚，可是我知道你的脑袋一定是坏掉了。"

"你上午去县城里的中医院看跌打医生，我看到了。"

"你看错了。"星淡淡地说，"看错没关系，说错话才麻烦，搞不好会被割舌头的。"

"你放屁，我明明看你在中医院拿了一堆药，然后上了公交车，连拐杖都没拄。镇上明明有卫生院，你为什么不去看？是怕被人发现你身上有伤吧？"老魏兴奋起来，"我不怕你，我就不信你敢拿我怎么样。"

"你可以试一试。"星冷笑。

"你为什么要装成一个瞎子?"老魏咽了口吐沫,问道,"你到底是干吗的?"

"我本来就是一个瞎子。"

"瞎子个屁,你明明看得见。"

星刚要说话,就听到阿多在楼下喊:"阿星,你的床上没衣服啊。"

"算啦,我记错了,你上来吧。"星也喊道。

"我给你带件我自己的衣服吧。"阿多喊着,缓缓上了楼,前脚刚踏进来,楼下的大门外就涌进声势浩大的脚步声,夹杂着七嘴八舌的叫嚣:"老板呢?老板出来。"

"老板不在。"阿多朝下面那些人说道。

闯进来的七八个人并未罢休,一窝蜂地上了楼,把本就不宽敞的二楼楼道挤得密不透风,房间里立刻就乌烟瘴气起来。他们不管高矮胖瘦,统一穿着紧身黑色T恤,留着青皮寸头,有的手里夹着烟,有的手里拿着铁棍。为首一人将手叉在腰间,盛气凌人地说道:"董老板的事你们都知道吧?我们现在是配合警方抓捕凶手,是为民除害。叫你们老板出来。"

"我们老板不在。"阿多机械重复道。

"老板娘呢?"

"她去县城看她女儿了。"阿多如实回答。

"死胖子,转过来。"为首的命令趴在床上大气不出的老魏。

老魏支着上半身艰难地翻转过来,秀出白花花的大肚子以证清白:"不是我干的啊……"

"凭你也配?"混混们像受到侮辱般在他后脑勺上扇了一下,又对阿多说道,"把上衣掀起来。"

"不要拿我们开心了,我们都是瞎子,白天都出不了门,更不用说晚上。"阿多后退了几步。

"就你们这些瞎子赚钱最容易,在人身上摸摸捏捏就能搞到钱,还在我们面前装可怜,我都怀疑你们到底是不是真的瞎了眼。"为首那人用铁棍敲击床腿,"你他妈到底掀不掀,不掀我们就动手了。"

阿多咬咬牙,掀起了上衣,露出两排清晰可见的肋骨。

"你。"有人指着星说,"就你,你是瞎子,又不是聋子,给老子掀。"

星缓缓地解开白色工作服的扣子,把里面的T恤衫一点点地捋上去。

"你这是怎么回事?"混混们顿时叫嚣起来,脸上有恶狗嗅到肉香的亢奋——他们看到他左边腋下贴了两块虎皮膏药。

"我从楼上摔下去,撞到鱼缸的拐角上了。"星很平静地说,又掀起衣服后襟,卷起裤管,露出同样贴着膏药的腰背和膝盖,"我们这些瞎子,走路磕磕碰碰在所难免。这几天我已经摔过两回。你们要是非要诬陷我,我也没办法。你们可以报警,让警察来抓我。"

"是啊,我可以证明。"阿多连忙说道,"还是我们郭老板给他敷的药。"

"你们俩狼狈为奸,证明个屁。我们董老板说了,他在袭击他的人胸上捶了一拳,就是他这个位置。"

说完这番话,为首那人看到老魏脸上幸灾乐祸的笑。本来都是一个镇上的人,算得上知根知底。他知道老魏以前受过阿多欺负,怨结难消,现在正好可以争取过来,为讹诈争取舆论支持,便朝老魏挤了挤眼,老魏心领神会,也把小眼眨了眨。

"老魏,你知道他这是怎么弄的吗?"

"我当然知道,没人比我更清楚了。"

"是他自己摔的?"

"扯淡。"老魏声音陡然升高,"这小子撒谎。"

"那到底是怎么回事?"

老魏"嘿嘿"两声奸笑:"我看阿多这个软蛋不爽,骂了他几句,这小子自不量力想帮他出头,给我一脚跟跺在他胳肢窝下,把他给踢到楼梯下去了。"

"你是说……"为首的混混愣住,"是你弄的?"

"不是我还有谁?这帮就知道伺候人的贱骨头,就他妈欠揍。"老魏得意地笑道,"我虽然胖,教训下这个小瘪三还是可以的。你没看到他从楼梯上滚下去的样子,太他妈过瘾了。"

"你唬人的吧?"

"我再唬人,也不敢唬你们啊。"老魏竖起大拇指,"谁不知道你们董老板在清溪镇是这个。"

为首的混混心有不甘，还想说些什么，后面几个抽烟的都不耐烦，其中一人插话道："废什么话呀，我早说到这家搞不出什么名堂，有这时间赶紧到下家去吧。"

一言既出，为首的混混也不好再说些什么，其他人也都觉得无利可图，骂骂咧咧地下楼去。按摩房地上多了好多横七竖八的脚印，但到底还是恢复了平静。

老魏重新趴到床上，让星继续给他拔罐。阿多惊魂甫定地向老魏道谢。老魏摇摇手说道："我又不是帮你，我是讨厌董老板。"

阿多口干舌燥，灌了一大口凉白开，跑去隔壁房间安抚另外两个受到惊吓的兄弟，留下老魏和星在屋子里。老魏凑近了问星："昨天晚上，你怎么没有把他给打死？"

"你很想让他死吗？"

"当然想了。"老魏不假思索地回答，接下来他说了一件事，好几年前，还是他没被学校开除那会儿，他父亲进了一批有机化肥放在自己开的超市里销售，结果被董老板带着几个打手砸了店，在床上躺了一个多月，直到现在还没有完全复原。他父亲跟镇上大多数居民一样都是老实人，吃了亏也是多一事不如少一事，打碎了牙齿往肚里咽。老魏那时候觉得阿多有成为镇上霸主的潜力，就拼命讨好，目的就是以后给父亲报仇。哪晓得阿多这个倒霉催的，竟然瞎了。

"妈的，我得想办法好好出出这口恶气。"老魏的手把床板砸得轰轰作响。

星用药棉蘸了酒精擦拭从老魏背上拔下来的火罐，逐一码放在盒子里，不紧不慢地回了一句："这也没什么难的。"

"你有办法？"老魏坐起来。

"办法都是人想出来的。"

老魏刚要再问，阿多的脚步在门外响起："老魏，下次你再来，我免费给你按摩一次。"

"我在乎这点钱吗？"老魏败兴地嘟哝着，整理好上衣，气喘吁吁顺着台阶往楼下走。星在他身后说道："老魏，下一次我可以去你家帮你按摩，省得你爬上爬下这么辛苦。"

老魏的眼睛亮起来:"明天,就明天怎么样?"

第五十五章

老魏一直都很务实,凡是需要忍并且值得忍的委屈,他都能忍得下去,如果让他受委屈的是不如他的人,那就另当别论。

对于在康弘按摩院遭受的羞辱,他一直怀恨在心,之前不知道星的底细,以为他有什么了不得的靠山,才硬生生地吞下了恶气。后来问了郭老板,才知道星是张姐的远亲子侄,于是怨气更甚,张姐若是个惹不起的人物倒也罢了,偏偏是个无依无靠且无后的寡妇。

老魏愤然之下去找张姐,说阿星狗仗人势。张姐正患偏头痛,唉声叹气地让他如数欺负回去,保证不护短。老魏兀自喋喋不休,让张姐把阿星赶回老家,否则誓不罢休。张姐说那孩子老家在哪儿她都不知道,怎么赶回去?这个侄子是他在路上捡到的——那天接到一个电话,打电话的人说想把自家孩子介绍到按摩院学个手艺,只愁无人引荐,听说张姐有副热心肠,想求她做个领路人。张姐听说有几百块钱的好处,一口应允下来,到了约定地点接人,却只看到了双目失明的阿星,阿星解释说自己父亲有要紧的事不得不提前走了,要他把钱交给张姐,如此这般,才进了按摩院。

老魏只好寄希望于自己,他打算等到阿星落单,在他后脑勺上来一下,就像老街巷口的神秘人在董老板头上砸一板砖一样。这个人做了他多年想做而不敢做的事。

在县中医院,他看到了星。

老魏的父亲有风湿性关节炎,那几天正是犯病的日子,走路不畅,需要他去拿药,他找医生开了药方,出了门诊科,正好看到那个人从隔壁诊室出来,往药房方向走去。

如果没有按摩院里的那次摩擦,他大概不会认出星,那天他举着烟灰缸对着那张脸怒瞪了很久,尽管只是虚张声势,可还是对这个家伙留下了足够深刻的印象。即使如此,他此刻仍然不敢确信,是在那个人在药房前面排队的时候,他躲在一个隐秘的角落,越看越像——那人戴着墨镜,一点失明的迹象也没有。等到他拿了药离开，老魏才跑去问药剂师那人拿了什么药，药剂师没空理他，只回答四个字"跌打损伤"。

老魏需要证实。他来到按摩房，躺在按摩床上，正面观察给他按摩的星。他很想摘下那副墨镜，看看后面的那双眼睛到底是不是真的失明。

接下来发生的事证明了他的猜测，阿星的胸口真的有伤。

这个发现令他忍不住颤抖，因为他终于遇到了一个狠人，一个真正的狠人。

清溪镇上只有一个狠人，那就是董老板，董老板打断了老魏父亲两根肋骨，仅仅是被拘捕了半个月。这一件事在老魏彼时年幼的记忆中留下了难以磨灭的烙印，他永远记得父亲在病床上不断咳嗽却又无可奈何的场面。

他曾经以为阿多是个狠人，他百般讨好，就是为了被招致麾下，然而阿多不仅失去了视力，还丢掉了脾气。他忍受的那些屈辱全都白费，这让他在退学之后处在一种极度不平衡的郁愤之中，难以纾解，必须要十倍偿还。

现在，他重新看到了一点希望。

神秘的阿星没有食言，他上门来给老魏按摩推拿，且分文不收。往往都是在晚上八点多钟，老魏家开的超市离打烊还有半个多钟头，他拄着拐杖，沿着路旁的行道树，一棵一棵地敲打过来，数到第二十五棵，左手的门面就是超市。老魏坐在柜台后面，老远地就能看到他，他伪装得实在太像了，那种笨拙的试探就和真正的盲人一模一样。这让老魏既兴奋，又恐惧。

但令他失望的是，阿星果然只是给他按摩推拿，多余的话一句也不会说，不管面对怎样的旁敲侧击，他总是淡淡一句："你搞错了。"

一天晚上，阿星替他捏过了肩膀，收拾了东西往门外走。老魏实在忍不住，直接问道："阿星，你说过你有办法的。"

其实才九点钟，低矮而沉默的楼房之中回荡着蟋蟀的鸣叫，田野上弥漫的泥土气息被风吹过来，消解了柏油路上沉淀的暑气，是一个凉爽的夏夜。阿星背朝着他，仿佛差一点就要融入到夜色中。

"什么办法？"星说道，"我不晓得你在说什么。"

"你……"老魏想直接进入到那个话题，却被这寂静的夜色销蚀了勇气，莫名畏惧。他很快就鄙视起自己，斗胆问道，"你到底有没有办法对付……"

"我说过，办法都是人想出来的。"星打断了他的话。

"你有什么办法？"老魏立刻兴奋起来。

"你太心急了。"星摇摇头，"现在不是聊天的好时候，我困了，要回去睡觉了。"

"还早啊。"老魏急切地说。

"时间不对，地点也不对。"

"你是怕会有人……"

"太安静了，你听。"星指了指超市的后门，那是老魏的家，老魏的父亲正在门后的卧室里睡觉，这个五十多岁却体弱多病的男人非常注重养生，总是八点多钟就要上床，虽然谈不上鼾声如雷，但是呼噜声还是断断续续地传了出来。另外，隔壁电器修理铺的电视声音也能听见。

老魏懂得了他的谨慎，相比之下，自己的冒失确实显得业余。

"好久没出去走一走了。"星说道，"最好是那种比较空旷的地方。"

"这种地方太多了。"老魏笑起来，"明天我带你去水田里逛一逛，那里风景挺好的。"

/第五十六章/

所谓水田，其实就是水稻田。

出了清溪镇，就是一大片水稻田，水稻长至脚踝，便是猫狗也能清楚看见。田垄间纵横交织的阡陌小道上，周围的景致都可以尽收眼底。现在是早上六点多钟，不算晴朗的早晨，偌大的农田之中，除了站在竹竿上摇晃的稻草人，就只老魏和星了，可星还是打开了他随身携带的收音机，将音量调到最大，电台里播放着温柔的女声流行歌曲，听起来颇有些20世纪的时代感。

"你到底有什么办法？"老魏问道。

星却吊起了他的胃口，像是不明白他的意思："什么什么办法？你想干什么？"

"我是说……董老板。"

"董老板在医院养伤,你是想去看望他吗?"

老魏有些生气:"这里没人,打开天窗说亮话吧。"

"你是说你想——"星恍然大悟的样子,张着嘴却戛然而止。

"报仇。"老魏咬牙回答。

"报仇也分很多种,看你想做到什么程度,是想让他遭受经济上的损失,还是受到皮肉之苦,或者干脆——"星保持着微笑,"一次性了结?"

老魏从没有想得如此深入,一时间难以回答。不过他很快就否认了第一种选择,因为经济损失对董老板来说实在是隔靴搔痒,他迟早会转嫁到别人的身上,到时候还是别人倒霉。

"你……杀过人?"老魏的嗓子像箔纸一样干涩。

星没有立刻回答,沉默伫立,缓缓举起苍白而纤长的手:"你看我这双手,像是沾过鲜血的样子吗?"

"可是砸破董老板脑袋的那个人明明就是你,你可别否认。"

"我承认,那一次我确实疏忽了,这说明在当机立断的时候也要知己知彼。所以如果你想报仇,也一定要做好充足的准备。"

老魏深以为然,但依然优柔不决。对他来说,把报仇停留在想象阶段是件痛快的事,他可以制造出各种让董老板饱受痛苦的画面,可要是把这些画面落实到行动中来,无疑令他大伤脑筋。

"你还是先说说董老板是个什么样的人吧。"

"他当然是个王八蛋。"老魏激动起来。

"我是说,他有哪些生活习惯,哪些兴趣爱好。"

"啊,这我知道。"老魏兴奋地说道。

关于董老板,有几点是全镇都知道的,一身横练气功自不必说,水性也是赫赫有名,五十多岁的身板,照样还可以在河中来回凫水八百米,还能潜到河底,两分钟不换气;他口味重,无辣不欢,就算吃白米饭,也要拌上一勺红辣子,而且酒量奇大,就算没什么事,这样的炎热天,他每天中午也要喝上半箱啤酒。

"他喝了酒也要去河里游泳吗?"星问道。

"啤酒对他来说不过就是多撒几泡尿而已,可是——"老魏忽然挤眉弄眼,"他还好色。"知道这个的人并不多,董老板总是趁他老婆回娘家时去县城里，都是在晚上，回来的时候一身的香味。

"他很怕她老婆吗？"星问道。

老魏点点头，回答说，正所谓一物降一物，董老板怕老婆，和他的酒量水性一样是出了名的。就算他老婆在大庭广众之下甩他耳刮子，他也不敢还嘴。

"知道这么多，不知道够不够。"老魏有些忐忑。

"不管够不够，反正得等到他出院回来再说。"星微笑。董老板因为颅骨骨裂和脑震荡仍在县城里住院，据说两个礼拜后才会出院。"还是那个问题，你说你想报仇，到底想要做到什么程度？"

"你有什么建议吗？"

"如果是我的话，"星沉吟道，"肯定会永除后患的。"

"这样做真的没问题吗？"老魏眼中交替闪烁着凶残和胆怯的光。

"有没有问题，取决于计划的周全和实施的缜密，只要两点同时具备，就完全可以全身而退。"

"能不能……举个例子？"老魏嗓子发干，他有点讨厌起自己的懦弱，他知道自己应该干脆一些，镇静一些，而不是像现在这样婆婆妈妈，可这毕竟是生死攸关的事。

"有一句老话，淹死的都是会游泳的，每年都会有成千上万的人因为游泳而发生不测。"星遥望远方，缓缓说道。此刻天光并不比一开始更亮，巨大的乌云正在北方凝聚，像CT光片上一片丑陋可疑的不规则阴影，让他有种眩晕的感觉。他用手指压了压额头，继续说道，"很多年前，在美国发生过一次事故，一名男性因为服用了一种可待因酮的药物，接着下海潜泳，结果在海中药性发作，昏昏欲睡，最终命丧海中。"

"你是说给他下毒？"老魏想起了武侠小说上经常看到的那一类下毒高手，举手投足之间就能暗下毒手，且神鬼不知。

"那都是无稽之谈，现实中没那么玄乎。不过从科学的角度来说，其实世间万物都是毒物，因为一切物质都具有毒性。"

"是吗？"老魏闻所未闻，难以置信。

"这是中世纪苏黎世的一位药剂师说的，他叫帕拉塞尔苏斯，他说毒物之所以毒，只因剂量足。任何物质剂量够大就具备毒性，就算是人人都需要的氧气，假使在空气中的比重超过了 70%，就会引起氧气中毒。"

"啊！"老魏对星的敬畏已经无以复加了。

"可待因酮并不是毒，是镇静剂。很多药品都含有这种成分，只要服用过量，就能产生身体无法克服的嗜睡性。"星见老魏听不明白，尽量解释得通俗些，"就是不受控制地想睡觉。"

"我明白了。"老魏使劲点头。

"还有一种办法，虽然要不了他的命，却可以令他痛苦终生，你也可以考虑一下。"

"什么办法？"

"董老板家是开农药化肥店的，就一定有一种名叫 Vacor 的药物，也就是灭鼠优。这种药物的优点是外观很像玉米面，如果能混在玉米粉制成的食物中，一般人根本分辨不出来。"

"这种药物吃了会怎样？"

"可以引发胰岛素依赖型糖尿病，而且无药可治，会跟随他一辈子。糖尿病本身不算太可怕，但引起的并发症却很麻烦，比如说肢体坏死、失明和肾衰竭。"

老魏想起自己的父亲被董老板打断两根肋骨，从此身体亏虚稍有头疼脑热就要卧床不起，立刻就觉得这种办法再合适不过。

可是星又说，这两种办法只是他临时想出来的，算不上深谋远虑，如果假以时日，他必定能想出更好的办法，这就需要对董老板做更细致入微的研究，最好是他一些隐秘的癖好和习惯。

"他的命运现在取决于你的选择，你可以掌控他的生老病死。"星盯着老魏的眼睛，像是要把他心底最黑暗的角落给挖出来。

老魏搓着手迟迟不说话，仿佛董老板真的就是他手心里的一只蚂蚁，可他知道，就算董老板再十恶不赦，也毕竟不是一只蚂蚁。

"毁掉一个人，并不一定要自己亲自动手，你甚至可以仁慈一点，给他一点自主选择的机会，这样他的死就变成了他自己的责任。"星看出了他的顾虑，拍了拍他的肩膀，"你有没有看过一本小说叫《刀锋》？"

"是武侠小说吗？"老魏抬头问道。他看过很多武侠小说，却偏偏没有听说过这一本。星说，是一本外国小说，里面有个富家小姐，就因为在自己桌子上放了一瓶上好的红酒，就轻松毁掉了一个在混乱堕落中想要重新振作的女人。因为她知道那女人曾经嗜酒如命。那女人受不了在独自一人的时候，受不了桌子上那瓶红酒的诱惑，最终回到了糜烂的生活中去，最后被人杀死在某个混乱的港口上。

"你也可以给董老板一个选择的机会。"星说。

"真的可以这样吗？"

"事在人为。"星拍了拍他的肩膀。

天亮了一些，朝阳在东方终于撕开了一道流淌着金色血液的伤口。

该回去了。为了掩人耳目，老魏在前面领路，牵着星伸给他的拐杖。表面上是他领着星，实际上他感觉是星在拽着他。这样的步伐有些吃力，仿佛是星有意想把他带进沟里。

"你能不能别闹了？"老魏回过头，气喘吁吁地说道。

"老魏，我……"星摇晃着身体，脸白得吓人，刚要说点什么，忽然整个人往旁边栽去。

老魏无暇多想，一把抱住了他。

/第五十七章/

医院是白色的，这一点阿多印象深刻。

医生的白大褂、白色墙壁、刷了白漆的床和更白的床单、白而亮的灯……各种白晃动叠加在一起，最终变成阿奇身上那件皱巴巴的白色病号服，他像一片苍白的羽毛，又像一只白纸风筝，有时候近，有时候远。

阿奇被送到遥远的仙踪市之前，阿多在病床前抚摸过他的脸。他从来没见过阿奇，只能用手摸清楚他的面部轮廓。那一刻他实在是想拥有一双明亮的眼睛，这样倘若去到另一个世界，就能一眼认出阿奇。他以前想摸阿奇的时候，都会被骂变态，可是后来，阿奇什么也骂不了了，他成了一具空壳。

这样的命运，会降临在阿星头上吗？

阿多只知道自己是在医院里，但不确定具体位置，也许，是在手术室的门外？老魏打电话给他只说了阿星出了事，让他带点钱，他拿了银行存折去往镇外的水田，自从失明后他没有独自去过那么远的地方，他只能一边用拐杖点着坑洼的地面，一面喊老魏的名字。

幸运的是，他还是比救护车早到了一步，老魏说你要是迟点到，估计就没人顾得上你了。

可到底还是没人顾得上他，在医院，他被忙碌的人给落下了，准确地说，是被遗忘了。他只好把手伸进还没来得及换的工作服里，死死地按着和他所有财产绑在一起的存折，等着老魏的召唤。他凭嗅觉和听觉描述周围的环境，84消毒液和来苏水混合在一起，空气仿佛长出了尖刺刺激着他的鼻黏膜和肺，让他忍不住打了好多喷嚏。不算太吵，也不算安静，人们的说话带着回声，应该是一个走廊一样的地方。

据老魏说，阿星是忽然间昏倒的，毫无征兆。

一切都似曾相识，阿奇的晕厥也发生在猝不及防的瞬间。老魏一开始以为他只是贫血，因为很多人都是这么猜测的。郭老板说过阿奇很瘦小，一看就是营养不良，等到他回来，一定要督促他多吃肉。可是全按摩院的人都没有等到他回来。

现在，要轮到阿星了吗？

阿多的脑袋靠着身后坚硬的墙壁，闭着眼睛，假装睡着，避免别人看出他的异样。他的盲人墨镜在上救护车的时候掉了，他没好说，生怕因为自己的窝囊而耽误了时间，他看不到阿星，也不敢问。他只有一张存折。

他好想喊，老魏，你在哪里？可这不是清溪镇外的水田，这是湾汕县人民医院，墙壁上一定贴着"禁止喧哗"之类的标识。他很想回到按摩院里，和他的盲人兄弟在一起，就算是流了成吨的眼泪，只要能忍住不发声，就不会有人察觉。哪像现在，就算眼角有一点潮湿，也得迅速用衣袖擦掉。

他的眼睛现在只剩下流泪这种无用的功能了。

"阿多，阿多。"

听到这个声音，他立刻在脸上使劲抹了一把。老魏终于来了，是要带他去交款，还是要告诉他什么噩耗？总之不会有太好的消息。

"怎么样？"他站起来焦急地问。

"走吧。"老魏气喘吁吁地说。

"去哪里？"

"当然是回去喽。"老魏居然还在笑，"难道你想在医院里睡觉不成？"

"阿星呢？"阿多问道，"我们不能把他丢下不管的。"

"废话，当然是跟我们一起走了。"老魏哈哈大笑。他说阿星早就醒过来了，费用也已经交了。老魏吹嘘起自己的功劳，之所以能这般有惊无险，主要还是他对阿星昏迷之后的心脏急救很及时，看多了影视剧，依葫芦画瓢地捶按阿星的胸口，做人工呼吸。反正救护车还没来，闲着也是闲着。

"到底是怎么回事？"

"是心脏供血不足造成的脑部缺氧，不算严重。"老魏复述着医生的话，"脑部缺氧不算很严重的问题，有的人早上不吃饭去澡堂子洗澡也会因为缺氧而晕倒，归根结底还是体质不行。"

"他怎么会心脏供血不足的？"

"我告诉你，阿星可不是一般人哦。"老魏压低了声音附在他耳边说，"他的心室所在部位有明显的外创手术痕迹，上衣口袋里还有骁悉，这是心脏移植后的抗排斥药物。"

"你怎么知道的？"

"当然是医生告诉我的，我一字不落地给背下来了，不清楚的地方还特意用笔记了一下，你知道骁悉怎么写吗？跟你说了你也不懂，反正你也看不见。"

阿多并无怀疑，一来这番话老魏就算是编也编不出来，二来老魏记忆力确实是好，否则他父亲也不会这么早就把小超市交给他打理。"那好，我们赶紧回去吧，阿星人呢？"

"就在你对面啊。"老魏还是低着声音，"我刚刚扶他过来的时候你睡着了，他让我不要喊你，让你继续睡。你这个瞎子还真是……一个大活人坐在你面前都不知道。"

"他知道我在这儿？"阿多窘迫地问道，随即想到阿星看不见他落泪的样子，这才释然。

"嗯，不过，嗯嗯，是我告诉他的。"老魏轻咳了两声，喊道，"阿星，阿星，你醒醒。"

"老魏，你来啦？"阿星的声音果如大梦初醒，"现在怎么样？可以回去了吗？阿多呢？还在这儿吗？"

"他一个瞎子，不在这儿能在哪儿？走吧走吧。"老魏去扶阿多。

阿多颇为失落，他以为自己来医院多少能起点作用，哪晓得还是扮演了个累赘的角色。现在老魏要带着两个瞎子坐公交车，一定是颇为辛苦，只好提前道歉，可是阿星说，要打车回清溪镇。

"是啊是啊，打车回去方便多了。"老魏说道，"阿多，你不晓得阿星多有钱……"

"老魏。"阿星打断了他，"就你话多。"

老魏立刻闭上了嘴。

阿多有些心疼，3路公交车坐到底站，下了车走两里路差不多就能到按摩院，一个人一块钱就够了，打车最少要五十。但星的态度很坚决，明明是需要被照顾的病人，却成了权威，就连老魏都有种俯首帖耳的味道。

三个人回到清溪镇的时候已经是下午三点。三人在小餐馆里补了顿午饭，老魏饿得前胸贴后背，将半只白斩鸡囫囵吞下，又扒了三大碗米饭下肚才罢休。

回到按摩院，另外两位按摩师听到阿星无恙，也是大松了口气。

按摩院里恢复了宁静，就像什么事都没有发生过，阿多在按摩院里可以游刃有余地处理生意。郭老板的女儿在外地结婚，他和老板娘一个礼拜之前就去帮忙筹备婚礼，这几天按摩院里所有进账都归四位按摩师所有，就当是让他们沾沾喜气，回来还要补请他们吃喜酒。阿多回来稍微休息了会儿就去二楼工作，一直忙到晚上九点。

工作结束，他就上了床。星也躺在床上，传来轻微的呼吸声。他们两个谁也没有说话。

深夜，阿多听到了星起床的声音。星的拖鞋轻轻摩擦地面，却没有出门，而是停在了窗口。那一瞬间，阿多觉得那不是阿星，而是阿奇，因为在很多的夜晚，阿奇也是那样安静地踱到窗口去，他虽然看不到天空和明月，却能感到风在抚摸他的脸。

"阿星。"他还是忍不住喊了他。

"吵醒你了吧。"阿星抱歉地说，"我睡不着，想吹吹风。"

"你能看得见风？"

"当然看不见。"

"阿奇能看得见。"

阿星对这种滑稽的说法不感兴趣,没有给出一点回应。阿多却孜孜不倦地说着阿奇,他说正常人能看到的东西阿奇看不见,可阿奇能看到的东西正常人也未必能看见。

"例如风?"星没有掩饰讥讽。

"你不要不相信。有时候在黑暗中能看到更多的东西。"

"你能看到什么?"星揶揄道。

"我看到老魏把你当成朋友了。"

星没有说话,像是料到他话没说完。阿多从床上坐起来,脚踏在地上,但没有站起。脚心贴着冰冷的地砖,冰冰凉凉。

"老魏那个人不错,他要是想跟谁交朋友,就会死心塌地对谁好,说句老话,就是你把他卖了,说不定他还帮你数钱。"

"你说话的意思,好像是我想要害他一样。"星笑着说。

"我没这个意思,不过我知道你们之间有一些秘密。"阿多声音沙哑,"大清早去水田,是因为有些话必须要去那里才能说吧?"

"你太多疑了,我和他之间会有什么秘密?我去水田,只是因为……"

"你和老魏走得太近了,近得不正常。我记得我们俩变成朋友也没这么快的。"

"阿多,无论如何,你是我在这个世界上最好的朋友。"星很真挚,也带着一些负疚。

阿多陷入更为长久的沉默,就像黑暗中有他寻找的东西,也有他闪躲的东西,他就在寻找和闪躲之间失语困。终于,他轻轻地吐出来一句:"是不是你?"

"什么是我?"星轻咳一声,"是我什么?"

阿多轻叹一声道:"那天晚上,在老街,你说你要拉屎,可是我一点臭味都没有闻到。还有,老魏明明没有把你踢到楼下,却撒了谎,我知道他家和董老板有仇。他帮你,是不是因为他发现了你就是那个人?"

"你是说,是我砸破董老板脑袋的?"没等阿多回答,星辩道,"我总不能在你鼻子底下拉屎,你闻不到臭味也很正常。何况我是个瞎子,能伏击谁？"

阿多像是喃喃自问，又像是在问阿星："你真的是个瞎子吗？"

"阿多，你的想象力也未免太丰富了。"星回到了床上，打了个哈欠。"时间不早了，赶紧睡吧。"

"是啊，一切都是我的猜测，多半都是胡思乱想。"阿多站起来，走到星的床边，坐在他的床沿上，茫然地盯着黑暗，在那黑暗的中心，有一个比黑夜更黑的黑影，他看不见他的脸，更看不透他的心，"至少我想不出来你为什么要去砸破董老板的脑袋，你又不是本地人，难道跟他还有仇恨不成？如果无冤无仇，那就只能解释是因为楚兰了，可是你又明明不认识楚兰……"

"我困了，明天还得忙呢。"

"我听说——"阿多犹豫的音调拖得老长，"你做过心脏移植手术？"

星像是在半寐半醒之中出自于本能地回应，短促地"嗯"了一声。

阿多没有再问，像是要把一脑子的奇怪念头扔出去，他悲伤地发现自己在这平静的小镇上已经住傻掉了，脑子已经完全不够用，遇到一点事就心神不宁，所以他求阿星："答应我，不管发生过什么，都不要害老魏啊。"

星还是淡淡地问了一句："为什么？"

"他救了你啊。"阿多回答得理所当然，"如果不是他送你去医院，不晓得现在会是什么样子，我在医院里听到他的声音，能感觉到他真的很高兴，他一定是把你当成了什么特别重要的人，否则不会那样。"

"我知道了。"星说道，"我听你的。"

阿多这才略微放心，正要往自己的床走过去，却隐约听到啜泣的声音。

"阿星，你怎么了？"

"我没什么啊，我只是……鼻子不通，大概是感冒了。"

"我不知道发生了什么，可是我希望能帮到你。"阿多的手朝床边摸过去，虽然被阿星的脸躲开，却试探到了枕头上的潮湿，"有很多事，只要说出来，就意味着不再需要一个人扛，除非，我还没有资格得到你的信任。"

"我告诉你一个秘密，我的心脏是阿奇的。"没有任何铺垫，星直接说了出来，可是阿多并没有显得多么惊讶，只是"嗯"了一声。

"我拥有了阿奇的心脏，总算能够多活几年，却多了一个令我自己无法忍受的毛病。在我做心脏移植手术之前，从来没有流过一滴眼泪。"

"怎么可能，你在小时候总哭过。"阿多打断了他的话。

"我妈说我很少哭，就算我受了委屈，也只是生闷气。"星摇摇头说，"可是在我做了手术之后，身体就好像分出去一半，总是不受控制地流眼泪，我都快疯掉了。"

"你来清溪镇，是这个原因？"

"我猜阿奇应该还有什么未了的心愿。"星说道，"那天晚上，我看到楚兰被那个董老板欺负，本来不关我事，可是我的心剧烈跳动，好像要脱离我的身体飞出来一样，我自己都想不明白我当时为什么会那么愤怒。"

"所以你砸破了他的脑袋。"

"我太冒失了，只觉得黑咕隆咚的巷子里，拿砖头在他脑袋上敲一下，肯定不会有人知道，没料到他身体那么强壮……"星略作停顿，继续说道，"你说得对，老魏确实发现了一些事情。我很害怕，害怕离开清溪镇。我这个人，飘飘荡荡，走到哪里都觉得不自在，到了这里就不想再跑了，我想永远留在这里。可是老魏抓住了我的把柄，所以我也必须抓住他的把柄，这样他就不能拿我怎么样了。"

"所以你想……你想让他……"阿多似乎猜中了什么，但还是不敢捅破那层窗户纸。

"他说他想报仇，让我帮助他。"

安静的夜色中，只能听到两个人此起彼伏的呼吸声，阿多如一尊泥塑许久不说话，星也像祈祷一般等待某种启示，他看着阿多的脸，觉得那里有一层隐隐的暗光。

"今天在医院，我靠着墙，不知不觉睡着了，我梦见了阿奇。"阿多终于再次开口。

"他怎么样？"

"他也在哭。"阿多睁着眼，仿佛仍然身堕梦中，和面容模糊却双眼含泪的阿奇对视，"他说他还是想当一个盲人，安安静静，简简单单。"

"他真是这样说的？"星有些恍惚。

阿多没有直接回答，反问道："阿星啊，你有没有想过，你总是流泪，是不是因为你不喜欢你看到的世界？"

阿星也沉默了片刻,然后问:"我该怎么办?"

"我也不知道,可是,我觉得你应该好好问问你自己,或者,问一问住在你身体里的阿奇。"

/ 第五十八章 /

"阿星,我想好了。"老魏一清早兴冲冲地来找星。

自从星去过医院,就没再到老魏家的小超市,老魏只好再度登门。将近两个礼拜没来,那楼梯似乎更加陡峭,他爬上去之后累得浑身是汗。

麻烦的是,阿多也在那里,正在用湿抹布小心翼翼地擦拭着橱柜,阿星背对着门站在墙边,缓缓地转过身子,墨镜下的脸上有些不安:"老魏,这么早。"

"嗯。"老魏不好说什么,只好坐上按摩床上,"阿星啊,来帮我按摩一下颈椎。"他想跟上次一样,趁着阿多出去再说自己的决定,反正他跟阿星已经是一条战线,那些试探迂回都可以省掉,就像谍战剧里演的那样,言简意赅地打个暗号就行了。

"让阿多来吧。"星说道,"他比我手艺好。"

"为什么?"

星刚想说些什么,被按在他肩头的阿多的手制止。"老魏啊,我有点事需要下去一趟,帮不了你了,不好意思。"

老魏求之不得:"说啥不好意思,这么见外。"

阿多走后,星朝按摩床走过去,他的动作迟疑笨拙,每一步都如履薄冰。老魏拍着床板笑道:"你演技可真好,这要是搁以前,打死我也不相信你不是个瞎子。"

阿星坐在了床边的高凳上,摘下了墨镜:"我现在真的瞎了,你看。"

他的眼睛闭着,上下两片眼睑之间有层透明胶体,应该是凝固了的强力胶水。这个发现令老魏大吃一惊,可是星的解释随即便令他安稳下来。既然老魏都发现了他这个盲人是假冒的,那就会有其他人也发现的可能,所以他必须伪装得更加逼真,而以假乱真的唯一办法就是使自己变成真正的盲人。

"阿星啊，我就知道你是真正的高手，普通人哪能对自己这么狠。"老魏由衷赞叹。

"所以我去不了你家了，不好意思。"

"哪的话，我又不是真的想让你给我按摩。"老魏朝他挤了挤眼睛，想起他这回是真的看不见，立刻说道，"你知道我是来干吗的，对吧？"

阿星戴回了墨镜，坐下来："我知道。"

"我告诉你，"老魏朝门口看了看，坐直了身子尽量贴着星的耳朵，"我决定了，一不做二不休，妈的，干吧。"

"好。"

"哪天动手？怎么办？"老魏的脸红得像个熟透了的柿子，"需要哪些东西，我去准备。"

"你别急。"星笑道，"我说过这种事情一定要计划好。你不想下半辈子在监狱里度过吧？"

"嗯嗯，听你的，到底怎么搞？要准备哪些东西？"

"现在有一个最大的问题。"

"什么问题？"

"你太胖了。"

老魏彻底傻掉："胖有什么关系？"

"关系很大。"星说道，"你这么胖，首先就会很显眼，不管在哪里，别人免不了多看你一眼。其次，既然想报仇，手脚轻便是最重要的，最好如羚羊挂角，无迹可寻。可是以你现在的身手，想要不露痕迹是很难的。假如别人发现他出了事，你还没跑出一百米，这可怎么办？所以，你一定要使自己快起来。"

"你是说，让我减肥？"

"恐怕这是目前最需要解决的问题。"星很无奈地说，"这也是验证你决心的一个办法，假如你连体重都降不下来，那也只能证明你干不了这事，真的。"

老魏爬起来时整张脸都在抖："妈的，拼了。"

星制订出来的方案，是让老魏每天都去董老板游泳的河边草滩上锻炼，既可以减轻体重,又能勘察地形,观察董老板游泳前后的举止习惯,可谓是一举两得。老魏心悦诚服,却嫌独自锻炼太枯燥乏味,坚持要星陪他一起,星推托不掉,又只好绑着阿多一起去。

离清溪镇不到一公里的河滩,阿多也有好多年没有去过了。他以前上学的时候经常翘课去钓鱼捉虾,把泥鳅塞到老魏的裤裆里,或者是命令手下把他扔进河中,如今这些事想起来宛若昨日。阿多坐在熟悉的气味之中,似乎可以看到最后一抹阳光在天边褪色。水草的清芬,河泥的苦涩,以及在草滩上一边跳绳一边大喘气的老魏,都像是他身体上死掉的那部分又活转过来。

"你应该多来看看,"身边的星说道,"这里实在太美了。"

"你作弊了。"阿多说道。他知道星一定是想办法擦掉了粘住眼睛的502胶水。星一直很焦躁,因为总是适应不了黑暗,而且光明近在咫尺,唾手可得。一个人怎么可以放着正常的眼睛不用,而故意生活在黑暗中呢?阿多总是劝他再忍耐一天,这就跟戒烟一样,如果现在中途废止,那么前面所受的苦又有什么意义?不过这一次,阿多没有怪他。

"老魏跳了多少个了?"他问。

"大概有两百多个吧。"星嗤笑道,"你没有看到他气喘如牛的样子,太好笑了。"

老魏几乎是爬过来的,对坐在土疙瘩上的两个人说:"今天就到此为止吧,我饿了。"

"这才多久!"星命令道,"再去跳三百个。"

老魏想哭,却又咬着牙退回去,哼哧哼哧地跳起来。

两个月过去,老魏瘦了30多斤,体重渐趋正常,动作也敏捷了许多,却还是达不到星的要求。这时候秋天来了,天气转凉,董老板不会再来大河里游泳了。

星的A计划是往董老板的水里下药,能够导致他在游泳时犯困睡着。星当然也有B计划C计划乃至Z计划,但是他说在所有的计划之中,A计划是最完美的,完美的东西都值得等待,老魏也只好等着,等到明年夏天。

等到老魏可以一口气跑上五公里的时候,清溪镇发生了一件大事——董老板被抓起来了。

附近一些农民购买了董老板的农药，果树病虫害反而加剧，遭受了巨大经济损失，合计之后就去报了警。警察查封了董老板的化肥店，查出来上万瓶假农药和灌装生产设备一套。董老板被控制起来后，县公安局征集其违法犯罪的线索，那些忌惮他报复的受害者都纷纷站出来举证，证明董老板称霸一方、为非作恶，因此董老板因为数种罪名遭到公诉。倘若老魏想亲自动手报仇，可能最少要等上十年八年。

老魏很失望，这个结局虽然算得上圆满，却也很无聊。

老魏几天后又带来一个消息，楚兰回来了。

楚兰开在老街上的理发店关了很长时间，只有阿多和星知道真正的原因。现在董老板彻底栽了，不胜其扰的楚兰得以继续她的美容美发生意。她的新店开在新街上，离按摩院不远，离老魏家的超市也不远。

这天晚上，关上房门后，阿多走到星的床边，摸了摸星的脑袋说："你看你的头发长得像贼一样，得剃了。"

"明明是你自己想去，干吗要赖到我头上？"正戴着耳机听收音机的星说道。

"我有个主意，"阿多说道，"也许我们可以帮阿奇完成他的心愿。"

"什么心愿？"

"他一直想看看楚兰。他的心脏现在属于你，那么你看到了她，也就代表他看到了她。"

"可是我现在是个盲人，能看到什么？"星说道，"我已经习惯了看不见的日子了。"

"可以例外一次，做人何必那么教条？"阿多劝道，"我现在就去帮你端盆热水进来，帮你把眼上的胶水洗掉，然后我陪你去。"

"我现在不是很想理发，除非是你自己想去，我看在朋友的面子上，倒可以替你冒这个险。"

"我倒无所谓。"阿多有些尴尬地嗫嚅着。

星披上搭在床头的外衣："看你这么猴急，我就跑一趟吧。"

洗掉了眼睛上的胶水，星还是没张开眼睛，两个月的失明使他成了畏光动物。他打算到了楚兰的理发店再睁开眼，这样不至于露出破绽，为了能够在清溪镇生活下去，他从来都没有像现在这样小心过。

阿多对新街地形很熟悉，他站在新开的"芳香"理发店门口，用拐杖在门上敲了敲："有人在吗？"

"是你啊，阿多。"是一个女人的声音，像磨砂玻璃窗透进来的一道月光，沙哑而性感。

阿多很平静："楚老板，麻烦你帮我这个徒弟理个发。"

"阿多，你现在好厉害，竟然也可以带徒弟来了，以前可都是阿奇带着你的。"楚兰扶着阿多坐下，又将星带到洗发池前的躺椅上，让他仰面朝天，并且拿走了他的墨镜放在一边，这样一来，星跟她脸对脸了，他甚至能嗅到她身体上的味道，眼皮不停颤抖，必须要用很大的力气，才能忍住张开眼睛。在跟楚兰四目相对的瞬间会发生什么样的事，他一点都想象不出来。

楚兰的手在他头顶轻轻揉搓，冲洗了几遍，用干毛巾蒙住，然后扶着他坐下。星的眼中渗入一丝光亮，只要再开启一点点，就能看见镜子中的女人。

"怎么剪？"楚兰问他。

星做贼心虚地闭合双眼，不知该如何回答。

楚兰把头朝后转过去，对阿多说："你的这个徒弟，跟阿奇第一次来一样。"

"阿奇第一次来是什么样子的？"阿多问。

"紧张，闭着眼睛，好像我是什么妖怪一样。"楚兰笑着，"这样吧，我就给你剃个跟阿奇一样的发型，清爽又精神。"

在碎发飘落的过程中，星因为鼻子发痒打了好几个喷嚏，眼睛几番睁开，又在猝然的强光中立刻闭合，一时间他自己都分不清楚，这种折磨人的力量到底是来自于大脑，还是来自于心脏。

纠结了好久，他索性不再挣扎，靠着旋转椅背打盹、听歌，让呼吸平缓下来，让冷汗收掉。小音箱里放着老歌，歌词很美："我和你站在彩虹的两端，一个在西，一个在东。"

他的眼泪流了下来，但是这一次，他知道自己在哭，不像以前，眼泪总是落到嘴边才有所察觉。这一次流泪是从鼻酸先开始的，泪腺酸胀得难受，无法自抑的时候终于喷薄。这是真正的哭泣，也是真正的伤心。

这时候，睁开眼睛就更加不可能了。楚兰的纸巾递到了他手上，她很显然看到了他的眼泪，但是她什么也没说。像是有一种神奇的默契，剃刀在他脑袋上温柔地划过，将那些黑中带白的乱发，全部割刈得如春天的麦田一般平整。

最后，她用吹风机吹掉了他脖颈间的碎发，又给他洗了个头。然后对阿多说："阿多，你是有多爱阿奇，找个徒弟，都跟他一模一样。"

"他们两个很像吗？"

"说不出来哪里像，反正很像，现在剃了头就更像了。"

走出了理发店，星依然闭着眼，依然拽着阿多的衣角往前走，他已经习惯了这样的尾随，尾随着阿多，心是安稳的。

"怎么样？"阿多迫不及地地问，"楚兰漂不漂亮？"

"很好，很漂亮。"

"有多漂亮？"

"顶级的。"星说。

"你说漂亮，那就一定是真漂亮了。"阿多莫名的激动中又难掩失落，"我知道，你是见过世面的。"

"阿多，我们喝酒吧。"

"好啊好啊。"

在房间里，星看到了镜子里的自己，他简直都认不出自己来了，寸头下有张清水鹅蛋一样的脸，眼睛变成单眼皮，根本就是另外一个人。

他再度用胶水粘住了眼皮，坐在小四方桌旁，端起阿多给他倒好的酒，然后说："干杯。"

"干杯。"

/ 第五十九章 /

一连好几天的雨，将长江上游的汛期提前，水在一夜之间超过了警戒线，清溪镇与外界的交通要道被淹了好几条，一时间来去都不方便。

镇上店铺生意萧条，康弘按摩院里除了老魏偶尔来串串门，好几天都没一个客人。

消息照例还是老魏带来的，他在街上看到一辆宝马X5，挂的外地牌照，就停在镇上唯一一家招待所的门口，不知道是谁家的有钱亲戚。阿多对此毫无兴趣，星却多问了几句，他问开车的人是男是女，老魏说没看见，他就没再问下去。

因为没有客人，星也就不再出门，终日藏在房间里，就算是晚上喝酒也是阿多独自去买。他似乎对一切都失去了兴趣，总是坐在窗前，面对着他看不见的天空。

这一天晚上八点多钟，下着很大的雨，按摩院都要提前打烊，忽然来了个客人，阿多上楼服务了几分钟就下来换人，他说那女人有些麻烦，对他的手艺不满意，只好下来换别人上去。他知道阿星最近心绪不佳，就去隔壁屋喊了另一个人，想不到另一个人也被打发下来，再度换个人上去，还是不受待见。

隔壁被打发下来的按摩师把头伸进门里喊他："就剩下你了，没办法，你对付一下就好了。"

阿星穿上了衣服，朝外走去，上了楼，进了最东头那间只有一张按摩床的房间。

这间房很小，只有一张按摩床，完全就是郭老板不愿意浪费空间而废物利用起来的，目的是照顾那些不太愿意跟别的客人共处的顾客。

阿星虽然目不视物，却对光线的强弱多少有所感觉，但此刻，这间房里似乎没有开灯，黢黑一片。一股香气弥漫四周，是他最喜欢的茉莉清香。

"麻烦你了。"躺在床上的女人翻转过身，"帮我按摩一下腰，医生说我有些腰肌劳损。"

星伸手触到女人的背，慢慢往下，到达了她的腰肢，在凹陷的腰窝那里轻柔地揉捏起来。

"这个力道正好。"女人很舒适地呻吟了一声，身体松弛下来。

"你胖了。"星说道。

"坐过月子的女人，多少会胖一点。"女人呢喃着，疲倦得要睡着一般，"是不是胖了很多，是不是很难看？"

星用两只手丈量她的腰围："也不是，应该说刚刚好。"

"既然刚刚好，为什么还不抱抱我？"女人翻转过身子看着他。

星弯下腰，抱住了她："我知道你一定会找到我的，如果这个世界上还有一个人能找到我，这个人只能是你。"

说完这句话，他被女人推开，脸上"啪"的一声被扇了个耳光。

他捂着自己的脸，将挂在耳朵上的墨镜扶正，苦笑道："我也知道你找到我之后一定会很生气。"

"我在那个榕树洞中什么也没找到，你竟然什么线索也不留给我，就这样一走了之？"

"我错了，我以为你不需要我了。"

"我说过我们会永远在一起的。"安晴抱住了他，头靠在他的肩膀上。

"孩子好吗？"

"很好，很像你。"安晴像个温柔的母亲，抚慰着星僵硬紧张的背脊，"我没有见过那么漂亮的孩子，他以后一定会很有出息，很了不起。"

"我可以去看看他吗？"

"当然不行。"安晴的身体后仰，放开了他，"我们说好了的，等到这件事彻底结束就永远离开。没有人可以阻止我们在一起。我现在有很多钱，想去什么地方就去什么地方。"

"假如我想留在这里呢？"

"我看不出来这里有什么好的。"

"我们要去哪儿？"

"听你的。"安晴说道，见星没有反应，又嗔怪道，"为什么你好像变了一个人？发型变了，走路的姿势都变了，还有，能不能把墨镜摘下来让我好好看看你？"

"没什么好看的。"星执拗地挡住了她的手。

安晴有些生气,但没有坚持,下床穿起了鞋:"我们走吧。"

"现在就走?"

"否则呢?"

"下半夜吧,三点左右,你把车停在按摩院的门口。"

安晴犹豫后点点头,用一种近乎于哀求的姿态抱住了他:"这一次不要偷偷跑掉好不好?"

星点了点头。

/第六十章/

没有人知道星是什么时候离开的,郭老板问阿多,阿多也不知道,阿多说昨天晚上喝多了,他和阿星都喝多了。清晨被尿憋醒,他感到窗子那里比往日明亮许多,知道天晴了,着急把这个好消息告诉阿星,可是阿星没有任何反应,他的人不在床上。

没有人看见凌晨离开的星,当时还在下雨。所谓尘世如潮人如水,就像当年安晴上了他的车的那个雪夜一样,现在他上了安晴的车。

"话说你冒充瞎子还挺像。"安晴觉得有点滑稽,"可是为什么现在还要戴着那副墨镜?"

"我需要一个身份作掩护,当然要有始有终。"

"可是你现在没必要滥竽充数了,难道你不想看看我?"

"我已经习惯了。"星叹了一口气,"等我们住下来,没人的时候我再好好看看你。"

"我们去哪儿?"安晴没有坚持,操纵着方向盘问道。

"我想先回趟家。"

"好。"安晴说道。她的脚深深地踩在油门上,车灯像利剑一般持续刺透浓墨般的夜色,路上随处可见的积水溅起大片水花。星自始至终都闭着眼,却也感觉到了非同寻常的车速:"你怎么了?为什么要开得这么快?"

"我被跟踪了。"安晴的目光凝望着后视镜。她说那辆车从她开出仙踪市市区的时候就跟着她,本来以为已经甩掉,不料现在又跟了上来。

"他既然想跟踪你,就永远只能跟在你后面。柏安平是怎么死的,难道你忘了?"

安晴的脚不自觉地踩在刹车上,车身顿挫了一下,随即平缓了很多。

星继续靠着椅背半睡:"你的车被人装了GPS定位器,就像你对我做的那样。"

"你在胡说什么!"安晴的表情有些不自在。

星伸出手臂,露出安晴送给他的运动手表:"我实在是舍不得把它拆开,毕竟是你用第一月工资送给我的礼物。你把它送给我的时候,是不是就想到了今天?"

安晴似乎不想争辩,或者是无力争辩,她一脚踩停了车,头压在方向盘上:"我很累,不要再说了。"

"我知道。"星把手伸出去,想抚摸她的长发,却只抓住了一大团虚无的空气,"走吧。"

一个小时后雨停了,这多像当年从北方南下的那个早晨,雪一直下,车一直开,一直开到雪变成了雨,再从雨变成了阴天,再从阴天变成了晴天,所有的奔袭都浓缩在了这一晚,前面是一个雨霁的黎明,鱼肚白的天边,仿佛一切都能逆流回溯,重新开始。

/ 第六十一章 /

投影仪的光从白幕上隐去,企划部的经理报告完日本市场的宣传计划,米南刚想询问几个问题,思路就被会议室的开门声打断。

女秘书的高跟鞋踩着铿锵的步点走进来,对他耳语:"有个警察说要见您。"

"警察又怎样?让他等着。"米南严厉地瞪了她一眼。

"他……"秘书环顾四周,将声音压得更低,像在他耳根上吹气,"他说是为了那幅《拜石图》来的。"

米南愕然一愣,随即宣布散会。众人纷纷退场之后,他让秘书把警察带过来。

五分钟后他见到了那个警察。警察伸出手自我介绍:"我叫宋简。"

米南和他握手,同时仔细观察了一下这个人,确定素未谋面。他和仙踪市公安局关系良好,逢年过节经常以企业赞助的名义送去很多柴米油盐之类的慰问品,按理说公安局若是有事应该会派熟面孔来处理。

"你们钟局长最近好吗?"米南试探地问。

"米先生,实不相瞒,我并非来自于仙踪市分局,至于我所在单位,大概说了你也不会知道。"宋简的声音显得沉重而疲惫,"我今天是为那幅《拜石图》而来的。"

"所谓《拜石图》,我也听过一些传闻,其实都是子虚乌有的杜撰,也不排除有人故意造谣中伤我。"米南邀请宋简坐下,继续说道,"希望警察同志一定调查清楚,严惩造谣者。"

"米先生,我是以私人名义来见你,这幅《拜石图》涉及我们两人,或者说我们两家之间的一些历史纠葛,如果可以,我希望今天做个了断。"

"我们两家?"米南的目光锁定在他脸上,"你是说米家和……宋家?"

宋简点点头。

"哪个宋家?"米南坐直了上半身,跷起的二郎腿也放下。

"宋之河是我父亲。"

"哦?"米南又将宋简从头打量到脚,发现他和宋之河确实有几分相像,不由得冷笑一声,"那这件事就有意思了。我要是你的话,一定会躲起来的,怎么会自投罗网地跑到债主家里耀武扬威。"

"我承认我们家欠了米家一些东西,但是耀武扬威从何说起呢?"宋简苦笑着说。

"你的意思是说,把真正的《拜石图》还给我们米家?"米南的声音提高了几个分贝。

"这件事不太行得通,除非……"

"除非什么?"米南冷笑,"你又想提出什么条件?"

"除非时间能够倒流。"宋简道。

"我不明白你的意思。"

"最起码要退回到我五岁的时候。"宋简脸色莫名地沉痛,"那时候我们全家人还在一起，当然，还有我那个弱智的哥哥。"

宋简回忆起了往事。五岁的他很调皮，对一切都充满好奇。他发现父亲有一项神秘的爱好，就是每天中午午睡前都会把床底下一个旧皮箱打开，把里面的东西一件件翻出来看，好像很神秘的样子，而且决不允许他和哥哥碰。有一天中午，父亲贪杯喝醉了，躺在床上打鼾，脱下来的裤子上系着的一大串钥匙垂在地板上。他偷偷地解下钥匙，打开了床底下的箱子。

令他失望的是，箱子里并没什么好玩的东西，绿色的铜钱，黯淡无光的鼻烟壶，锈迹斑驳的瓶瓶罐罐。可是他知道这些都是父亲的宝贝，不敢造次，都规规矩矩地放了回去。但是压在箱子底下的那幅画还是引起了他的兴趣，那幅画藏在一个匣子里，绢纸发黄起皱，边缘处还有些破损，看起来一钱不值；笔墨也古怪可笑，画着一个老人，朝一块丑陋的石头作揖，人不像人，石不像石。那时候他正在学幼儿园简笔画，一时技痒，就用彩色水笔在那幅画上描了几笔，无非是天空上几朵白云，几只飞鸟，水里几朵波浪，几尾游鱼，又给那老人添了几根胡子才罢休。

听到这里，米南似乎明白过来："你的意思是说，那幅画就是《拜石图》？"

宋简点点头。

米南笑得比哭还难看："我家代代相传的书画至宝，就给你的涂鸦给毁掉了？"

"恐怕正是如此。"

"我要是你，就一定会把这件事瞒到死。"米南的目光像寒针扎在宋简脸上，"我祖父、我父亲，都因这幅图的丢失而抱愧不已，死不瞑目。现在你堂而皇之地跑到我这里，告诉我你把这幅画给毁掉了。你是想打我们全家的脸吗？你大概对我们米家的手段还不了解。"

"我就是因为不想再躲下去，才来找你。"

宋简继续说，那幅画被他毁掉的第二天，整个家庭的气氛就变掉了。父亲和母亲陷入了奇怪的沉默，尤其是母亲，经常枯坐流泪，父亲也烟不离手。一个礼拜后，父亲同母亲离了婚，带着痴呆的哥哥去了远方，而他跟着母亲去了一座偏僻的小城——一个完整的家就这样分裂。后来，母亲在孤独中去世，到死也没有因为当年的事责备他一句，而他的父亲和哥哥，也相继抱残守缺地离开人世。现在这个名义上的家，只剩下他一个人。而他还自以为无辜地把罪孽归咎于上一代的矛盾，以为他们亏欠了他。现在才知道，他们的沉默，无非也是不希望他在愧怍和悔恨中度过一生。

"为了这幅画，我的父母搭进了他们和婚姻，赔进了他们的两个儿子。"宋简盯着米南的眼睛说道，"不管我们欠了你家什么东西，我认为现在都已还清。"

"如果我不这么认为呢？"米南的眼睑耷拉下来，遮掩着凶光，"你根本不知道那幅画值多少钱。"

"我并不是来请求你的原谅。"宋简攥紧拳头道，"我来的目的是调查一件案子，我的兄长宋长乐死得不明不白，米先生大概难逃干系吧？"

"可笑至极。"米南不屑道，"你知不知道有项罪名叫诽谤？"

"有个女人因为租了宋长乐家里的房子，被你手下挟持到阴阳山的一间小木屋里，是你亲自打电话下命令放了她。"宋简观察着米南的细微表情，见他双眉紧皱一言不发，继续说道，"如果不是米先生和这位名叫安晴的女士暗度陈仓，将我兄长逼到绝境，他也绝不至于走上死路。这笔账，不知道该怎么算。"

"你说的这位女士，我连面都没见过。"米南掩饰着内心的不安——老罗和那间小木屋是米家历史上的一个污点，应该早就一劳永逸地抹掉，现在后悔已经来不及了。眼下的唯一要务是尽可能撇清关系，然后争取时间弥补。

"原来米先生也只是个胆小的鼠辈，自己做过的事也不敢承认。"

"你不要用话来激我，我只是实事求是。"米南竟然没有发火，镇定地回应道，"我没见过那个女人，当我发现在宋长乐家找到的那幅画是赝品之后，本来确实想把女人抓来问一问，没想到……"

"没想到她成了柏氏企业的儿媳妇，被人日夜保护。"

"正是如此。"米南益发慎重，笑道，"你知道的还不少。"

宋简笑了笑，笑容中却是峻冷的意味，仿佛在等着他如何自圆其说。

"那女人住到宋长乐家中，明显不怀好意。我当然不会允许她觊觎我们家的东西。不过……你如果以为这仅仅就是我跟那个女人之间的事，那就大错特错了。"

"你的意思是，还有别人？"

"有一个。"米南斜着眉毛笑道，"不过我同样不能告诉你他是谁，因为我只见过他一面，他的姓名、背景、籍贯我一概不知。"

"你竟然能跟一个你一无所知的人合作？"

"他说他能帮我找到那幅《拜石图》，我当然要跟他合作；他还要我放了那个女人，我当然也要放了她，他还向我要了一百万，我也只好乖乖给他。谁让我是个孝子，父命难违呢。至于后来发生了什么事我一点都不知道，包括他是用什么办法让宋长乐说出你父亲藏那幅画的地点。我只知道，那幅画是赝品。"

"你就这样放过了他？"

"那幅画虽然是赝品，却也价值不菲。我找专家鉴定过，应该是出自清末画家任伯年之手，应该是你父亲心中有愧，所以想方设法做的补偿，虽然价值远远不及正品，拍个两百万却是不成问题，总算聊胜于无。既然我没什么损失，也就没必要再赶尽杀绝，更重要的是，我找不到他。"

"你既然见过他，对他总该有点了解。最起码知道他长什么样子。"

"我当然知道，可是我为什么要告诉你？"米南冷笑道。

"我不相信宋长乐能绑架勒索，我一定要把这件事调查清楚。"宋简目光如炬，"你应该对我哥哥有所了解，你相信他做得了那样的事？"

米南不禁皱起眉头，若有所思。他确实不相信以宋长乐的智商能够绑架一个小女孩。他只知道，宋长乐的"畏罪自杀"必定和那个名叫"星"的年轻人有关。

"他说他叫星，冥王星的星。"米南说道。

"为什么是冥王星的星？"

"我怎么知道？"米南不耐烦地说，"不过我知道他心脏有问题。"

"心脏？"宋简备感诧异，"什么问题？"

"我见到他的时候，他有两分钟表现得极不正常。说得夸张点，就像要死过去一样，吃了两颗速效救心丸才恢复过来。"

"他有什么特征吗？我是说长相。"

"有两个明显的特征，一个是他的头发，黑白夹杂，看上去就像一团灰色的乌云，还有一个是他的眼睛，他的瞳孔是灰色的，和正常人不太一样。"

宋简眉宇紧紧纠结,像是被一件极艰深的难题困扰,两脚焦躁地磨蹭着地面,喃喃自语:"你说的这些话,为什么我好像在哪里听说过……"片刻后忽然猛吸一口凉气,猝然起身,"我还有别的事,再见。"

"恕不远送。"米南心乱如麻,也不愿意继续啰唆。

宋简往会议室正门走去,忽然想起来什么,回头对米南道:"你的手下罗先生,应该会很快打电话给你。"

"他只不过以前为我父亲跑过腿。"米南道,"他并不是我的手下,他现在所做的事和我们公司没有一点关系。"

"如果真是这样,等到他找你的时候,你最好能将他交给警察。"

米南看着宋简的背影消失在会议厅的两扇大门之间,沉思之中,桌子上的手机嗡鸣起来,定睛一看,果然是老罗的号码。

宋简离开了德诚文化公司位于工业园区的办公楼,立刻赶往华阳小区。

"灰色的头发,灰色的瞳孔。"——类似的描述,他在卢笙家里听过,也就是宋长乐绑架案中小女孩的母亲,准确地说,是因为打麻将而丢失自己女儿的那个粗心女人。

这一次找她,比上一次麻烦很多。卢笙不在家,左邻右舍也无人知道她去了哪儿。宋简从小区物业那里找到了卢笙的号码,打电话过去才知道卢笙已经在一家保险公司上班,过上了朝九晚五的生活。

"我走不开,就在电话里说吧。"电话那头那个声音很冷淡。

可是当宋简提出是为了她上次让他帮忙寻找的那个男人时,她立刻就答应和他在中午的步行街鸢尾书店见一面。

"星就是在这里上班的。"在二楼的咖啡室,宋简跟卢笙打完招呼就听她这样说道。

"除此之外我对他一无所知,我有时候甚至不确定他是否出现过。"卢笙简要叙述了自己和星结识的过程,省掉了一些她以为无关紧要的枝枝蔓蔓。星消失的那个夜晚发生的一切都不真实,她记得那张脸上有残忍的笑,也有悲伤的泪,这两种矛盾的表情怎么可能会同时出现在一张脸上?她记得她趴在冰冷的地砖上等死,翌日却又头痛欲裂地醒在卧室的床上;

星说的那些话，只有一部分还残存在她错乱的记忆里，现在想起来，唯一合理的解释就是她喝了太多的酒，多到令她精神分裂，患上了难以启齿的臆想症。

"你的意思是，为了不让你自寻短见，他想办法要帮你抢回女儿，而且差点就成功了？"宋简问道。

"是这样的。"卢笙缓缓地点了点头。

宋简深吸一口气道："卢小姐，现在我把我掌握的一些情况跟你说一下，不知道你会有怎样的判断。"这些情况是，宋长乐家中住过一个名叫安晴的女人，和那位星先生之间有某种隐秘的联系；宋长乐绑架了卢笙的女儿小枝，星先生在卢笙寻死时凭空出现，挽救了她的生命还帮助她抢回女儿。

卢笙的脸色苍白。她当然还记得有天晚上她跟踪了星，在阒寂无人的春籁巷口，星和一个撑着伞的女人见面，走到巷子深处才抱在一起热吻，的确是有所避讳的样子。

"我听说，您的前夫是著名的心脏病学专家？"宋简又问。

卢笙点点头。

"你知不知道，那位星先生心脏有问题？"

说到"心脏"，卢笙立刻就联想到了倪晟，似乎明白了什么，又觉得什么都不明白："你是说——"

"目前什么也不能断定，除非你把所有的事情都告诉我。"宋简看出了她的有所保留。

卢笙不喜欢把婚姻中那些不堪的事说给外人听，可是眼下，整个谜团的错综复杂超出了她的想象，让她知道，事情并非她以为的那么简单，可是该从何说起呢？那个羞耻的梦吗？

"有件事，我不知道到底是不是真的发生过。"她终于说道。

宋简对于自己听到的，也将信将疑，因为卢笙的描述太过感性，所谓的一边微笑一边流泪，仿佛是他以前看过的二次元漫画里才有的桥段，而且如果那位星先生真的想置她于死地，也怎么会不声不响地跑回来救她？不过，即使卢笙的叙述只有一小部分的真实，也足以证明那位星先生的复杂和危险，而且，在这背后，卢笙的前夫倪晟医生也一定扮演了某种推波助澜的角色。

有个轮廓在宋简脑中拼凑出来，只是缺少证据和细节。当卢笙再三追问时，他也只能三缄其口，推说不知。

他只能保证，等到水落石出的时候，一定会把真相全部告诉她。

卢笙离开后，宋简又去向鸢尾书店的员工了解情况，但是收获有限，书店经理说那位星先生来申请工作时说身份证丢失正在补办，提供的证件是仙踪海洋大学的学生证，申请的是短期工，底薪没有要求，只是按推销出去的图书抽取提成，另外就是将书店中拆封后的样品书带回去阅读。三天试用期结束后，宋简的业绩竟然超出了其他员工，书店就跟他签订了一份短期劳工协议。

宋简甚至没要求看那位短期员工的证件复印件，因为他知道学生证最易作假，照片和印章都不难伪造。他也没打算去倪晟曾经工作过的华辰医院调查，因为缺少权限，医院也不可能透露倪晟之前治疗过的病人隐私。眼下最切实可行的办法，大概还是守株待兔，以监视坐月子中的安晴为突破口。

安晴诞下一名男婴之后在医院最好的病房养护了一段时间，又带着孩子回到了大摩岛。在此期间，她和柏家显然陷入了一场僵持的谈判，最后以柏良人的胜利而告终。柏家得到了孩子的抚养权，而她获得无条件探看孩子的权利，以及成为"新概念"装修公司的第二大股东，并获得了柏氏企业的一小股股份，和柏良人因为拿下抚养权而心情大悦赠送给她的一辆越野车。

宋简在安晴的车子上安装了一个小型 GPS 跟踪器，就跟普通 SIM 卡一般大小。这是师兄教给他的办法。宋简在县城中很少接触到这种高科技产品，真正使用后才由衷感慨其神奇和便利。

侯佳成借给了他一辆尼桑，免去他挤公交地铁的奔波。宋简知道调查已经令自己欠下很多人情债，只能寄希望于以后再还，最令他愧疚的是他已经有一个月没见到妻子了，他本来已经打算放下一切和她重新开始后半生，却不想还是被前半生那些谜题牵绊住了脚步。眼下他唯一能做的，就是期待安晴在恢复自由后立刻行动，等到他找到那个躲起来的"星"，就联系当地警方实施抓捕。

这一天终于来了,在一个深夜,GPS跟踪器的终端显示安晴的车驶离了大摩岛。

他开车一路跟到清溪镇,在镇上的招待所门口看见了她的车。安晴正在路旁一家理发店里面和女店主说着什么,女店主站在门口,手指向对面的康弘盲人按摩院。

安晴进了招待所,一直到晚上才出来。在昏黄的路灯下,她进了按摩院。这一切,自然逃不过躲在车子里的宋简的眼睛。

下半夜,他看到按摩院出来的人上了安晴的车,却是大感意外,这个人和之前卢笙、米南描述的模样实在是大相径庭,不仅没有所谓"灰云一样蓬松的乱发",就连眼睛也仿佛是有些问题。他拄着拐杖,在安晴的扶助下上了车,一副行动不便的样子。

尽管疑窦丛生,宋简还是跟上了她的车。答案就在安晴身上。这一点他至今仍未动摇。

来到芝县境内,宋简看到了两旁隆起的青山,不由得大感意外。他拿不准芝县是安晴途经的一处驿站,还是她的目的地。他希望是后者。因为这样就等于嫌疑人自动进入了包围圈,宋简有把握在自己的大本营掌控一切。

安晴的车果真下了高速公路的匝道,顺着省道驶向芝县城区。宋简看到了离自己家不远的芝县宾馆,喜忧参半。妻子上班的学校就在宾馆附近,而且马上就要到上午放学的时间,妻子多半会从这条街上经过。可是现在正是至关重要的关键时刻,他不仅不能见妻子,还要隔绝一切熟悉的面孔。

"众里寻他千百度,蓦然回首。那人却在灯火阑珊处。"这句诗似乎能表达出宋简此刻的心境,一路的探寻跟踪,想不到竟然绕了一大圈又回到了原点。

宋简看着安晴扶着那人走进了宾馆。此时他面临着两种选择,一种是继续监视等待,另一种是去局里汇报情况,申请支持。他斟酌了一会儿,在局势尚未明朗的情况下,选择了第一种。但是为了避免引起怀疑,他还是打了个电话给住在附近的一位同事,跟他换了车。不管怎么样,仙踪市的车牌在这个内陆小城还是太显眼了,难免会引起安晴注意。

他嘱咐那位同事,暂时先不要把他回来的消息说出去。

把车停在芝县宾馆对面的路边的停车位上,他正式进入了蹲守状态,车窗只留一条缝,以免让路过的熟人认出来。在下班的车流高峰时段,他看到妻子背着包从前方不远处经过,她瘦了。

快点结束吧。宋简是个唯物主义者,此刻却不由得双手合十,做了个祈祷的动作。

/ 第六十二章 /

在车子里,宋简度过了一个下午和一个晚上。

漫长的夜色,无边的困顿,都成了围剿他的敌人。尤其是在夜里,他好几次想要开车回家,好好洗个澡,睡一觉,把一切都抛诸脑后。独自在仙踪市调查的时候,孤独还没有这么难熬,回到了最熟悉的地方,他竟然有种濒临崩溃的感觉。

车窗外的温柔夜色和他只有一步之遥,他却只能困守在闷浊湫隘的空气中。天边发白的黎明前夕,他陷入了比深夜更绝望的境地,天知道他还要等多久,又一个白天?

早晨八点,他浑身又酸又疼,下了车来舒活筋骨,顺便找了个公厕洗了把脸。出来的时候,发现芝县宾馆门前的台阶上站着个人。

这个人戴着墨镜,背着绿色帆布旅行包,微微仰着头,眼睛被深色镜片挡住,不知道看向哪个方向。

宋简迅速躲上了车,紧紧地盯着他看。为什么安晴不在?这个人要去哪儿?在心头浮出百般疑问之后,他忽然灵机一动,发现了一个化被动为主动的绝佳时机。

事不宜迟,他立刻发动引擎,把车开到宾馆台阶前的空地上,摇下车窗朝那人喊道:"先生,要不要用车?"

那人对这声招呼虽然始料不及,错愕的表情却随即沉寂下来,沉默好久才回应道:"可是……你这也不是出租车啊。"

果然不是盲人。宋简装模作样地看了看四周,战战兢兢的样子:"小点声,我这是私家车,出来拉点私活,无非就是混口饭吃,给交警逮住的话，赚的钱还不够交罚款。"

那人摘下墨镜，露出洁白的牙齿，会心的笑容宛若初月。头发可以剃光，但是眼睛说不了谎，他的瞳孔果然是灰色的。宋简立刻就确定了，这就是那位星先生。尽管知道这个危险人物，却还是对他年轻的面庞生出几分好感。

"今天我包你的车。"那人上了他的车，很干脆地说道，"先去文印庵。"

"文印庵？你信佛？"宋简很是惊诧。他听说过文印庵，知道是植物园附近一座颇有年头的庵堂，但由于没有去过，具体的路线不是很清楚。

"我不信佛，不过……"那人顿了两秒，"今天是浴佛节。"

"我给你推荐一下城外的都督山，那儿香火旺盛，庙宇又漂亮，逢上会下会都极其热闹，去年才升为4A级景区。"宋简乱七八糟地套着近乎，像个市侩而精明的生意人。

"不，我就要去文印庵。"那人带着孩子气的偏执显得宋简有些多事。

"好好，听你的。"宋简发动了车，又问道，"先生怎么称呼？"

"叫我星好了，冥王星的星。"

"是芝县本地人？"

"嗯。"

"文印庵近得很，步行半小时就能到。"宋简说道，言下之意是这么点路并没有包车的必要。

"既然遇到了你，包了你的车，自然还要去别的地方。"星笑着说。

"什么地方？"

"到时候你就知道了。"

"我虽然想赚钱，也想替你省两个不是？"宋简说道，"包车的价格不低啊，一个人的话真的有点奢侈，假如有人陪你，那就划算多了。"

"谢谢你的好意，我付得起。"坐在后排的星冷冷地说完这句话，闭上眼打起盹来，表示谈话已经结束。

文印庵所在的巷道过于逼仄，车子无法驶入。宋简只好把车停在巷口的护城河边，建议星下车步行，自己也陪着他往巷子里走，说闲来无事，也正好到庵子里瞧瞧热闹。

不到百米远，那堵爬满繁盛绿萝的砖墙就是文印庵了，低沉的佛经诵读声漫过墙头萦绕过来。门中庭院虽然促狭如古井，却也竖起幢幢宝盖，正殿中摆放着香花灯烛以及各种供品，花丛中的几案上安放铜盆，注满清香四溢的无名液体，其间立着一尊铜像，童子模样，一手指天，一手指地。

大殿中躬身站立着许多身着袈裟灰袍的比丘尼和居士，口中念念有词，并拿小勺舀起盆中香液去浇那尊铜像。

"他们在做什么？"宋简问道。

"浴佛啊。"星答道，见宋简还是不明白，又解释说那站在盆中的小孩雕塑，就是刚刚出生的释迦牟尼，所以浴佛节又叫佛诞节，佛教徒通常以浴佛的方式纪念佛的诞生。不仅要给佛沐浴，还要给自己点浴，所谓点浴，就是由僧人手持杨枝蘸沐浴过佛像的净水洒在信徒身上，表示洗心革面，消灾除难。

"可是有些灾难，就算是浴了佛怕也是无法消除的吧。"星的眼中雾气弥漫，他的目光自始至终都落在佛堂前的人群中间。那些人全都背对着他们在草蒲上打坐，虔诚的祷祝声经久不绝。

"他们在念什么？"宋简问。

"先念《回向文》，再诵《三皈依》。"

"你怎么知道得这么清楚？"

"我妈教我背过。"星跟着众人的吟诵一起背道，"愿消三藏诸烦恼，愿得智慧真明了，普愿罪障悉消除，世世常行菩萨道。"

宋简见他神情痴醉，更觉奇异，又不好再啘喵逼问，只有退到角落里等待，尚未站定，星蓦然一声"罢了罢了"，转身向门外走去。

宋简跟过去，问道："这就走了？"

"我看见她了。"星道，"还是早点走，省得她见到我生气。"

"她是谁？"宋简顺势问道。

"我妈。"星回答。

"你妈见到你怎么会生气？"

"因为我做错了事，她叫我在家诵经礼佛，我不愿意，还偷偷跑出去了。"星站在文印庵门口，像是忘记了来时的方向，左顾右盼。

宋简拍拍他的肩膀，示意车停在左边，又问："你做错了什么事？"

星没有回答他，朝车停靠的地方走去，上车后神情倦怠地说了一声：

"去狐婆岭吧。"

"狐婆岭?"宋简花了很大力气,依然没能遏制住惊愕的神色,但他为自己的异常反应找了个借口,"那儿都给拆掉了,据说要盖一座狐狸山庄,现在鸟不拉屎,想看到狐狸,最起码还要等三四年。"

"狐狸山庄是什么?"星睁开了眼。

"一个招商引资的项目,以饲养狐狸为主,兼顾旅游餐饮,投资千万。"

"就是想去看一看。"星淡淡地问道,"你不想去吗?"

"没啥不想去的,你包车嘛。"

车驶出了城,往福渡镇狐婆岭的方向,车速不算太快,因为这条路正在修建,路况比第一次去更加糟糕。星没有催促,把手伸向窗外,像顽皮的孩子一般想要抓住流逝的风。对于随时而发的颠簸,他不仅毫无怨言,反而还痴痴笑出声来。

"什么事这么高兴?"宋简问道。

"我做了一个决定,一个很重要的决定。"星侧过脸来对他说。

"什么决定?"

"那可不能跟你说。"星俏皮地皱起了眉头,吊他胃口一般说道,"我又不认识你。"

宋简有些哭笑不得。他很难相信自己正在面对一个极度危险的人物,眼前的这个人,干净清秀而稚气未消,说话的口吻中有不谙世故的天真。如果是一无所知,他很有可能判断他是刚刚毕业的大学生。现在他却不得不提醒自己冷静理智,绝对不能想当然和意气用事,因为一个人的恶行往往是和表面的欺骗性成正比。

车终于开到了狐婆岭上,那里现在是一片荒凉的废墟,原先胡村里的人家全都搬走了,山坳间的村舍已经坍塌了一大半,到处都是残垣断壁和巨大蓄满污水的坑洞。拆迁似乎刚刚开始,挖掘机像一只疲倦的独角兽拖着深浅起伏的辙痕栖息在山脚,蓄了半池雨水的铲斗里有两只白鸟正在汲水,倏忽间又飞起远离。

"我们去那边看看。"星坐在宋简的车子上,指着地势隆起的一处院落。

时隔多年,宋简依然记得那是当年的副队长梁中行击毙持刀凶徒的宅邸，就是在那附近的树下，警察挖出了七具失踪学生的骸骨。

看来他的猜测没错，这位星先生果真和那起案子有某种关联，但到底是受害者还是参与者，现在还无法得知。宋简的背脊有些发寒，他意识到，尽管当年的凶手已经死掉，但那起案件远远没有结束。

"去那儿干什么？"宋简以退为进，"坑坑洼洼的，扭了脚不划算。"

"你可以不来啊，反正我只是用你的车，又没规定你一定要陪着我。"星下了车，朝那边走去。

"那我还是跟着你逛一逛吧。"宋简故意磨蹭了一会儿，追上去道，"一个人在这里也没啥意思。"

绕开村庄的废墟，沿着残破的土径和高低不平的坡道往高处去，深一脚浅一脚地抵达那片平房时，一阵凉风适时地吹过来，吹冷了宋简布满汗水的背脊。当年在冰雹霰雪寒风的掩护下，他就是从他现在站立的地方翻墙进去的。

星站在屋子院外，仰头看屏障一样在山峦上翻滚如浪的树林。山风穿越竹篁，就像有某种神秘的生物，在细密的碎叶草茎上追逐嬉戏。"我第一次来的时候，吓得要命，感觉到树林间好像有什么吃人的怪物一样。"他说。

"住在这里的人是你亲戚？"

"那个人没有亲戚，也没有朋友。"

"那你是怎么认识他的？"

"他邀请我到他家吃饭，玩世界上最好玩的游戏机。"

"哦。"宋简微微点头，将激动暗藏于心。果不出所料，这个人是庄生之外的第二个幸存者。他当年是如何逃脱的？宋简几乎脱口而出。

星在那扇门上推了一推，那门兀自开了，吱呀一声，院子里残败的景象立刻暴露出来。

宋简脑子里立刻浮起当年的景象。那个深夜，他潜进围墙，在黑暗中窥探如豆般惊栗的灯光下那个披头散发的疯子，磨刀声响起，"杀，杀，杀……"

"世界上最好玩的游戏机？"宋简装作糊涂，明知故问，"真有那么好玩吗？"

"一点都不好玩。"星已经穿过了院子，推开了堂屋半掩的门扉，风吹进来，吹得一只竹篮在地上不断翻滚，一只黑色的野猫从桌子上倏然跳起，躲进桌底瞪眼看着两个侵犯者。星蹲下来朝它"喵"了一声，那猫胆怯地回应了一声，却不敢靠近。星把包放在地上，翻出一袋鱼干，扔给了它。

"我喜欢猫，所以常备猫粮。"他说，"我被那个人绑起来了，眼睛和嘴巴都给蒙得死死的。有只猫舔我的手，还咬我身上的绳子。不知道是不是这只猫⋯⋯天啊我真傻，这都多少年了，那只猫应该早就不在了。"

宋简做出一副惊骇的模样："为什么要绑着你？"

星站起来盯着他："当年轰动整个芝县的学生遭挟持杀害的连环案件，你难道没听说过？"

"你是说⋯⋯"宋简张着嘴，"你是说那个变态⋯⋯你也被他绑过？"

"是啊。"星脸上浮出一抹苦涩的微笑。

"我确实听说有个孩子被救出来了，就是你吧，运气可真好。"

"不是我。"星摇摇头，"我是自己逃出来的，没有人救我。"

"怎么会？"宋简问道，"你用什么办法？"

星的眼睛朝上，盯着白石灰上发黄发黑的水渍："我用的办法很简单⋯⋯"一句话尚未说完，他的脸色忽然起了变化，五官扭曲，栽倒在地，双手揪着自己的心口，身体如遭电击一般抽搐。

宋简立刻想起之前听米南说过这个人有很严重的心脏病，发病时形同濒死，立刻抱住他，见他将手指向了放在门槛上的行李包，明白了他的意思，知道那包里应该有急救的药物。他把星放平在地，转身去翻他的包，果然摸到若干不知用途的药盒，正要凑近浏览包装上的使用说明，忽然眼前一黑，眼睛和鼻子全被蒙住。他顿觉大事不好，正要使出烂熟于心的擒拿手反制，却被鼻孔渗透进来的一股甜味迷晕了过去。

醒过来后，宋简发现自己已经给绑住，这种绑法谈不上技术含量，却极其野蛮而有效。他的双腿被废弃的草绳和撕破的床单以及电线铁丝结成的死疙瘩紧紧捆缚，上肢也和躯干用同样的手法固定在一起，像一个半成品木乃伊。从门外照入并落在地上的阳光还是原先的角度，证明他昏迷的时间并不久。宋简判断迷晕自己的应该是"乙醚"，却不能就此断定自己身份已经暴露。他靠着墙，用惊恐的目光看着星："你这是干什么？"

星双手插在口袋里，站在门槛上，和他保持着距离："宋警官，你好啊。"

"你认错人了吧。"宋简极力掩饰着内心的惊愕，"我是开黑头车的司机。"

星走近了几步，恶作剧得逞一般讥笑："我看到你的脸，就认出你来啦。你叫宋简，你父亲叫宋之河，哥哥叫宋长乐，你本来是外地人，考取了公安大学之后，在你母亲的要求下到芝县工作……"

宋简的脸变得惨白，他感觉自己不仅仅是被捆绑起来，更像是被剥光后搁在案板上待价而沽的畜生。讽刺的是，他一直以为自己躲在暗处，最起码是和对面这个人势均力敌，却不料这人不仅早就识破了他，还对他了如指掌。可怕的一点在于，就算是他的妻子，对他的了解也没有这样全面。

"你到底是谁？"他终于演不下去了。

星从桌子上的行李包中翻出一个茶叶盒，打开盖子，倒出来一摞厚厚的信。

"这些信，是在宋长乐家里找出来的，里面还有你的相片。"星微笑着说，"等我走了之后，你可以看一看。"

"宋长乐是怎么死的？"宋简知道自己应该保持冷静，却偏偏冷静不了，他的口吻近乎于咆哮。

"他活在童话里，可是你知道，童话这种东西迟早都会破灭的。"一种哀伤的表情在他脸上蔓延，终于侵蚀掉了那一层浅薄的笑容，"我承认，是我粉碎了他的童话。"

"所有的一切我都承认，"他继续说道，"只要你能抓得到我，我就会服法，可现在看起来，这种可能性不大。"

宋简急促的呼吸终于平缓下来，他闭上了眼睛，快速地捋清思路。他虽然搞不清楚桌子上那些信件是怎么一回事，可如果这个人是据此才辨认出他，那也证明他对他的了解极其有限。目前看来，他还有震慑的资本，可以让这个危险人物不敢轻举妄动。

"你知不知道，我已经注意你很久了，早在仙踪，你的一举一动就在我们的监控之下。"宋简恢复了镇定，"你潜伏在湾沚县清溪镇的盲人按摩院里，我们早就知道得一清二楚，之所以没有采取行动，就是等着安晴来跟你会合。"

"哦？"

"芝县宾馆那边还有我的同事留守，他们到现在还没打电话给我，就证明他们现在已经控制住了安晴，说不定现在已经审问结束，已经全盘掌握了你的犯罪证据。所以你现在的明智之举就是自首。"

"你真有这样的自信？"星看着他问，"如果真是这样，你的电话早就应该响了，最起码他们应该给你发条信息。可是我看了你的手机，对不起，我没经过你的同意就用你的指纹解了锁。我看到你发给你妻子的短信，你是因为私事去仙踪的对不对？就算是现在，也没有几个人知道你回到了芝县。"

"宋长乐在仙踪的死是一起疑点重重的命案，我于公于私都不能置之度外。"宋简针锋相对说道，"说到现在，你不敢打电话给安晴求证，不过就是怕暴露了目标吧？"

星依然在笑，却笑得有些不自然。宋简暗自庆幸自己戳中了他的痛点，却看见他的眼眶中蓄满了眼泪。

"我再也见不到她了。"星用袖子抹干了脸，哽咽道。

"你们……"宋简以为他们起了矛盾而分道扬镳，但看到他悲恸的样子，瞬间冒出一个更可怕的念头。

星闭上眼睛，后退到门槛前坐下来，头倚靠着门框："我以为自己足够聪明，聪明到可以操纵别人的生死。可是当我粘上了眼睛，躲进彻底的黑暗之中，才想通了很多我本来没有想通的问题。"

"什么问题？"

"她说过，在这个世界上，所有知道她孩子血缘真相的，都得死。既然柏安平都得死，我又怎么可以活着？"

"那孩子……"宋简立刻明白了他的意思，"你是说，柏氏集团董事长的儿子，是你们杀的？"

星微微点头，逆光的背影嵌在门框里，显得面目叵测。

宋简的心沉了下去，如果这件事星愿意承认，那么今天他真的算是凶多吉少了，因为通常坦诚这种秘密的凶手，都是做好了杀人灭口的决定。

"你的意思是，安晴也想杀掉你？"宋简把自己的揣测咽了回去，他对人性始终抱着一丝期待，不太相信相爱的人会相互毁灭。

"所有知道那个秘密的人都得死，包括她自己。"星摇着头，絮絮说道，"我没有喝下那杯毒药，我还不能死，我还有件事没做……"

"你是说，安晴已经死了？"宋简厉声喊道，"你想做什么？你不能一错再错！"

"我不想这样，我不想这样，我一直在等人来救我。可是你来了，又走了。"

"什么来了又走了。"宋简莫名其妙，却又暗自心惊，"你到底在说什么？"

"那天，你来了，你站在我家门口跟我妈说话，我想如果你进来问我，我就把所有的事情都告诉你，可是你过了一会儿就走了。"

宋简对他这种没头没脑的说法大惑不解，恨不能追上去问个明白，就在星悲哀的眼神中，回忆电光石火般蹿出来，各种支离破碎的片段不断闪回，重新拼接——那个下午，他确实在鲍一丁遗孀童桐的家中听到了一连串稚嫩的咳嗽，他无法想象那个躲在门后的孩子正在遭受怎样的精神折磨。他的心脏一阵抽痛，瞬间明白过来："你……你是那个鲍一丁的儿子？"

"我不是他儿子，我恨他。"星诉说着自己的委屈，"他后来娶了我妈妈，对她还挺好，对我也不错，让我喊他爸爸，我好高兴，因为我终于跟别的同学一样有爸爸了。可是当我妈妈告诉他我有心脏病活不到三十岁时，他很生气，说我妈妈骗了他，说有我这样的儿子就跟绝后一样没区别。他喝醉了回来就打她……"

宋简在瞬间展露的真相前唇干舌燥，很多事情，原来比想象中的简单。他仿佛看到一个小孩的头被卡在墙上的黑箱子里，喑哑嘶叫，手脚扑腾如正被虐待的小猫，一个持刀的疯子站在外面，问出那个生死攸关的问题。

星继续说道："那一年我才上初二，什么都不明白。那个疯子问我最想杀掉的人是谁，我就说是鲍一丁，他问我鲍一丁是谁，我说是我妈的丈夫。他很高兴，他说他也不会认他母亲嫁的那个人是爸爸，他说我是唯一跟他有相同想法的人，他说他要放了我，可如果我去报警，他就会把我跟我妈全都杀了。如果我乖乖的，他就会和我做朋友，对我好，让谁都不敢欺负我。我好害怕……"

"所以……"宋简还想再问下去。

"我累了,不想再说了。"星有些僵硬地站起身,从宋简身上摸走了汽车钥匙,背上了包。

"你跑不掉的。"宋简喊道,"跟我去自首吧。"

星回头看他:"我说过,我做了一个决定,我一定要去做件事。我不能死,当然也就不能被你逮住。"

那只猫从桌子上轻巧地跳到地上,追到门口,对着星的背影叫了一声。

星的离开令宋简大感意外——他怎么会就这样放过了他?这场追逐似乎是没有穷尽,悬念也没有穷尽。宋简实在猜不出星口口声声要做的那件事是什么,不知道还会有谁丧命。这种悬在半空的感觉令他无比难受。

但是眼下,最重要的还是重获自由。

那只猫回头看他,他也看着那只猫,当他确信这只猫完全无能为力时,他也找到了获救的唯一办法。

"有人吗?"他使劲喊道。

下午两点,开挖掘机的工人睡完了午觉来上班,这才听见了屋子里的大声疾呼。两个多小时的呼救已经令宋简精疲力竭,他知道自己追不上星,只能立刻打电话给局里汇报情况和请求支援,让他们拦截那辆车,并派人去芝县宾馆打听安晴的情况。

然后,他开始翻阅桌子上的那摞用橡皮筋绑起来的厚厚的信件。

那些信是他母亲写给他父亲的,每一封都夹着他的一张相片,按落款时间串起了他的成长史,直到母亲去世之前不久。母亲在信中极其克制地叙述着自己的生活,没有牵肠挂肚,就像和多年的老朋友聊叙家常。

为什么父亲在去世前不一把火将这些信件烧掉?宋简猜测,也许就是为了某一天能够让他看见这些信,从而知道自己并没有被抛弃吧。

可是星为什么要把这些信带在身边?

想到这个问题,他的手机响了起来。

"宋警官,看了那些信了吗?"

"看了。"

"谢谢你消灭了那个疯子,这是我能做到的唯一的报答。"

忙音再度响起,宋简看着门外荒凉的废墟,一时间竟分不清自己身在何处。

/ 尾声 /

入夜，两辆警车无声无息地驶入大摩岛，在离海边的一间破败的石头房子不远处停了下来。

"就是那儿。"阿鬼戴着手铐对侯佳成说道。

警察破门而入，老罗抱着那幅《拜石图》从美梦中惊醒。面对着森森枪口，他非常主动地抱住了自己的脑袋，跪在床上喊道："我坦白，我交代。"

"你小子应该感到庆幸。"侯佳成笑着给他戴上手铐，拿回他膝盖前的《拜石图》，"如果你真拿这幅画去敲诈米南，现在可能连坦白从宽的机会都没有了。米南的手段，你比我更清楚。所以，将米家的犯罪事实交代清楚，是你唯一的选择。"

"我是被逼的。我不过是米家的一条狗。"老罗点头如捣蒜。

警车的车灯终于亮起，照进大海深处。波浪冲刷着海岸，涤荡着默然矗立的巉岩礁石。在重重的迷雾之间，可以依稀看见星光。

/因/

1996年，胡牌找到了他的母亲。

"外婆死了。"他说。

母亲挤在杂沓肮脏的宿舍里，挺着大肚子，正在给她的小儿子洗澡，她后来嫁的那个男人在门外抽闷烟。

"我想上学。"他继续说。

"你看看我这样，怎么能供得起你上学？"妈妈把水淋淋的弟弟捞出澡盆。

"我想上学。"他的脚像生了根。

"你爸爸把家里的钱都带走了。"妈妈回头说，"当时你还在吃奶呢。我现在自身难保啊。"

"他在哪儿？"

"我也不知道。"妈妈用毛巾擦干了正在床上打滚的弟弟，然后把手插进裤兜，翻出几张皱巴巴湿乎乎的钞票，抹平后塞到他手上，"我就这么多，出去的时候不要声张。"

他只好走了。

下了到芝县的长途车，他看到游戏室里有很多少年，背着崭新的书包，如痴如醉地拍打游戏机上的手柄。

他觉得这个世界一定是疯了，否则怎么会如此不公平。

有的问题想不通，就成了魔障。

/ 果 /

星期天，老魏在芳香理发店理了个发。

楚兰对他说："让阿多过来吃饭吧。"

老魏经过康弘按摩院的门口，朝楼上大喊道："阿多，你老婆让你回家吃饭。"

阿多下了楼，朝芳香理发店走去。

不远处的一棵樟树下，一个小孩正在埋葬一只他在路边捡到的麻雀。

"小星，回来吃饭啦。"阿多朝他喊道。

小星蹦蹦跳跳地跑过来，牵住了他的手："爸爸，今天上幼儿园的时候，有人对我说你以前是个瞎子。"

阿多停下来，温柔地看着他说："是的。"

"可是你明明能看见。"

"那是因为有一个人把他的眼睛给了我。"